W0290389

Liz Nugent

De donkere kant van Sally Diamond

A.W. Bruna Uitgevers

Oorspronkelijke titel
Strange Sally Diamond
© Elizabeth Nugent 2023.
Translation rights arranged through Vicki Satlow of The Agency srl.
Vertaling
Valérie Janssen
Omslagbeeld
© Plainpicture/Pupa Neumann
Omslagontwerp
Buro Blikgoed
© 2024 A.W. Bruna Uitgevers, Amsterdam

ISBN 978 94 005 1706 6
NUR 305

Behoudens de in of krachtens de Auteurswet van 1912 gestelde uitzonderingen mag niets uit deze uitgave worden verveelvoudigd, opgeslagen in een geautomatiseerd gegevensbestand, of openbaar gemaakt, in enige vorm of op enige wijze, hetzij elektronisch, mechanisch, door fotokopieën, opnamen of enige andere manier, zonder voorafgaande schriftelijke toestemming van de uitgever. Voor zover het maken van reprografische verveelvoudigingen uit deze uitgave is toegestaan op grond van artikel 16 h Auteurswet 1912 dient men de daarvoor wettelijk verschuldigde vergoedingen te voldoen aan Stichting Reprorecht (Postbus 3060, 2130 KB Hoofddorp, www.reprorecht.nl). Voor het overnemen van gedeelte(n) uit deze uitgave in bloemlezingen, readers en andere compilatiewerken (artikel 16 Auteurswet 1912) kan men zich wenden tot de Stichting PRO (Stichting Publicatie- en Reproductierechten Organisatie, Postbus 3060, 2130 KB Hoofddorp, www.stichting-pro.nl).

‘Niet weg te leggen thriller die slingert tussen vele emoties: lachen, huilen en nagelbijtend spannend tot het ontluisterende einde.’
– Rutger van der Heijden, Boekhandel De Vries Van Stockum, Haarlem

‘Wow! Een indrukwekkende, duistere, maar ook ontroerende psychologische thriller met onvergetelijke hoofdpersonen!’
– Desirée Verbeet, Boekhandel Dominicanen, Maastricht

‘Met Sally Diamond heeft Nugent ons een verbluffend personage en een unieke stem geschonken. Een onmisbare, verrassende en verslavende psychologische thriller met humor en inlevingsvermogen.’
– *Sunday Independent*

‘Een hartverscheurend maar invoelbaar, menselijk verhaal over schade die soms niet te repareren valt.’ – *The Guardian*

‘Ik heb zojuist *De donkere kant van Sally Diamond* uitgelezen en ik ben tot op het bot van slag! Het beste boek dat ik dit jaar heb gelezen. Echt een ONGELOOFLIJKE leeservaring! Ik heb van elke seconde gesmuld.’ – Lisa Jewell

‘Verbluffend vastgelegd en consequent verrassend.’
– *The Times*

‘Dit kroop heel akelig onder mijn huid (maar wel op een lekkere manier!)… Waanzinnig.’ – Ian Rankin

‘Donker, fascinerend en heel ontroerend.’ – Ruth Ware

‘Een van de gedurfdste en origineelste boeken van dit jaar. Nugents verontrustende verhaal grijpt je bij de keel en laat je niet meer los.’
– *Publishers Weekly* Best Mystery/Thriller Books of 2023

‘Met stomheid geslagen. Zo knap. Een van de beste boeken die ik in lange, lange tijd gelezen heb. Ik blijf er maar aan denken.’ – Lucy Foley

‘Een buitengewoon boek. Verslavend en met een van de meest complexe, intrigerende en ontroerende personages die ik ooit ben tegengekomen.’ – Clare Mackintosh

Van dezelfde auteur

In de schaduw

Lees je graag thrillers? Meld je dan aan voor onze nieuwsbrief op awbruna.nl of volg ons op social media:

awbrunauitgevers
awbrunathrillers

Voor Richard, met nóg meer liefde

Heel ver weg van mens en stad,
Naar ongerepte bossen en heuvels,
Naar de stille wildernis,
Waar de ziel zijn muziek
Niet hoeft te onderdrukken…

Percy Bysshe Shelley

DEEL 1

1

'Zet me maar buiten bij het vuilnis,' zei hij vaak. 'Wanneer ik dood ben zet je me maar buiten bij het vuilnis. Ik ben dan toch dood, dus ik merk er niets van. Jij huilt natuurlijk tranen met tuiten.' Dan lachte hij, en ik lachte mee, want we wisten allebei dat ik helemaal geen tranen met tuiten zou huilen. Ik huil nooit.

Toen het zover was, op woensdag 29 november 2017, volgde ik zijn instructies nauwgezet op. Hij was inmiddels tweeëntachtig, klein en tenger, en paste gemakkelijk in een grote zak voor tuinafval.

Hij was al een maand niet meer uit zijn bed gekomen. 'Geen dokters,' zei hij. 'Ik weet hoe die zijn.' En dat was ook zo, want hij was zelf een dokter, in de psychiatrie. Maar hij kon nog wel recepten uitschrijven en stuurde mij naar Roscommon om de medicijnen op te halen.

Ik heb hem niet vermoord; zo is het niet gegaan. Toen ik hem die ochtend thee ging brengen was hij al koud. Godzijdank waren zijn ogen gesloten. Ik heb een hekel aan televisieseries waarin de inspecteur door een lijk wordt aangestaard. Zouden je ogen misschien alleen open zijn als je bent vermoord?

'Pap?' vroeg ik, ook al wist ik dat hij dood was.

Ik ging op het voeteneind van het bed zitten, haalde het deksel van de beker en dronk zijn thee zonder suiker op. Ik deed wel altijd suiker in mijn thee. Ik voelde naar zijn hartslag, maar zag het al aan zijn huid, die wasachtig oogde. Eigenlijk is 'was' niet het goede woord. Het leek eerder alsof… alsof zijn huid niet meer bij hem hoorde, of dat hij niet meer bij zijn huid hoorde.

Het viel niet mee om de afvalzak door de achtertuin naar de schuur te slepen. De grond was keihard bevroren en ik moest de zak om de paar minuten over mijn schouder hijsen om te voorkomen dat die openscheurde. Toen mijn vader nog gezond was gooide hij de afvalcontainers één keer per maand leeg in de verbrandingsoven. Hij weigerde de afvalstoffenheffing te betalen en we woonden zo afgelegen dat de gemeente ons er niet mee lastigviel.

Ik wist dat ontbindende lijken wegrotten en stonken, dus ik propte de zak zorgvuldig in de oven. Daarna sprenkelde ik er benzine overheen en zette de oven aan. Ik bleef niet wachten tot het lijk was verbrand. Hij was niet langer hij, maar een lijk, een 'ding' in een verbrandingsoven voor huis- en tuinafval, naast een schuur in een weide, achter een huis aan het eind van een laantje dat uitkwam op een smalle weg.

Als mijn vader iemand aan de telefoon moest uitleggen waar we woonden zei hij soms: 'Ik woon midden in nergensland. Ga naar het midden van nergensland, sla eerst links, vervolgens rechts en daarna nog een keer links af en rij op de rotonde rechtdoor.'

Hij hield niet van bezoekers. Afgezien van onze huisarts, Angela, kwam er na de dood van mijn moeder hooguit eenmaal in de twee jaar iemand bij ons thuis langs. Het ging dan om iemand die de auto kwam repareren of een computer moest installeren, een paar jaar later gevolgd door iemand die mijn vader een nieuwere computer en internetaansluiting gaf. De laatste keer was het een man die onze breedbandverbinding verbeterde. Tijdens die bezoekjes bleef ik altijd in mijn kamer.

Hij heeft nooit aangeboden me te leren hoe ik met de computer moest omgaan, maar vertelde me wel wat het apparaat allemaal kon. Ik keek genoeg televisie om te weten waartoe computers in staat waren. Ze konden landen bombarderen. Ze konden mensen bespioneren. Ze konden hersenoperaties uitvoeren. Ze konden oude vrienden en vijanden herenigen en misdaden oplossen. Maar dat wilde ik allemaal niet. Wat ik leuk vond aan televisie waren de documentaires, de programma's over natuur en geschiedenis; ik was ook dol op mooie series, op verzonnen verhalen die zich in de toekomst afspeelden, op victoriaans drama met prachtige jurken en grote landhuizen, en zelfs op moderne programma's. Ik keek graag naar mensen met opwindende levens, onstuimige liefdesrelaties, ongelukkige gezinnen en duistere geheimen. Eigenlijk best ironisch, want in het echte leven moest ik niets van mensen hebben. Van de meeste mensen niet, in elk geval.

Ik was het liefst thuis. Mijn vader begreep dat. Mijn schooltijd was afschuwelijk geweest. Ik bezocht trouw alle lessen, deed mijn best om de andere meisjes te vermijden en ging na afloop regelrecht naar huis. Ze zeiden dat ik autistisch was, ook al had mijn vader, de psychiater, me verteld dat dat absoluut niet het geval was. Ik was geen lid van clubjes of verenigingen, ook al had mijn moeder dat wel graag gezien. Bij mijn eindexamen haalde ik twee negens, twee achten en twee zevens voor mijn vrijekeuzevakken en een zes voor de verplichte vakken wiskunde en Iers. Dat was vijfentwintig jaar geleden. Daarna verhuisden we, naar een bungalow aan het eind van een smal laantje, anderhalve kilometer buiten het dorpje Carricksheedy.

Het wekelijkse boodschappentripje was altijd een beproeving. Soms deed ik alsof ik doof was, om maar niet met andere mensen te hoeven praten, maar ik hoorde de opmerkingen van schoolkinderen wel. 'Daar heb je haar, gekke Sally Diamond, de freak.' Mijn vader zei dat ze het niet kwaad bedoelden. Kinderen zijn nu eenmaal gemeen. De meesten tenminste. Ik was blij dat ik geen kind meer was. Ik was een vrouw van tweeënveertig.

Bij het postkantoor haalde ik mijn vaders pensioen en mijn arbeidsongeschiktheidsuitkering op. Jaren geleden had het postkantoor geprobeerd ons een automatische incasso-opdracht te laten afgeven, zodat de uitkering en het pensioen direct op onze bankrekeningen werden gestort, maar mijn vader vond dat we ons best moesten doen om toch iets van contact met de dorpsbewoners te onderhouden, dus volgden we die raad niet op. De bank stond helemaal in Roscommon, ruim vijftien kilometer verderop. Er was geen pinautomaat in Carricksheedy, maar bij de meeste winkels kon je met je pas betalen en kreeg je contant geld terug.

Ik haalde ook altijd mijn vaders post op, want mijn vader wilde niet dat een postbezorger zich met onze zaken bemoeide. Mevrouw Sullivan, die het postkantoor runde, schreeuwde altijd naar me: 'Hoe gaat het met je vader, Sally?' Misschien dacht ze dat ik kon liplezen. Ik knikte glimlachend naar haar, en dan keek ze me meelevend aan, alsof er een enorme tragedie had plaatsgehad. Van het postkantoor ging ik naar het grote tankstation van Texaco. Daar haalde ik de boodschappen voor de hele week. Daarna keerde ik terug naar huis. Mijn zenuwachtigheid verdween pas wanneer ik het laantje in liep. Het tochtje duurde nooit langer dan een uur.

Toen mijn vader nog fit was hielp hij me met het uitpakken van de boodschappen. We aten drie maaltijden per dag en kookten voor elkaar. Ik bereidde twee maaltijden per dag en hij eentje, maar de huishoudelijke taken waren gelijk tussen ons verdeeld. Toen zijn leeftijd hem parten ging spelen ruilden we klussen. Ik nam het stofzuigen voor mijn rekening en hij ruimde de vaatwasser uit. Ik deed het strijkwerk en was verantwoordelijk voor de afvalbakken, en hij maakte de douche schoon.

Op een dag kwam hij zijn slaapkamer niet meer uit, schreef hij met een steeds heviger trillende hand de recepten en speelde hij lusteloos met zijn eten. Aan het eind at hij alleen nog maar ijs. Als zijn handen heel erg beefden voerde ik hem, en ik verschoonde ook de lakens op de dagen dat hij zichzelf niet meer onder controle had en niet op tijd bij de po kon komen, die onder zijn bed stond en die ik elke ochtend leeggooide en met bleekmiddel omspoelde. Hij had een belletje naast zijn bed staan, maar dat hoorde ik in de bijkeuken niet, en de laatste dagen was hij te slap om het op te tillen.

'Je bent een lieve meid,' zei hij zwakjes.

'Jij bent de allerbeste vader,' zei ik dan, ook al wist ik best dat dat niet helemaal waar was. Maar hij glimlachte altijd als ik dat zei. Mijn moeder had me geleerd dat te zeggen. De échte allerbeste vader was de vader uit *Het kleine huis op de prairie*. En die was nog knap ook.

Mijn moeder vroeg me vaak om in gedachten een spelletje te doen. Dan moest ik me inbeelden wat andere mensen dachten. Dat was best raar. Is het niet gemakkelijker om hun te vragen wat ze denken? En gaat het me sowieso iets aan? Ik weet wat ikzelf denk. En in mijn fantasie kan ik dingen bedenken die ik zou kúnnen doen, net als mensen op tv, zoals misdrijven oplossen en heftige liefdesaffaires beleven.

Maar soms probeer ik te bedenken wat de dorpsbewoners zien als ze naar mij kijken. Volgens een tijdschrift dat ik ooit in Angela's wachtkamer heb gelezen ben ik ongeveer drie kilo te zwaar voor mijn lengte van 1 meter 70. Toen ik het tijdschrift aan Angela liet zien moest ze lachen, maar ze moedigde me wel aan om meer fruit en groente te eten en minder koolhydraten. Mijn lange haar is kastanjebruin en ik draag het altijd in een losse knot hoog op mijn achterhoofd. Ik was het eenmaal per week in de badkuip. De rest van de week doe ik een douchekapje op en douche ik heel kort.

Ik heb vier rokken. Twee voor de winter en twee voor de zomer. Verder heb ik zeven blouses, drie truien en een vest. Daarnaast heb ik heel veel kleren van mijn moeder, jurken en jasjes van uitstekende kwaliteit, ook al zijn ze oud. Mijn moeder winkelde graag in Dublin met haar zus, tante Christine. Dat deed ze twee of drie keer per jaar, tijdens de uitverkoop. Mijn vader vond het niet goed, maar ze zei dat ze zelf wel bepaalde waar ze haar geld aan uitgaf.

Ik draag nooit een beha. Ze zitten niet lekker en ik snap niet waarom zoveel vrouwen ze per se willen dragen. Als mijn kleren versleten waren kocht mijn vader tweedehandskleding voor me op internet, maar voor ondergoed maakte hij een uitzondering. Dat was altijd nieuw. 'Je hebt een hekel aan winkelen en het is nergens voor nodig om geld te verspillen,' zei hij altijd.

Mijn huid is smetteloos en glad. Ik heb een paar rimpels in mijn voorhoofd en rondom mijn ogen. Ik gebruik geen make-up. Mijn vader heeft weleens wat voor me gekocht en voorgesteld dat ik het zou uitproberen. Van mijn goede vriend, de televisie, en door de reclames wist ik wat ik ermee moest doen, maar ik zag er met zwart omrande ogen en roze lippenstift niet meer als mezelf uit. Dat vond mijn vader ook. Hij bood aan om andere kleuren voor me te halen, maar merkte mijn gebrek aan enthousiasme op, en we hebben het er nooit meer over gehad.

Volgens mij zien de dorpsbewoners een 'dove' vrouw van tweeënveertig het dorp in en uit lopen, en af en toe in een stokoude Fiat rondrijden. Ze denken vast dat ik vanwege mijn doofheid niet kan werken en dat ik daarom een uitkering krijg. Maar ik krijg een uitkering omdat ik volgens mijn vader socialevaardigheidsproblemen heb.

2

Thomas Diamond was niet mijn echte vader. Dat onthulde hij toen ik negen was. Ik wist niet eens wat mijn echte naam was, maar mijn moeder, die ook niet mijn echte moeder was, en hij vertelden me dat ze me als baby in een bos hadden gevonden.

In het begin was ik erg overstuur. In de verhalen die ik had gelezen waren baby's die in het bos waren gevonden altijd wisselkinderen, die een enorme chaos aanrichtten in het gezin dat ze binnendrongen. Ik heb heus wel fantasie, in tegenstelling tot wat mijn vader vaak beweerde. Mijn moeder nam me op schoot en verzekerde me dat die verhalen verzinsels waren die niet echt waren gebeurd. Ik vond het vreselijk om bij iemand op schoot te zitten, dus ik wurmde me los en vroeg of ik een koekje mocht. Ik kreeg er twee. Tot mijn twaalfde geloofde ik dat de Kerstman echt bestond. Toen nam mijn vader me apart om me de trieste waarheid mee te delen.

'Waarom hebben jullie dat verzonnen?' vroeg ik.

'Omdat het leuk is voor kinderen om erin te geloven. Maar jij bent geen kind meer.'

Dat was inderdaad waar. Ik was voor het eerst ongesteld geworden. De pijn van de menstruatie nam de plek in van de tandenfee en de paashaas, en mijn vader en moeder legden me ook andere dingen uit.

'Als de Kerstman niet bestaat, bestaat God dan wel? Of de duivel?'

Mijn moeder keek naar mijn vader, die zei: 'Dat weet niemand.'

Dat kon ik maar moeilijk bevatten. Als ze wél zeker wisten dat de Kerstman niet bestond, waarom wisten ze dat dan niet van God?

Mijn kindertijd ging over in een saaie, minder opwindende tienertijd. Mijn moeder legde uit dat het kon gebeuren dat jongens naar me keken, dat ze zouden proberen om me te zoenen. Dat is gelukkig nooit gebeurd, behalve die ene keer op mijn veertiende, toen een oude man bij een bushalte zijn mond tegen die van mij drukte en zijn hand onder mijn rok stak. Ik sloeg hem in zijn gezicht, schopte hem omver en trapte tegen zijn hoofd. Toen kwam de bus eraan. Ik stapte in en werd kwaad omdat de chauffeur uitstapte om de oude man te helpen. Ik zag hem langzaam opstaan, met een hoofd waar het bloed vanaf droop. De buschauffeur vroeg me wat er was gebeurd, maar ik zei niets en deed alsof ik hem niet verstond. Ik kwam twintig minuten later thuis dan anders en miste het begin van *Blue Peter*.

Op mijn vijftiende hoorde ik een meisje uit mijn klas aan twee anderen vertellen dat ik een wolfskind was dat op een berghelling was gevonden en door de Diamonds was geadopteerd. Dat zei ze bij de wc's. Ik zat met mijn lunch in een toilethokje op een stortbak, met mijn voeten op de bril van de wc.

'Jullie mogen het aan niemand vertellen,' zei ze. 'Mijn moeder heeft het gehoord van een vriendin van haar, die in die tijd voor meneer Diamond werkte. Daarom is ze zo raar.'

De andere meisjes hielden het niet geheim. Een paar weken lang probeerden ze steeds een gesprek met me aan te knopen, en vroegen me of ik van bergbeklimmen hield en of ik gras at. Stella Coughlan zei tegen hen dat ze me met rust moesten laten en dat het hun helemaal niets aanging. Ik negeerde iedereen. Ik vroeg mijn vader en moeder er niet naar. Ik wist al dat ik was geadopteerd, en ik wist ook dat baby's het in de bergen niet overleven en dat domme meiden nu eenmaal gemene dingen verzinnen.

Een jaar nadat ik van school kwam overleed mijn moeder. We hadden heel vaak ruzie. Ze wilde dat ik ging studeren. Ze had zelfs tegen mijn nadrukkelijke wens in een aanmeldingsformulier voor de universiteit voor me ingevuld. Ze vond dat ik muziek of natuurkunde moest studeren. Ik hou heel veel van muziek en vind pianospelen misschien wel het allerleukste om te doen. Toen ik negen was liet mijn moeder een pianoleraar bij ons thuis komen om me les te geven. Ik vond mevrouw Mooney aardig. Ze zei dat ik een begenadigd pianist was. Ik was een tiener toen ze stierf en wilde geen andere leraar, dus leerde ik mezelf om er beter in te worden. Ik voelde er niets voor om er examens in af te leggen. Ik vond het gewoon leuk om te spelen.

Mijn moeder zei dat er heel veel mogelijkheden voor me openlagen. Maar ik wilde geen nieuwe mensen leren kennen en ik wilde niet weg uit ons nieuwe huis. Mijn vader zei dat ik een studie aan de Open Universiteit kon volgen, maar mijn moeder vond dat ik moest worden gedwongen om te 'socialiseren', omdat ik anders nooit het huis zou verlaten of een baan zou vinden. Ik antwoordde dat ik het huis niet *wílde* verlaten en toen werd ze kwaad.

De week na de ruzie kreeg ze tijdens haar werk in haar huisartsenpraktijk in het dorp een beroerte, en ze overleed in het ziekenhuis. De begrafenis was in Dublin, omdat al haar familie en vrienden van vroeger daar woonden. Ze had hen daar regelmatig bezocht. Tijdens de spaarzame bezoekjes van haar zus, Christine, had ik altijd als een hondje achter haar aan gelopen. Ze was een glamoureuze versie van mijn moeder.

Mijn vader bleef altijd in zijn werkkamer wanneer ze er was. Mijn moeder zei dat mijn vader tante Christine het gevoel gaf dat ze niet welkom was. Na de dood van mijn moeder kwam ze niet meer langs, maar ze stuurde me wel altijd een verjaardagskaart met geld erin.

Mijn vader vroeg me met natte ogen of ik naar de begrafenis van mijn moeder wilde komen, maar ik weigerde. Ik wilde mijn moeders kleren uitzoeken om te kijken welke me pasten en welke ik naar de winkel met tweedehandskleding kon brengen. Ik vroeg mijn vader om een kookboek mee terug te brengen uit Dublin. Mijn moeder had altijd gekookt en hoewel ik heel bedreven was in het schoonmaken van groenten ging een hele maaltijd samenstellen me boven mijn pet. Maar ik wist dat ik uit boeken veel kon opsteken.

Toen mijn vader twee dagen later uit Dublin terugkwam, vroeg hij of ik verdrietig was en of ik mijn moeder miste. Ik verzekerde hem dat dat niet het geval was en dat hij zich over mij geen zorgen hoefde te maken. Mijn vader keek me vreemd aan, zoals hij wel vaker deed, en merkte op dat het misschien maar goed was dat ik was zoals ik was, omdat ik daardoor waarschijnlijk mijn hele leven lang geen hartzeer zou kennen.

Ik weet dat ik anders denk dan andere mensen, maar als ik bij hen uit de buurt kon blijven deed dat er toch niet toe? Mijn vader zei dat ik uniek was. Daar zit ik niet mee. Ik ben in mijn leven al heel veel dingen genoemd, maar mijn naam is Sally. Dat is tenminste de naam die mijn vader en moeder me hebben gegeven.

3

In de dagen na de dood van mijn vader was het erg stil. Zou ik hem misschien missen? Ik had niemand om mee te praten, om eten voor te koken, om ijs te voeren. Niemand om te wassen en aan te kleden. Waarom bestond ik? Ik slenterde doelloos door het huis. Op de derde dag ging ik zijn werkkamer in en trok achteloos de laden van zijn bureau open. Daar vond ik een metalen kistje met een grote hoeveelheid contant geld en de oude sieraden van mijn moeder erin. En stapels schriften met aantekeningen over mijn gewicht, lengte en ontwikkeling die tientallen jaren teruggingen. Op het bureau lag een dikke envelop met mijn naam erop. Er stonden talloze dossiers met mijn naam erop, verdeeld over verschillende categorieën: communicatie, emotionele ontwikkeling, empathie, begripsvermogen, gezondheid, medicatie, gebreken, voeding, enzovoort. Te veel om allemaal ooit te lezen. Ik bekeek hun trouwfoto op de schoorsteenmantel en herinnerde me dat mijn moeder had gezegd dat ze zich nooit een volledig gezin hadden gevoeld, totdat ze mij vonden. Ik was allang van het idee afgestapt dat ik een vondeling was. Ze hadden me op de normale manier geadopteerd, had mijn moeder me verteld. Ze vroeg of ik nieuwsgierig was naar mijn biologische ouders, en toen ik dat ontkende keek ze me stralend aan. Ik vond het altijd fijn als ik mijn ouders liet glimlachen.

Ik bekeek oude foto's van mijn vader uit de tijd dat hij nog werkte, tijdens een lezing op een conferentie in Zürich. Foto's van hem samen met andere serieus kijkende mannen in nette pakken. Mijn vader bracht een groot deel van zijn tijd door met studeren en schrijven van wetenschappelijke artikelen, maar als mijn moeder in noodgevallen zijn hulp inriep, behandelde hij soms ook patiënten in Carricksheedy of daarbuiten.

Hij bestudeerde het menselijk brein. Hij vertelde me dat mijn brein prima functioneerde, maar dat ik ontkoppeld was van mijn emoties. Ik was zijn levenswerk, zei hij. Ik vroeg hem of hij emoties weer kon koppelen. Hij antwoordde dat mijn moeder en hij alleen maar van me konden houden en hopen dat ik op een dag zou leren om ook van hen te houden. Ik gaf om hen. Ik wilde niet dat hun iets akeligs overkwam. Ik vond het niet prettig als ze overstuur waren. Ik dacht dat dát liefde was. Ik vroeg mijn vader er vaak naar, maar dan zei hij dat ik me niet druk moest maken, dat de gevoelens die ik had goed genoeg waren, maar volgens mij begreep hij me niet. Ik raakte soms van slag, bijvoorbeeld als er te veel mensen om me heen waren, of als ik het antwoord op vragen niet wist, of als er te veel lawaai was. Ik dacht dat ik in boeken en op de tv liefde herkende, maar ik weet nog dat ik tijdens Kerstmis een keer naar *Titanic* zat te kijken en bedacht dat Jack sowieso zou zijn omgekomen, omdat hij een passagier derde klasse was en bovendien een man, en dat Rose het waarschijnlijk toch wel zou hebben overleefd omdat ze rijk was en omdat 'vrouwen en kinderen eerst' gold, dus wat had het voor zin om er een liefdesverhaal aan toe te voegen dat niet eens echt was gebeurd? Mijn vader huilde.

Ik vond het niet fijn om omhelsd of aangeraakt te worden. Maar ik bleef wel nieuwsgierig naar de liefde. Kwam dat door mijn emotionele ontkoppeling? Dat had ik aan mijn vader moeten vragen toen hij nog leefde.

Vijf dagen nadat mijn vader was overleden werd er op de deur geklopt. Het was Ger McCarthy, een buurman die het weiland achter onze schuur van ons huurde. Ik zag hem regelmatig over het laantje lopen. Hij was een man van weinig woorden, of zoals mijn vader zei: 'een man die geen vragen stelde en je de oren niet van het hoofd kletste'.

'Sally,' zei hij, 'er komt een gore stank uit die schuur van jullie. Ik mis geen vee, maar ik denk dat er een schaap naar binnen is geslopen en er niet meer uit kon, en daar is doodgegaan. Zal ik even voor je kijken, of kan je vader dat zelf?'

Ik verzekerde hem dat ik het zou afhandelen. Hij vertrok, toonloos fluitend, met modderspetters op zijn overall.

Bij de schuur was de stank die uit de verbrandingsoven kwam zo smerig dat ik kokhalsde. Ik wikkelde mijn sjaal om mijn mond en deed de deur open. Het lichaam was niet verbrand. Ik kon het nog duidelijk onderscheiden. Op de vloer rond de oven lag een olieachtig goedje. Er krioelden vliegen en maden omheen. Ik stak de oven opnieuw aan, met opgerolde kranten die ik uit het huis had meegebracht en houtblokken uit de schuur.

Ik was teleurgesteld in mezelf. Mijn vader had specifiekere instructies moeten achterlaten. We verbrandden wel vaker organisch materiaal. Lijken wáren toch organisch materiaal? Misschien waren de ovens in crematoria heter. Dat zou ik later in de encyclopedie opzoeken. Ik goot de rest van de benzine eroverheen om het vuur op te stoken en hoopte dat deze tweede poging zou slagen. Ik trok aan mijn haren om mezelf te kalmeren.

Toen ik naar het postkantoor ging om mijn uitkering op te halen wilde mevrouw Sullivan me ook mijn vaders pensioen meegeven. Ik schoof het geld naar haar terug. Ze keek me vragend aan en schreeuwde: 'Je vader heeft zijn pensioen nodig.'

'Nee, hoor,' zei ik. 'Hij is dood.'

Haar wenkbrauwen schoten omhoog en haar mond zakte

open. 'O, mijn god! Je kunt praten. Dat heb ik nooit geweten. Wat zei je nou zo-even?'

Ik herhaalde dat ik mijn vaders pensioen niet meer hoefde te hebben omdat hij dood was.

Ze keek over mijn schouder naar de vrouw van de slager. 'Ze kan praten,' zei ze.

De vrouw van de slager antwoordde: 'Ik sta versteld!'

'Het spijt me verschrikkelijk,' schreeuwde mevrouw Sullivan.

De vrouw van de slager pakte me bij mijn elleboog. Ik kromp in elkaar en schudde haar hand van me af.

'Wanneer is de begrafenis?' vroeg ze. 'Ik heb helemaal geen overlijdensadvertentie gezien.'

'Er komt geen begrafenis,' zei ik. 'Ik heb hem zelf gecremeerd.'

'Hoe bedoel je?' vroeg mevrouw Slager.

Ik antwoordde dat ik hem in de verbrandingsoven had gestopt, omdat hij me had opgedragen hem na zijn dood met het vuilnis buiten te zetten.

Er viel een stilte. Toen ik me omdraaide om weg te gaan vroeg mevrouw Slager met trillende stem: 'Hoe wist je dat hij dood was?'

Mevrouw Sullivan zei tegen mevrouw Slager: 'Ik weet niet wie ik moet bellen, de politie of de dokter.'

Ik draaide me weer terug en zei: 'Voor de dokter is het te laat. Hij is al dood. En waarom zou u de politie bellen?'

'Sally, wanneer iemand doodgaat moeten de autoriteiten daarvan op de hoogte worden gesteld.'

'Maar het gaat hun helemaal niets aan,' sputterde ik tegen. Ze maakten me helemaal in de war.

Toen ik weer thuis was speelde ik een tijdje piano. Daarna liep ik naar de keuken om een kop thee te zetten. Ik liep met de thee naar mijn vaders werkkamer. De telefoon ging, maar ik nam niet op. Ik keek naar de envelop op zijn laptop, waarop in mijn vaders beverige handschrift *Sally* stond geschreven, en *na mijn dood openmaken*. Er stond niet bij hoe lang na zijn dood en ik vroeg me af of er misschien een verjaardagskaart in zat. Mijn verjaardag was pas over tien dagen, dus ik besloot te wachten. Ik zou drieënveertig worden. Ik had het gevoel dat het een mooi jaar zou worden.

Het was een grote envelop en toen ik hem oppakte voelde ik dat hij dik was en heel veel vellen papier bevatte. Misschien was het toch geen verjaardagskaart. Ik stopte de envelop in de zak van mijn rok en nam me voor om de inhoud na *Murder, She Wrote* en *Judge Judy* te lezen. Ik ging op de bank in de woonkamer zitten waar ik altijd met mijn moeder op had gezeten. Ik wierp een blik op mijn vaders lege leunstoel en dacht een paar minuten aan hem.

Maar al snel werd ik afgeleid door de gebeurtenissen in Cabot Cove. Ditmaal had Jessica Fletchers tuinman gerommeld met de rijke weduwe van een jurist, die hem had vermoord toen hij weigerde zijn vrouw voor haar te verlaten. Zoals gewoonlijk was Jessica de sheriff te slim af bij het oplossen van het misdrijf. Tijdens een van de reclameblokken in *Judge Judy* werd er op de voordeur geklopt.

Ik schrok me wezenloos. Wie kon dat nu zijn? Misschien had mijn vader via zijn computer iets besteld, ook al was dat niet erg waarschijnlijk, omdat hij die in de maanden voor zijn dood niet meer had gebruikt. Het geklop hield aan en ik zette de tv harder. Toen het geklop ophield moest ik het programma terugspoelen, want *Judge Judy* was weer begonnen en ik had een stukje gemist. Opeens dook er achter het raam links van me een hoofd op. Ik schreeuwde het uit. Gelukkig was het Angela maar.

4

Dokter Angela Caffrey was mijn moeders zakenpartner geweest en had na mijn moeders dood de praktijk overgenomen. Ik was er door de jaren heen heel wat keren geweest. Ik vond het niet erg als Angela me aanraakte of me onderzocht, omdat ze altijd duidelijk uitlegde wat er ging gebeuren. En ze maakte me altijd beter. Mijn vader vond haar aardig en ik ook.

'Sally! Hoe gaat het met je? Mevrouw Sullivan heeft me verteld dat Tom is overleden. Is dat waar?'

Ik bleef onbehaaglijk bij de deur van mijn vaders werkkamer naar de gang staan. Vroeger had mijn vader Angela altijd in de woonkamer gelaten en haar thee aangeboden, maar ik wilde niet dat ze lang zou blijven. Daar dacht Angela blijkbaar anders over.

'Zullen we in de keuken gaan zitten? Dan kun je me alles vertellen.'

Ik nam haar mee het trapje af naar de keuken.

'O, wat is het hier smetteloos schoon. Je moeder zou trots op je zijn geweest. Het is al heel lang geleden dat ik hier voor het laatst was.' Ze trok mijn vaders stoel onder de tafel vandaan en ging erop zitten. Ik bleef met mijn rug tegen het fornuis staan.

'Zeg, Sally, is je vader echt overleden?'

'Ja.'

'Ach, die arme Tom! Was hij lang ziek?'

'Hij werd steeds trager. Een maand geleden ging hij naar bed en kwam hij er niet meer uit.'

'Waarom heeft hij mij niet gebeld? Ik zou meteen zijn gekomen. Ik had ervoor kunnen zorgen dat hij zo min mogelijk pijn had.'

'Hij schreef zelf recepten uit voor pijnstillers, die ik in Roscommon voor hem moest halen.'

'Schreef hij recepten voor zichzelf uit? Dat is eigenlijk niet toegestaan.'

'Hij zette ze altijd op mijn naam. Hij zei dat hij dan niet de gevangenis in hoefde en ik ook niet.'

'Ik begrijp het.' Ze zweeg even. 'Wanneer is hij precies gestorven?'

'Woensdagnacht. Toen ik hem 's ochtends thee ging brengen was hij dood.'

'Och, liefje, wat zul je geschrokken zijn. Ik wil niet nieuwsgierig zijn, hoor, maar Maureen Kenny...'

'Wie?'

'Maureen, de vrouw van de slager. Zij beweerde dat je had gezegd dat er geen begrafenis zou komen en dat je hem zelf had gecremeerd.'

'Dat klopt.'

'Waar heeft de crematie plaatsgevonden?'

'In de groene schuur.'

'Sorry?'

'De groene schuur.'

'Hier? Achter het huis?'

'Ja.'

'Heb je er dan niet aan gedacht om iemand te bellen? Mij, het ziekenhuis, een begrafenisondernemer?'

Ik kreeg de indruk dat ik me in de nesten had gewerkt, dat ik iets verkeerds had gedaan.

'Hij had gezegd dat ik hem samen met het vuilnis buiten moest zetten.'

'Wat? Dat was een grapje. Hij meende het niet echt!'

'Hij heeft er niet bij gezegd dat het een grapje was.'

'Maar hoe weet je zeker dat hij dood was?'

'Hij ademde niet meer. Wil je de verbrandingsoven misschien zien?' vroeg ik.

Haar ogen werden groot. 'Dat is niet de juiste manier om... Sally, dit is een heel ernstige kwestie. Alleen iemand met een medische opleiding kan de dood vaststellen. Heeft hij geen instructies achtergelaten voor zijn begrafenis?'

'Nee, ik heb niets...' Toen schoot de envelop me te binnen. 'Hij heeft deze voor me achtergelaten.' Ik haalde hem uit mijn zak.

'Wat staat erin?'

'Ik heb hem nog niet opengemaakt.'

Ik begon al dat gepraat vervelend te vinden. Of ik praat helemaal niet, of ik praat te veel en dan zeg ik dingen die niemand anders snapt.

Ik drukte mijn handen tegen mijn oren en Angela ging wat zachter praten.

'Wil je dat ik hem openmaak? Mag ik hem lezen?'

Ik gooide de envelop naar haar toe en liep naar de piano, maar werd daar niet rustiger van. Ik ging naar mijn kamer en kroop weg onder het dekbed en de zachte blauwe deken. Daar trok ik haren uit mijn hoofd. Ik wist niet wat ik moest doen. Ik vroeg me af wanneer Angela zou weggaan. Ik luisterde of ik de voordeur hoorde dichtvallen.

5

Ik werd wakker van een zacht klopje op de deur. Buiten schemerde het. Ik had zeker een black-out gehad. Dat gebeurt wel vaker als ik van streek ben, ook al was het al jaren niet meer voorgekomen.

'Sally?' fluisterde Angela. Ik keek op mijn horloge. Ze was hier al drie uur en vijfentwintig minuten.

'Ja?'

'Ik heb thee gezet en geroosterd brood met witte bonen in tomatensaus gemaakt. Je moet eigenlijk opstaan, want we moeten even praten.'

'Zit er suiker in de thee?'

'Nog niet,' antwoordde ze, 'maar die kan ik er wel in doen.'

'Welke mok heb je gebruikt?'

'Dat... dat weet ik niet.'

Ik deed de deur open en liep achter Angela aan door de gang.

Ze gaf me mijn thee in mijn vaders scrabblemok. Ik deed er anderhalve lepel suiker in en een extra theelepel melk. Haar thee zat in een porseleinen mok die mijn vader en ik nooit gebruikten.

'Ik heb je vaders brieven gelezen...'

'Is het er meer dan één?'

'Ja. Het komt wel goed, liefje. Maar ik zal wel de politie moeten bellen en die wil ongetwijfeld met je praten. Maar ik wil niet dat je je zorgen maakt, want ik blijf er de hele tijd bij. Ik zal hun jouw situatie uitleggen en ervoor zorgen dat ze voorzichtig met je zijn. Het probleem is wel dat ze waarschijnlijk het huis zullen willen doorzoeken en dat jij tijdens hun onderzoek een tijdje bij Nadine en mij zult moeten logeren.'

'Wat voor onderzoek?'

'Nou ja, het is, eh... bijzonder ongebruikelijk om het lichaam van een dood familielid te verbranden. Het is zelfs verboden. Ik vind het heel vervelend om je dit te vertellen, lieverd, maar in zijn brieven stonden onder andere instructies voor zijn begrafenis.'

'O. Waarom wil de politie het huis doorzoeken? Op tv maken ze er altijd een enorme bende van.'

'Ze willen er zeker van zijn dat je vader aan een natuurlijke doodsoorzaak is gestorven, maar uit zijn brief blijkt al dat hij wist dat hij niet lang meer te leven had. Het is duidelijk dat hij je vertrouwde en van je hield. Ik ben ervan overtuigd dat de lijkschouwing zal aantonen dat hij al dood was.'

'Ik wil geen mensen over de vloer en ik wil niet mee naar jouw huis.'

'Sally, als ik dit niet goed regel moet je misschien wel een paar nachten of langer de gevangenis in. Geloof me alsjeblieft. Je vader en moeder zouden hebben gewild dat ik je hielp. In de brief van je vader staat dat je mij moest bellen wanneer hij dood was.'

Ik trok weer aan mijn haar. Ze stak een hand naar me uit, maar ik deinsde achteruit.

'Sorry. Het spijt me. Ik dacht er niet bij na,' zei ze.

'Maar hij heeft niet gezegd wannéér ik de envelop moest openmaken. Er stond alleen maar dat ik dat moest doen nadat hij was gestorven. Ik wist niet dat het op dezelfde dag al moest.'

'Dat weet ik, maar ik ben bang dat er een hoop heisa van zal komen. Ik ga nu de politie bellen en ze zullen jou willen spreken. Misschien heb je wel een advocaat nodig. Maar ik blijf de hele tijd bij je en zal alles uitleggen wat je vader niet in zijn brieven heeft uitgelegd, ook al is hij zeer zorgvuldig te werk gegaan.' Ze zweeg even. 'Er staan dingen in de brieven die je misschien... verontrustend zult vinden. Maar we zullen het rustig aan doen. Je vader wilde dat je maar één brief per week zou lezen. Er zijn drie brieven.'

'Waarom?'

'Omdat... Nou, omdat het te veel is om in één keer te verwerken. Ik dacht dat je vader en moeder me alles over jouw omstandigheden hadden verteld, maar nu blijkt dat ze heel veel voor iedereen hebben achtergehouden.'

'Over mij?'

'Ja, Sally. Maar dat bespreken we een ander keertje wel. Ik moet nu eerst de politie bellen. Wil je misschien een kalmeringsmiddel voordat ze komen? Om rustig te blijven?'

'Ja, graag.'

6

In plaats van één kwamen er twee politieagenten. Een man en een vrouw. Ik keek niet naar hun gezichten. Ze waren vriendelijk en rustig, totdat ik hun vertelde dat ik mijn vader in een grote afvalzak had gedaan en in de verbrandingsoven had gestopt.

De kleinste van de twee zei luid: 'Waarom heb je dat in godsnaam gedaan?'

Angela vroeg haar om wat zachter te praten. Door het pilletje dat Angela me had gegeven had ik het gevoel dat ik me in een soort droomwereld bevond. Ze zeiden dat ze onmiddellijk een forensisch opsporingsteam moesten laten komen en dat ik een tas moest inpakken en het huis moest verlaten, maar dat ik de kleding die ik op de dag van mijn vaders overlijden aan had gehad moest achterlaten. Toen ik ze een stapeltje schoongewassen, keurig opgevouwen kleren liet zien kreunden ze. Angela zei dat ze een kopie van mijn vaders brieven aan de politieagenten moest geven en kopieerde ze in zijn werkkamer. Intussen liep ik naar mijn slaapkamer om mijn spullen in te pakken. De vrouwelijke agent klakte afkeurend met haar tong en kwam achter me aan. Ik had zelf geen koffer en gebruikte die van mijn vader. Dat zou hij vast niet erg vinden. Het was donker en ik hoorde allang in bed te liggen.

'Zouden jullie er geen puinhoop van willen maken?' vroeg ik.

De man zei dat ze hun best zouden doen.

De vrouw bromde spottend en zei: 'Reken daar maar niet op.'

Angela gaf de fotokopieën aan de man en vroeg hem erop te letten dat ze terechtkwamen bij de hoogstgeplaatste agenten die bij het onderzoek waren betrokken. Hij knikte. Hij zei niet veel. Wel vroeg hij om de sleutels van de Fiat. Ik gaf ze aan hem en vroeg of hij ervoor kon zorgen dat ze de stoel weer op de goede plek zetten nadat ze met de auto weg waren geweest. Ze zeiden dat ik me de volgende ochtend bij het politiebureau in Roscommon moest melden. Angela beloofde dat ze me er zelf naartoe zou brengen.

Toen ik naar buiten liep hoorde ik de vrouwelijke politieagent tegen de man zeggen: 'Wat een gestoord wijf.' Hij had in de gaten dat ik het hoorde en gebaarde dat ze haar mond moest houden. Ze draaide zich naar me om en ik zag een walgende uitdrukking op haar gezicht.

Ik wist niet waar die walging vandaan kwam. Het huis was brandschoon. Toen ik naar Angela's auto liep, kwamen er vier politieauto's door onze poort aan rijden. De mensen die erin zaten stapten uit en trokken een wit plastic pak aan over hun kleren. Ze zetten enorme lampen neer die op het huis en de schuur werden gericht. Angela zei dat ze het als een plaats delict behandelden.

Hoewel ik een beetje slaperig was wilde ik graag blijven. In heel veel series legt de politie stiekem bewijsmateriaal neer of tast de plaats delict aan. Ik wilde zeker weten dat ze dat hier niet zouden doen. Angela verzekerde me dat dat heus niet zou gebeuren.

Tijdens de rit naar haar huis zeiden we niet veel. Ik staarde naar haar terwijl zij naar de weg tuurde. Ze had een mooie ronde vorm. Net een oma uit een oude televisieserie. Ze had krullend grijs haar. Ze droeg een geruite bloes, een rok van een spijkerstof en zwarte enkellaarsjes. Ik vond dat ze er leuk uitzag. Ze keek me van opzij aan en glimlachte, maar fronste ook haar wenkbrauwen. Mijn vader waarschuwde me altijd dat ik het uiterlijk van mensen niet moest verwarren met hun gedrag, maar Angela vonden we allebei aardig.

7

Ik werd wakker in een vreemd bed in een vreemd huis, maar met mijn eigen blauwe deken op het bed. Die had ik gisteravond ingepakt. Ik deed mijn mond open om te schreeuwen, maar mijn vader zei altijd dat ik dat niet mocht doen, tenzij ik gevaar liep. Liep ik gevaar? Ik moest binnenkort nog een keer uitleggen waarom ik mijn vader had opgeruimd. Ik deed mijn mond dicht en schreeuwde niet. Ik herinnerde me dat mijn moeder vaak zei dat je niets akeligs zal overkomen als je de waarheid vertelt.

Ik hoorde rumoer aan de andere kant van de slaapkamerdeur. 'Hallo?' riep ik.

'Sally, ik leg een paar groene handdoeken voor je klaar in de badkamer. De douche is gemakkelijk in het gebruik. We zien je over een minuut of twintig beneden voor het ontbijt, oké?'

Het was de stem van Nadine. Nadine was de vrouw van Angela. Ik had haar een paar keer ontmoet in Carricksheedy. Ze was jonger dan Angela en droeg haar lange blonde haar in een paardenstaart. Ze liet hun honden uit, verzorgde hun kippen en was meubelontwerper van beroep. Ik moest niets van hun honden hebben en stak altijd de weg over als ik ze zag aankomen.

'We hebben de honden naar buiten gedaan, dus je hoeft je geen zorgen te maken, oké? Nadine lachte bijna altijd.

Mijn vader is naar hun bruiloft geweest. Ik was ook uitgenodigd, maar ben niet gegaan. Te veel gedoe.

Hun badkamer leek op een hotelbadkamer uit een film, of uit een badkamerreclame. Ik gebruikte de wc, waste daarna mijn handen en poetste mijn tanden, en stapte ten slotte in de grote douchecabine, waarvan één wand van glas was. Thuis hadden we een heel eenvoudige badkamer en een apart toilet, en de douche bestond uit een rubberen slang die aan de kraan van de badkuip was bevestigd. Mijn vader wilde niet dat we vaker dan één per week in bad gingen vanwege de elektriciteitsrekening, dus namen we meestal een douche. De douche van Angela en Nadine was echt super. Toen ik klaar was, kamde ik in mijn slaapkamer mijn haar, stak het op en kleedde me aan. Daarna maakte ik het bed op en ging naar beneden.

Het was een licht huis. De zon scheen door de glazen deuren naar binnen en de begane grond bestond uit een grote open ruimte. Modern. De muren waren allemaal recht en de hoeken scherp. Ik kende zulke huizen als het eindresultaat van verbouwingsprogramma's op tv. Die vond mijn vader prachtig. Hij lachte de huiseigenaren altijd uit. 'Meer geld dan smaak!' zei hij altijd. Of: 'Wat een pretentieuze lui!'

Angela stond bij het fornuis worstjes en spek te bakken. 'Heb je trek in een uitgebreid ontbijt, Sally?'

Ik had honger. Ik was de avond ervoor te veel van slag geweest om het geroosterde brood met witte bonen op te eten.

'Graag, dank je wel.'

Angela draaide de plakjes spek om en twee honden stonden door het raam naar haar te staren.

'Zo te zien lusten de jongens ook wel wat,' merkte Nadine op. Ze zwaaide lachend naar ze en ze blaften terug.

'Welke jongens?' vroeg ik.

'De honden. Harry en Paul.'

'Wat een rare namen voor honden.'

Angela grinnikte. 'We hebben ze naar onze ex-mannen vernoemd.' Ze begonnen allebei te lachen. Ik lachte ook, maar stiekem vond ik het een beetje onbeleefd tegenover hun ex-mannen.

Ik bracht zeven uur en een kwartier door op het politiebureau. Ze namen een foto van me en wilden ook mijn vingerafdrukken hebben. De eerste zevenenveertig minuten lieten ze me in mijn eentje in een kamer zitten. Toen kwamen er twee vrouwen in nette pakken naar binnen, brigadier Catherine Mara en inspecteur Andrea Howard, kort daarna gevolgd door een norse man die zichzelf voorstelde als Geoff Barrington, mijn advocaat. Howard zette een cassetterecorder aan en ze stelden zichzelf officieel voor, voor de geluidsopname. Ik wilde niet naar hen kijken en tuurde in plaats daarvan naar de houten tafel en de krassen die erin zaten. Iemand had met spitse hoofdletters KUT in het tafelblad gekrast. Dat was een ontzettend onbeschoft woord.

Ze vroegen me driemaal om het verhaal over mijn vaders dood te vertellen, en ik begon me er een beetje aan te ergeren dat ik steeds hetzelfde moest vertellen. Geoff zuchtte diep en zei dat het 't beste was dat ik hun vragen gewoon beantwoordde. Ze vroegen me waarom ik niet wist dat een huishoudelijke verbrandingsoven niet heet genoeg werd om een lichaam in te verbranden. Ik schudde mijn hoofd. Ze vroegen of ik het hardop wilde zeggen, voor de geluidsopname. Ik zei dat ik dat niet wist omdat we er altijd alles in verbrandden, behalve plastic.

Toen vroegen ze me naar de brieven en waarom ik ze niet had gelezen. Een van hen lachte toen ik antwoordde dat ik tot mijn verjaardag wilde wachten. Ik werd heel boos. 'Waarom lach je?' schreeuwde ik. Geoff legde een hand op mijn arm, maar ik schudde hem van me af.

'Sally, wacht je met het openmaken van alle post tot je jarig bent?'

'Ik krijg nooit post,' antwoordde ik.

Hij noteerde weer iets in zijn opschrijfboekje en vroeg hun om niet meer te lachen, omdat zijn cliënt daardoor van slag raakte. Toen keek ik wel naar hem. Hij zag er net zo vermoeid uit als ik me voelde.

Mara vroeg me naar mijn geboortedatum, ook al was dat me al twee keer eerder gevraagd. Ze vroegen naar mijn échte geboortedatum en ik begreep niet goed wat ze daarmee bedoelden. Toen vroegen ze me naar mijn adoptie en of ik wist wie mijn biologische ouders waren, en ik reageerde verbaasd, want ik snapte niet waarom dat relevant was. Ik vertelde hun dat mijn vader en moeder me op mijn zesde via een adoptiebureau hadden geadopteerd en dat ik helemaal niets over mijn biologische ouders wist. Ze wilden weten wat mijn vroegste herinneringen waren en ik antwoordde dat dat was toen ik op mijn zevende verjaardag kaarsjes uitblies. Ze vroegen me op verschillende manieren of ik me vóór die gebeurtenis nog iets herinnerde en ik antwoordde steeds nee. Ze vroegen me om te proberen me toch iets te herinneren en ik zei dat mijn vader altijd tegen me had gezegd dat ik me geen dingen hoefde te herinneren die ik me niet wílde herinneren.

'Maar je herinnert je toch zeker wel iets van je kleutertijd?' vroeg Howard.

Ik schudde mijn hoofd.

Ze vroegen me om hardop antwoord te geven, voor de geluidsopname. 'Ik herinner me helemaal niets voor mijn zevende verjaardag,' zei ik.

Geoff vroeg of hij even onder vier ogen met hen kon praten.

Kort daarna kwam Angela de kamer in met een hamburger en frietjes van de Supermac's. In de hoek van de kamer stond een andere politieagent. Ik bood hem wat friet aan, maar hij sloeg het af. 'Eet maar lekker zelf op,' zei hij. Ik vond hem aardig. Hij leek een beetje op de jonge Harrison Ford. Ik had graag een praatje met hem gemaakt. Maar hij zei niets meer en tuurde naar zijn schoenen. Ik kijk ook altijd naar mijn schoenen als ik me niet op mijn gemak voel.

Angela vertelde me dat de politie nog een paar dagen nodig had in mijn huis en dat ik misschien van een misdrijf zou worden beschuldigd.

'Welk misdrijf?' vroeg ik.

Ze gaf geen antwoord. 'Laat Geoff zijn werk doen. Hij komt echt op voor jouw belangen.'

8

Uiteindelijk logeerde ik vijf dagen in het huis van Nadine en Angela. Geoff praatte vooral met Angela en negeerde mij, wat me meestal goed uitkwam, maar ze hadden het wel de hele tijd over me. Angela controleerde af en toe of ik wel begreep wat er werd gezegd, maar hij sprak me nooit rechtstreeks aan, behalve tijdens ons laatste bezoek aan zijn kantoor in Roscommon. Tijdens het afscheid wilde hij me een hand geven, maar ik trok die van mij met een ruk weg. Het is gemakkelijker om naar iemand te kijken wanneer diegene niet naar jou kijkt. Hij was knap om te zien en ik neem aan dat hij zijn werk goed heeft gedaan, want hij zei dat de aanklacht wegens illegale crematie onder de huidige omstandigheden waarschijnlijk zou komen te vervallen. Angela legde uit dat dit door mijn gesteldheid kwam.

Geoff en Angela waren het erover eens dat ze niet mijn wettelijke voogd kon worden en evenmin kon verzoeken om me onder toezicht te plaatsen, omdat ik volwassen was en bijna altijd zelf mijn beslissingen had genomen, ook al waren die soms 'onjuist'. Maar Geoff zei dat de rechtbank wel als voorwaarde kon stellen dat ik in het vervolg naar Angela of de politie zou stappen als ik met een ernstig dilemma kampte. Als ik bijvoorbeeld nog eens een lijk wilde verbranden, moest Angela de situatie inschatten en me vertellen wat ik moest doen. Ik vond dat geen goed voorbeeld. Ik was heus niet van plan dit soort gedoe nog een keer te ondergaan.

Geoff vertelde me dat mijn vader me geld had nagelaten in zijn testament. Hij wist niet precies hoeveel, want een groot deel ervan zat vast in aandelen en obligaties, en hij moest alles nog uitknobbelen, maar het was 'genoeg om een tijd van te leven als je een beetje rustig aan doet,' zei hij. Maar ik moest van nu af aan wel de afvalstoffenheffing betalen en mijn afval in biologisch afbreekbaar, recyclebaar, zacht plastic en glas opsplitsen, en ik zou verschillend gekleurde afvalcontainers voor elk ervan krijgen die ik om de week bij het hek moest zetten. Dan zouden er vuilnismannen komen die ze in hun stinkende vrachtwagen zouden legen. De postbode zou de post voortaan aan huis bezorgen, maar ik kreeg de verzekering dat hij nooit binnen zou komen. Volgens Angela zou het allemaal veel gemakkelijker worden.

Ik vond het thuis niet fijn in mijn eentje, want er stonden om de haverklap mensen voor de deur. Ze wilden me interviewen of 'mijn kant van het verhaal' horen. Ze waren veel nieuwsgieriger naar mijn adoptie dan naar het feit dat ik mijn vader in brand had gestoken. Wat kon het ene nou met het andere te maken hebben?

Iedereen in Carricksheedy staarde naar me. Sommige mensen glimlachten en keken me meelevend aan. Anderen staken snel de weg over als ze me aan zagen komen, en daar had ik geen enkele moeite mee. Weer anderen begroetten me, zelfs de jonkies van de Texaco, wanneer ze hun hoofd ophieven van hun telefoonscherm. 'Hoi Mary,' zeiden ze.

Mijn naam is Sally, wat ze ook zeggen.

De politie liet een enorme bende achter in mijn huis. Ik gilde keihard toen ik het zag. Angela en Nadine waren bij me. Van Angela moest ik diep inademen en tellen tot ik weer tot rust was gekomen, en daarna ruimden we het huis op. Na een tijdje vroeg ik hun om weg te gaan, want zij wisten niet precies waar alles hoorde en het was gemakkelijker om het zelf te doen.

Toen Angela op de derde avond na mijn thuiskomst vertrok, zei ze dat ze twee keer per week langs zou komen om te zien hoe het me ging en dat ik altijd welkom was bij haar thuis. Ze gaf me de eerste van mijn vaders brieven en zei dat ik me niet schuldig of verdrietig hoefde te voelen. Ik wist inmiddels dat het verkeerd van me was geweest om mijn vaders lichaam te verbranden. Dat had iedereen tegen me gezegd. Wanneer ik iets eenmaal heel duidelijk te horen heb gekregen, zonder grapjes of dubbelzinnigheden, begrijp ik het wel. Ze zeurden er zo over door dat je haast zou denken dat ik al jarenlang achteloos lichamen verbrandde. Het ging maar om één lichaam en hij had nota bene min of meer zelf tegen me gezegd dat ik dat moest doen.

Toen het huis op 13 december om acht uur 's avonds eindelijk op orde was, ging ik zitten om naar *Holby City* te kijken. Het was de aflevering waarin Essie jarig was en het schoot me te binnen dat het ook mijn verjaardag was. Ik zette de tv op pauze. Hoe had ik dat kunnen vergeten? Ik vergat het anders nooit. Maar er was ook zoveel gebeurd.

In de afgelopen tien jaar had ik altijd mijn eigen verjaardagstaart gebakken, uit een kookboek van Delia Smith. Hoewel ik het recept uit mijn hoofd kende, pakte ik altijd graag het kookboek erbij. Ik vond Delia aardig. Op de foto op de voorkant glimlachte ze en had ze een rode bloes aan. Ik had altijd minstens één bloes zoals die van haar. Knalrood en helemaal tot bovenaan dichtgeknoopt. Je kon op haar vertrouwen. Ik bedacht dat als ik ooit een beste vriendin zou krijgen dat iemand als Delia zou zijn.

Het was te laat om nog een verjaardagstaart te bakken, maar ik was wel drieënveertig geworden. Ik nam me voor om de eerste brief van mijn vader te lezen zodra *Holby City* was afgelopen. Aan het eind van de aflevering zette ik de tv uit. Het waren twee vellen papier. Als mijn vader een dikke brief kreeg dronk hij tijdens het lezen altijd een glas whiskey. Nu had ik het in het huis voor het zeggen en werd het tijd om dingen net zo te doen als mijn vader, behalve kennelijk het verbranden van afval.

1 november 2017

Lieve Sally,

Ik denk dat we allebei wisten dat deze dag zou komen en het spijt me als je er verdriet om hebt, maar ik begrijp het ook als dat niet zo is.
Het eerste wat je moet doen is dokter Angela Caffrey bellen. Haar nummer is: 084-5412396. Laat haar weten dat ik ben overleden. Ze zal misschien verbaasd reageren omdat ik zo lang niet bij haar ben geweest, maar net als jij moet ik niets van gedoe hebben, en met de pijnstillers die je op recept voor me in Roscommon hebt gehaald was het goed uit te houden. Ik was bang dat ik geestelijk zou aftakelen, maar wanneer ik vanavond naar bed ga denk ik dat ik daar misschien tot het eind zal blijven liggen. Opstaan en me aankleden valt me de afgelopen tijd zwaar, en ik weet dat je een lieve meid bent die me mijn eten zal komen brengen en voor me zal zorgen.
Ik heb alvleesklierkanker. Het begon een paar maanden terug met rugpijn en een specialist in Dublin heeft bevestigd dat het ongeneeslijk is. Ik denk dat het inmiddels in een vergevorderd stadium is, dus je hoeft me waarschijnlijk niet al te lang te verzorgen. Als het langer dan zes weken duurt, zal ik je vragen om Angela te bellen om me naar zo'n afgrijselijk tehuis voor palliatieve zorg te laten brengen. Als ik bewusteloos raak moet je haar ook bellen. Ik weet dat je niet graag telefoneert, maar je kunt het wel, want je bent een slimme meid.

Wat betreft mijn begrafenis: ik ben me ervan bewust dat ik nooit duidelijk ben geweest over de invulling ervan, dus bel alsjeblieft begrafenisondernemer O'Donovan in Roscommon. Daar kan Angela je wel mee helpen. Normaal gesproken zou ik bij je moeder op Glasnevin in Dublin zijn begraven, maar je weet dat ik niet gek ben op Dublin. In dat opzicht zijn jij en ik precies hetzelfde.
De rekeningen zijn allemaal bijgewerkt. Je hebt een bankrekening bij de AIB in het centrum van Roscommon. De manager daar heet Stuart Lynch. Hij is heel begripvol en er staat meer dan genoeg geld op die rekening om het uit te zingen tot de erfenis is afgehandeld en je alles erft. Je moeder kwam uit een welgestelde familie en we hebben bewust zuinig geleefd zodat jij na mijn dood een schuldvrij bestaan kon leiden. Geoff Barrington uit Shannonbridge is onze advocaat. Hij weet alles over je wat hij moet weten en hij zal ervoor zorgen dat je goed verzorgd achterblijft. Hij weet dingen die jij niet weet, maar daar kom ik later nog op terug.
Ik zou graag willen dat de begrafenisplechtigheid plaatsvindt in St. John's Church of Ireland in Lanesborough. Het is een fraai kerkje met een fijn kerkhof. Ik wil niet te veeleisend zijn, maar ik zou het bijzonder op prijs stellen als je kunt regelen dat het koor 'Be Thou My Vision' zingt. Ik zat als kind op het schoolkoor. Dat was mijn lievelingslied, omdat we vaak een paar woorden omwisselden om elkaar aan het lachen te maken. Och, wat haalden we in die tijd veel kattenkwaad uit. Maar ik dwaal af.
Als je niet bij de begrafenis aanwezig wilt zijn hoeft dat niet, maar als je denkt dat het je lukt zou ik het wel fijn vinden als je erbij was. Ik verwacht niet dat er meer dan tien mensen zullen komen en die ken je ongetwijfeld allemaal. Misschien komen er een paar bemoeiallen uit Carricksheedy opdraven, maar die kun je gewoon negeren. Ik

heb je al genoeg moeilijkheden bezorgd en het zal een drukke week voor je worden, dus ik wil graag dat je het rustig aan doet. Lees de volgende brief alsjeblieft pas volgende week.

Liefs, papa

Ik dronk de whiskey op en belde Angela. 'Er moet een begrafenis komen,' zei ik.

'Dat weet ik, lieverd. Ik hoop dat je het niet erg vindt, maar ik heb al het een en ander in gang gezet. Ik heb een kopie van je vaders brieven. Ik heb de begrafenisonderneming gebeld. De lijkschouwer heeft toegezegd het stoffelijk overschot vrij te geven zodra we dat willen, zodat we niet al te veel hoeven te plannen. Het enige probleem is dat de St. John's geen koor heeft. Ik wist niet dat je vader kerks was.'

'Dat was hij ook niet, maar toen mijn moeder nog leefde gingen we daar in de zomer weleens picknicken.'

'Op het kerkhof?'

'Ja.'

'Wil je erbij zijn, Sally?'

'Nee, maar ik ga toch.'

'Luister eens, het hele land is op de hoogte van jouw verhaal en het zou kunnen dat...'

'Hij wilde graag dat ik kwam.'

'Dat weet ik, maar...'

'Ik ga. Zouden Nadine en jij alsjeblieft ook willen komen?'

'Ja, natuurlijk. Maar...'

'Dank je. Heb je al een datum geprikt?'

'Ik wilde wachten tot je de brief had gelezen en dan pas een besluit nemen.'

'Kan het morgen?'

'Ik ben bang dat dát te snel is om alles te regelen. Aanstaande dinsdag misschien?'

'Dat duurt nog bijna een week.'

'Ik ben bang dat eerder niet zal lukken. Ik zal de politie moeten waarschuwen.'

'Waarom?'

'Heel veel mensen zijn nieuwsgierig naar jou, Sally. Ik denk dat je niet beseft hoe ongebruikelijk het is om je vaders lijk te verbranden, en er staan nog meer dingen in de brieven.'

'Dat mijn echte naam Mary is, bedoel je? Een paar mensen hebben me op straat met die naam begroet.'

'Koop alsjeblieft geen kranten, luister niet naar de radio en kijk niet naar het journaal.'

'Waarom niet?'

'Je bent groot nieuws, en heel veel van wat wordt gezegd berust op speculatie. Het is onmogelijk dat iemand de waarheid heeft achterhaald. De werkelijke feiten staan in je vaders brieven.'

'Ik mag de tweede pas volgende week lezen.'

Angela slaakte een diepe zucht.

'Ik moet ophangen. *Line of Duty* begint zo,' zei ik.

'Oké, liefje. Wil je dat ik morgen langskom? Heb je iets nodig?'

'Nee, bedankt.' Ik hing op.

9

Toen ik de zaterdag erop 's ochtends de keukenvloer aan het boenen was hoorde ik buiten iets. Door het keukenraam aan de achterkant van het huis zag ik een jongen voorbijfietsen, die door het hoge gras op weg was naar de schuur. Even later werd hij gevolgd door nog twee jongens en een iets jonger meisje, dat bij een van de jongens achterop zat. Het zag er niet veilig uit. Ik ben niet goed in het schatten van leeftijden, maar ik vermoedde dat de jongens tussen de twaalf en achttien jaar waren. Een lange slungel, een zwarte en eentje met sproeten.

Ik deed de achterdeur open en liep naar buiten.

'Wat komen jullie hier doen?' riep ik.

'Shit, daar heb je d'r!' schreeuwde de lange slungel. Het meisje gilde. De jongens gooiden wild hun stuur om en fietsen haastig naar de zijkant van het huis.

'Gekke Sally Diamond, de freak!' brulde de jongen met sproeten voordat hij uit het zicht verdween. De zwarte jongen lette niet op waar hij reed en hobbelde over de schop die in het gras lag. Daardoor viel het meisje van de fietsendrager en stootte haar hoofd tegen het handvat van de schop, dat door het gewicht van de jongen en zijn fiets omhoogkwam. Het leek net iets wat ik ooit in een tekenfilm met Bugs Bunny had gezien. Hij minderde geen vaart. De jongens gingen er allemaal als een haas vandoor.

Ik verwachtte dat het meisje zou huilen. Vanaf het moment dat ze me in het oog kreeg had ze aan één stuk door hysterisch gegild. Maar ze bleef roerloos en zwijgend in het gras liggen.

Ik liep voorzichtig naar haar toe. Haar ogen waren gesloten. Toen ik mijn hand op haar gezicht legde, voelde ze erg warm aan. Ik sloeg mijn arm om haar smalle borstkas, die op en neer deinde met haar hartslag. Ze was niet dood. Ik vermoedde dat ze een hersenschudding had. Mijn vader had me een EHBO-cursus laten volgen, die we elk jaar op 1 oktober herhaalden. Om mezelf te beschermen, had hij gezegd, maar hij zei ook dat ik andere mensen kon helpen als er een ongeluk was gebeurd. Het was de eerste keer dat ik een ongeluk meemaakte. Ik tilde haar hoofd op en voelde inderdaad een dikke buil onder haar haren op haar achterhoofd. Er was geen bloed. Geen reden om meteen in paniek te raken. Ik tilde haar op uit het gras, met één arm onder haar billen en met de andere om haar hoofd, dat tegen mijn schouder lag, en droeg haar naar binnen. Daar legde ik haar op de bank in de woonkamer, met een plaid over haar heen om haar warm te houden, want ik had de haard nog niet aangestoken. Ik ging naar de keuken om ijs uit de vriezer te halen, deed een heel bakje ijsblokjes in een schone handdoek en keerde terug naar de woonkamer. Daar tilde ik heel rustig haar hoofd op en drukte het geïmproviseerde icepack tegen de buil. Haar ogen gingen knipperend open en werden groot van schrik toen ze mij zag. Ze begon weer te gillen en ik wist dat ze bang was.

'Doet het pijn?' vroeg ik.

Ze schoof achteruit om bij me uit de buurt te zijn en het drong tot me door dat ik het helemaal niet erg had gevonden om het meisje aan te raken, vast te houden en te dragen toen ze buiten bewustzijn was. Ik hield het icepack voor haar omhoog en zei: 'Druk dit tegen je achterhoofd en blijf even stil liggen. Je hebt een hersenschudding. Ik moet dokter Caffrey bellen. Wil je misschien een glas cognac?'

Ze schudde haar hoofd en vertrok haar gezicht van pijn.

'Probeer je niet te bewegen. Doe je net alsof je niet kunt praten? Dat doe ik ook heel vaak. Lijk je op mij?'

Ze staarde me aan en er welden tranen op in haar ogen. Ze had een mooi gezichtje. Na een korte stilte zei ze met trillende lippen: 'Ik wil naar mijn moeder.'

Ik zuchtte. 'Ik mis mijn moeder ook, maar dat weet ik pas sinds kort, nadat mijn vader was gestorven. Leeft jouw moeder nog?'

'Ja.' Haar stem klonk steeds hoger. 'Zou je haar alsjeblieft willen bellen?'

Aha. Een vraag. Een vraag die ik vervelend vond. Ik praatte niet graag aan de telefoon met onbekenden.

'Ik zal dokter Caffrey bellen, dan kan zij jouw moeder bellen. Oké?'

'Oké.'

Ik bedacht dat kinderen dol zijn op zoetigheid. 'Wil je misschien een chocoladekoekje?'

'Kun je eerst mijn moeder bellen?'

'Ook goed.'

Ik liep naar mijn vaders werkkamer om de telefoon te halen en nam die mee naar de woonkamer. Het meisje zat nu op mijn vaders stoel aan de andere kant van de kamer, met de handdoek met ijs tegen haar hoofd gedrukt.

Toen ik haar naar hun telefoonnummer wilde vragen vroeg ze opeens: 'Mag ik mama zelf bellen?'

Dat leek me een goed idee. Ik gaf haar de telefoon. Ze toetste steels een paar cijfers in. Ik denk dat ze niet wilde dat ik wist wat hun nummer was.

'Mama, kun je me alsjeblieft komen halen? Ik ben...' Ze keek me aan. 'Bij gekke Sally Diamond thuis... Ja, dat wéét ik. Ze is hier... bij mij in de kamer. Ik zat achterop Maduka's fiets. Hij reed weg en ik ben eraf gevallen... Ik weet niet waar hij nu is... Kom me alsjeblieft snel halen... Nee,' fluisterde ze, 'maar ze vroeg me wel of jij dood was... Dat weet ik niet... Maduka, Fergus en Sean wilden zien waar ze... je weet wel...' Ze keek weer naar mij. 'Waar ze het heeft gedaan.'

Plotseling vloog er een steen door het raam van de woonkamer, die bij mijn voeten terechtkwam. Toen ik naar buiten keek zag ik dat de twee witte jongens kiezels van de oprit opraapten en naar de ramen smeten. Het meisje dook weg in de stoel. De rugleuning zou haar tegen rondvliegend glas beschermen.

Ik rende naar de voordeur.

'Laat haar gaan!' zei de jongen met de sproeten.

'Ze heeft een hersenschudding.' Ik wees naar de zwarte jongen. 'Jíj hebt haar van je fiets laten vallen, Maduka, en ze heeft haar hoofd gestoten. Ze belt nu met haar moeder.'

'O, man, daar krijg ik vast gelazer mee.'

'Jullie hebben mijn raam gebroken. Laat die stenen nu meteen vallen.'

'Sally Diamond, moordenaar!' zei de lange slungel, maar ze lieten de kiezelstenen toch vallen.

Het meisje kwam naar de deur. Ze had de telefoon nog in haar hand. Ze keek me aan en gaf me de telefoon. 'Mama wil het adres weten.'

Ik wilde niet met haar moeder praten. Ik wilde al die kinderen niet op mijn terrein hebben en ik wilde ook geen gebroken raam hebben. 'Jij,' zei ik, en ik wees naar Maduka. 'Vertel haar waar ik woon.'

Maduka kwam dichterbij en op zijn gezicht zag ik ook angst. Hij nam de telefoon van me aan. 'Hoi mama,' zei hij zacht. Hij slenterde weg met de telefoon. Hoewel ik niet naar de andere twee jongens keek, zag ik dat ze hun fietsen opraapten en langzaam over de oprit naar het hek slopen. Tegen de tijd dat Maduka me de telefoon teruggaf waren ze verdwenen.

Maduka en het meisje gingen samen op de bank zitten, terwijl ik de glasscherven opruimde en de open haard aanstak. Toen ik een stuk karton op maat knipte en tegen het raam plakte, fluisterden ze met elkaar.

Ik gaf hun chocoladebiscuitjes. Ze namen er ieder eentje en roken er eerst aan. Maduka likte aan die van hem en knikte naar het meisje. Ze aten hun koekje allebei heel snel op en er vielen kruimels op hun schoot. Daarna zaten we een tijdje zwijgend bij elkaar.

Uiteindelijk kuchte Maduka en vroeg: 'Heb je het echt gedaan?'

Ik keek hem niet aan. 'Wat moet ik gedaan hebben?' Meestal ben ik niet goed in raden, maar nu had ik een vrij goed idee van wat hij wilde weten.

'Heb je je eigen vader vermoord en hem daarna verbrand? Heb je hem levend verbrand, bedoel ik.'

'Nee, dat heb ik niet gedaan. Toen ik hem die ochtend een kop thee ging brengen was hij al dood. Ik heb hem buiten bij de vuilcontainers gezet en omdat we het grootste deel van ons afval altijd verbranden dacht ik dat dat het beste was om te doen.'

'Weet je echt heel zeker dat je hem niet hebt vermoord?'

'Honderd procent zeker. Ik heb gevoeld of ik een hartslag kon vinden. Die had hij niet meer. De politie heeft bevestigd dat ik hem niet heb vermoord. Het was fout van me om zijn lichaam te verbranden. Ik wist niet dat dat niet mocht. Als ik hem had vermoord zou ik nu wel in de gevangenis zitten, denk je ook niet?'

'Dat is niet wat ze op school zeiden.'

'Scholen zitten vol met leugenaars. Toen ik op school zat vertelde iedereen leugens over me. Het was er vreselijk.'

De kinderen keken elkaar aan.

Maduka zei: 'Fergus zegt dat ik ruik.'

'Naar wat?'

'Dat weet ik niet... Ik neem aan dat ik... stink.'

Ik liep naar hem toe zonder al te dicht bij hem te komen en snoof de lucht op.

'Zie je wel? Leugenaars. Je ruikt helemaal nergens naar. Waarom ga je met sukkels als die Fergus om? Is hij degene met sproeten?'

'Nee, hij is de lange.'

Het meisje glimlachte. 'Ik heet Abebi.'

'Je ziet er niet uit als een baby.'

Ze spelde giechelend haar naam.

Ik lachte mee. 'Zeggen ze ook dat jij ruikt?'

'Nee, maar sommige meisjes zeggen wel dat ik me vaker moet wassen, want dan wordt mijn gezicht wit.'

'Domoren.'

Hun moeder kwam hen ophalen. Ik hoorde de auto al op de oprit voordat ik hem zag. Ik zei tegen hen dat ze naar buiten moesten gaan.

De jongen zei: 'Ik zal ervoor zorgen dat Sean en Fergus je betalen voor dat raam. Ik heb gezegd dat ze niet met stenen mochten gooien, maar ze wilden niet naar me luisteren.'

'Hebben ze een baan?'

'Nee, we zijn pas twaalf,' antwoordde hij.

'Dan betaal ik het raam zelf wel. Ik heb heel veel geld.'

Hij glimlachte. 'Dank je wel.'

'Komen jullie dinsdag naar mijn vaders begrafenis?'

Abebi keek me met grote ogen aan. 'Dan moeten we naar school.'

'Als ik jullie was zou ik niet naar school gaan,' zei ik. 'Het is een verspilling van tijd.'

Hun moeder was buiten bezig de fiets van de jongen in de kofferbak van haar auto te stoppen. Ze kwam niet naar de deur toe, maar strekte haar nek om me te zien. Ik stond achter de deur, uit het zicht. Het was een witte vrouw. Ik hoorde haar naar de kinderen roepen: 'Schiet op! Maak dat jullie daar weg komen! Wacht maar tot we thuis zijn!'

Ik speelde mijn moeders spelletje en probeerde me voor te stellen wat ze over me dacht. Ik vermoedde dat ze bang was. Misschien waren een heleboel mensen bang voor me. Behalve misschien de twee kinderen. Ik vond hen aardig. Maduka en Abebi. Ik was vergeten aan Abebi te vragen hoe oud ze was. Ik wilde het graag weten. Ik wilde weten in wat voor huis ze woonden, welke televisieprogramma's ze graag keken en of hun vader lief was, net als die van mij.

10

De volgende dag werd er al vroeg op de deur geklopt. Het was Angela. Er zat een diepe rimpel in haar voorhoofd en haar lippen zaten stevig op elkaar geperst. Dat betekende dat ze boos was.

'Sally! Hoe haal je het in je hoofd? Je kunt niet zomaar vreemde kinderen in je huis laten!'

'Ik had ze niet uitgenodigd. Ze waren hier zonder mijn toestemming. Ik heb een van hen behandeld voor een hersenschudding en ik heb hun chocoladekoekjes gegeven.'

'Je hebt tegen hen gezegd dat ze niet naar school moesten gaan!'

'Ik vond hen aardig.'

'Nou, het heeft me de nodige tijd gekost om hun moeder te kalmeren en haar jouw situatie uit te leggen. Sally, denk de volgende keer alsjeblieft eerst goed na over de gevolgen van wat je zegt en doet, vooral als het om kinderen gaat. Ik heb een fulltimebaan als huisarts. Vorige week heb ik een vervanger moeten regelen zodat ik jouw crisis kon oplossen.'

'Welke crisis?'

Haar gezicht was knalrood, maar opeens glimlachte ze en barstte vervolgens in lachen uit. 'Sally, je bent een vleesgeworden crisis. Je doet het niet expres, maar de volgende keer dat je ergens over twijfelt, vraag het dan alsjeblieft aan mij, oké?'

'Maar ik twijfel helemaal nergens aan.'

'Daar was ik al bang voor. Mevrouw Adebayo begrijpt het nu, maar ze wist niet beter dan dat jij je vader had vermoord. Ik heb haar op andere gedachten kunnen brengen en gelukkig hebben de kinderen haar verteld dat je aardig tegen hen was.'

'De witte jongens hebben mijn raam gebroken.'

Ik liet Angela de schade zien en vroeg haar om een glaszetter te bellen.

'Sally, ik weet dat je het lastig vindt, maar je zult moeten leren om bepaalde dingen zelf te doen. Bijvoorbeeld een glaszetter bellen. Mijn god, je hebt zeker geen smartphone, hè? Of een laptop. Maar je weet toch wel hoe je dingen in de Gouden Gids moet opzoeken? Die heb je toch nog wel? Ik heb hem op de haltafel zien liggen.'

Ik knikte.

'Nou, zoek een glaszetter hier in de buurt en vraag of ze hiernaartoe kunnen komen om het raam te vervangen.'

Ik ijsbeerde door de kamer.

'Sally, ik weet dat je vader het goed bedoelde, maar hij was overbezorgd. Het was beter geweest als je was gaan studeren. Jean had gelijk.' Jean was de naam van mijn moeder. Mijn vader en zij hadden ruzie gehad over de vraag of ik naar de universiteit zou gaan. Mijn vader had gewonnen.

'Ik vind het niet prettig om met onbekenden te praten.'

'Nou, je hebt gisteren anders twee onbekenden in je huis toegelaten en je had er geen enkele moeite mee om met hen te praten. Heb je hen echt uitgenodigd om naar je vaders begrafenis te komen?'

'Ja.'

'Waarom? Het zijn kinderen.'

'Ik vond hen aardig.'

'Kijk eens aan. Dus je hebt niet aan alle onbekenden een hekel.'

Zo had ik er nog niet over nagedacht.

'Goed, zoek een glaszetter in Roscommon en vraag hem om iemand langs te sturen om het raam te repareren, oké?'

'Maar als hij nou gemeen is, of me aanvalt, of iemand is die denkt dat ik mijn vader heb vermoord?'

'De meeste mensen kennen de waarheid, en degenen die dat niet weten zijn… tja…'

'Zijn die bang voor me?'

'Ik denk dat een glaszetter die hiernaartoe komt het raam zal repareren en zo snel mogelijk weer zal vertrekken.'

'Ik hoef dus geen kop thee voor hem te zetten?'

'Je hoeft helemaal niets te doen, behalve hem betalen.'

'Contant?'

'Ja, waarschijnlijk heeft hij dat het liefst. Luister, ik moet nu gaan, anders kom ik te laat op mijn werk. Bel me alleen als er een probleem is. Leg de hoorn terug op de telefoon, zodat ik niet steeds hiernaartoe hoef te komen. Ik zie je dinsdag bij de begrafenis, maar verder heb ik het erg druk.'

Het drong tot me door dat ik moest zeggen dat het me speet. 'Sorry, Angela.'

'Gelukkig ben je alweer oud nieuws. Het mediacircus is verder getrokken. Een van de raadsleden van het graafschap wordt ervan beschuldigd zes miljoen euro aan smeergeld te hebben aangenomen en in Knockcroghery heeft een man gisteren zijn beste vriend vermoord. Ik moet gaan. Dag!' Ze vertrok, maar er bleef een antiseptisch geurtje in de lucht hangen. Ik vond het een lekkere geur. Ze was altijd heel schoon.

Terwijl ze in de auto stapte, riep ze: 'O ja, we zullen ook iets voor Kerstmis moeten regelen. Je mag het wel bij ons komen vieren.'

Het eerste telefoontje naar de glaszetter was minder ingewikkeld dan ik had verwacht. Ik oefende een paar keer voordat ik het nummer intoetste. Het lastigste was de routebeschrijving naar ons huis. Omdat ik zo ver buiten Roscommon woonde was er tachtig euro aan voorrijkosten aan verbonden, en daarnaast moest ik betalen voor het glas en de tijd die nodig was om het te plaatsen. En ik moest eerst het raam opmeten en hen dan terugbellen. De vrouwenstem klonk vriendelijk, met een buitenlands accent dat ik niet kon plaatsen.

Ik mat het raam op en belde de vrouw terug. Ditmaal was haar houding veranderd, en omdat ik haar gezicht niet zag kon ik niet zeggen hoe haar stemming was. Ze controleerde mijn naam en adres nogmaals en vroeg toen of ik de dochter van Thomas Diamond was.

'Ja,' antwoordde ik.

'Uitstekend,' zei ze. 'Alex komt morgenochtend om een uur of tien.'

Alex was keurig op tijd, plaatste het nieuwe raam en was binnen een uur weer vertrokken. Hij zei amper iets tegen me en ik bleef al die tijd in de keuken zitten. Toen ik het geld voor hem uittelde, mompelde hij: 'Ik vind het heel erg van je vader.'

'Ik had niet moeten proberen om hem te verbranden. Het was een misverstand.'

Hij zei verder niets meer, stapte in zijn bestelbusje en reed weg.

11

De begrafenis was op dinsdag 19 december. Ik reed zelf naar de kerk, ondanks Angela's aanbod. Ze zei dat het gebruikelijk was om in een stoet achter de rouwauto aan te rijden, maar daar zag ik het nut niet van in. Bij het toegangshek stonden twee politiemensen, die de fotografen op afstand hielden. In tegenstelling tot wat Angela had voorspeld bleek ik nog steeds nieuws te zijn. Toen ik naar de kerk liep zag ik dat mensen hun telefoon op me gericht hielden. Zo te zien was het hele dorp uitgelopen, want iedereen was er. Van de meesten wist ik de naam niet, maar ik herkende wel alle gezichten.

Ik had de zwarte jas aan die mijn moeder altijd naar begrafenissen had gedragen. Daaronder droeg ik een groene jurk (ook van mijn moeder), want in haar zwarte was ze begraven. Verder had ik mijn zwarte laarzen aan en een rode baret met lovertjes die volgens mijn vader voor bijzondere gelegenheden was. Ik had hem pas één keer eerder op gehad, tijdens een bezoek aan het Fota Island Wildlife Park, toen mijn moeder nog leefde. Dat was een heerlijk weekend geweest. Maar dit was ook een speciale gelegenheid.

De mensen die ik van gezicht kende wilden me allemaal een hand geven. Ik trok die van mij telkens weg, totdat Angela naast me opdook. 'Ze willen je een hand geven als teken dat ze met je meeleven. Gun hun dat alsjeblieft. Mooie hoed trouwens. Ik denk dat je vader het wel had gewaardeerd.' Ik had op tv begrafenissen gezien. Ik wist dat handen schudden, huilen en je neus snuiten erbij hoorden. Ik vroeg Angela of ze een kalmerend pilletje voor me had.

Daarna liet ik me door ongeveer veertig mensen de hand schudden. Halverwege siste Angela tegen me: 'Je moet het gebaar wél beantwoorden.'

Dat vond ik maar niets. En ik vond het ook helemaal niets dat al die mensen er waren. Ik weet zeker dat sommigen van hen mijn vader amper kenden, maar ze hadden wel allemaal iets over hem te melden.

'Hij heeft ons geholpen toen mama instortte, God hebbe haar ziel.'

'Hij was altijd op zoek naar koopjes.'

'Als jouw vader er niet was geweest zou ik nu op de bodem van de rivier liggen,' zei een oude man met waterige ogen. Ik wist dat mijn vader vroeger heel af en toe patiënten van mijn moeder behandelde wanneer ze hem daarom vroeg.

Nadine leidde me met een hand om mijn elleboog weg. Ik vind het niet erg als mensen mijn elleboog aanraken. 'Er zijn een paar vrienden van je gekomen,' zei ze. Ik wist niet over wie ze het had, totdat ik achter een meute dorpsbewoners Abebi en Maduka zag staan, samen met hun moeder en een man die vermoedelijk hun vader was.

Ik schonk geen aandacht aan de andere aanwezigen en liep direct naar hen toe.

'Ik ben Udo, en mijn vrouw Martha ken je al,' zei meneer Adebayo. 'Ik ben hier om je te condoleren en om me te verontschuldigen voor het feit dat mijn kinderen op zaterdag zonder toestemming op je land zijn geweest. Maduka heeft op weg hiernaartoe opgebiecht dat zijn vrienden je raam hebben gebroken. Sta me alsjeblieft toe dat ik de kosten vergoed.' Hij praatte heel snel. Volgens mij had hij een Nigeriaans accent. De kinderen waren dus niet geadopteerd, zoals ik. Maduka had een betraand gezicht.

Martha nam het woord. 'We hebben hun verboden om je ooit nog lastig te vallen.'

'Jullie hoeven me niet te betalen voor het raam. Het is al gerepareerd en betaald. De glaszetter was bang voor me. Ik denk dat de jongens dachten dat ik Abebi in de verbrandingsoven zou stoppen. Ze konden er niets aan doen.'

Ik ratelde maar door. En toen deed ik nóg iets ongewoons. Ik stak mijn hand uit en streek over Maduka's gezicht. 'Het zijn lieve kinderen. Dat geldt helaas niet voor hun vriendjes. Sean en Fergus.' Ik heb een uitstekend geheugen.

'Ik mag niet meer met ze spelen,' zei Maduka. Martha prevelde dat ze een slechte invloed op hem hadden.

'Ik vond dat ze op zijn minst hiernaartoe moesten komen om te tonen dat ze spijt hebben van wat ze hebben gedaan,' zei Martha.

Abebi liet haar moeders hand los en keek naar me op. 'Donderdag voeren we het kerstverhaal op. Ik speel Maria. Kom je kijken?'

Terwijl ik nadacht over de uitnodiging werden we afgeleid door de komst van de rouwauto.

Ik probeerde te bedenken wat voor bende het in de doodskist moest zijn. Arme papa. Ik had Angela die dag natuurlijk moeten bellen. Maar dan had hij op de envelop moeten schrijven: 'openmaken op de dag dat ik doodga'. Met hoofdletters. Onderstreept.

Iedereen op de begraafplaats stopte met praten en Angela nam me mee naar de achterkant van de rouwauto, waar ze de kist op een handige inklapbare baar tilden. We volgden de begrafenisondernemers de kleine, mooie kerk in. Nadine vertelde me dat ze bloemen had besteld. Ik vond het zonde om bloemen te kopen voor een dode man, maar ik wist ook dat ik niet alles wat ik dacht hardop kon zeggen. De roodwangige dominee kwam naar me toe om me een hand te geven. Ik stopte allebei mijn handen in mijn zakken.

Hij had me gevraagd om de vorige avond bij hem langs te komen, maar ik had hem aan de telefoon verteld dat ik niet met vreemde mannen wilde afspreken. Hij herinnerde me eraan dat we elkaar een paar keer hadden ontmoet toen ik als kind met mijn moeder naar de kerk ging. Ik antwoordde dat hij desondanks een vreemde man voor me was en toen stemde hij ermee in om het gesprek telefonisch af te handelen. Hij stelde me een paar vragen over mijn vader en ik beantwoordde ze.

'Het aantal kerkgangers neemt elk jaar af. Ik neem niet aan dat ik je kan overhalen om de dienst bij te wonen, al was het maar op onregelmatige basis.'

'Nee,' zei ik. 'Het is vreselijk saai.'

Het was ontzettend warm in de kerk. Volgens mij waren er nog nooit zoveel katholieken tegelijk binnen geweest. Officieel was ik lid van de anglicaanse kerk, maar mijn vader en ik waren een paar jaar geleden tot de slotsom gekomen dat we eigenlijk atheïsten waren.

Ik nam op de voorste kerkbank plaats, met Nadine en Angela aan weerszijden van me. Mevrouw Sullivan van het postkantoor, en Maureen Kenny en haar man, de slager, stonden achter ons. Ger McCarthy stond voor de bank tegenover die van ons. Ik had hem nog nooit in een net pak gezien. Hij had zich zelfs geschoren. Ik zocht naar Maduka en Abebi, maar die zaten kennelijk achterin.

Het was het gebruikelijke saaie gedoe, behalve dat de kist pal voor ons stond. De dominee beschreef in zijn preek dat mijn vader een heel belangrijke rol in de gemeenschap had gespeeld, wat me verbaasde want mijn vader vermeed de gemeenschap net zoveel als ik. Angela hield een toespraak waarin ze mijn moeder herdacht en zei dat mijn vader vandaag trots op me zou zijn geweest, ongeacht de fouten die er na zijn dood waren gemaakt. Hier en daar werd geapplaudisseerd en ik wist dat Angela gelijk had, want mijn vader zei heel vaak dat hij trots op me was. Ik lachte naar Angela.

Na de plechtigheid gingen we naar de begraafplaats waar we vroeger altijd picknickten. Er was een gat gegraven voor mijn vaders kist. De helft van de aanwezigen vertrok. Ger McCarthy gaf me een hand en condoleerde me. Heel veel mensen zeiden precies hetzelfde voordat ze wegslenterden. Opeens zag ik de familie Adebayo staan en ik was blij dat ze waren gebleven. Het begon heel hard te regenen, zoals bij begrafenissen op tv ook altijd gebeurt. De kist zakte in het gat en toen konden we eindelijk weg.

Angela zei dat degenen die tot het eind waren gebleven waarschijnlijk verwachtten dat ze zouden worden uitgenodigd om mee naar mijn huis te gaan. Een paar buren hadden haar eten gegeven: sandwiches, taarten en cakes. Blijkbaar was dat traditie. Maar ik kende hen niet. Waarom zou ik hen in mijn huis uitnodigen? Er werd gezegd dat de dorpelingen al naar de pub gingen. Nadine en Angela vroegen of ik met hen mee naar huis wilde, maar ik was moe en wilde naar mijn eigen huis en naar bed.

Toen ik op weg was naar mijn auto kwam Abebi naast me lopen. Ze zei: 'We vinden het heel erg van jouw papa en ook dat we zomaar op jouw land zijn geweest.'

Haar ouders en broertje liepen achter haar. Udo zei: 'Als er eens iets bij jou in huis moet gebeuren, zal Maduka dat graag voor je doen, en als het te moeilijk voor hem is, kan ik het ook doen.'

'Maar zeg alsjeblieft niet meer tegen hen dat ze niet naar school moeten gaan,' zei Martha. 'Ze hebben het daar juist naar hun zin.'

Ik dacht even na. 'Mogen ze na schooltijd een keertje op de thee komen?'

Martha keek naar Udo. Abebi legde haar zachte handje in die van mij en ik trok hem niet weg.

'Nou, dan moeten ze hun huiswerk maken...' zei Martha.

'Ik was altijd heel goed in huiswerk maken. Misschien kan ik hen wel helpen.'

'We zullen wel zien. Na de vakantie misschien.'

'Hoe vieren jullie Kerstmis?' Het was een vraag die ik heel veel mensen had horen stellen. Ik wilde het gesprek op gang houden. Heel ongebruikelijk voor mij.

'Een traditionele familiedag. 's Ochtends naar de kerk. Daarna de kerstman, kalkoen en kinderen die helemaal hyper zijn van een overdosis suiker. En 's avonds een film op tv.'

'Mag ik ook komen?' vroeg ik.

Angela stond achter me. Ze lachte en raakte mijn elleboog aan. 'Wat ben je toch een grapjas, Sally. Maak je geen zorgen, Martha, ze viert Kerstmis bij ons.'

Ik vind het vreselijk als mensen me uitlachen. Ik trok aan mijn haren.

'Ik zeg soms de verkeerde dingen.' Ik wist op een of andere manier dat ik iets fout had gedaan. 'Ik heb namelijk een socialevaardigheidsprobleem.'

'Dat moet je niet van jezelf zeggen,' zei Angela.

Ik had ontdekt dat die term goed van pas kwam tijdens confronterende of verwarrende situaties. Er viel een korte stilte. Martha en Angela bloosden allebei. Ik keek hen om beurten aan.

'Wat heb je een mooie hoed op,' zei Martha.

'Dank je. Die is voor bijzondere gelegenheden.'

12

Nadat ik thuis was gekomen speelde ik een tijdje piano. Dat werkte rustgevend. Maar ik was moe en ging al snel een dutje doen. Toen ik wakker werd schemerde het en het schoot me te binnen dat het bijna de kortste dag van het jaar was. Ik had sinds het ontbijt niets meer gegeten. Ik zette een deel van het eten van de buren in de koelkast en stopte de rest in de vriezer. Ik probeerde te bedenken hoe ze mij zouden zien. De mensen die eten hadden gemaakt waren niet bang voor me. Ik dacht dat de meeste mensen in de kerk ook niet bang voor me waren. Nadine had gezegd dat ze wisten dat ik een beetje apart was en dat ik een fout had gemaakt. Ik weet dat ze bedoelde dat ik een socialevaardigheidsprobleem had.

Terwijl ik de boeuf stroganoff in de magnetron zette (er zaten handige instructies bij van 'Caroline van de Texaco') realiseerde ik me dat het al een week geleden was dat ik de eerste van mijn vaders brieven had gelezen. Ik at mijn eten op en schonk een glas whiskey voor mezelf in. Het eten smaakte me goed. Dat verbaasde me. Mijn vader had altijd gezegd dat het geen zin had om me nieuwe dingen te laten uitproberen, omdat ik vastgeroest was in mijn gewoonten. Ik nam me voor om Caroline in de Texaco op te zoeken en haar naar het recept te vragen. Ik ben heel goed in het volgen van recepten.

Ik maakte de envelop open en haalde de tweede brief van mijn vader eruit.

Lieve Sally,

Ik heb je een groot deel van je leven weggehouden bij psychotherapeuten, psychiaters (met uitzondering van mezelf) en psychologen.
Hoewel mijn vakgenoten het nooit zullen toegeven, is het meeste van wat we doen niet echt wetenschappelijk onderbouwd, maar eerder giswerk. Om de tien jaar bedenken we nieuwe labels om mensen in categorieën in te delen. Jij had de diagnose 'angststoornis' of PTSS *kunnen krijgen. Sommigen hadden misschien gezegd dat je een autismespectrumstoornis had, of hechtingsproblemen. Maar je bent gewoon een beetje apart, dat is alles.*
Jij bent jij. Net zo uniek en anders als iedere andere bewoner van deze planeet. Jouw eigenaardigheden zijn geen handicaps (ook al noemen we ze wel zo om je arbeidsongeschiktheidsuitkering veilig te stellen), maar slechts excentrieke kanten van je persoonlijkheid. Jij houdt niet van telefoongesprekken en ik hou niet van bloemkool. Verschillen we nou echt zoveel van elkaar?
Ik heb nooit een diagnose bij je kunnen stellen, omdat je in geen enkele categorie paste. Geen enkel label zou alle tegenstrijdigheden in jouw gedrag kunnen omvatten. Soms ben je nieuwsgierig. Andere keren kan het je totaal niet schelen. Je reageert emotioneel op dingen die andere mensen onbelangrijk vinden, maar blijft onbewogen bij dingen waar anderen kapot van zouden zijn. Je praat niet graag met vreemden, maar soms klets je zo enthousiast met hen dat ik er geen woord tussen krijg; herinner je je nog die keer dat er Jehova's getuigen bij ons op de stoep stonden?
Meestal vind je het niet fijn als mensen naar je kijken, maar soms staar je anderen recht aan, alsof je hen bestudeert. (Ik neem aan dat je meer over hen wilt weten. Ik moet je er dan aan herinneren dat het de meeste mensen een onbehaaglijk

gevoel geeft.) Je gedrag is altijd inconsequent geweest. Dat is niet erg. Maar geen enkele bij mij bekende diagnose is op jou van toepassing.
Het lijkt me niet verstandig dat je hier nu in je eentje blijft wonen. Wellicht was het niet slim van me om toe te staan dat je jezelf van de buitenwereld afzonderde. Ik weet niet of je je weleens eenzaam voelt. De wijze waarop jij besluiten neemt is niet altijd wat we 'normaal' noemen en kan leiden tot problemen en ongemakkelijke situaties. Ik denk dat je begeleiding nodig hebt. Soms raak je in de war bij kwesties die belangrijk zijn. De tegenzin waarmee jij mensen tegemoet treedt is nadelig voor jouzelf. Ik weet dat je Angela graag mag en vertrouwt, maar je kunt niet in alles op haar leunen. Ze heeft een drukke praktijk. En Nadine en zij moeten ook tijd met elkaar kunnen doorbrengen, dus je kunt niet met elk wissewasje naar hen toe rennen. Ik heb je te afhankelijk gemaakt. Dat was mijn fout.
Ik voel me er verantwoordelijk voor dat je een einzelgänger bent geworden en dit huis helpt daar ook niet bij. Het begint hier en daar in verval te raken, net als ik. En het is te geïsoleerd, net als jij.
De auto gaat niet eeuwig mee, en hoewel je gemakkelijk een nieuwe kunt kopen, denk ik dat je moeder gelijk had toen ze jaren geleden zei dat we een manier moesten bedenken om je te socialiseren. Ik weet dat je het verschrikkelijk vond om in Roscommon te wonen, maar het is belangrijk dat je meer mensen om je heen hebt. Zou je willen overwegen om in Carricksheedy te gaan wonen? In het dorp zelf, bedoel ik. Je hebt sowieso geen huis met drie slaapkamers nodig. Het was egoïstisch van me om toe te staan dat je je tijd in je eentje in dit huis doorbracht, met alleen mij als gezelschap. We hebben het veld achter het huis laten verwilderen. Weet je nog dat je moeder er een tuin met wilde bloemen van had gemaakt? In de zomer zat het er altijd vol met bijen en vlin-

ders. Dat we de tuin niet hebben bijgehouden is een van de vele dingen waar ik spijt van heb. Je had er een liedje over gemaakt. Ga alsjeblieft de rest van je leven door met zingen en pianospelen. Je wordt er rustig van en doet er anderen beslist plezier mee.
Ik vermoed dat Ger McCarthy al een tijdje in dat veld geïnteresseerd is. Hij heeft me er een paar jaar geleden naar gevraagd, maar ik was bang voor veranderingen die jou van streek konden maken. Ik heb je als een klein kind behandeld. Het spijt me, liefje. Waarschijnlijk zou hij het huis renoveren en het veld naast dat van hem als weide gebruiken. Zoals je weet huurt hij het andere veld achter ons huis al. Ik zou je willen aanraden om het aan hem te verkopen, maar laat je wel bijstaan door een makelaar. Ons huis is een flinke bungalow met grote kamers, ook al is het verwaarloosd. En het land eromheen is vruchtbaar en ideaal om vee op te laten grazen. Hoe afgelegen het ook is, het dorp breidt zich uit. Er zijn tegenwoordig appartementen in de hoofdstraat. Wie had dat ooit gedacht? Misschien zou je eens moeten kijken of er eentje te koop staat.
Over de rekeningen hoef je je trouwens geen zorgen te maken, die worden automatisch afgeschreven. Geoff Barrington zal erop letten dat dit zo blijft tot de erfenis is afgehandeld.
In het begin vond ik het grappig als je deed alsof je doof was. Maar inmiddels denk ik dat dit onverstandig van me was. Je moet met andere mensen praten. Hun naar henzelf vragen. Een eenvoudig 'Hoe gaat het met je?' is al genoeg om een gesprek te beginnen. Probeer hen aan te kijken. Ook als het antwoord je niet interesseert zal het je na verloop van tijd vriendschappen opleveren. De enige gelegenheid die je daartoe hebt gehad was op school, en ondanks je onprettige ervaring daar waren er een paar aardige meisjes die probeerden je te helpen. Herinner je je hen nog? In de

buitenwereld zul je meer vriendelijke dan onvriendelijke mensen tegenkomen. Zoek contact met hen.
Janet Roche geeft schilderlessen en dat zou een mooie manier zijn om mensen te leren kennen. Ian en Sandra van de bibliotheek in Roscommon organiseren allerlei groepjes en ik weet dat ze een cursus geven om mensen met een computer te leren omgaan. Het is gratis. Als ik jou was zou ik daarmee beginnen.
Hier laat ik het even bij, lieverd. Ik wens je een fijne week. Voordat je volgende week de laatste brief openmaakt wil ik graag dat je eerst goed eet en een glaasje whiskey drinkt. Er staat heel veel in om te verwerken en ik wil je niet meteen met alles overvallen.

Liefs, papa

Waarom zou ik verhuizen? Ik had het hier naar mijn zin. Ik wilde niet midden in het dorp wonen, en ik wilde al helemaal niet socialiseren. Misschien kon ik kinderoppas worden. Voor Abebi en Maduka. Misschien vonden Martha en Udo het goed dat ik af en toe op hen paste. Ze hoefden me er niet voor te betalen.

En dan was er nog iets. In de brief had mijn vader het over PTSS. Ik wist dat dat posttraumatische stressstoornis betekende. Welk trauma zou hij daarmee bedoelen?

13

De volgende dag ging ik naar het postkantoor. Toen ik de deur openduwde stond er een lange rij mensen die met elkaar kletsten, maar zodra ze zich omdraaiden en mij zagen zwegen ze allemaal. De vrouw voor me was bij de begrafenis geweest. 'We wisten helemaal niet dat je kon praten,' zei ze.

'Hoe gaat het met je?' vroeg ik, zoals mijn vader me had aangeraden. In plaats van antwoord te geven zei ze: 'Ik ben Caroline van de Texaco. Ik heb een paar dagen geleden een ovenschotel bij jou thuis afgegeven. Het valt vast niet mee om eten te koken of helder na te denken als je verdriet hebt.'

'Het was heerlijk,' zei ik. 'Mag ik het recept hebben?'

Ik keek haar recht aan. Haar lippenstift was rood en haar ogen waren blauw, en ik denk dat ze misschien iets jonger was dan ik, maar ik ben niet goed in het schatten van leeftijden.

'Tuurlijk. Zal ik het aan je e-mailen?'

'Ik weet niet hoe ik de computer moet gebruiken, maar na Kerstmis ga ik in de bibliotheek een cursus volgen. Die is gratis.' Dat had ik die ochtend telefonisch bij de bibliotheek nagevraagd. Het was een heel gemakkelijk gesprek geweest en de man, Ian, was heel aardig.

'Heb je een mobiele telefoon? Ik kan het je ook appen.'

'Nee.'

'Dan schrijf ik het wel op. Kom de volgende keer dat je in de

Texaco bent maar naar me toe, zal ik het je dan geven.'

'Dank je wel. Ik kan trouwens wel helder nadenken, maar ik heb emotieregulatieproblemen, dus ik verwerk verdriet niet op de gewone manier. Hoe gaat het met je?' Het leek me een goed idee om het nog eens te proberen.

'Druk,' antwoordde ze. Ze liet me een stapel enveloppen zien. 'Ik probeer de kerstkaarten op de post te doen voordat het te laat is.'

De postbode had de afgelopen weken ook kaarten bij mij thuis bezorgd. Sommige waren aan mijn vader geadresseerd, andere aan mij. Ik besefte dat ik ze beter kon openmaken.

Ik kon niets meer bedenken om tegen Caroline te zeggen.

De rij kroop maar langzaam vooruit, want heel veel klanten schoven onhandige pakketten door het open raam van de balie naar mevrouw Sullivan.

'Waar vier jij Kerstmis?' vroeg Caroline.

'Angela en Nadine hebben me uitgenodigd, maar ik weet niet of ik wel ga. Misschien blijf ik thuis.'

'Die lesbiennes?' vroeg ze.

'Ja.' Ik keek haar weer recht aan en zag dat ze haar wenkbrauwen fronste. Had ik iets verkeerds gezegd?

'Je kunt beter je niet al te veel met hen inlaten. Sinds je moeder is overleden ga ik naar een huisarts in Roscommon. Straks denken mensen nog dat jij er ook eentje bent.'

'Dat ik wat ben?'

'Je weet wel. Een lesbienne,' zei ze fluisterend.

'Nou, in theorie ben ik heteroseksueel,' zei ik.

Ze staarde me niet-begrijpend aan.

'Ik heb nooit seks gehad, dus honderd procent zeker weten doe ik het niet.'

Ze wendde haar gezicht af. Blijkbaar was het gesprek afgelopen. Maar ik had zowaar een praatje gemaakt en ik was trots op mezelf. Ze haalde haar telefoon uit haar zak en begon te scrollen. Toen ze was geholpen en vertrok, knikte ze naar me. 'Tot ziens,' zei ik. 'Het was leuk om je even gesproken te hebben.'

Ze zei niets terug.

Bij de balie keek mevrouw Sullivan me onderzoekend aan. 'Sally,' zei ze. 'Hoe gaat het nou met je?' Ze schreeuwde nog steeds, alsof ik echt doof was.

'Goed, hoor. Dank u. Ik heb het adres van Martha Adebayo nodig. Ze staat niet in het telefoonboek.'

'Martha, de yogalerares?' riep ze.

'Ik weet niet wat voor werk ze doet. Haar man heet Udo en ze hebben twee kinderen.'

'Ik weet wie je bedoelt. Haar yogastudio staat in Bracken Lane, vlak bij de slager,' zei ze. 'Sunflower Studio. Haar woonadres mag ik volgens mij niet geven. Waarom wil je het hebben?'

Ik deed weer alsof ik doof was, draaide me om en vertrok. 'Vrolijk kerstfeest!' riep ze me na. Ik reageerde niet.

'Arm kind,' zei ze tegen de man die achter me had gestaan. 'Ik denk dat ze de ene dag beter hoort dan de andere.'

Ik liep de heuvel op en sloeg bij de slagerij links af naar Bracken Lane. De Sunflower Studio stond er direct naast. Ik herinnerde me dat het vroeger een bloemenwinkel was, maar toen er in het dorp Knocktoom, acht kilometer verderop, een supermarkt werd geopend, gingen de bloemist, de kruidenierswinkel en de bakkerij allemaal achter elkaar dicht, waardoor alleen de kleine Gala-supermarkt en de Texaco overbleven. Achter een grote etalageruit waren zes vrouwen en een man te zien, die er allemaal met hun rug naartoe stonden, de benen gestrekt, de billen in de lucht en hun armen voor zich uitgestoken. Ze deden Martha na, die met haar rug naar hen toe voor hen stond, gingen rechtop staan en reikten met hun armen met gespreide vingers naar het plafond. Toen bogen ze zich voorover, net als Martha, lieten hun armen en schouders zakken en schudden met hun handen om de spanning te verjagen. Een paar jaar geleden had ik meegedaan met een soortgelijke gymles tijdens een ochtendprogramma op de tv. Mijn vader had af en toe ook meegedaan. Hij zei dat lichaamsbeweging goed voor me was. Afgezien van de lange wandelingen over ons land had ik de laatste tijd niet echt veel gedaan.

De les zat erop. De leerlingen plukten allemaal verschillende lagen kleding uit de nette stapeltjes op een kast met planken en trokken ze aan. Ik vermoedde dat er geen doucheruimtes in het gebouw waren en dacht aan de heerlijke douche van Angela en Nadine.

Opeens hoorde ik Martha's stem. 'Sally! Kom binnen. Wil je je aanmelden voor een cursus?'

Ik wurmde me door de deur langs de anderen, die net naar buiten kwamen. Ik keek pas op toen we alleen waren. 'Hoe gaat het met je?' vroeg ik.

'Niet slecht. Een beetje bezweet.' Het was warm in de ruimte en ik zag dat de toonbank van de bloemist er nog steeds stond. Ze liep naar een fonteintje. 'Dit was de laatste les voor Kerstmis, maar je kunt je op 4 januari gerust bij ons aansluiten. Honderd euro voor acht lessen. Volgens mij mag je lijf wel wat losser.'

'Zou je een gratis kinderoppas willen?'

'Sorry?'

'Ik heb natuurlijk geen ervaring, maar mijn moeder zei altijd dat ik een baan moest zoeken en jullie kinderen zijn de eerste kinderen die ik leuk vind. Ik kan hun te eten geven, en ik heb een EHBO-cursus gedaan, dus ze zouden volkomen veilig zijn. En ik was zelf een goede leerling, dus misschien kan ik hen met hun huiswerk helpen.'

De woorden stroomden uit mijn mond en ik keek haar aan om te zien of ze me begreep.

'En ik heb chocoladekoekjes gekocht en ik beloof dat ik niet tegen Maduka en Abebi zal zeggen dat ze niet naar school moeten gaan. Ik zal precies doen wat jullie me opdragen. Je zou het voor me kunnen opschrijven. Ik kan heel goed instructies opvolgen. Ik kan hen van school halen en naar huis rijden, zo vaak je maar wilt.'

Ze lachte. Dat was een goed teken. We gingen op twee stoelen zitten en ze dronk een plastic glas met water leeg.

'Ik ben erg blij dat je mijn kinderen leuk vindt.'

'En het oppassen?'

'Luister, je moet het niet als een belediging opvatten, Sally, maar ik weet niet zeker of je wel geschikt bent voor dat werk. Bovendien werk ik parttime, dus ik ben gewoon thuis als ze uit school komen. We hebben geen oppas nodig.'

Ik was boos. 'Waarom denk je dat ik niet geschikt ben?'

'Sally, je bent niet gekwalificeerd. Ik vind het fijn dat je mijn kinderen graag mag, maar het feit dat ze de énige kinderen zijn die je mag is... raar. Stel dat ze zich bij jou misdragen? Ik weet niet hoe je hen zult terechtwijzen als ze iets hebben gedaan waardoor je boos wordt.'

'Als ik kwaad of depressief ben trek ik meestal mijn haar uit,' zei ik.

'O, mijn god! Snap je dan niet dat ze daar overstuur van zouden raken?'

'Maar ik zou hún haar niet uittrekken, en soms speel ik piano om rustig te worden.'

'Het spijt me, Sally. Als je werk zoekt, lijkt babysitten me geen goede optie voor jou. Maar ik denk wel dat yoga je kan helpen om met stress om te gaan. Denk er eens over na. De eerste twee lessen zijn gratis. Wat zeg je ervan?' Ze glimlachte weer.

'Ik zal erover nadenken,' zei ik. Ik stond op om te vertrekken. 'Wil je tegen Abebi zeggen dat ik niet naar de opvoering van het kerstverhaal kom? Kinderen zijn meestal vreselijk slechte acteurs.'

Ze lachte. Ik denk dat ze dacht dat ik een grapje maakte.

'Dat begrijp ik. Tja, je zult er niet echt veel aan missen.'

Ik liep naar de deur.

'Vrolijk kerstfeest, Sally!' riep ze.

'Vrolijk kerstfeest, vooral voor de kinderen,' antwoordde ik.

14

Op vrijdag 22 december werd er 's middags op de deur geklopt. Het was de postbode, die een pakketje bij zich had. Het was een klein doosje, maar te groot om door de brievenbus te passen. Ik legde het bij alle andere kaarten en brieven, en opeens drong het tot me door dat ik alles moest openmaken. Wat hield me tegen? Wachten met het openmaken van enveloppen had me al genoeg ellende bezorgd. Er waren een stuk of twaalf kaarten aan mijn vader geadresseerd, sommige met een poststempel dat voor zijn dood was gedateerd, en ook een paar aan mij.

3 december

Kerstgroeten aan Sally en jou, liefs van Christine en Donald! X
PS Ik hoop dat er niet nóg een jaar overheen gaat voordat we jullie zien. Kom alsjeblieft gauw bij ons langs en breng Sally mee. Ik durf te wedden dat ze zich ons nauwelijks herinnert, maar we zouden haar dolgraag weer eens zien. Ze hoort te weten dat ze nog meer familie heeft.

Christine was de zus van mijn moeder, een glamoureuze dame die net een filmster leek. Ik herinnerde me dat mijn moeder vroeger buitenlandse reizen met haar maakte, haar in Dublin bezocht en lange telefoongesprekken met haar voerde. Er stond een telefoonnummer bij, en een adres in Donnybrook, Dublin 4.

Er was nog een kaart met hetzelfde handschrift, die aan mij was geadresseerd:

16 december
Lieve Sally,

We vonden het heel erg om te horen dat Tom dood is. Ik heb heel vaak geprobeerd je te bellen, maar misschien heb je tegenwoordig een ander nummer. De laatste keer dat we jou zagen was je een tiener, dus misschien weet je dat niet meer. Ik ben de zus van je moeder. Jean en ik hadden een hechte band met elkaar, maar na Jeans dood leek je vader zich uit de buitenwereld terug te trekken, en hoewel ik heb geprobeerd contact te houden voelde hij daar niet veel voor. We hebben vaak aan jullie allebei gedacht, maar wilden je vaders behoefte aan privacy respecteren. Helaas gaat het niet goed met Donalds gezondheid en kunnen we niet bij de begrafenis aanwezig zijn; hij is thuis aan het herstellen. We zouden graag een keertje naar je toe komen en je helpen waar dat mogelijk is.
Ik las in de krant dat je na Toms dood erg in de war moet zijn geweest. We hebben de politie benaderd om uit te leggen dat je een aandoening hebt en zijn ontzettend opgelucht dat de kwestie is opgelost. Ik heb ook met dokter Angela Caffrey gesproken en ben blij dat die trouwe, betrouwbare vriendin van Jean het voor je heeft opgenomen. Bel me alsjeblieft. We zouden je graag zo snel mogelijk willen ontmoeten. Misschien wil je Kerstmis bij ons komen vieren?

De brief eindigde met groetjes en haar telefoonnummer.

Er was nog een handgeschreven brief, één pagina die uit een schrijfblok was gescheurd. Het handschrift was zo verschrikkelijk slecht dat het bijna niet te lezen was. Hoewel het adres niet compleet was had de brief me toch gevonden.

Saly Dimond

Jij ben ut kind van de duvel en je zal je straf niet ontlope. Hoe durf je die goeie man zomaar te verbrande nadat hij je in huis hat genome en je uit de hel hat gered. Jij hoort in de hel. Ik bid tot de Heilige Maagd Maria dat je daar snel naartoe zal gaan, gemene trut. Voor berouw is ut te laat. De apel valt niet ver van de boom.

Er stond geen naam onder en de pen was zo hard op het papier gedrukt dat het hier en daar bijna was gescheurd. Mijn vader en ik hadden lang geleden vastgesteld dat de hel niet bestond, maar de briefschrijver had duidelijk een hekel aan me en daar werd ik onrustig van. Maar de volgende brief verdreef de onrust gelukkig weer.

Lieve Sally,

Misschien herinner je je mij niet meer, maar we zaten van de eerste tot en met de zesde bij elkaar op school in Roscommon. We zaten tijdens de les vaak naast elkaar (omdat niemand anders naast ons wilde zitten!).
Ik vind het echt heel erg om te horen wat er met je vader is gebeurd. Omdat ik weet hoe je vroeger was snap ik heel goed dat je zo'n vergissing hebt gemaakt, en ik wil graag dat je weet dat de meeste mensen er net zo over zouden denken als ze jou net zo goed kenden als ik.
We praatten op school niet veel met elkaar. Ik wilde het liefst met niemand praten omdat ik zo verschrikkelijk stotterde. Tegenwoordig gaat het een stuk beter. Vlak nadat ik was afgestudeerd stierf mijn oma; mijn moeder erfde wat

geld en spendeerde een klein fortuin aan spraak- en taaltherapie voor mij. Ik zal nooit in het openbaar speechen, maar ik kan nu wel een gesprek voeren zonder helemaal vast te lopen. Doordat ik nu ouder ben, en door de liefde van mijn man en onze twee geweldige kinderen, heb ik meer zelfvertrouwen gekregen.

Ik heb door de jaren heen vaak aan je gedacht en was verbaasd dat je geen muziek ging studeren. Je was echt een fantastische pianist. Ik zat soms buiten het muzieklokaal naar je te luisteren, en ik was niet de enige. Maar ik vermoed dat je er misschien tegen opzag om bij je ouders weg te gaan, of misschien thuisbleef vanwege een socialeangststoornis. Dat kan ik je niet kwalijk nemen. Ik vond het vreselijk eng om weg te gaan, maar het was veel fijner dan op school. Daar waren we allebei het slachtoffer van pestkoppen.

Op de universiteit kreeg ik voor het eerst vrienden die me begrepen. Ik sloot me aan bij organisaties die voor sociale gelijkwaardigheid streden en werk nu als fondsenwerver voor een stichting die daklozen helpt. Het valt niet mee, we zijn voortdurend op zoek naar geld.

Ik wil je niet somber stemmen door je jouw vroegste herinneringen te laten ophalen. Ik wist echt niet dat jou al die ellende was overkomen voordat we elkaar op school leerden kennen. Het is geen verrassing dat je bent zoals je bent, maar ik heb nooit boosaardigheid of slechtheid in je gezien; je was een beetje apart, meer niet. Als je het leuk zou vinden om het contact te herstellen: hieronder staan mijn gegevens. Ik wilde je gewoon laten weten dat er heel veel mensen zoals ik zijn, die jou bewonderen. Ten eerste omdat je als kind zulke akelige gebeurtenissen hebt overleefd, en ten tweede omdat je je leven op je eigen voorwaarden leeft. Ik ben naar je vaders begrafenis geweest en vond die rode hoed echt heel stijlvol; een beetje ongebruikelijk voor een

begrafenis, maar typisch iets voor jou! Ik herinnerde me je zo goed dat ik wist dat ik je beter niet kon benaderen en je al helemaal geen hand moest geven. Je staarde de hele tijd naar de grond, net als op school. Ik wilde je alleen maar laten weten dat ik er was.
Ik wens je het allerbeste, lieve vriendin. (Mag ik je zo noemen? Voor mijn gevoel waren we vroeger vriendinnen!)

Groetjes,

Stella Coughlan

Ik herinnerde me Stella nog heel goed. Ze stotterde enorm. Als iemand iets tegen haar zei werd ze altijd knalrood, en als een docent haar iets vroeg kon ik het zweet dat zich in haar oksels ophoopte ruiken. Ze gaf me soms zonder iets te zeggen wat van haar chocola. Ze was niet onaardig. En inderdaad, de pestkoppen hadden het altijd op haar gemunt. Ze werd erger te grazen genomen dan ik, omdat ik zelden reageerde. Dat had mijn moeder me geleerd. Stella zat vaak stilletjes naast me te huilen. Dat zag ik aan haar schokkende schouders, maar ik wist nooit wat ik tegen haar moest zeggen. Zou ik haar ooit bellen? Misschien.

Er was nog een gemene brief, waarin ik van vadermoord werd beschuldigd, maar de schrijver bood wel aan om voor mijn ziel te bidden. De spelling was foutloos en hij was ondertekend. De andere kaarten waren vooral condoleance- en kerstkaarten van mensen die ik vaag kende, of met namen die ik mijn vader weleens had horen noemen. Uiteindelijk waren er nog twee brieven en het pakketje over. De brieven waren allebei afkomstig van een journalist, die naar mijn 'verhaal' vroeg en op mijn tragische jeugd zinspeelde.

'Het land verdient antwoorden,' schreef een van hen. De ander bood me vijfduizend euro voor een 'exclusief interview'.

Wat was er met me gebeurd voordat mijn vader en moeder me adopteerden? En waarom wist 'het hele land' alles, maar ikzelf niets? Ik overwoog om Angela te bellen, ook al kon ze dan weleens boos worden. Het moest iets heel ergs zijn geweest. Maar het zou er niet toe moeten doen wat het was, want ik kon het me niet herinneren. Ik had het ook nooit geprobeerd. Opeens schoot het me te binnen dat de politieagenten het vreemd hadden gevonden dat het feestje voor mijn zevende verjaardag het eerste was wat ik me herinnerde. Hadden andere mensen herinneringen die verder teruggingen? Ik heb een uitstekend geheugen. Ik hoorde een raar gonzend geluid in mijn hoofd. Mijn handen beefden. Volgens mij was ik zenuwachtig. Ik speelde een tijdje piano, tot ik me beter voelde.

Toen nam ik het pakketje op. Ik pakte het voorzichtig uit en stopte het papier in de la waar we al het papier in bewaarden om een vuurtje mee aan te steken of dingen mee in te pakken.

Het was een schoenendoos, en toen ik het deksel eraf haalde kreeg ik meteen een warm gevoel in mijn buik. Er zat een kleine teddybeer in, in vloeipapier gewikkeld. Ik graaide hem uit de doos en klemde hem tegen mijn borst. De warmte in mijn buik verspreidde zich naar mijn vingers en tenen. Ik hield de beer een stukje voor me uit. Hij was oud en heel erg versleten, hij miste een oog, zat vol vlekken en was vaak opgelapt, maar door die beer voelde ik me ontzettend… iets. Ik drukte hem verward weer tegen me aan. Waarom had hij die uitwerking op me? Waarom voelde zijn aanwezigheid zo fijn aan? Waarom noemde ik hem in gedachten 'hij'?

'Toby,' zei ik. Hij gaf geen antwoord.

Ik zocht in de doos naar een brief of kaart, maar vond alleen een geel memostickertje.

Ik dacht dat je hem wel terug zou willen hebben.
S.

15

Ik kende de beer. Ik wist dat hij Toby heette. Had mijn moeder hem aan me gegeven? Ik heb een uitstekend geheugen. Waarom kon ik me dat dan niet herinneren? Hij rook muf en vies, maar ook naar iets vertrouwds. Ik werd overspoeld door emoties die ik niet begreep. Ik was blij, opgetogen en zenuwachtig. Ik wilde 'S' zoeken en hem of haar dwingen het uit te leggen. Ik wilde dolgraag Angela bellen, maar nam mijn vaders waarschuwing ter harte. Met wie kon ik hierover praten? Mijn vader had geschreven dat hij het me in de volgende brief zou uitleggen, maar die mocht ik pas dinsdag openmaken. Het was zo'n situatie waarin ik hulp nodig had. Het was al laat. Mijn vader zei altijd dat het niet netjes was om mensen na negen uur 's avonds te bellen.

Ik stond op en strompelde naar mijn slaapkamer, duizelig, maar op een goede manier. Zonder Toby los te laten maakte ik me klaar om naar bed te gaan. Al die tijd praatte ik tegen hem, vertelde hem wat ik aan het doen was en zorgde ervoor dat hij zich welkom voelde in zijn nieuwe huis. Ik hoopte dat hij hier gelukkig zou zijn en beeldde me in dat hij antwoordde. Ik sloeg mijn armen om hem heen en voelde me zo licht in het hoofd dat ik niet durf te zeggen of ik ben flauwgevallen of in slaap gesukkeld.

Die nacht had ik een heel levendige droom over een magere vrouw met lang haar. Ik zat bij haar op schoot. Dat was vreemd, want ik zat nooit bij iemand op schoot. En het was ook vreemd omdat ik nog nooit eerder had gedroomd.

De volgende dag belde ik tante Christine.

'Ach, lieverd,' zei ze. 'Wat enorm fijn om wat van je te horen. We hebben ons vreselijk veel zorgen om je gemaakt.'

'Heb je die rode jas nog steeds?' vroeg ik.

'Wat? O, dat is heel lang geleden. Wat leuk dat jij je die nog herinnert. Volgens mij heb ik je al twintig jaar niet gezien.'

'Je leek net een filmster. Ik vond die jas geweldig. Tante Christine, weet jij nog dingen die jou zijn overkomen voor je zevende?'

Het bleef even stil.

'Eh, ja, ik heb een paar herinneringen van toen ik nog heel jong was. Bijvoorbeeld dat ik een ijsje kreeg van mijn vader, jouw opa...'

'Hoe oud was je toen?'

'Drie of vier misschien.'

'Ik dacht dat mensen zich pas vanaf hun zevende dingen herinnerden.'

'Tja, dat verschilt bij iedereen.'

'Volgens mij is me voor mijn zevende iets heel akeligs overkomen.'

Weer een stilte.

'Sally, zou ik een keertje bij je langs mogen komen?'

'Waarom?'

'Het lijkt me het beste dat we dit persoonlijk bespreken.'

Ik vond het een fijn vooruitzicht dat ik haar zou terugzien.

'Ik kan vandaag rond lunchtijd bij je zijn.'

'Wil je dan iets eten?'

'Nee, een kop thee...'

'Ik kan sandwiches met ham maken.'

'Dat zou lekker zijn.'

'Neem Donald niet mee, oké?'

'Nou, die is sowieso nog herstellende van een operatie, maar waarom wil je hem niet zien?'

'Mijn vader zei dat hij een luie donder was die om je geld met je is getrouwd.'

Ze lachte.

'Waarom lach je?'

'Om die vader van jou. Over projecteren gesproken...'

'Dat snap ik niet. Ik vind het niet fijn als andere mensen me uitlachen.'

'Hemeltje, ik lach je echt niet uit. Maar maak je geen zorgen, ik zal Donald niet meebrengen.'

Toen volgde het afscheidsritueel dat ik altijd heel vervelend vind: 'Dag, hoor', 'Tot gauw', 'Oké, dag', 'We zien elkaar snel', 'Dag, dag', 'Nou, dag, hè'. Irritant. Ik hing op.

Twee uur later ging ik naar de keuken om sandwiches te maken. Ik had van een oude sjaal van mijn vader een soort draagdoek gemaakt om Toby zo dicht mogelijk bij me te houden. Ik vertelde hem over onze bezoeker. Ik vroeg hem nog een keer wie 'S' was. Ik verwachtte geen antwoord, maar vond het fijn om met hem te praten. Dan voelde ik me niet zo alleen meer.

Toen ik opendeed stond tante Christine met een enorm boeket bloemen voor me.

'Lieverd! O, het is echt veel te lang geleden. Wat ben je groot! En mooi!'

Tante Christine had er vroeger uitgezien als een chique versie van mijn moeder. Maar nu zag ze er teleurstellend oud uit. Haar ogen met gouden oogschaduw en spitse wimpers straalden, maar de huid van haar gezicht was naar beneden gezakt. Dat was ook wel logisch. Mijn moeder was al heel lang dood. Ik voelde me op mijn gemak bij haar, tot ze haar handen uitstak om me aan te raken. Ik deinsde achteruit.

'Sorry!' zei ze. Ze stak haar handen in de lucht, alsof ze gearresteerd werd. 'Vroeger vond je het goed dat ik je hand vasthield.' Dat was waar, maar ik was het verleerd.

We liepen naar de keuken. Ik zette water op voor de thee en nam haar op.

Ze keek me aan en glimlachte. 'Hoe gaat het met je? Ik zie dat je geen kerstversiering hebt opgehangen.'

'Nee, papa en ik waren het erover eens dat die voor kinderen was.' Tante Christine fronste haar wenkbrauwen.

'Ik heb allemaal brieven gekregen,' zei ik. 'Sommige mensen willen mijn vriend zijn. Andere mensen haten me. Iemand schreef dat ik het kind van de duivel ben.'

'Mag ik ze eens zien?'

Ik gaf haar de stapel post.

'Nou, deze kunnen regelrecht de afvalemmer in,' zei ze, terwijl ze de gemene berichten en brieven van journalisten bekeek.

Ik knikte instemmend. Ik wilde ze geen van alle bewaren, behalve de brief van Stella, mijn klasgenootje, en het berichtje van 'S'.

'Hoe voel je je nu?'

'Goed, hoor. Papa schreef dat ik beter naar het dorp kan verhuizen. Hij zegt dat het ongezond voor me is om hier in mijn eentje te wonen.'

'Voel je je hier niet eenzaam?'

'Ik heb Toby,' zei ik, wijzend naar mijn beer.

'Toby is geen levend wezen, liefje.'

'Dat weet ik. Ik ben niet achterlijk.'

Ze zei niets. We staarden elkaar aan. Ze hield haar hoofd een beetje scheef en er lag een vriendelijke blik in haar ogen.

'Wat is er met me gebeurd voordat ik werd geadopteerd?'

Ze wendde haar gezicht af, staarde door het raam naar buiten, tuurde naar de vloer, en keek mij toen weer aan. 'Mag ik je hand vastpakken?' vroeg ze.

'Waarom?'

'Een aanraking kan troost bieden. En het is geen leuk verhaal.'

Ik stond toe dat ze mijn hand pakte en tussen die van haar vasthield.

'Jean heeft me verteld dat je... kalmerende middelen hebt gekregen en dat je je helemaal niets meer herinnert.'

Ik schudde mijn hoofd.

'Je moeder, je échte moeder, bedoel ik... is overleden.'

'Waaraan is ze overleden?'

'Ze was als jong meisje, als... kind door een man ontvoerd.'

Ik had films en series gezien over mannen die jonge vrouwen ontvoerden.

'Heeft hij haar in een kelder opgesloten?'

'Ja, of eigenlijk nee. Het was een aanbouw aan de achterkant van zijn huis. Hij woonde in een groot huis op een flink stuk grond in South Dublin. Daar heeft hij haar veertien jaar gevangengehouden.'

Mijn hoofd begon te gonzen. 'Hou alsjeblieft op met praten.'

Ze aaide mijn hand.

Ik draaide me van haar af om de theepot bij te vullen. Daarna pakte ik een sandwich en at die op. Tante Christine wachtte zwijgend af.

'Wil je er ook een?'

'Sorry?'

'Wil je ook een sandwich?'

'Nee. Lieverd, het spijt me verschrikkelijk. Het is een heel akelig verhaal. Is er misschien iemand die ik voor je kan bellen? Een vriendin van je. Angela bijvoorbeeld.'

'Ik bel haar zelf wel.'

Toby en ik liepen de gang in, en ik nam de hoorn van de haak. Angela werkte niet in het weekend, dus ik dacht dat ik haar niet zou storen.

'Angela? Tante Christine is hier. Ze heeft me verteld dat mijn echte moeder was ontvoerd...'

'Fuck.'

'Wat?'

'Ik wilde erbij zijn wanneer je de laatste brief van je vader openmaakte. Daarin wordt alles uitgelegd... nou ja, bijna alles. Mag ik Christine even spreken?'

Ik riep tante Christine naar de gang en ging zelf terug naar de keuken. Ik kon niet verstaan wat ze precies zei, maar hoorde wel dat haar stem steeds hoger klonk. Plotseling hoorde ik dat ze ophing. Toen ze in de keuken terugkwam waren haar ogen nat van de tranen.

'Sally, ik ben bang dat ik er een rommeltje van heb gemaakt. Angela is op weg hiernaartoe. Laten we het even over iets anders hebben tot ze er is.'

'Denk je dat ze van me hield? Mijn echte moeder.'

Ze pakte een sandwich. 'Volgens mij hield ze met heel haar hart van jou.'

'Hoe weet je dat?'

'Deze sandwiches zijn verrukkelijk. Zullen we even op Angela wachten? Zal ik wat verse sandwiches voor haar klaarmaken?'

'Laat mij dat maar doen. Het is maar goed dat Toby niets eet, anders zaten we zo meteen zonder brood.'

'Hoe oud ben je nu, Sally?'

'Drieënveertig. Hoe oud ben jij?'

'Zevenenzestig.'

'Was mijn echte moeder getrouwd?'

'Nee... Laten we maar op Angela wachten.'

'Oké. Wil je Toby vasthouden?'

Ze had hem nog niet goed bekeken en ik wilde graag met hem pronken.

'Lieve help, hij is flink gehavend, hè?'

'Ja. Hij mag vanavond met me mee in bad.'

'O, misschien is het niet zo'n goed idee om hem onder te dompelen. Straks gaat hij nog kapot. Hij is al zo oud. Zullen we proberen hem schoon te boenen? Heel voorzichtig, natuurlijk. We moeten toch op Angela wachten.'

Tante Christine deed zeep in de wasbak en liet die vollopen met water. Terwijl ik Toby's armen en benen vasthield, borstelde zij hem zacht met een nagelborsteltje. Bruin schuim deinde op het water.

'Ik vraag me af waar hij is geweest,' merkte ze op.

'Geen idee. Hij is gisteren met de post bezorgd, samen met een briefje dat met "S" is ondertekend. Ik wist meteen dat hij van mij was en dat hij Toby heette. Maar ik weet niet hoe ik aan hem ben gekomen. Misschien heeft mama hem aan me gegeven, maar dat kan ik me niet herinneren. En ik heb een uitstekend geheugen.'

'"S"?' vroeg ze.

Ik liep weg om het briefje te halen. 'Weet jij wie die "S" is?'

Tante Christine liet Toby bijna in het water vallen, maar ik ving hem net op tijd op.

'O, mijn god, we hadden hem niet mogen aanraken of wassen!'

'Hoezo niet? Hij was vies. Het was hard nodig.' Ik nam het van haar over, en boende voorzichtig met een vaatdoekje over zijn gezichtje en zachte bruine snuit. Tante Christine ijsbeerde handenwringend door de keuken.

Toen er werd aangebeld sprong tante Christine op om open te doen. Angela omhelsde haar en ik hoorde hen in de gang fluisteren. Hun omhelzing leek vanzelfsprekend, ook al moest het jaren geleden zijn dat ze elkaar voor het laatst hadden gezien.

Angela beende met grote stappen de keuken in. 'Sally, je kunt die beer beter niet aanraken.'

'Waarom niet?'

'Leg hem alsjeblieft neer.' Ze klonk ferm.

'Hij is van mij. Hij heet Toby.'

'Hoe weet je dat?'

'Ik weet niet hoe ik dat weet. Ik wéét het gewoon. Ik hou van hem.'

Ik schrok zelf een beetje van mijn felheid. Ik had heel sterk de behoefte om de speelgoedbeer te beschermen en dicht bij me te houden. Ik zag dat Angela verbaasd reageerde.

'Je had ervan af moeten blijven.' Ze wierp een blik op de schoon geschrobde beer. 'Nu is het waarschijnlijk te laat. Hij is al gewassen.'

'Het spijt me,' zei tante Christine met een hoog stemmetje. 'We waren al begonnen met wassen toen ik het hoorde. Ik heb Sally ruim twintig jaar niet gezien. Ik dacht dat hij van haar was.'

Ik begon onrustig te worden. 'Hij ís ook van mij. Dat... dat voel ik gewoon. Ik wil hem houden.' Ik klemde zijn vochtige lijfje tegen me aan en voelde dat mijn borst nat werd.

'Het kan een bewijsstuk zijn,' zei Angela. 'Heb je het papier waarin hij verpakt zat nog?'

'Ik snap het niet!' gilde ik. 'Ik begrijp niet wat je zegt.'

Ik voelde me verward en het gegons in mijn hoofd was niet opgehouden. Toen Angela me rustig vroeg hoe en wanneer hij was bezorgd begon ik aan mijn haren te trekken.

'Mag ik een arm om je heen slaan, Sally?'

Ik knikte. Het voelde veilig en vertrouwd aan om een arm om mijn schouders te hebben. Ik hield Toby stevig vast. Zo bleven we een tijdje zitten, tot mijn boosheid was gezakt.

'Laten we maar in de woonkamer gaan zitten om te ontspannen. We zijn allemaal van slag, en we moeten je nog meer vertellen,' zei tante Christine.

'Maar eerst wil ik het verpakkingspapier hebben,' zei Angela.

'Er zat ook een doos omheen,' zei ik.

Ik ging de doos en het papier halen.

'Het pakket is in Nieuw-Zeeland afgestempeld. Per expresse bezorgd,' zei Angela. 'De doos komt uit een schoenwinkel. Nu heeft de politie eindelijk een aanwijzing.'

'Waar heb je het over?'

'Ik denk dat je nu eerst de laatste brief van je vader moet lezen, dan zal ik daarna proberen alle vragen te beantwoorden, oké?'

We liepen allemaal naar de woonkamer. Ik was duizelig. Tante Christine vroeg aan Angela of ze misschien een middeltje had waar ik rustiger van zou worden.

'Sally moet helder blijven om dit nieuws in zich op te nemen.'

Ik haalde mijn vaders brief uit zijn werkkamer. 'Ik moet eigenlijk tot dinsdag wachten...'

'Je vader zou het ongetwijfeld goed hebben gevonden, Sally. Geloof me,' zei tante Christine.

Ze leidden me naar de bank en namen allebei aan een kant van me plaats. Ik vroeg hun om ergens anders te gaan zitten.

DEEL 2

16

Peter, 1974

Ik herinner me dat ik als klein kind in een grote kamer zat die op zee uitkeek. Achter me was een wand vol boeken. Ik zat tegenover mijn vader aan een lange eettafel. Voordat mijn vader op doordeweekse dagen naar zijn werk ging, ontbeten we altijd samen en luisterden naar de radio. Daarna gaf hij me koekjes, fruit en een kleurboek met waskrijtjes. Hij gaf me ook huiswerk op en sloot me vervolgens op in mijn witte slaapkamer in de aanbouw. De kamer had een groot raam, dat uitkeek op de achtertuin. Onder het bed stond een po, er was een plank met mijn vier boeken erop en een kast met al mijn kleren erin.

In die tijd leken de dagen eindeloos lang, maar wanneer hij thuiskwam deed hij de deur van het slot, tilde me op en bracht me naar het grote huis. Hij kookte een warme maaltijd voor me en daarna controleerde hij mijn huiswerk, lezen, schrijven en rekenen. Na afloop keken we televisie tot ik naar bed moest, maar hij kon me nooit uitleggen hoe die piepkleine mensjes in de televisie waren gekomen. Ik hoorde hem vaak pianospelen, en soms werd ik wakker van een geluid als hij de kamer naast die van mij openmaakte.

Als het op zaterdag en zondag mooi weer was mocht ik de tuin in, waar ik hem hielp met onkruid wieden. Ik maakte hoopjes van gemaaid gras of vogelnestjes, en soms stookte hij daar een vuurtje mee.

De aanbouw was een vreemd gevormd gebouw aan de zijkant van het huis. Je kon er binnenkomen via een deur in de bijkeuken op de begane grond. Naast mijn slaapkamer was nog een deur. Af en toe ving ik vanachter die deur geluiden op. Vaak gehuil of geschreeuw. Mijn vader zei dat hij de geest daar had opgesloten, en dat ik me geen zorgen hoefde te maken omdat ze er nooit uit zou kunnen komen. En hij had gelijk, want ze is die kamer nooit uit geweest. Maar het lawaai was soms wel angstaanjagend. Als het heel erg werd droeg mijn vader me op om onder de dekens te kruipen, met mijn handen tegen mijn oren, en ik denk dat hij dan de kamer naast die van mij binnenging en tegen de geest zei dat ze stil moest zijn, want daarna hoorde ik dagenlang helemaal niets.

Als het bedtijd was las mijn vader me een verhaaltje voor, kuste me op mijn voorhoofd en zei dat hij van me hield. Daarna zeiden we samen ons gebed op en dan deed hij de deur weer op slot, zodat ik tot de volgende ochtend veilig was.

Op mijn verjaardag, 7 augustus, hielden we elk jaar een speciale dag. Dan bleef mijn vader thuis van zijn werk. Op de eerste speciale dag die ik me kan herinneren bracht hij een tent mee naar huis, die we in de tuin opzetten. Hij stookte een vuurtje en daar bakten we worstjes op. We sliepen in slaapzakken in de tent. Toen hij me later wakker maakte was het donker. Hij nam me mee naar buiten en stak vuurwerk op. De donkere zomeravond lichtte kleurig en rumoerig op, en het was het opwindendste wat ik ooit had meegemaakt.

De volgende verjaardag was eng. Ik denk dat ik toen zeven jaar was. We liepen door het hek naar de achterkant van de tuin, stapten in mijn vaders auto en reden de weg op. Ik was zenuwachtig en misselijk. Ik had nooit eerder in zijn auto gezeten, ook al hielp ik hem op zondag vaak met het wassen ervan. Hij had kussens op de passagiersstoel gelegd zodat ik door het raam naar buiten kon kijken. En hij gaf me een zak om in over te geven als de misselijkheid niet wegging. Gelukkig was dat niet nodig. Aan de andere kant van het hek waren mensen – net zo groot als mijn vader en ik – en er waren ook vrouwen bij. Die kende ik alleen maar van tv en uit boeken, maar deze waren levensgroot.

Het was een lange rit naar de dierentuin. Ik was bang dat we de weg naar huis niet zouden terugvinden, maar mijn vader zei dat hij ons huis altijd zou weten te vinden.

Ik durfde mijn vaders hand voor geen goud los te laten. Ik vond de mensen interessanter dan de dieren. Ze liepen in groepjes rond, moeders met kinderen en baby's in wandelwagens, vaders en moeders die arm in arm slenterden. Groepen kinderen, jongens én meisjes, die samen rondrenden. Mijn vader deed zijn best om mijn aandacht op de chimpansees en de olifanten te richten, maar ik luisterde liever naar de mensen die met elkaar praatten. Mijn vader kocht een waterijsje voor me en verbood me naar andere mensen te kijken, maar ik kon het niet laten. Een man sprak mijn vader aan en ze bleven een tijdje staan praten. Ik verstopte me achter mijn vaders benen. Mijn vader zei tegen de man dat ik zijn peetzoon was. Ik kon aan hem merken dat hij helemaal niet met de man wilde praten, en we liepen al snel verder. Toen zei mijn vader dat het tijd was om naar huis te gaan en daar was ik blij om.

Ik had heel veel vragen. Ik vroeg hem wat het verschil was tussen een zoon en een peetzoon, en hij zei dat een peetzoon in God geloofde. Dat deed ik inderdaad.

Ik vroeg aan mijn vader of vrouwen slecht waren. De meesten wel, antwoordde hij. Ik zei dat er op tv en in boeken ook aardige vrouwen voorkwamen, maar hij zei dat de verhalen op tv en in boeken allemaal verzonnen waren. Ik vroeg of ik een moeder had en hij antwoordde dat ik die inderdaad had, maar dat ze een geest was. Op de deur van de kamer naast die van mij in de aanbouw zat een groot hangslot. Toen vroeg ik of mijn moeder de geest was die in die kamer woonde, of zij degene was die zo schreeuwde. Hij zei dat ze dat inderdaad was, maar dat ik niet bang hoefde te zijn, want ik zou haar nooit hoeven zien.

17

Sally

Ik maakte de brief met bevende handen open.

Lieve Sally,

Ik hoop dat je inmiddels een beetje bent bijgekomen van mijn dood.
Er zijn dingen die ik je lang geleden geleidelijk aan had moeten vertellen, misschien zelfs verspreid over langere tijd. Ik wil niet dat je overstuur raakt door dit nieuws. Het ligt allemaal in het verleden, en er zal nu niets voor je veranderen, tenzij je dat natuurlijk wilt, maar volgens mij ben je een gewoontedier en zul je doorgaan zoals je dat altijd doet.
Bij je geboorte heb je de naam Mary Norton gekregen. Norton is de meisjesnaam van je moeder. We vermoeden dat ze er niet voor zou hebben gekozen om je de naam van je biologische vader te geven. Alle originele medische rapporten zitten in de doos onder mijn bureau, in een map met PRIVÉ *erop, samen met een aantal krantenartikelen. Toen je bij ons kwam besloten we dat je een heel ander iemand was. Je was onze Sally Diamond.*
Dat je een beetje apart bent komt niet doordat er iets mis is met je hersens, maar doordat je onder heel akelige omstandigheden bent opgegroeid, totdat je werd gevonden.

Je biologische moeder, Denise Norton, is in 1966 op elfjarige leeftijd door Conor Geary ontvoerd. In de daaropvolgende veertien jaar heeft hij haar mentaal en seksueel misbruikt. Voor zover wij hebben kunnen nagaan ben je acht jaar na haar ontvoering geboren. Dat is een inschatting van je biologische moeder, die de precieze datum en het jaartal niet wist. Mijn medische collega's waren het erover eens dat je waarschijnlijk ergens in de tweede helft van 1974 was geboren. Je geboorte is om voor de hand liggende redenen niet aangegeven, dus het kan zijn dat de geboortedatum op je adoptieformulieren onjuist is. Ik vind het heel erg om je te moeten vertellen dat Conor Geary, de ontvoerder, je biologische vader is.

De ouders van Denise Norton hebben jarenlang naar haar gezocht. Ze is pas in maart 1980 gevonden, na een anonieme tip aan de politie. Je biologische moeder en jij werden een paar dagen later gevonden. Jullie zaten opgesloten in een zelfgebouwde aanbouw aan de achterkant van Conor Geary's huis in Killiney, in het graafschap Dublin, en waren er vreselijk aan toe. Het raam van je moeders kamer was dichtgetimmerd. Het was er donker en vochtig. Er was een kookplaatje en ook een koelkast. In een grote kamer met een aparte ruimte met een toilet en een wastafel lag een matras op de vloer. Jouw kleine kamer ernaast was licht en fris, met een groot raam dat op de tuin uitkeek. Jullie waren allebei uitgemergeld, en hoewel jullie tijdens jullie bevrijding heel stil en zichtbaar overstuur waren, was het meteen al duidelijk dat Denise verschillende mentale gezondheidsklachten had. Ik weet niet zeker of je er goed aan zou doen om je haar mentale staat in te beelden. In het begin was ze net een wild dier en viel ze iedereen aan die bij haar in de buurt kwam. Jullie moesten allebei worden verdoofd voordat de artsen jullie lichamelijk konden onderzoeken. Gewone kalmeringsmiddelen waren niet sterk genoeg. Het was aanvankelijk niet de bedoeling dat ze permanent van jou gescheiden zou worden. Je moeder had uitstekende kwalificaties. Voordat Jean in de periode rond jullie ontdekking haar opleiding tot huisarts afrondde, had ze een extra klinische stage bij kinder- en jeugdpsychiatrie gelopen. Jouw biologische moeder en jij werden opgenomen in psychiatrisch ziekenhuis St. Mary's, waar ik medisch directeur was. Er werd een speciale afdeling ingericht en ik stelde een team van toegewijd personeel samen om jullie te verzorgen. Gezien de vrees over jouw ontwikkeling en lichamelijke gezondheid diende ik een verzoek in om Jean op tijdelijke basis aan het St. Mary's uit te lenen, en omdat we getrouwd waren stond iedereen daarachter. Het team en wij werkten vierentwintig uur per dag en woonden bij jullie op de afdeling, net als het ondersteunende personeel.

Het is me nooit gelukt om Denises vertrouwen te winnen, hoewel ik echt bijzonder hard mijn best heb gedaan, en als ik meer tijd met haar had gehad had ik haar beslist kunnen helpen om zich aan te passen. Ik denk niet dat ze ooit een 'normaal' leven zou hebben geleid, na alle gruwelijke dingen die ze had meegemaakt. In eerste instantie wilde ik haar in een open woonzorgcentrum plaatsen waar ze toegang had tot de buitenwereld en waar vierentwintig uur per dag medische en psychiatrische hulp beschikbaar was. Zo'n centrum zou op de lange termijn voor jou echter niet geschikt zijn, en het was mijn nadrukkelijke wens dat je op een gegeven moment van je moeder zou worden gescheiden, zodra Denise dat aankon. Je kreeg nog steeds borstvoeding. Ongehoord voor een vijfjarige. Jean leerde Denise hoe ze je flesvoeding moest geven, maar je biologische moeder was daar fel op tegen. Onze poging mislukte, en jij krijste en trok je haren uit. Uiteindelijk waren we gedwongen om een drastisch besluit te nemen. Een besluit waarvan ik altijd spijt zal hebben, hoewel niet in alle opzichten.

Ik besef nu dat het een ruwe en wellicht wrede beslissing was, maar we maakten ons zorgen over jouw toekomst. Ik was ervan overtuigd dat je nog jong genoeg was om je zogezegd te herprogrammeren, en dat je kans had op een normaal leven. Je moeder en jij verbleven veertien maanden samen op de afdeling, en in die tijd is het ons niet één keer gelukt om je van Denise te scheiden. Het was een hartverscheurende periode en niemand van het behandelteam bleef onberoerd.

Ik zag je bijna elke dag, samen met je biologische moeder. Ze weigerde over Conor Geary te praten, maar ontkende in alle toonaarden dat hij jou ooit seksueel had misbruikt, of dat je ooit getuige was geweest van háár misbruik. Wanneer hij haar misbruikte werd jij in het toilet opgesloten. Medisch onderzoek wees eveneens uit dat hij jou niet had gemolesteerd, en ik denk dat je ervan uit kunt gaan dat dit klopt. We mogen echter niet uitsluiten dat hij je fysiek pijn heeft gedaan, want hij heeft je moeder lichamelijk en emotioneel heel veel schade berokkend. Hij had als straf al haar tanden getrokken. Conor Geary was tandarts.

In mei 1981 beroofde je moeder zich van het leven nadat jij één nacht met Jean in een andere kamer had doorgebracht. We hebben vreselijke fouten gemaakt, maar het was absoluut nooit de bedoeling om een van jullie iets aan te doen. Tot de dag van mijn dood, die nu niet lang meer op zich zal laten wachten, zal ik me verantwoordelijk blijven voelen voor de dood van je moeder. Het ziekenhuis heeft de kwestie onderzocht en me vrijgesproken van medische nalatigheid, maar ik reken het mezelf wel degelijk aan, Sally. Ik had een andere oplossing moeten bedenken.

Jean en ik namen contact op met het adoptieorgaan van de overheid en het ministerie van Volksgezondheid. Zelf hadden we helaas geen kinderen gekregen. Ze waren het met ons eens dat een thuisbasis met een psychiater en een huis-

arts die van plan waren Dublin te verlaten de beste optie was. We waren ervan overtuigd dat we je een veilige, stabiele leefomgeving konden bieden, en ik hoop dat ons dat is gelukt en dat je je bij ons altijd veilig hebt gevoeld. Het verlies van Jean op zo'n jonge leeftijd was triest, maar volgens mij hebben jij en ik het samen wel gered, toch?

Vanwege je ervaringen op heel jonge leeftijd heb je in sociaal en emotioneel opzicht soms regulatieproblemen. De neiging om dingen heel letterlijk te nemen vloeit voort uit het sociale isolement in gevangenschap waar je als klein kind aan bent blootgesteld. Het is ontzettend fijn dat je geen herinneringen hebt aan de tijd voordat we jou in huis namen. Ik raad je ten zeerste aan om niet te proberen die herinneringen boven te halen, want ze kunnen alleen maar traumatiserend zijn.

Goed, nu weet je het dus. Het heeft me veel moeite gekost om deze brief te schrijven. Ik heb me lang afgevraagd of het niet beter zou zijn als je deze informatie nooit te horen kreeg. In Carricksheedy is niemand op de hoogte van je verleden, zelfs Angela niet. Jean heeft het wel aan haar familie verteld, maar iedereen heeft moeten beloven het hun hele leven geheim te houden. Zoals je je vast wel kunt indenken was jouw vondst in 1980 groot nieuws, en we hebben al het mogelijke gedaan om je bij de media weg te houden.

Gelukkig heeft mijn naam de nieuwsberichten nooit gehaald. Het ziekenhuis heeft een persbericht laten uitgaan waarin werd gemeld dat je door een gezin in het VK was geadopteerd. Zodra je de afdeling mocht verlaten zijn we uit Dublin weggegaan.

Hier neem ik voorgoed afscheid van je, lieverd. Je hebt heel veel om over na te denken, maar je bent niet verplicht om ook maar iets met de informatie te doen. Mocht je met iemand willen praten, dan kun je Angela deze brief laten lezen. Ze zal geschokt zijn, maar zal je de praktische en emotionele steun kunnen geven als je die nodig hebt. Ik wens je goede gezondheid, geluk en een rustig leven toe.

Je liefhebbende vader

Toen ik eindelijk klaar was met lezen ontdekte ik dat Angela en tante Christine zachtjes met elkaar zaten te praten.

'Zijn er dingen die je ons wilt vragen?'

Ik had heel veel vragen, maar wist niet waar ik moest beginnen. 'Mag ik alsjeblieft wat whiskey?'

Tante Christine keek naar Angela, die knikte en naar me glimlachte. 'Ik denk dat we allemaal wel wat whiskey kunnen gebruiken.'

'Dat is dus het trauma dat papa bedoelde toen hij het over posttraumatische stressstoornis had.'

'Sally, zou ik vannacht hier mogen blijven slapen? Vind je dat oké?' vroeg tante Christine.

'Dat lijkt me een goed idee. Je moet de banden met de familie die je nog hebt aanhalen,' zei Angela. 'Christine kan in je vaders kamer slapen. Ik zal het bed wel opmaken.'

'Dat hoeft niet,' zei ik. 'Nadat de politie hier was geweest heb ik het beddengoed verschoond. Ja, ze mag blijven slapen. Maar tante Christine is niet echt familie van me, Angela.' Ik had het in gedachten allemaal uitgerekend. 'Als mijn biologische moeder negentien was toen ik werd geboren, hoe zit het dan met haar vader en moeder, mijn grootouders? Leven ze nog? Heb ik echte ooms en tantes? Nichten en neven?'

Angela keek naar tante Christine. 'Dat zou ik ook wel willen weten. Ik kan bijna niet geloven dat ik acht jaar met Jean heb samengewerkt en dat ze hier al die tijd niets over heeft gezegd. Ze heeft me wel verteld dat ze tijdens haar opleiding tot huisarts een specialisatie in kinderpsychiatrie had gedaan, maar zei er niet bij dat ze betrokken was geweest bij de zaak-Denise Norton. Ik wist dat Tom psychiater was, maar hij behandelde geen patiënten meer. Ik nam aan dat hij wetenschappelijke artikelen schreef en bijdragen leverde aan medische tijdschriften. Jean haalde hem er af en toe bij om met een patiënt te praten, maar dat was alleen als onderbouwing voor een doorverwijzing.' Ze slaakte een diepe zucht en ging verder. 'Sally, ik wist hier helemaal niets van af, totdat ik op de dag dat de politie hier kwam de brieven las. Ik moest ze kopiëren en de echte brieven afstaan. De zaak-Denise Norton deed indertijd veel stof opwaaien, maar jouw identiteit is geheimgehouden. De politie heeft je vaders brieven gelezen en ze hebben kopieën van zijn dossiers, dus het is heel goed mogelijk dat iemand heeft laten uitlekken dat jij Mary Norton bent. Daarom waren de media en fotografen bij de begrafenis, en daarom hebben ze je huis en telefoonnummer gevonden. Christine heeft me verteld dat ze je ook hebben geschreven.'

'Er stonden foto's van jou in de krant, Sally, gemaakt tijdens je vaders begrafenis. Daarom maakte ik me zoveel zorgen over je,' zei tante Christine. 'Ik heb het al die tijd geweten. Maar Jean en Tom wilden jouw privacy koste wat het kost beschermen. Jean wilde het je vertellen zodra je achttien was, maar Tom... hij was het er niet mee eens. En kort daarna is ze overleden.'

'Je hebt geen antwoord gegeven op mijn vraag over andere familieleden.' Ik staarde tante Christine aan en nam een slokje van mijn whiskey. Zij nam een grote teug van de hare.

'Denises ouders wilden haar dolgraag terugzien. Maar uit wat Jean me heeft verteld lijkt de reünie niet goed te zijn verlopen. De eerste keer dat jouw echte grootouders, Sam en Jacqueline Norton, bij Denise kwamen, viel ze hen fysiek aan, en dan met name haar vader. De woede die ze veertien jaar lang had opgekropt uitte zich in felle wrok tegen de mensen die het meest van haar hielden. Wat voor jou nog vervelender moet zijn om te horen is dat ze dachten dat ze Denise na haar behandeling mee naar huis konden nemen, maar dat ze weigerden om jou ook mee te nemen. Jij was zíjn kind. Probeer het vanuit hun positie te bekijken. Als ze jou in huis namen, namen ze daarmee ook een deel van Conor Geary in huis.'

Ik dacht aan de gemene brief waarin ik het kind van de duivel werd genoemd.

'Na de dood van Denise op de psychiatrische afdeling was hun hart gebroken. Ze verhuisden naar Frankrijk.'

'Hebben ze nooit contact opgenomen om te vragen wat er van mij was terechtgekomen, tante Christine?'

'Ik vermoed dat ze het vaak hebben overwogen, maar misschien had je hen alleen maar herinnerd aan de dochter die ze waren verloren. Sally, weet je echt heel zeker dat je die beer herkent, weet je zeker dat hij van jou was?'

'Het is mijn beer,' zei ik. Ik klemde hem nog steviger tegen me aan.

Ze veranderden steeds van onderwerp, sprongen van het ene over op het andere. Ik schonk nog meer whiskey in. Tante Christine deed hetzelfde. Ze bood Angela ook wat aan, maar die schudde haar hoofd.

'Lieverd,' zei tante Christine zacht, 'je biologische vader is een paar dagen voordat de politie Denise en jou vond op de vlucht geslagen. Hij heeft zijn bankrekening leeggehaald en zijn auto op de East Pier in Dún Laoghaire achtergelaten. Het is mogelijk dat hij zichzelf heeft verdronken, maar er is geen lichaam gevonden. Ze denken dat hij met een veerboot naar Holyhead is gegaan. Hij heeft het land in elk geval verlaten. Hij had geen paspoort, maar dat had je in die tijd niet nodig om naar het VK te komen, en hij had wel geld. Waarom zou hij al zijn geld van zijn rekening hebben gehaald als hij van plan was om zelfmoord te plegen? Niemand weet waar hij naartoe is gegaan. Ze hebben hem nooit te pakken gekregen.'

'Volgens mij heeft hij je die beer gestuurd,' zei Angela.

Mijn handen vlogen als vanzelf naar mijn haren, maar gingen meteen terug naar Toby. Ik kon hem niet loslaten.

18

Peter, 1974

Toen mijn vader zei dat ik de geest in de kamer naast die van mij nooit hoefde te zien, vergiste hij zich. Halverwege september vertelde hij me dat hij een weekend weg moest en dat ik tijdens zijn afwezigheid in háár kamer moest blijven.

'Bij de geest?'

'Ja, maar ze zal je niets aandoen. Ze is je moeder.'

Het vooruitzicht maakte me doodsbang.

'Maak je niet druk,' zei hij. 'Het is maar voor twee dagen en jij bent de baas. Ze moet doen wat jij haar opdraagt en als ze niet luistert mag je haar eten weghalen. Als ze iets doet wat jou niet zint mag je haar schoppen. Maar je mag haar geen antwoord geven als ze je iets vraagt. Dat is de enige regel.'

'Ik dacht dat het stout was om mensen te schoppen.'

'Ze is geen mens, ze is een geest. Dan mag het.'

Ik raakte overstuur. 'Ik wil niet bij de geest in de kamer blijven,' riep ik.

'Je bent te klein om een heel weekend alleen te zijn en bovendien wil de geest je zien. Ze smeekt me al jaren om je te mogen zien.'

'Waarom?'

'Omdat ze je moeder is.'

'Zal ze me pijn doen?'

'Absoluut niet.'

‘Is ze dood?’ Ik had vaag het idee dat geesten dode mensen waren.

‘Nee, niet echt.’

‘Waarom zit ze in die kamer?’

‘Je bent nog te jong om alles te begrijpen. Nu geen vragen meer. Ik zal er een veldbed neerzetten, en je mag je lievelingsdeken en twee van je boeken meenemen. En het nachtlampje mag ook mee.’

Dat was allemaal niet genoeg om mijn angst te verdrijven.

Op vrijdag bracht mijn vader me na het eten naar haar kamer. Het was er donker en muisstil, totdat hij de stekker van mijn lampje in een stopcontact naast de deur stak. Opeens hoorde ik de geest.

‘Peter? Ben jij dat?’ Haar stem beefde. Ze kwam onder een deken vandaan en stak haar armen naar me uit.

Mijn vader ging naar haar toe en gaf haar een harde klap in haar gezicht. ‘Kijk, zo pak je het aan als ze iets doet wat jou niet zint. Ze zal je geen kwaad doen. Ze weet wat er gebeurt als ze jou overstuur maakt.’ Zijn stem klonk opgewekt, vlak en geruststellend.

Hij zette een grote papieren zak met etenswaren naast me neer. ‘Dat is voor jou, niet voor haar, begrepen? Zij heeft haar eigen eten.’

Voordat ik haar gezicht goed had kunnen zien kroop ze weg onder haar deken. Mijn vader liet me het veldbed zien, dat vlak naast de deur stond waardoor we naar binnen waren gekomen. Hij liet me de lichtknop voor de wc en de wastafel zien, en herinnerde me eraan dat ik elke avond mijn tanden moest poetsen en mijn gezicht moest wassen. Hij liet me de koelkast en het kookplaatje in de hoek van de kamer zien, en zei dat ze aardappelpuree met erwten en spek voor me zou maken voor het avondeten. Op zondagochtend zou hij terug zijn.

‘Ik vind het hier niet fijn,’ zei ik. Het stonk er, en het was donker en benauwd. Mijn vader tilde me op. ‘Je hoeft echt niet bang te zijn, geloof me.' Hij kuste me boven op mijn hoofd en liep naar de deur.

Toen hij buiten stond hoorde ik dat het slot werd dichtgedraaid. Ik rende naar de deur en bonsde er met mijn vuistjes op. 'Laat me alsjeblieft niet hier achter. Ik ben bang voor de geest!' krijste ik.

Maar aan de andere kant van de deur was niets te horen. Hij was weggegaan.

Ze stak haar hoofd weer boven de deken uit en ging rechtop zitten. 'Niet bang zijn, Peter. Ik heb je vreselijk gemist,' zei ze. Haar haren waren lang en zaten vol klitten, en een paar van haar tanden ontbraken, maar haar ogen sprankelden. Op de onderkant van haar gezicht zat aan de ene kant een donkere blauwe plek. 'Ik ben je mama, herken je me niet meer?'

Ik kroop angstig weg tegen de deur.

Hoewel ze iets vertrouwds had vond ik haar doodeng.

'Je hebt hier bij mij gewoond totdat je kon lopen en praten, en zindelijk was. Toen heeft hij je weggehaald. Hij verbood me om je nog langer borstvoeding te geven, maar ik had geen flauw idee dat hij me je zou afnemen. Ik ben deze kamer al heel lang niet uit geweest, ik weet niet eens meer hoeveel jaar geleden het is...'

Ze praatte zo snel dat de woorden over elkaar heen buitelden. Toen ze opstond zag ik dat een van haar enkels met een ketting aan de muur vastzat. Ze kon bij het toilet en het keukengedeelte komen, maar niet bij mij. Haar armen en benen waren mager, maar haar buik was heel dik en ze liet haar armen zakken om haar handen eronder te leggen. Ze had een shirt aan dat te groot voor haar was en een rok die aan de voorkant opgetrokken was. Aan haar voeten droeg ze wollen sokken.

'Wat is de datum van vandaag?'

Ik wilde niet met haar praten en holde snel naar de wc. Ik deed het licht aan, liet de deur openstaan en plaste in de pot. Toen ik naar buiten kwam stond ze binnen handbereik. Ze stak haar arm naar me uit. 'Ik wilde je Sam noemen, naar mijn vader, maar hij zei dat het Peter werd. Ik heb je hier in deze kamer gebaard.'

Ik duwde haar hand ruw weg. Mijn vader had gezegd dat ik haar mocht schoppen. Ik haalde met mijn rechtervoet uit en raakte haar tegen haar scheenbeen.

'Auw!' zei ze, maar ze huilde niet.

'Doe de gordijnen open,' zei ik.

Ze keek me met grote ogen aan. 'Die zijn er niet. Er is geen raam.'

Ik sloeg haar hard in haar gezicht, net zoals mijn vader had gedaan.

'Sla me alsjeblieft niet,' zei ze. 'Heeft hij je niet geleerd dat het slecht is om mensen te slaan?'

'Papa heeft gezegd dat ik jou mocht slaan. Waarom is er geen raam? Ik heb in mijn kamer wél een raam.'

'Hij heeft liever dat ik in het donker zit. Op de dag dat ik hier kwam was er wel een raam, maar dat heeft hij aan de buitenkant dichtgetimmerd.'

Ik wist waar dat dichtgetimmerde raam in de buitenmuur zat, maar in het schemerduister hier kon ik me niet oriënteren. Het enige licht was afkomstig van het toilet en mijn nachtlampje. 'Waarom heeft hij dat gedaan?'

'Als straf.'

'Wat had je dan gedaan?'

'Dat weet ik niet meer.'

'Het moet iets heel ergs zijn geweest.'

'Ik had geprobeerd te ontsnappen en toen hij me betrapte beet ik hem!'

'O.' Ik rende terug naar mijn kant van de kamer.

'Ik zou jou nooit bijten. Ik hou van je.'

Ik zei niets.

'Het is hier nu lekker warm. Ik ben blij dat hij je niet in de winter heeft gebracht. Het is nu zomer, hè?'

Ik slikte het antwoord in. Het was september.

'Herinner je je mij echt helemaal niet meer? Weet je welk jaar het nu is? Welke maand?'

'Ja.'

'Zou je het me willen vertellen?'

'Nee.'

'Alsjeblieft. Het is belangrijk. Ik zit hier al sinds juni 1966. Ik was toen elf. Volgens mij ben jij een jaar later geboren, maar ik weet niet hoe lang geleden dat was.'

'Papa zei dat ik je niets mocht vertellen.'

'Hoe oud ben je nu?'

'Waar woonde je hiervoor?'

'Bij mijn ouders. Ik ging naar school, en had vriendinnen, en mijn eigen slaapkamer en ramen. Hij beweert dat ik me dat heb ingebeeld, maar ik weet het nog goed.'

'Wie zegt dat?'

'De man.'

'Mijn vader?'

Ze knikte. 'Hoe heet hij?' vroeg ze.

Ik wist dat zijn naam Conor Geary was, maar dat ging ik haar niet vertellen. 'Weet ik niet.'

'Tegen mij mag je "mama" zeggen. Ik zou je heel graag een knuffel willen geven of je hand vasthouden. Toen hij je hier weghaalde leerde je net praten. Je kende een paar woorden: mama, bed, koekje en melk. Maar toen nam hij je mee. Weet je dat niet meer?'

Er kwam een heel vage herinnering bij me op. Ik had vroeger naast haar op het matras geslapen.

'Hou je mond.'

Ze zweeg een tijdje, maar staarde onophoudelijk naar me door het schemerduister.

'Zou je de lamp iets dichter bij me willen zetten? Dan kan ik je beter zien.'

'Nee.'

‘Ik heb iets voor je.’ Ze pakte een teddybeer van de plank achter haar. ‘Herinner je je Toby nog?’ Het was een leuke beer met een rode strik om zijn nek. ‘Hij was vroeger van mij,’ zei ze, ‘maar toen jij werd geboren was hij van jou. Wil je hem misschien terug hebben?’

Ik herinnerde me Toby beter dan dat ik me haar herinnerde. Hij was vies en miste een oog. Ik vond het niet fijn om naar hem te kijken. Ik wilde hem wel graag vasthouden, maar iets hield me tegen.

‘Nee, bedankt.’

‘Ik dacht dat ik je nooit terug zou zien.’

‘Waarom heb je zo’n dikke buik?’

‘Omdat ik weer een baby krijg. Jij hebt als baby ook in mijn buik gezeten. Je krijgt een broertje of zusje.’

‘Hoe is de baby daarin gekomen?’

‘Die heeft hij erin gestopt.’

‘Hoe?’

Het bleef een hele tijd stil.

‘Papa sluit me op doordeweekse dagen overdag op in mijn kamer.’

‘Is het nu weekend?’

‘Het is vrijdag.’ Ik sloeg onmiddellijk een hand voor mijn mond, want ik had mijn vaders regel om geen vragen te beantwoorden overtreden.

‘Maar het kan ook dinsdag zijn,’ zei ik.

‘Het doet er niet toe. Ik zou hem nooit vertellen wat je tegen me hebt gezegd. Ik hoop dat hij jou nooit straft. Ik vind het heel erg voor je dat hij jou ook opsluit.’

Ik moest me als de baas gedragen, zoals mijn vader had gezegd. ‘Hij sluit mij niet op een plek als deze op. Ik heb een groot raam en kan de tuin zien, en ik heb boeken en speelgoed.’

‘Zijn we dicht bij de zee? Ik denk soms dat ik de golven kan horen.’

Het was best moeilijk om geen antwoord te geven op al haar vragen. Ik had heus wel in de gaten dat je de zee in deze kamer helemaal niet kon horen. Er zaten dikke stukken karton tegen de muren gespijkerd.

'Als je me nog iets vraagt schop ik je weer.'

'Oké. Wil je mij dan misschien wat vragen?'

'Nee. Ik wil dat je je mond houdt. Ik wil hier helemaal niet zijn. Kon ik maar terug naar mijn eigen kamer.'

Ze liep naar haar matras en kreunde heel hard.

'Maak niet zo'n herrie.'

'Ik kan het niet helpen. In verwachting zijn doet soms pijn. Dat komt door de baby, jouw broertje of zusje.'

'Welke van de twee wordt het?'

'Dat weet ik niet.'

'Waarom niet?'

'Je weet pas of het een jongetje of een meisje is als het is geboren.'

'Ik wil geen zusje.'

'Ik wilde je heel graag bij me houden.'

'Hier?'

'Nee, thuis bij mijn ouders.'

Ik zei niets. Ik wilde niet dat ze mijn moeder was.

Ik haalde een appel uit de zak. Mijn vader zei altijd dat ik eerst de gezonde dingen moest eten voordat ik aan de zoete dingen begon. Ik nam er een grote hap uit en kauwde erop. Ze staarde me aan.

'Kruip onder je deken.'

Ze gehoorzaamde, maar er bleef een opening zichtbaar, en ik voelde dat ze daardoor naar me keek. Ik liep ernaartoe en gaf er een harde schop tegen. Ze hapte naar lucht en kwam weer overeind, ditmaal met bloed op haar gezicht.

'Het spijt me, het spijt me,' zei ze. Ze begon te huilen.

Ik wilde haar bloedende gezicht niet zien. 'Kruip terug onder de deken en waag het niet om naar me te kijken. Stom wijf.'

19

Sally

'Ik vind dat we de beer met het briefje, de doos en het pakpapier naar de politie moeten brengen. Misschien zit er wel DNA op,' zei tante Christine.

'Weinig kans op,' antwoordde Angela. 'Jullie twee hebben de meeste sporen weggewassen. En we hebben alle drie de doos en het pakpapier aangeraakt. En de postmedewerkers in Nieuw-Zeeland, Ierland en alle landen daartussen hebben er ook aan gezeten. Maar je weet nooit wat ze voor informatie kunnen opduiken.'

Tante Christine zei: 'Afgaand op de stijl en leeftijd van de beer vermoed ik dat hij van Denise is geweest. Hij ziet eruit als iets van vijftig of zestig jaar geleden. Sommige delen lijken door motten te zijn aangevreten.'

Angela knikte instemmend. 'Wat stond er ook alweer in dat briefje?'

'"Ik dacht dat je hem wel terug zou willen hebben." Niet ondertekend. Alleen een letter: "S".'

'Had Sally misschien een bijnaam voor haar vader? Kun je je dat nog herinneren, Sally?'

Angela hief een hand op. 'Ik denk dat Sally geen behoefte heeft aan dat soort vragen, Christine.'

'Sorry, je hebt gelijk.'

'Ik wil graag even op bed gaan liggen om uit te rusten,' zei ik. 'Samen met Toby.'

Het was inmiddels vijf uur en pikdonker. De twee vrouwen putten zich uit in verontschuldigingen en zeiden dat het een vreselijke schok voor me moest zijn geweest, dat ik me beslist overweldigd voelde door alle onthullingen. Tante Christine zei dat ze even naar het dorp zou gaan om wat boodschappen te doen en dat ze me later wakker zou maken voor het eten. Ik ging naar mijn kamer, zodat ze ongestoord over mij en mijn akelige verleden konden praten. Toby nam ik mee. Ik was hun geklets zat, en ik had tijd en ruimte nodig om na te denken.

In mijn kamer, met het oude bloemetjesbehang dat mijn moeder jaren geleden had uitgekozen, probeerde ik te bedenken wat ik moest doen. Er tolden talloze vragen door mijn hoofd.

Toen ik wakker werd steeg er een heerlijke geur op uit de keuken. Ik liep naar de badkamer en waste mijn gezicht.

Tante Christine begroette me in de keuken. 'Hallo lieverd. Heb je lekker geslapen? Angela blijft eten. Ik hoop dat je dat niet erg vindt. Ik heb een kip gebraden.'

'Voor ons drieën?'

'Ja. Van de restjes kun je sandwiches of soep maken, als je dat wilt.' Ze had ook aardappelpuree gemaakt, en moes van wortel en pastinaak, net iets uit een kookprogramma op televisie. 'Zou jij de tafel willen dekken, liefje?'

Ik trok de tafel van de muur en klapte het aanzetstuk omhoog, waardoor de tafel net zo groot was als in de tijd dat mijn moeder nog leefde. Mijn vader en ik hadden 's avonds altijd met het bord op schoot voor de tv gegeten. Maar de lunch aten we altijd in de keuken. Dit was helemaal verkeerd om.

Hoewel ik er een beetje zenuwachtig van werd, kletste tante Christine kalm tegen me. Ze beschreef hoe ze het eten had bereid, vertelde dat Jean en zij tijdens een shoppingtripje bij

Arnotts dezelfde borden hadden gekocht en dat ze blij was dat ze nog steeds werden gebruikt. Ze klonk net als mijn moeder, en als ik mijn ogen dichtdeed kon ik me bijna inbeelden dat mijn moeder terug was, ook al wist ik dat dat onmogelijk was. Het was een fijne gedachte.

'Waar is Angela?'

'Ze moest even naar huis om de honden eten te geven en een paar andere dingen te doen. Maar ze komt zo terug.'

'Zal ik wat wijn uit de kast halen?'

'O, volgens mij hebben we zo-even wel genoeg alcohol gehad. Heb je ook bruisend bronwater?'

Dat had ik. Op weg naar de woonkamer om het te halen bleef ik abrupt staan. Toen rende ik naar mijn slaapkamer en trok het beddengoed weg. Daarna rende ik terug naar de keuken.

'Waar is Toby?' schreeuwde ik tegen haar.

'Lieverd, ik...'

'Waar is hij?' Mijn wangen werden warm en mijn hoofd begon te tollen.

Er werd aangebeld.

'Dat is vast Angela. Zij zal het allemaal wel uitleggen.'

Ik liet Angela binnen. 'Waar is Toby?'

'Rustig blijven, Sally. Adem vier tellen in en...'

'Heb je hem meegenomen toen ik lag te slapen?'

'Ja. Toby is maar een stuk speelgoed, Sally. Misschien kunnen ze achterhalen waar hij vandaan komt. Ik ben met de beer, de doos en het pakpapier naar het politiebureau in Roscommon gegaan. Ze sturen alles naar een laboratorium in Dublin en een forensisch team zal...'

'Hij was van mij!'

'Sally, wees niet zo onredelijk. Je...'

Ik haalde met mijn vuisten naar Angela uit en stompte haar op haar gezicht, in haar buik en tegen haar armen. Ze klapte dubbel, maakte zich zo klein mogelijk, sloeg haar handen beschermend om haar hoofd en hield haar ellebogen voor haar gezicht. Tante Christine sleurde me weg.

'Sally! Hou daar onmiddellijk mee op.' Tante Christine had dezelfde boze stem als mijn moeder.

Mijn boosheid verdween net zo snel als die was opgekomen. Ik ging op een stoel in de gang zitten. Tante Christine nam Angela mee naar de keuken. Ik hoorde hen samen fluisteren. Ik had iets slechts gedaan. Alwéér. Iets heel slechts. Ik wiegde heen en weer op de stoel. Ik had mijn emoties niet in bedwang. Misschien konden ze me beter opsluiten.

'Angela, het spijt me. Het spijt me heel erg. Ik was boos.'

Ze hield een zak met bevroren doperwten tegen haar kaak. Tante Christine stond naast haar. Godzijdank was er geen bloed te zien.

Angela stak een hand op om me de mond te snoeren, schudde haar hoofd en trok een pijnlijk gezicht.

'Jezus, Sally. Je was totaal onhandelbaar. Ik had geen flauw idee dat je zo gewelddadig kon zijn. Dat soort gedrag is echt onacceptabel.'

Ik kon merken dat tante Christine woedend was, en toen ik naar haar toe liep deed ze een stap naar achteren. Ze was bang voor me geworden.

'Ik wist niet wat ik deed, en ik weet ook niet waarom ik het deed.'

Ik voelde dat mijn gezicht weer warm begon te worden.

'De beer heeft iets in je getriggerd, Sally,' zei Angela. 'Nóg een reden om hem te laten onderzoeken. Als je biologische vader hem aan je heeft gestuurd kan hij misschien worden opgespoord. Zeker weten doen we het niet, maar we moeten het proberen. Denk eens aan wat hij je moeder en jou allemaal heeft aangedaan. Met mij komt het wel goed, maar je had me ernstig kunnen verwonden. Hoe vaak heb je al zulke agressieve uitbarstingen gehad?'

Ik beschreef de zeven incidenten gedetailleerd: drie toen ik zeven was, eentje op mijn achtste, eentje toen ik negen was. Mijn moeder had later beweerd dat het gewoon kinderlijke driftbuien waren. Eenmaal toen ik veertien was, met een man bij de bushalte, en de laatste keer was een jaar later op school, toen het meisje aan het tafeltje achter me een van mijn vlechten had afgeknipt. Ik werd bijna van school gestuurd, maar kwam uiteindelijk weg met een week schorsing. Ik had haar arm gebroken en moest haar een brief schrijven om te zeggen dat het me heel erg speet.

'En dat was de laatste keer, tot vandaag?'

'Ja, ik zweer het. Kunnen we nu Toby alsjeblieft terughalen?'

'Nee,' zei Angela. 'Daar komt niets van in. Moet je kijken welk effect hij op je heeft.'

'Het is inderdaad geen goed idee,' beaamde tante Christine.

'Ga ik nu naar de gevangenis?'

'Nee. Maar je moet wel inzien hoe ernstig dit is, Sally. Je bent een volwassen vrouw. Als ik naar de politie was gegaan, hadden ze je echt kunnen opsluiten. Je mag nooit meer iemand slaan. Heb je dat goed begrepen?'

'Ja, Angela, maar...'

'Heb je dat goed begrepen?'

'Ja.'

'Onder deze omstandigheden kan ik niet blijven eten, Christine. Ik wil naar huis om even te gaan liggen. Zou je het erg vinden om me met de auto te brengen? Ik ben vanuit het dorp komen lopen.'

'Natuurlijk breng ik je even.'

'Dank je wel. Het is maar een paar minuten rijden.'

Aan mij schonken ze geen van beiden aandacht. Toen de voordeur achter hen dichtviel klonk er een sissend geluid uit de oven. Ik zette hem uit. De kip was aan de bovenkant een beetje verbrand.

Ik probeerde alles in perspectief te plaatsen. Ik hoefde niet naar de gevangenis. Met Angela kwam het wel goed. Tante Christine was nu bang voor me.

Ik sneed de kip, schepte groente op twee borden en maakte een fles bruisend bronwater open. Toen ik het glas van tante Christine inschonk, kwam ze terug.

'Ik weet niet wat ik tegen je moet zeggen, Sally. Volgens mij maakte Jean zich terecht zorgen over een aantal van de besluiten die Tom nam met betrekking tot jouw ontwikkeling. Maar Angela denkt dat het nog niet te laat is.'

'Nog niet te laat voor wat?'

'Je moet in therapie, lieverd, want zo kan het niet verder. Het is niet normaal.'

'Ik vind mijn leven heel normaal.'

'Dat is nu precies het probleem. Tom heeft je nooit aangemoedigd om jezelf te corrigeren. Je had vriendinnen moeten maken, een sociaal leven moeten leiden, een baan moeten hebben, en misschien zelfs een partner als je dat wilt. Je hebt heel veel dingen gemist en je hebt het niet eens in de gaten.'

'Papa schreef in zijn laatste brief dat hij fouten had gemaakt, maar dat er niets mis is met me en dat ik alleen een beetje apart ben.'

'Je hebt net de enige persoon aangevallen die altijd voor je heeft klaargestaan. Je zult het echt moeten goedmaken. Hoe denk je dat te gaan doen?'

'Ik kan bloemen voor haar kopen en haar een brief schrijven.'

'Dat is een mooi begin, maar hoe ga je ervoor zorgen dat je niemand anders aanvalt? Je hebt hulp nodig.'

Ik wist dat ze het over psychotherapie had. Dat was wat mijn moeder ook had gewild toen ik nog op school zat.

'Misschien kan ik een therapeut zoeken.'

'Angela zal blij zijn om dat te horen. Zet dat maar in de brief.'

Toen ik die avond naar bed ging moest ik denken aan Toby en waar hij zou kunnen zijn.

De volgende dag was de dag voor kerst en ik wilde liever alleen zijn. Ik had het goedgevonden dat tante Christine me bij het afscheid omhelsde. Ik had nog een keer gezegd dat het me speet. Ze zei dat we contact zouden houden en dat ik na Kerstmis een keertje bij hen in Dublin moest langskomen, nadat ik een paar therapiesessies had gehad. Ik twijfelde nog.

Ik schreef een brief aan Angela om mijn verontschuldigingen aan te bieden. Ik zette erin dat ik bereid was om therapie te volgen als ze dacht dat het zou voorkomen dat ik nog meer mensen die me dierbaar waren iets aandeed. Ook liet ik haar weten dat ze zich geen zorgen hoefde te maken over de zak met erwten. Ik zou wel een nieuwe halen bij de Texaco. Ik wenste Nadine en haar een vrolijk kerstfeest en zei dat ik op eerste kerstdag liever alleen wilde zijn.

Ik wandelde naar het dorp. Overal waren mensen, geluiden en fonkelende kerstlichtjes. Ik deed mijn oordoppen in en ging bij de Texaco naar binnen om bloemen te kopen. Daarna ging ik zo snel mogelijk weer naar buiten en liep naar Angela's huis. Daar deed ik de brief in de brievenbus, legde de bloemen op de deurmat en vertrok haastig. Ik wist wat schaamte was. Het was een van de emoties die ik wél herkende.

20

Peter, 1974

'Stom wijf' was wat mijn vader vaak zei als we televisie zaten te kijken. De moeders op tv zagen er meestal aardig, schoon en netjes gekleed uit, bakten appeltaart voor hun kinderen en verzorgden de schrammen op hun knieën. Deze geest was waardeloos. Ze was een verschrikkelijk slechte moeder, zo erg dat ze als een hond aan de ketting moest.

We deden er een hele tijd het zwijgen toe, maar er waren toch dingen die ik wilde weten. Ze stak haar hoofd steeds net iets verder onder de deken vandaan, maar keek niet naar me. Met de deken veegde ze het bloed uit haar oog en na een tijdje hield het op met bloeden.

'Hoe komt de baby uit je buik?'

'De vorige keer kwam jij hierdoorheen.' Ze wees naar de plek tussen haar benen. 'Het was snel en pijnlijk. Er zat een soort koord om je nek, maar dat heeft hij weggetrokken.'

'Papa?'

'Ja. Hij was heel blij met je. Daarna behandelde hij me een tijdje goed. Maar toen wist ik nog niet dat hij jou van me zou afpakken. Ik was dertien, geloof ik, maar ik weet niet hoe oud ik nu ben. Ik ben de tel kwijtgeraakt.'

'Weet je niet hoe oud je bent? Wat ben jij dom, zeg.'

'Ik neem aan dat je nu naar school gaat. Volgens mij ben jij heel slim.'

'Ik ga niet naar school. Papa geeft me thuis les.'

‘O, dan zullen je vriendjes je wel missen.’

‘Ik heb geen vriendjes. Papa is mijn beste vriend.’

‘Vind je het niet jammer dat je geen kinderen van je eigen leeftijd hebt om mee te spelen?’

Ik dacht terug aan de dag in de dierentuin. Aan de groepjes kinderen die opgetogen met elkaar kletsten.

‘Je mag me niets vragen. Stom wijf.’

Ik haalde mijn fles melk tevoorschijn en schonk het glas vol dat mijn vader op een dienblad had klaargezet. Ze keek heel raar naar de fles.

‘Heb je nog nooit melk gezien?’

‘Niet meer sinds jij een baby was. Toen gaf hij me melk zodat ik jou borstvoeding kon geven, maar nadat hij jou had meegenomen kreeg ik geen melk meer.’

Ik schonk het glas opnieuw vol en gaf het heel voorzichtig aan haar. Haar handen trilden zo erg dat ik bang was dat ze alles zou morsen, maar ze klemde haar lippen om de rand en dronk alles in één keer op, als een gulzig varken.

Ze begon te huilen. ‘Dank je wel. Dank je wel. Ik weet dat je een lieve jongen bent. De helft van jou komt van mij. De goede helft.’

Ik griste het glas uit haar hand. ‘Je hebt geen manieren,’ zei ik. ‘Het is onbeleefd om zo te drinken.’

Ze tuurde naar de vloer. ‘Het spijt me, het is gewoon al zo lang geleden.’

Ik liep naar de koelkast en legde het spek erin, samen met de rest van de melk, de boter en de kaas. De aardappels, het brood, de banaan, de cornflakes en het blikje doperwten legde ik erbovenop, samen met de chocola en de chips die ik elke zaterdagavond kreeg.

Er stonden vier flessen met een heldere vloeistof in de koelkast.

‘Wat is dat?’

‘Mijn water.’

‘Waar is jouw eten dan?’ vroeg ik.

Ze tastte onder de deken en haalde een half pakje vanillekoekjes tevoorschijn.

‘Dat is het enige wat hij me geeft. Mag ik… mag ik het klokhuis van je appel hebben?’

‘Dat heb ik al in de afvalemmer gedaan.’

‘Dat vind ik niet erg.’

Ze liep naar de afvalemmer en haalde het klokhuis eruit.

‘Het is heel smerig om uit een afvalemmer te eten.’

‘Ik heb honger. Dat eten van jou, is dat misschien genoeg voor ons tweetjes?’

‘Hij zei dat het eten alleen voor mij was.’

‘Maar als het te veel voor je is, mag ik dan de restjes? Alsjeblieft?’ Er welden weer tranen in haar ogen op en ik wist niet goed wat ik ervan moest denken.

‘Nee,’ zei ik. ‘Dat is tegen de regels.’

Ik deed mijn best om haar te negeren en probeerde te lezen, maar ze wilde mijn boeken zien. Toen ik dat weigerde vroeg ze me om haar eruit voor te lezen. Ik las vijf bladzijden voor uit *Gullivers reizen*. Ze zei dat ik heel goed kon voorlezen, dat ze trots op me was en dat het een fantastisch verhaal was. Ik voelde me niet op mijn gemak en begon te huilen. ‘Ik wil naar papa.’

‘Ach, lieve jongen van me. Hij is een slechte man. Denk je dat het goed is dat hij me hier opgesloten houdt, met bijna geen eten, in het donker, zonder boeken?’

‘Er is hier ook geen televisie.’

‘Onze buren hadden een televisie. Hebben jullie er eentje? Hier in dit huis?’

Ik knikte. Als ik niets zei gold het niet als antwoord op een vraag.

‘Wauw. Is het een groot huis?’

Daar moest ik over nadenken. Waarschijnlijk wel. Er waren best veel kamers. Op de dag dat we naar de dierentuin gingen reden we langs heel veel huizen, maar de meeste daarvan stonden heel dicht op elkaar. Op tv had ik grote en kleine huizen gezien. Ik kwam tot de conclusie dat ons huis groot was, maar dat zou ik haar niet vertellen.

Ik liep naar het stapeltje kleren dat mijn vader op de enige stoel naast mijn bed had klaargelegd en pakte mijn pyjama.

'Heb je hulp nodig met omkleden?' vroeg ze.

Ik zei niets en kleedde me uit. Ik keek op mijn horloge. De kleine wijzer stond tussen de zeven en de acht. Ik had al in bed moeten liggen.

'O, je hebt een horloge! Hoe laat is het?'

'Bedtijd.' Het was vijf voor halfacht. Ik had net leren klokkijken en vond het heerlijk om met mijn nieuwe kennis te pronken, maar het had geen zin om op te scheppen tegen iemand die zo dom was als zij. Mijn vader had er een hekel aan als ik dat deed. Hij zei dat ik hem echt niet om de vijf minuten hoefde te vertellen hoe laat het was.

'Oké.'

'Ik moet mijn tanden poetsen.' Ik liep langs haar om naar de wc te gaan en ditmaal deed ik de deur dicht.

Ik plaste weer en poetste mijn tanden. Er hing geen spiegel en er was maar één dunne handdoek. Toen ik de deur opendeed, zat ze er op haar knieën voor. Ze had haar armen opengespreid. Ik probeerde langs haar te rennen, maar ze sloeg snel haar armen om me heen, drukte haar gezicht tegen mijn hoofd en kuste me. Ik verzette me uit alle macht.

'Laat me los! Laat me los!'

'Ik kan het niet helpen, ik hou heel veel van je. Soms dacht ik dat ik je door de deur heen hoorde, maar hij heeft extra isolatiemateriaal tegen de muren gespijkerd en ik wist niet of ik het me inbeeldde. Hij vertelt me nooit iets over jou. Hij zei dat hij jou zou straffen als ik door de muur met je probeerde te praten. Ik ben zo blij dat je hier bent.' Haar greep verstrakte en ik krijste in haar oksel.

Toen ze me eindelijk losliet rende ik naar mijn hoek.
'Het spijt me, Peter, het spijt me echt heel erg. Ik wilde je alleen maar even vasthouden.'
'Ik ga het aan papa vertellen. Dan zal hij je heel zwaar straffen.'
'Ik wil...'
'Het kan me niet schelen. Hou je mond. Waag het niet om nog iets tegen me te zeggen. Je bent slecht en gemeen.'
Ik kroop op het veldbed en deed de lamp uit.

Ik durfde niet te gaan slapen, maar ik moet heel moe zijn geweest, want toen ik wakker werd kwamen er zwakke lichtstraaltjes door het dichtgetimmerde raam naar binnen. Heel even wist ik niet waar ik was, maar toen schoot de afschuwelijke situatie me weer te binnen. Ik deed het lampje aan en ontdekte dat ze zo dicht mogelijk naar me toe was gekropen en naar me zat te kijken.
'Peter? Het spijt me. Kunnen we alsjeblieft opnieuw beginnen? Het spijt me ontzettend.'
'Ik heb honger.'
'Zal ik wat cornflakes voor je pakken?'
Ik wierp een blik op de plank boven de koelkast. De chocola was weg. Die had ik voor die avond bewaard, precies zoals mijn vader me had opgedragen. Het brood was voor de helft opgegeten. De banaan lag er niet meer. En er was nog maar een halve wortel over.
'Je hebt mijn eten opgegeten! Je hebt mijn chocola opgegeten.'
'Dat klopt. Ik moest wel. Begrijp je het dan niet? Hij hongert me uit. Er is nog genoeg over voor jouw avondeten.'
Ik zei niets, maar kleedde me snel aan en strikte mijn schoenveters. Toen liep ik naar haar toe en schopte haar zo hard ik kon met mijn leren schoenen, telkens opnieuw, tegen haar gezicht, haar hoofd en haar dikke buik. Ze rolde zich

jammerend en huilend op tot een bal. Mijn vader had gelijk. Ze wist dat ik de baas was. Ze zei niets meer tegen me, maar kroop snikkend onder haar deken en slaakte af en toe een kreet van pijn.

Dan schreeuwde ik dat ze stil moest zijn.

Ik pakte zelf mijn cornflakes en ging op het veldbed zitten. Ik moest mijn best doen om niet te huilen. Ik wilde naar mijn vader toe. Ik haatte de geest. Ik rammelde aan de deur en bekeek de plek waar het raam had gezeten. Er zat geen glas meer in. Alleen maar houten planken. Ik zag er dunne lichtstraaltjes door naar binnen schijnen, maar ik kon de tuin niet zien. Ik las mijn boek, speelde met mijn Matchbox-autootjes en deed mijn best er niet aan te denken waar ik was. Ik miste de tv. Ik vroeg me af of mijn vader me hier voor straf naartoe had gestuurd. Maar wat had ik dan gedaan om dat te verdienen?

21

Sally

Op eerste kerstdag stond ik vroeg op en stak de haard in de woonkamer aan. Na de dood van mijn moeder verliepen onze kerstdagen meestal hetzelfde: kalkoen bij de lunch, meestal door mij klaargemaakt. Ik dronk twee of drie glazen rode wijn, waar ik altijd warm, vrolijk en slaperig van werd. We aten voor de tv, omdat er zoveel te zien was. We vonden *Raiders of the Lost Ark* allebei goed, en die werd vaak op een van de zenders vertoond. Indiana Jones was erg knap en als ik aan hem dacht, voelde ik een tinteling in mijn onderbroek. Ik vroeg mijn vader wat dat betekende en hij zei dat het betekende dat ik in theorie heteroseksueel was.

Op deze eerste kerstochtend zonder mijn vader werd er een oude Abbott en Costello-film uitgezonden. Ik zat met mijn thee en geroosterde brood voor de tv. Mijn vader moest altijd heel hard om hun films lachen en dan lachte ik mee, ook al vond ik de streken van de twee mannen stom, maar mijn vader vond het fijn als ik lachte. Soms moest ik spontaan lachen. Vroeger was er een programma op televisie dat *You've Been Framed!* heette, waarin korte video's werden vertoond van mensen die op een heel domme manier vielen en zichzelf pijn deden. Dat was grappig.

Maar nu drong het tot me door dat niets grappig was als je in je eentje keek.

Om elf uur 's ochtends ging de telefoon. Het was Nadine.

'We hadden je voor de kerstlunch uitgenodigd en die uitnodiging geldt nog steeds. Maar als je Angela nog een keer wat aandoet, sla ik je zo hard dat je niet meer weet wat voor of achter is.'

'Dat lijkt me niet meer dan eerlijk,' zei ik.

'En dan nog iets,' ging ze verder. 'Er wordt in dit huis met geen woord over die stomme beer gesproken.'

'Oké.'

'Kun je over een halfuur hier zijn?'

'Ja, dank je.'

Toen Nadine de deur opendeed stak ik mijn hand uit. Ze deed hetzelfde en ik schudde haar hand stevig om te benadrukken dat het me echt heel erg speet.

'Het is al goed,' zei ze. 'Je bent een zonderling, maar wel ónze zonderling.' Ze lachte en ik lachte ook, want ze had gelijk en het was fijn om het gevoel te hebben dat ik bij iemand hoorde. Ik bood Angela nogmaals mijn verontschuldigingen aan. De bevroren erwten hadden kennelijk gewerkt, want aan haar gezicht was niets te zien.

Ik stelde die dag een hele hoop vragen, maar kreeg maar op een paar ervan antwoord. Angela wist alleen dat ik geadopteerd was. Ze had mijn verhaal op internet opgezocht en daar wat summiere feiten opgepikt. De datum waarop mijn biologische moeder was ontvoerd. De datum waarop we waren gevonden. Conor Geary's geboortedatum en familieomstandigheden (hij had één zus, van wie hij was vervreemd). Mijn moeders sterfdag. Angela wist niet precies hoe ze was gestorven, alleen dat het als zelfmoord de boeken was ingegaan. Het bericht dat ik in het buitenland was geadopteerd.

Afgezien daarvan was het een leuke dag. Ik had er niet aan gedacht om cadeautjes voor hen te kopen, maar Angela en Nadine hadden een paarse trui voor me gekocht die zacht en kleurig was. Het verbaasde me enorm dat ze de tv helemaal niet aanzetten. Ze waren druk in de weer met Spotify en probeerden me over te halen om ook te dansen. Ze dronken heel veel. Ik dronk drie glazen wijn, mijn absolute maximum. Hoewel ik me slaperig voelde vond ik het geen punt om naar huis terug te lopen.

Meteen na binnenkomst zette ik de verwarming hoger en deed de televisie aan. Ik was teleurgesteld omdat Angela me zo weinig had kunnen vertellen over wat er met me was gebeurd. Ik liep naar mijn vaders werkkamer en maakte de doos met PRIVÉ erop open. Er zaten oude polaroidfoto's in waarop stond geschreven: *Denise en Mary Norton*. Mijn biologische moeder zag er ontzettend jong en breekbaar uit, en keek op de meeste foto's doodsbang. Op de foto's waar ze met open mond op stond kon ik geen enkele tand ontdekken. Op het grootste deel van de foto's had ze haar armen om een klein kind geslagen. In bed, op een bureaustoel, staand naast een radiator. De kleren die ze droeg pasten niet bij elkaar en haar uitgemergelde lichaam leek erin te verdrinken. Ondanks de begeleidende tekst duurde het even voor het tot me doordrong dat ík dat kind was. Ik leek en lijk niet op Denise, die erg jong moest zijn geweest toen ze overleed. Ik vergeleek foto's van mezelf als tiener en twintiger met die van haar, maar zag geen enkele gelijkenis. Op de foto's waar ze in haar eentje op stond, was haar gezicht nat van de tranen en hield ze haar armen voor zich uitgestrekt. Naar mij?

Ik herkende haar niet, maar na nadere bestudering herkende ik mezelf wél. Mijn gezicht was bleek en gespannen, heel anders dan op de foto's van het feestje voor mijn zevende verjaardag, waarop ik er weliswaar droevig, maar weldoorvoed uitzag. Denise was grauw en graatmager. Op sommige foto's lachten we naar elkaar en leek ze iets tegen me te zeggen. Ik keek niet naar de camera. Ondanks de omstandigheden oogde mijn lach oprecht en spontaan. Mijn ingevallen ogen sprankelden. Toby stond op geen enkele foto.

Ik ging voor de spiegel staan en probeerde de glimlach te

imiteren, maar ik ben een volwassen vrouw. Het is dwaas om als een kind te willen lachen.

In de doos zaten ook kleine cassettebandjes en een dictafoon. De bandjes waren genummerd en van een datum voorzien. Ik stopte het eerste bandje, gedateerd op 11 april 1980, in het apparaat, maar de batterijen waren leeg. Ik verving ze en drukte op PLAY. Ik herkende mijn vaders stem meteen.

Tom: Denise, kom binnen. Je hoeft niet bang te zijn, hier ben je veilig. Niemand zal je iets aandoen. Is dat je dochtertje Mary?

Ik!

Denise: [gillend] Laat de deur openstaan! Laat de deur alsjeblieft openstaan!
Kind: [zacht gejammer]
Tom: Sorry. Jean, zou je de deur alsjeblieft open willen zetten?
Denise: Waar gaat ze naartoe? Ik wil niet dat ze weggaat!
Jean: Tom, misschien kan ik er beter bij blijven.

De stem van mijn moeder!

Tom: Je hebt gelijk. Goed, Denise. Zo beter? Jean blijft hier en de deur staat open. Zou je hier willen gaan zitten? Dan kan Mary… O, dat kan natuurlijk ook. Jullie mogen ook bij elkaar zitten. Kies zelf maar een plekje.
Denise: [onverstaanbaar gemompel]
Tom: Heb je vannacht goed geslapen, Denise? Ik weet dat alles erg vreemd voor je moet zijn nu je zo lang… weg bent geweest.
Denise: [een geprevelde vraag]
Kind: [fluisterend antwoord]

Tom: Je hoeft niet te fluisteren, Mary.
Denise: Ik wil niet dat je tegen haar praat!
Jean: Zal ik Mary meenemen naar de speelhoek?
Denise: Nee!
Tom: Het is maar een paar stappen hiervandaan. Je kunt haar gewoon zien.
Denise: Nee. Ik zei nee!
[Een lange stilte. Jean kucht.]
Tom: Gisteravond heb je je vader en moeder gezien, Denise. Hoe was dat?
Denise: Ze zien er oud uit.
Tom: Er is veertien jaar verstreken. Mensen worden ouder. Denk je dat jij er zelf anders uitziet dan veertien jaar geleden?
Denise: Dat zal haast wel.
Tom: Jean, zou je in de dossiermap willen kijken of er foto's van Denise in zitten uit de tijd voordat...
Jean: Ja, hier heb ik er een paar.
Tom: Denise, wil je zien hoe je er veertien jaar geleden uitzag?
Tom: Knik je nu of schud je je hoofd?
Denise: Ik wil ze zien.
[Gestommel.]

Even denk ik dat de opname is stopgezet, maar het is slechts weer een lange stilte. Dan klinkt het geluid van kapotscheurend papier en geschuifel, en het gejammer van een kind. Van mij. Mijn vader blijft kalm.

Tom: Waarom heb je de foto's verscheurd, Denise?
Denise: Ze willen háár hebben. Mij willen ze niet.
Tom: Wie?
Denise: Papa en mama. Ze willen dat meisje terug hebben.
Tom: Dat meisje ben jij, Denise.

Denise: Ik ken haar niet.
Tom: Jean heeft me verteld dat het een stressvol bezoek was, Denise. Je bent nu vijfentwintig, klopt dat? Kun je je voorstellen hoe het voor je ouders is geweest om jou al die jaren te moeten missen, om zich af te vragen wat er met jou was gebeurd?
Denise: Waarom zijn ze niet naar me blijven zoeken?
Tom: Tja, dat is...
Jean: Ze hebben altijd hoop gehouden dat je nog leefde. Heeft je moeder je dat gisteravond niet verteld?
Denise: Ze hebben niet hard genoeg hun best gedaan.
Tom: Hoor eens, Denise. Het is niet te doen om eeuwig naar iemand te blijven zoeken.
[Het geluid van een jammerend kind.]
Jean: Wat zei je, Mary?
Denise: Ik wil niet dat je tegen haar praat!
Jean: Sorry.
Denise: Geef hier.
Tom: De pop?
Denise: Geef hier.
[Gestommel.]
Tom: Misschien wil Mary met de pop spelen. Heeft ze er weleens eentje gezien?
Jean: Wat ben je met de pop aan het doen, Denise?
Denise: Ik maak alle knopen dicht. Ze mag er niet als een slettenbak bij zitten.

Ik zette het bandje stil. Ik wist wat Denise was overkomen. Ze had me beschermd. Hoewel ik me haar stem en het gezicht op de foto's niet herinnerde, voelde ik diep verdriet voor deze onbekende vrouw. Mijn vader zei altijd dat ik heel veel inlevingsvermogen had, maar het niet vaak genoeg gebruikte.

Ik pakte de handgeschreven aantekeningen van mijn vader en trok er een willekeurige map tussenuit.

Denise Norton geb.dat. 05-04-55
26-09-80 Week 24

Het is moeilijk in te schatten of ik vooruitgang boek met Denise. Haar mentale capaciteit is ernstig afgenomen, en ik zou haar geestelijke leeftijd amper hoger inschatten dan ten tijde van haar ontvoering: elf jaar. Het tegenstrijdige aan de situatie is dat ze een ontzettend overbezorgde moeder is. Mary kan lopen en praten, maar gebruikt haar stem nooit voluit en fluistert alleen. Volgens Jean is daar geen fysieke reden voor. Ze is zindelijk, maar doet haar behoefte alleen als haar moeder erbij is. Volgens de artsen is Mary een jaar of vijf, misschien zes, en heeft ze nog nooit andere kinderen gezien. Denise houdt continu haar hand vast, moet altijd fysiek contact met haar hebben. We hebben een ledikantje naast Denises bed geplaatst, maar Denise weigert het kind los te laten. Mary voelt de angst van haar moeder en is evenmin bereid om háár hand los te laten. In de aanbouw waar ze gevangen werden gehouden was een kamer met een matras op de vloer en een tweede kamer die als kinderkamer was ingericht, maar de kans is groot dat ze altijd samen op dat matras sliepen. Afgaand op de foto's die ik heb gezien zag de kleine slaapkamer er ongebruikt uit. Denise beantwoordt zelden vragen over hun omstandigheden in Killiney. Jean heeft er een paar halfbakken theorieën over, maar er is nergens bewijs voor.
Mary en Denise lezen dezelfde boeken. Denise toont geen enkele interesse voor boeken voor volwassenen of kranten (dat zou een zegen kunnen zijn!), maar het houdt wel in dat Mary een zeer gevorderde lezer is. Denises schrijfvaardigheid is sinds haar ontvoering niet verbeterd. Mary is wat betreft leesvaardigheid haar leeftijdgenoten ver vooruit, ook al heeft ze er nooit eentje ontmoet.
Gisteren hebben we met Denise en haar ouders een her-

nieuwde poging tot een gezinstherapiesessie gedaan. Denise was zwijgzaam en sloeg haar vader toen die haar bij het afscheid op haar hoofd kuste. De medicatie heeft hooguit de scherpste randjes van haar woede en opvliegendheid afgehaald. Meneer en mevrouw Norton waren ontzet en hebben ons herhaaldelijk gevraagd wanneer Denise 'beter zal zijn'. Ze denken dat we haar op magische wijze weer normaal kunnen laten worden, en dat ze haar dan mee naar huis kunnen nemen. Ze willen net zo graag als wij dat we moeder en kind van elkaar scheiden. Ze willen hun dochter spreken zonder daarbij door Mary's aanwezigheid te worden gehinderd. Tijdens een gesprek met haar ouders hebben we er allemaal mee ingestemd om Denise te vertellen dat Conor Geary dood is en dat ze hem echt nooit meer zal zien. Het ziekenhuis wordt extra zwaar beveiligd en de jacht op de psychopaat die minstens één leven heeft verwoest is in volle gang. Diverse mensen hebben gemeld hem te hebben gezien en helderzienden halen bakken met geld binnen, maar tot dusver zitten er geen bruikbare aanwijzingen bij.

Denise reageerde niet toen we haar vertelden dat hij dood was en haar nooit meer kwaad kon doen. Ze vertrouwt ons geen van allen.

Jean en ik hebben allebei geprobeerd met haar een gesprek over hem te voeren, maar dan begint ze te gillen, iets waardoor zowel zijzelf als het kind van streek raakt. Ik heb geen idee hoe we ooit kunnen beginnen over wat hij haar allemaal heeft aangedaan. Ik ben oprecht van mening dat Denise zo beschadigd is en zo lang zo wreed is mishandeld dat iets als een normaal leven voor haar hoogst onwaarschijnlijk is.

Tijdens hun wandelingen over het terrein praat ze soms met Jean. Ze vindt het goed dat Jean onder het lopen Mary's andere hand vasthoudt. Dus in zekere zin heeft Jean meer vooruitgang geboekt dan ik. Denise wil van alle bloemen weten hoe ze heten en leert Mary de namen en hoe die worden gespeld. Jean meldt dat Mary voortdurend naar Toby vraagt. Denise heeft Jean verteld dat Toby een speelgoedbeer is. Denises ouders hebben bevestigd dat Denise tijdens de ontvoering uit hun tuin in 1966 een beer bij zich had die ze Toby noemde.

In de afgelopen week heeft Denise me slechts eenmaal fysiek aangevallen. Het kind huilde en ik stak instinctief een hand uit om haar te troosten. Zonder het kind los te laten vloog Denise als een pitbull op me af en beet in mijn arm. Ook deze keer moesten we de sessie voortijdig afbreken en bracht Jean hen terug naar hun kamer.

Een positief nieuwtje is dat Denise en Mary lichamelijk goed vooruitgaan. Ze zijn allebei aangekomen. Denise eet alles wat voor haar wordt neergezet en Mary doet haar in alles na. Denise is een bijzonder knappe jonge vrouw, de ontbrekende tanden even daargelaten, maar ze heeft het intellect van een kind. Ze vinden het allebei heerlijk om in bad te gaan en huilen wanneer ze eruit moeten. Maar ze zien er beter uit. Denises haar is heel kort geknipt om te voorkomen dat ze het uittrekt, maar ze blijft het verschillende keren per dag proberen, en Mary doet haar na.

Ze zijn hier volkomen geïsoleerd. Jean en ik zijn allebei van mening dat het nog te vroeg is om Denise al aan andere mensen voor te stellen.

Zelf beginnen we schoon genoeg te krijgen van het leven op de campus. Er zijn vier verpleegkundigen en één andere vrouwelijke kinderarts op onze afdeling die Denise en Mary verzorgen, maar Jean en ik moeten binnenkort echt een pauze inlassen. Het is slopend om zoveel energie in één zaak te stoppen, met zo weinig resultaat.

Voor de kleine is er nog hoop, maar dan moeten we haar moeder en haar wel zover zien te krijgen dat ze toelaten dat ze langzaam maar zeker van elkaar worden gescheiden. We blijven het proberen. Dit is absoluut de zwaarste zaak waaraan ik ooit heb gewerkt en hetzelfde geldt voor Jean. Als we niet snel een doorbraak weten te bewerkstelligen met Denise, gaan we er misschien allemaal aan onderdoor.

Toby was mijn beer, en die van mijn moeder. Mijn moeder trok ook haar haren uit als ze overstuur was.

22

Peter, 1974

De uren verstreken en ik had het idee dat ze sliep. Voor de lunch scheurde ik wat brood af en smeerde er boter op. De rest van het eten schoof ik onder de stoel naast mijn veldbed.

Toen mijn horloge aangaf dat het vijf uur was riep ik naar haar dat ze wakker moest worden. Ze moest mijn eten klaarmaken. Spek, aardappelpuree en erwten.

Ze tilde haar hoofd op en zei: 'Er is iets mis met de baby. Dat voel ik.'

'Kan me niet schelen. Maak mijn eten klaar.'

Ze krabbelde moeizaam overeind. Haar gezicht was rood en bezweet, en haar benen trilden.

'Je hebt me pijn gedaan. Volgens mij heb je de baby pijn gedaan.'

'Dat mocht van papa.' Mijn vader had niets over een baby gezegd. Misschien had ze dat hele babyverhaal wel verzonnen. Ze was sowieso een dief. Ik was boos vanwege de chocola.

Ze praatte verder, maar moest steeds ophouden om diep adem te halen. 'Vroeger maakte hij aardappels voor mij, maar dat is jaren geleden... Nu krijg ik ze om de paar maanden... Ik kan me niet eens meer herinneren wanneer ik voor het laatst een wortel heb gehad.'

Ze slaakte een gil en greep naar haar buik. 'Het is nog geen tijd. Hij zei dat ik nog een week of zes te gaan had, maar wanneer was dat? Het is lastig om de dagen hier bij te houden.'

Ik wist niet waar ze het over had. Maar ik voelde me wel gemeen omdat ik haar zo hard had geschopt.

'Sorry,' zei ik.

Ze keek me aan, huilend en lachend tegelijk.

'Jij kunt er niets aan doen, liefje. Je woont bij een monster. Dan kun je onmogelijk normaal zijn. Wat voor man zegt er nu tegen een kind dat hij een zwangere vrouw mag schoppen?'

'Papa is geen monster! Hij is de beste papa die er is!'

'Hij houdt je gevangen. Je hebt geen vriendjes, je gaat niet naar school. Heb je weleens andere kinderen ontmoet?'

'Nee, en ik heb ook nog nooit een vrouw ontmoet, en daar ben ik blij om.'

'Hoe doen jullie het dan als jullie gaan winkelen? Of als je ziek wordt? Ben je weleens bij een verpleegkundige geweest?'

'Papa weet hoe hij me beter moet maken. Hij is tandarts.'

Ze klapte weer dubbel van de pijn. 'Is dat zo? Dat... dat wist ik niet... Ik had het...'

Ze stopte haar vingers in de gaten waar haar tanden hoorden te zitten. Het was wel duidelijk dat ze die niet goed poetste.

'Je moet mijn eten klaarmaken. Ik heb honger!'

Haar gezicht was klam van het zweet. Ze ging rechtop staan, pakte een koekenpan en bakte wat plakken spek. Het rook erg lekker. Ze prakte de aardappel met een vork, maakte het blikje erwten open en deed ze in een andere oude pan om ze op te warmen. Toen kwakte ze alles op een bord, dat ze kreunend en steunend over de vloer naar me toe schoof.

'Maak niet zoveel herrie.'

'Ik zou helemaal geen herrie maken als jij me geen pijn had gedaan. Ik dacht dat je er spijt van had.'

'Niet meer. Je bent een dief, je hebt mijn eten gepikt en het spek is niet knapperig, zoals ik het lekker vind.'

Ze zweeg, ademde luidruchtig uit en zocht steun bij het aanrecht. 'O, mijn god, je bent precies zoals hij. Als je niet wegvlucht verandert hij jou ook in een monster.'

Ze liet zich tegen de muur zakken en gleed omlaag. Zo viel ze weer in slaap.

Ik at mijn eten op, en daarna de chips.

Op een gegeven moment kroop ze over de vloer naar haar matras, trok de deken over zichzelf heen en begon te huilen.

Ik moest ook huilen. Wat een vreselijke moeder had ik. Het was allemaal net een akelige droom.

De rest van de avond zeiden we niets meer, zelfs niet toen ik langs haar liep om mijn gezicht te wassen, mijn tanden te poetsen en te plassen.

Midden in de nacht werd ik wakker omdat ze schreeuwde: 'Help me! Alsjeblieft, God, help me!' maar ik wilde haar niet helpen en ik wist ook niet hoe.

'Sst!' zei ik.

De volgende ochtend ging ze naar de wc. Ik hoorde dat ze plaste en de wasbak met water liet vollopen. Er klonk gespetter en gekreun.

Ik kleedde me intussen aan en at mijn cornflakes.

Toen ze uit het toilet tevoorschijn kwam was ze van top tot teen nat. Ze had geen kleren aan en beefde nog steeds. Ik staarde naar haar blote lijf, haar bolle buik en de twee borsten die er als slappe vleeszakken boven hingen. Ik had me nooit afgevraagd hoe blote vrouwen eruitzagen. Haar billen waren vrij normaal, maar breed, en ze had haar tussen haar benen en onder haar armen. Ik kon mijn blik niet van haar afwenden.

Ze zag me kijken. 'Ik ben gloeiend heet. Ik kan mijn kleren niet aantrekken, want het is veel te warm.'

'Bedek jezelf, stom wijf.'

'Aahhhhhhhhhh!' Ze krijste het uit en hield haar buik stevig vast. Voordat ze op het matras viel zag ik dat er bloed tussen haar benen stroomde.

Ik was doodsbang. Ik wist niet hoe ik haar moest helpen, maar wilde wel dat het ophield.

'Stop daarmee!' droeg ik haar op, maar ze bleef luid jammeren. Mijn vader had gezegd dat hij vanochtend om elf uur thuis zou komen. Het was nu halftien.

'Ik denk dat de baby doodgaat. Misschien ga ik ook wel dood.' Ze hapte naar adem. 'Wil je dat soms? Je moet aan iemand vertellen dat ik hier ben... Mijn naam is Denise Norton. Onthou dat alsjeblieft... Vroeger dacht ik dat ze me wel zouden komen zoeken, maar ik denk dat ze het hebben opgegeven. Jij bent de enige die weet dat ik hier ben. Als je vandaag buiten komt vertel dan alsjeblieft aan iemand dat ik hier zit. Denise Norton. Denise Norton. Je bent mijn zoon.'

'Aan wie moet ik het vertellen?'

Ze snikte. 'Als je buiten naar de weg rent, kun je het aan de eerste de beste persoon vertellen die je tegenkomt.'

'Ik mag de tuin niet uit.'

'Snap je het dan niet? Was je maar oud genoeg om het te begrijpen... We zitten hier allebei gevangen.' Haar ademhaling werd oppervlakkiger en ze viel weer in slaap. Ik zag dat het bloed zich over de deken verspreidde. Stel nu eens dat ze doodging? Zou mijn vader dan boos op me zijn? Ik liep naar de koelkast en schonk melk in een glas. Ik ging ermee naar haar toe en hield het vlak voor haar gezicht.

'Melk is goed voor je,' zei ik. Ik probeerde haar hoofd op te tillen. Ze kwam een klein stukje overeind en probeerde de melk te drinken, maar het grootste deel kwam op het matras terecht. 'Wil je mijn kaas hebben?' Ik scheurde het pakje open en ze beet er wild in.

'Denise Norton,' zei ze steeds opnieuw. 'Je moet het aan iemand vertellen. Als ik hier doodga weet niemand wie ik ben.'

'Praat niet zoveel.'

'Weet iemand van jouw bestaan af? Het is niet normaal om achter een hek opgesloten te zitten. Hij is een monster. Snap je dat dan niet?'

Ik begon te schreeuwen en deinsde achteruit. 'Nietes. Jij bent een monster en ik haat je!' Ik wilde tegen haar kont schoppen, maar raakte in plaats daarvan de muur in de hoek.

'Zal ik je eens wat zeggen? Ik denk dat ik jou ook haat,' zei ze. 'Ik schaam me voor wat hij van jou heeft gemaakt.'

Mijn vader kwam om vijf voor elf thuis. Toen hij de rommel en het bloed zag, zei hij dat ik naar mijn eigen kamer moest gaan en daar moest blijven.

'Maar het is zondag!' sputterde ik tegen.

'Ga naar je kamer!' brulde hij tegen me, en ik holde haastig naar de kamer ernaast.

Hij had me niet eens begroet of omhelsd. Stel dat hij me in haar kamer zette, als straf omdat ik haar had vermoord? Stel dat hij míj met een ketting aan de muur vastmaakte? Ik zat urenlang in mijn kamer, te bang om naar buiten te gaan, ook al was de deur niet op slot en ook al had ik honger. Toen ik gedempt geschreeuw hoorde, of dacht te horen, drukte ik mijn oren dicht.

Na een hele tijd kwam mijn vader naar binnen en ik probeerde aan zijn gezicht af te lezen of hij boos was. Hij zette de deur open en ging op zijn knieën zitten, zodat hij me recht kon aankijken.

'Het spijt me ontzettend, jochie. Dat had ik je nooit mogen aandoen. Ik beloof je dat ik je nooit meer daar zal achterlaten. Het leek me niet eerlijk om je twee hele nachten in je eentje te laten zitten, maar misschien was je dan wel beter af geweest.'

'Is ze dood?'

'Wat? Nee. Ze heeft een baby gekregen.'

'Mijn broertje of zusje?'

'Het is een meisje.' Hij keek minachtend.

'Gaat het goed met hen?'

'Ja. Heb je haar geschopt?'

'Jij had gezegd dat dat mocht.'

'Ja, dat is inderdaad zo. Ik realiseerde me niet dat jij zo hard kon schoppen. Het komt heus wel goed met haar. Kom, dan gaan we wat eten.'

Terwijl mijn vader in de keuken eten kookte keek ik televisie.

Ik moest de hele tijd aan Denise Norton en mijn kleine zusje denken.

'Papa, ze zei dat ik de eerste paar jaar bij haar had gewoond en dat jij me toen hebt weggehaald. Is dat waar?'

'Niet helemaal. Ik had haar nodig om jou borstvoeding te geven. Je weet toch wat dat is, hè?'

Ik knikte.

'Maar zodra je er klaar voor was heb ik je uit de kamer gehaald om tijd met mij door te brengen. Daarna had je niets meer aan haar. Ik heb je leren lezen en schrijven.'

'Ze heeft helemaal geen boeken. Kun je haar wat van mijn boeken geven?'

Mijn vader zei niets en ik zag aan de manier waarop zijn kaak verstrakte dat hij mijn vraag niet fijn vond. Maar ik kon het niet loslaten. Toen mijn vader me een stuk pastei met vlees en ui gaf, vroeg ik: 'Wat heeft ze gedaan, pap?'

Hij begreep wat ik bedoelde.

'Verschrikkelijke dingen. Dat vertel ik je wel wanneer je ouder bent.'

'Misschien moet je haar een paar nieuwe dekens geven.'

Hij stak zijn hand uit en legde hem op die van mij. 'Peter, het is een gemene teef en nu heeft ze er nog zo'n gemene teef uitgeperst. Ze zijn jouw medeleven niet waard. Jij verdient een betere moeder.'

Ik knikte instemmend. 'Dat vind ik ook.' Toen vroeg ik: 'Wat is een teef?'

‘Een vrouwelijke hond,’ zei hij, en hij lachte erbij. Toen kietelde hij me en moest ik ook lachen.

‘Ze zei dat ik een gevangene was, net als zij. Is dat waar, pap?’

‘Natuurlijk niet, daarvoor hou ik veel te veel van je. Ik wil alleen maar dat je veilig bent.’

‘Wil je ook dat zij veilig is?’

‘Kom, Peter, je hebt zelf gezien hoe ze was. Zou je willen dat ze vrij in ons huis rondloopt?’

‘Echt niet!’

‘Precies. Vergeet haar nou maar. Het spijt me dat je dat hebt moeten doorstaan. Het zal niet weer gebeuren.’

Ik ging naar mijn kamer en schreef met een waskrijtje de datum op de muur achter mijn bed. *17 september 1974*. Ik weet niet waarom ik dat deed, maar het is een datum die ik nooit zal vergeten.

In de weken daarop deed ik mijn best om de teef en de baby te vergeten. Wanneer het ’s nachts stil was hoorde ik de baby soms huilen in de kamer naast die van mij. Ik hoorde ook dat mijn vader bij hen langsging om hun eten te brengen en zo.

Er waren heel veel dingen die ik mijn vader wilde vragen: waarom ik niet naar school ging, bijvoorbeeld, en waarom ik geen vriendjes mocht hebben, en waarom ik niet bij het tuinhek aan de voorkant mocht komen. Maar hij werd altijd verdrietig als ik ernaar vroeg. Hij zei dat het pijnlijk voor hem was, en dat hij echt zijn best deed.

Maanden later begon ik er weer over. ‘Ik wil graag naar school en andere kinderen leren kennen. Op tv spelen kinderen altijd met elkaar. En op die dag in de dierentuin waren er heel veel kinderen en gezinnen, net als op tv.’

Ditmaal schudde hij zijn hoofd en vroeg me om naast hem te komen zitten. ‘Ik wilde je dit eigenlijk pas vertellen als je wat ouder was, Peter, maar je lijdt aan een ziekte.’

'Een ziekte?'

'Het heet necrotische-hominoïdebesmetting. Als je iemand anders aanraakt word je ziek en zou je dood kunnen gaan, een pijnlijke dood. Weet je nog dat ik in de dierentuin je hand niet één keer losliet? Het is namelijk te gevaarlijk voor je. Je mag nooit met andere mensen omgaan. Alleen op die manier kan ik je leven redden. Daarom moest ik je ook bij háár achterlaten toen ik die ene keer weg moest voor mijn werk. Van je ouders word je niet ziek. Er is niemand anders bij wie ik je kan achterlaten. Het zou je dood kunnen betekenen.'

'En als ik later groot ben?'

'Dat weet ik niet. Ik hoop dat er tegen die tijd een behandeling bestaat, maar er is op dit moment niet veel research over de aandoening beschikbaar.'

'Wat zou er gebeuren als ik iemand anders aanraak?'

'Dan zou je langzaam verstenen, net als in het verhaal over Medusa. Herinner je je dat nog? Die vrouw met slangen op haar hoofd in plaats van haar? Het is een verschrikkelijk pijnlijke dood. Iedereen die haar aankeek veranderde in steen. Vrouwen en meisjes zijn heel gevaarlijk, zie je, maar wie je ook aanraakt, je loopt er een enorm risico door.'

Dat verklaarde waarom mijn vader zo verdrietig was als ik hem al die dingen vroeg.

'Dus ik moet de rest van mijn leven hier blijven?'

'Arme jongen, de speciale dagen op je verjaardag gaan gewoon door, maar we moeten heel voorzichtig zijn. Je bent hier toch gelukkig?'

'Ik voel me soms wel eenzaam.'

'Daarom zijn er met zorg uitgekozen boeken in je kamer. Je kunt bijzondere avonturen beleven met Homerus, bergen beklimmen met Sir Edmund Hillary of een vliegtuig besturen als Biggles.'

'Mijn lievelingsboeken gaan over kinderen die met elkaar bevriend zijn.'

Hij woelde liefkozend door mijn haar. 'Wat betreft leesvaardigheid ben je je leeftijdgenoten ver vooruit, maar wat betreft smaak helaas niet.'

'Dus ik moet de rest van mijn leven hier blijven, bij jou?'

'Laten we het per dag bekijken. Je weet nooit wanneer er een behandeling wordt gevonden.'

'En mijn kleine zusje?'

Hij liet mijn handen los. 'Wat is daarmee?'

'Ga ik dood als ik haar aanraak? Kan ze niet bij ons komen wonen?'

'Geen sprake van. Alle vrouwen zijn gevaarlijk.'

'Zelfs baby's?'

Hij gaf geen antwoord. Ik zei niets meer.

23

Sally

Terwijl het oude jaar eindigde en het nieuwe begon las ik alle dossiers en luisterde ik naar alle cassettebandjes. Sommige documenten van mijn vader bevatten medische verslagen, maar er zaten ook persoonlijke dagboeken bij. Over Toby werd verder niets vermeld. De rapporten bevestigden dat mijn vader en moeder bij Denise en mij op een specialistische afdeling op het terrein van het St. Mary hadden gewoond en vierentwintig uur per dag oproepbaar waren. We waren een psychiatrisch mysterie. Er had zich in Ierland nooit eerder een zaak als de onze voorgedaan. Mijn vader correspondeerde met psychiaters in de VS, maar geen enkele van hun zaken kwam precies overeen met die van mijn biologische moeder en mij. Mijn vader kreeg te horen dat er misschien jaren voor nodig waren om de schade ongedaan te maken en kreeg het advies om rustig aan te doen.

Denise kreeg 's nachts een slaapmiddel toegediend, maar zelfs dan liet ze me niet los. Uiteindelijk werd ze iets spraakzamer, en ze leerde al snel langere woorden lezen, samen met mij. Er werd een educatief psycholoog aan het ondersteunende team toegevoegd, maar die gaf aan dat het lastig was om moeder en dochter tegelijk les te geven, aangezien ze 'continu een afleiding voor elkaar vormden'.

Op een gegeven moment namen mijn vader en moeder een week vakantie. Toen ze terugkwamen duurde het drie weken voordat Denise en ik weer met hen wilden praten.

Mijn vader probeerde 'letterlijk alles wat hij kon bedenken' om Denise over te halen met mijn moeder of hem over Conor Geary te praten, maar dan begon ze te huilen, waardoor ze mij ook aan het huilen maakte, of ze zweeg en trok aan haar haren. Mijn vader vroeg haar of ze door meer dan één man was misbruikt en gedwongen om dingen met haar lichaam te doen die ze niet prettig vond. Na die vraag zweeg ze, maar de opname suggereerde dat ze haar hoofd schudde.

Mijn geboorte moest via officiële kanalen worden aangegeven, en mijn vader en moeder mochten bepalen op welke dag ik was geboren. Ze kozen 13 december 1974. Voor mijn zesde verjaardag wilden ze een feestje organiseren met al het personeel, maar Denise moest niets van het gezang hebben en ik snapte de gedachte achter het uitblazen van de kaarsjes op de taart niet. Mijn vader vermoedde dat Conor Geary ons ooit met vuur had gedreigd. Denise begon te krijsen en gooide de taart tegen de muur. Ik ben blij dat ik me die verjaardag niet herinner.

Het was vreemd om over mijn biologische moeder te lezen. Ze was kwaad, agressief en gewelddadig. Ze was niet in staat of niet bereid om te vertellen over de afschuwelijke dingen die we hadden meegemaakt. Het was duidelijk dat haar gedrag mijn vader frustreerde. Ze wilde maar niet begrijpen dat hij haar probeerde te helpen. Ze gaf geen enkel teken van genegenheid of zachtaardigheid, behalve tegen mij. Uit mijn vaders aantekeningen maakte ik op dat hoe langer hij met haar doorbracht, hoe minder hij haar mocht.

Uiteindelijk kwam mijn vader tot de slotsom dat Denise en ik echt uit elkaar moesten worden gehaald. Ik boekte vooruitgang en fluisterde niet meer. Ik begon 'de normale tekenen van nieuwsgierigheid' te vertonen die bij mijn leeftijd hoorden. In dat stadium liet Denise af en toe mijn hand los, en stond ze tijdens de sessies in mijn vaders kantoor toe dat ik in de hoek met speelgoed speelde. Maar ze verloor me geen seconde uit het oog. In overleg met het team stelde mijn vader vast dat ik me in Denises nabijheid nooit op natuurlijke wijze zou ontwikkelen. Haar gewelddadige, agressieve gedrag werd vaak door mij overgenomen. Er werd een plan bedacht voor een proefscheiding wanneer we 's nachts lagen te slapen. Denises ouders gaven er toestemming voor, ook al was dat officieel niet vereist. Ze viel onder gerechtelijke voogdij.

Op 15 mei 1981 kreeg Denise een zwaar kalmeringsmiddel toegediend. We zaten toen al ruim een jaar op de afdeling. Denise moet toen net zesentwintig zijn geweest. Ik werd samen met Jean in een aangrenzende kamer geplaatst en een verpleegkundige zou op een slaapbank in Denises kamer slapen. Mijn vader sliep boven. Verpleegkundige Crawley had opdracht gekregen om Denise een extra kalmeringsmiddel te geven als dat nodig was, maar dat ze ons onder geen beding bij elkaar mocht laten.

Iedereen op de afdeling was in opperste staat van paraatheid, maar volgens mijn vader had niemand kunnen voorspellen wat er gebeurde. Mijn vader en moeder waren het grootste deel van de nacht wakker, maar om een uur of vijf in de ochtend viel mijn vader uiteindelijk toch in slaap. Om halfzes begon Denises gegil. Mijn vader greep niet in. Twintig minuten later begon de verpleegkundige te schreeuwen. Toen hij haar kamer in kwam, was Denise al halfdood. Ze had zo vaak zo hard met haar hoofd tegen de muur gebonkt dat ze een hersenbloeding had gekregen. Ze overleed later die ochtend in het ziekenhuis zonder nog bij kennis te zijn geweest. De verpleegkundige had haar best gedaan om haar tegen te houden, maar Denise was onnatuurlijk sterk. Verpleegkundige Crawley was enorm overstuur, net als mijn vader en moeder.

Het voorval werd onderzocht. Mijn vader werd van alle blaam gezuiverd, ook al gaf hij aan dat hij zich verschrikkelijk schuldig voelde. Hij schreef dat Denises ouders er kapot van waren, maar misschien toch ook opluchting voelden. Hun bezoekjes in de voorgaande dertien maanden waren hun bijzonder zwaar gevallen en na verloop van tijd minder frequent geworden. Denises vader was uiteindelijk helemaal niet meer gekomen. Denise zag alle volwassen mannen als een bedreiging. Hun dochter was al vóór haar dood weg. Ze had zich nooit door haar moeder laten omhelzen of vasthouden. Voor haar vader deinsde ze altijd angstig achteruit. Mijn vader was de enige man die ze zag. Achteraf bedacht mijn vader dat er een vrouwelijke psychiater had moeten worden aangewezen om de zaak-Norton op zich te nemen, maar hij was indertijd de enige met de juiste ervaring om ernstig getraumatiseerde patiënten te behandelen en had ons als speciaal project onder zijn hoede genomen. Tante Christine had gezegd dat in die tijd alle beslissingen door mannen werden genomen.

Jean nam de verantwoordelijkheid voor mijn verzorging en ontwikkeling op zich. Op de ochtend van mijn moeders dood was ik ook wakker geworden en had ik me in Denises kamer naar binnen gewurmd. Ik had haar roerloze lichaam en bebloede hoofd gezien. Jean greep me vast en klemde me tegen zich aan om me te troosten, maar ik trapte gillend om me heen en wist me uit haar armen los te rukken. Ik was naast mijn stervende moeder gaan liggen tot de ambulance haar kwam halen.

In de eerste drie maanden na Denises dood at en sprak ik amper. Denises ouders kwamen niet langer langs. Ze wilden me niet zien. Ze legden een officiële verklaring af dat ze me niet mee naar huis zouden nemen, mocht ik ooit worden ontslagen. Ik viel onder de voogdij van de staat. Langzaam maar zeker begon ik me aan Jean te hechten; niet in letterlijke zin, maar ik vertrouwde haar wel mijn zorgen toe. Ik vertelde haar dat mijn mama met Toby was meegegaan en dat ik bang was dat ik alleen zou achterblijven. Mijn vader hield individuele sessies met me en noteerde dat ik, ondanks mijn 'tekortkomingen', wellicht volledig kon herstellen.

De Eastern Health Board liet een persbericht uitgaan waarin werd gemeld dat Denise Norton zichzelf van het leven had beroofd. Er werden geen details prijsgegeven. Ook de namen van mijn vader en moeder werden niet gemeld. De kranten schreven in die tijd dat Conor Geary nu een dode op zijn geweten had. Hij had Denise zo goed als vermoord.

Hoewel het onderzoek mijn vader van alle schuld vrijpleitte, besefte hij dat zijn reputatie in het kleine vakgebied van de Ierse psychiatrie onherstelbaar was aangetast. Met wederzijdse instemming nam hij ontslag.

Het was mijn moeders idee om me te adopteren. Ze waren inmiddels vijf jaar getrouwd en mijn moeder had vruchtbaarheidsproblemen. Ze zou zelf geen kinderen kunnen krijgen. Mijn vader rook een kans om de fouten die hij met mij had begaan goed te maken. In zijn aantekeningen schreef hij dat hij, door zich over mijn opvoeding te ontfermen, de schaamte die hij over Denises dood voelde mogelijk een bétje kon verlichten. Samen met de Eastern Health Board en het landelijke adoptieorgaan werd besloten dat mijn vader en moeder me officieel mochten adopteren. 'Alsof ze een open deur intrapten,' schreef mijn vader. 'Jean en ik waren de enige volwassenen op wie Mary positief reageerde, en ondanks mijn afhandeling van haar moeders zaak was ik nog steeds de meest ervaren psychiater. Bovendien had ik mijn kennis op peil gehouden. Jean was arts. Wie kon zo'n beschadigd kind nu beter opvangen dan wij?' Zo noemde hij me. Een beschadigd kind.

Mijn moeder besloot om een huisartsenpraktijk in het graafschap Roscommon over te nemen, en mijn vader zou geen patiënten meer aannemen en in plaats daarvan thuis research verrichten. De adoptiepapieren werden op 30 november 1981 ondertekend. Ik kreeg een nieuwe naam: Sally Diamond. Ik was herboren en verhuisde met mijn nieuwe ouders naar Roscommon.

Ik had graag mijn moeders aantekeningen uit die tijd gelezen. Ik speurde het hele huis af naar iets van haar hand, maar ik wist nog dat mijn vader na mijn moeders dood heel veel spullen in de verbrandingsoven had gegooid.

Nadat ik mijn vaders aantekeningen had doorgenomen gaf ik ze aan Angela, zodat zij ze ook kon lezen. Ze zei dat ze die enorm verontrustend vond. Ik vond ze juist fascinerend. Het was alsof ik las of naar een documentaire keek over het leven van iemand anders, hier heel ver vandaan, in een ver verleden.

Ik wilde weten waar Conor Geary was. Hij moest 'S' wel zijn. 'S' wist wie ik was en waar ik woonde, en hij was vanaf mijn geboorte tot mijn vijfde in mijn leven geweest. De politie had het handschrift op het korte, met 'S' ondertekende briefje vergeleken met Conor Geary's handschrift in de tandartsdossiers van bijna veertig jaar geleden die bewaard waren gebleven en konden geen overeenkomsten vinden, maar wie kon het anders zijn? Ik wist zeker dat hij nog leefde.

Ik wilde nu niets meer met Toby te maken hebben.

In februari 2018 begon ik aan een pittig therapeutisch traject bij Tina, een psychotherapeut in Roscommon. Ze was iets ouder dan ik, met donker haar dat bij de slapen een beetje grijs werd. Ze had oranje lippenstift op en witte nagellak. We zaten op bij elkaar horende leunstoelen. Vanaf de eerste sessie stond ze erop dat ik haar tijdens het praten recht aankeek. De eerste afspraken waren zwaar. Hoe voelde ik me onder dit, dat en nog meer dingen?

'Goed,' antwoordde ik.

'Goed is geen emotie.'

Ik begon mijn emoties te onderzoeken. Ik kwam tot de ontdekking dat ik kwaad, rancuneus, gekwetst en verdrietig was, maar ook dankbaar, hartelijk, vriendelijk, attent en eenzaam.

Tina merkte op dat vertrouwen mijn grootste probleem was, maar dat dit gezien mijn achtergrond volkomen rationeel was. Dat vond ik fijn. Ik was rationeel.

Ergens in maart nam de politie contact op. De officier van justitie had besloten geen rechtszaak tegen me aan te spannen vanwege het illegaal afvoeren van menselijke resten. Ik hoefde me niet te verdedigen. Ik had me er geen zorgen over gemaakt. Inspecteur Howard was geschokt toen ik dat tegen haar zei.

'Was je niet bang dat je zou worden aangeklaagd?'

'Niet echt. Het was gewoon een misverstand. Dank je wel.'

'Ik heb niets met het besluit te maken gehad. Je kunt beter je advocaat bedanken.'

'Ik zal hem vanavond schrijven.'

Howard vertelde me ook dat de beer eindelijk forensisch was onderzocht. Ondanks onze schoonmaakactie hadden ze in de rugnaad sporen van pollen gevonden. De pollen bleken afkomstig te zijn van bloemen die alleen op het Noordereiland van Nieuw-Zeeland voorkwamen. De schoenendoos kwam uit een winkel in Wellington. De doos was tussen de acht en tien jaar oud. De politie heropende de coldcasezaak van Conor Geary's verdwijning en ook Interpol was bij het onderzoek betrokken. In kranten in Nieuw-Zeeland en Ierland werd een drieënveertig jaar oude foto van mijn biologische vader afgedrukt.

Al mijn vaders dossiers en cassettebandjes werden meegenomen, maar ik kreeg wel kopieën van alles.

Er volgde een lawine van mediadrukte. Nog meer telefoontjes en brieven van internationale journalisten. Ik hing op of deed de deur voor hun neus dicht. Martha stelde een plaatselijke WhatsAppgroep in om te voorkomen dat journalisten me vonden. En om hun valse aanwijzingen te geven over waar ik was en wat ik deed.

Aan het eind van juni 2018 rondde ik mijn computercursus af. Er zaten vijf mensen in mijn klas. Ze waren allemaal een stuk ouder dan ik en wisten allemaal wie ik was. Toen ze me dingen vroegen werd ik zenuwachtig. Tina opperde dat ik hun de waarheid kon vertellen: dat ik geen herinneringen aan de ontvoering of andere zaken uit die tijd had. Dat hielp. Mijn medestudenten verloren hun belangstelling en behandelden me normaal. Ze namen om beurten elke week iets lekkers mee voor bij de koffie. Ik maakte brownies uit het kookboek van Delia Smith. Iedereen zei dat ze heerlijk waren.

Op aanwijzing van Tina probeerde ik voor en na de les een praatje met hen aan te knopen. Ik vond het verbijsterend hoe graag ze een praatje wilden maken over hun drugsverslaafde kleinkinderen, hun ingegroeide teennagels en de weekaanbiedingen bij de Lidl. Ik had niet zoveel te vertellen, maar dat hadden ze kennelijk niet eens in de gaten, en ik vond het niet erg om te luisteren. Ze lachten heel veel. Ik wist bijna nooit waarom ze lachten, maar ik dacht niet dat het om mij was.

Ik had inmiddels een e-mailadres en kon alles googelen wat ik wilde weten. Ik keek elke avond naar het journaal en vroeg een identiteitsbewijs aan, zodat ik mocht stemmen. Ik deed de vaste telefoon weg en leerde hoe ik een smartphone moest gebruiken.

Via de bibliotheekservice vond ik in het krantenarchief verschillende artikelen over Conor Geary die door de jaren heen waren geschreven. Hij werd vergeleken met lord Lucan, een aristocraat die een kindermeisje had vermoord en vervolgens van de aardbodem leek te zijn verdwenen. Er waren true-crimewebsites die speculeerden over waar hij naartoe kon zijn gegaan en wat er met mij was gebeurd, inmiddels allemaal geüpdatet met het nieuws dat ik mijn vader had verbrand plus foto's van mij bij zijn begrafenis.

Er stonden oude zwart-witfoto's bij van de kleine aanbouw waarin we hadden gewoond. De grendels aan de buitenkant op de deuren, het dichtgetimmerde raam. De akelige aanblik van het toilet en de wastafel. Het matras met de dunne lakens. Mijn kleine, lege slaapkamer. Het zei me allemaal niets. Voormalige patiënten van Conor Geary's tandartspraktijk omschreven hem als stil en antisociaal. 'Hij was erg op zichzelf,' zeiden ze.

24

Peter, 1980

Er gingen jaren voorbij. Ik vroeg mijn vader regelmatig of er al een medicijn voor mijn aandoening was gevonden, maar dan schudde hij telkens bedroefd zijn hoofd. Toen ik twaalf was vertelde hij me er iets meer over. Ik zou niet in steen veranderen, maar door de aanraking van iemand die geen familie van me was zou mijn huid tot op het bot wegrotten en het necrotische weefsel zou zich razendsnel door mijn lichaam verspreiden tot het mijn inwendige organen bereikte. Ik zou simpelweg van buitenaf wegrotten en de pijn zou hels zijn. Mijn vader dacht dat het snel zou gaan, maar toen ik hem vroeg of hij daarmee vijf minuten of tien uur bedoelde, zei hij dat ik er niet aan moest denken.

Er kwamen nog meer speciale dagen en ik stond doodsangsten uit toen we naar het circus gingen, niet vanwege de leeuwen, maar vanwege de kinderen en hun ouders die naast me zaten. Hoewel ik er veel te groot voor was kroop ik op mijn vaders schoot, en hij wikkelde zijn jas om me heen. De andere kinderen lachten me uit.

Mijn aandoening bezorgde me nachtmerries. Ik smeekte mijn vader om onze speciale dagen zonder anderen erbij te vieren, en hij huurde een filmprojector en we bekeken cowboyfilms op het grote scherm. Een andere keer gaf hij me een catalogus met boeken waar ik uit mocht kiezen wat ik wilde. Ik koos boeken over Neil Armstrong en de Tweede Wereldoorlog, en een geïllustreerde encyclopedie over dinosaurussen. Mijn vader vond het een uitstekende keuze. De fijnste keer was toen we het huis verlieten en door een lange kronkelende laan naar een treinspoor liepen. Onder het spoor liep een tunnel die bij een strand en de zee uitkwam. Mijn vader had een zwembroek voor me meegebracht. We zaten op een kleed op het ruwe zand tot mijn vader voorstelde om me te leren zwemmen. Ik zag vreemde plekken op zijn buik en schouders, maar toen ik hem ernaar vroeg schudde mijn vader slechts zijn hoofd, en ik wist dat het betekende dat hij het er niet over wilde hebben.

Toen mijn tenen het koude water raakten gilde ik het uit. Mijn vader nam me op zijn schouders en nam me heel langzaam mee dieper het water in, terwijl ik schreeuwde van angst en opwinding.

'Peter! Je gilt als een meisje!'

Dat was altijd de ergste belediging die mijn vader naar mijn hoofd kon slingeren, en ik huilde even, maar in het zoute water waren mijn tranen niet te zien en al snel plasten we in het rond. Ik zat tot aan mijn nek onder water en lachte naar mijn vader. Die dag leerde ik zwemmen. Ik kon op mijn rug blijven drijven en naar de zwevende wolken tegen de blauwe lucht kijken. Na afloop droogden we ons met handdoeken af en gingen weer op het kleed zitten. Er kwam niemand bij ons in de buurt en het voelde normaal aan. Ik vroeg of we dit elk jaar konden doen. Toen hij 'Jazeker' zei voelde ik me het gelukkigste jongetje op aarde.

Kort na mijn achtste verjaardag sloot mijn vader me niet langer op in mijn slaapkamer wanneer hij naar zijn werk ging. Ik hielp met het klaarmaken van maaltijden. Mijn vader wisselde mijn boeken af, zodat ik er altijd hooguit twee of drie tegelijk had. Hij zei dat ik te oud werd voor speelgoed en toen alles verdween, tegelijk met de kleding die ik niet meer paste, was ik benieuwd of het naar mijn zus in de kamer naast die van mij was gegaan. Ik moest al mijn eigendommen in mijn kamer houden; daar was mijn vader heel streng in. Ik had niet zoveel, alleen boeken, kleren, schriften en een paar speelgoedsoldaatjes die ik had verstopt, omdat ik bang was dat mijn vader zou zeggen dat ik daar ook te oud voor was.

Ik begon te beseffen dat ons leven verre van normaal was, zowel dat van mij als van mijn vader en de twee in de aangrenzende slaapkamer. Ik hoorde ze de hele tijd rondlopen. Ik hoorde dat mijn vader 's avonds bij hen langsging. Het geluid was altijd gedempt en ik ving nooit op wat er werd gezegd. De geest schreeuwde vaak en het kind huilde bijna altijd. Ik had honderden boeken gelezen, maar daarin leefde niemand zoals wij, of zoals mijn moeder en zusje. Ik vroeg mijn vader ernaar. Waarom mocht ik niet in een van de slaapkamers boven slapen? Waarom moest ik in de kamer in de aanbouw naast die van háár slapen? Waarom had hij geen vrienden? Waarom hadden we geen telefoon? Hij zei dat hij heel veel vrienden had die hij elke dag op zijn werk zag. Ik vroeg hem naar zijn werk als tandarts, wat hij precies deed, en hij vertelde me over vullingen en kunstgebitten. Mijn tanden waren in uitstekende conditie, want ik poetste ze altijd ijverig, 's ochtends na het opstaan, na het avondeten en voordat ik naar bed ging. Ik vroeg hem of hij na het werk niet met zijn vrienden naar de pub wilde. Hij antwoordde dat hij geen alcohol dronk en dat hij mij liever niet langer alleen thuis wilde laten dan strikt noodzakelijk. Ik vroeg me af waarom er geen andere gestoorde, gevaarlijke vrouwen opgesloten zaten en toen gaf hij me een boek dat *Jane Eyre* heette. 'Het is geschreven door een vrouw, maar je begrijpt wel wat ik bedoel.'

Bertha Mason was inderdaad gruwelijk eng, maar Jane was aardig. Ik had nog nooit een boek over vrouwen gelezen. Toen ik zei dat Denise Norton niet had geprobeerd om me pijn te doen, zei mijn vader: 'Ik wilde het je eigenlijk niet vertellen, maar...' Hij trok zijn trui op en ik zag een litteken dat over zijn hele buik liep. 'Ze heeft me gestoken.' Hij herinnerde me aan de blauwe plekken en blauwe ogen die hij 's ochtends soms had. Hij had me verteld dat die het gevolg waren van zijn eigen onhandige gedrag, maar nu gaf hij toe dat zij die wonden had veroorzaakt. Hij schoof de kraag van zijn overhemd opzij en toonde me de recentste, een bijtwond op zijn schouder. Hij was net als die arme meneer Rochester in het boek. Ik schrok ervan en wist nu nog zekerder dat ik mijn moeder nooit meer wilde zien.

Later liet hij me *Medea* en *Macbeth* lezen. 'Zie je waartoe ze hem heeft gedwongen? Hij was een zwakke man. Daarom moet een man altijd de baas zijn. We moeten onze superioriteit tonen.'

Ik vroeg mijn vader waarom hij mijn moeder niet liet arresteren. Ze kon naar de gevangenis of naar een psychiatrische inrichting. Hij staarde me heel lang aan en zei: 'Ik kan mijn eigen vrouw niet naar de gevangenis laten gaan. Dat zou erg wreed zijn. Je hebt geen idee hoe het er in zulke inrichtingen aan toegaat.' Als hij toch niets aan Denise had, waarom liet hij haar dan niet gaan? 'Een man heeft nu eenmaal bepaalde behoeften,' was het enige wat hij daarop zei.

'Pap, ze heeft tegen mij gezegd dat ze hier al sinds haar elfde zit. Is dat waar? Ben je met haar getrouwd toen ze elf was?'

Hij wierp zijn hoofd in zijn nek en lachte. 'Ze is zo dom dat ze niet eens weet hoe oud ze is.'

'Hoe oud is ze dan? Haar tanden zijn uitgevallen, dus ik denk dat ze al heel oud is.'

'Precies.' Hij keek me grijnzend aan.

Ik kwam er langzaam maar zeker zelf achter wat voor behoeften een man kon hebben. Als ik op tv mooie meisjes zag reageerde ik op een bepaalde manier, en ik wist dat het iets met mijn penis te maken had, want als ik in mijn eentje in bed aan die meisjes dacht begon ik onbewust met mezelf te spelen, wat resulteerde in wat een van de encyclopedieën 'ejaculatie' noemde. Ik deed het zelfs in mijn slaap. Mijn vader durfde ik er niet naar te vragen. Ik wist niet goed hoe hij erop zou reageren. Hij had een paar maanden eerder terloops opgemerkt dat masturbatie tegen de voorschriften van God was. Toen had ik niet geweten wat dat woord betekende, maar nu dus wel.

Ik hield mijn nieuwe ontdekking geheim, maar in mijn vaders bibliotheek vond ik boeken over de menselijke anatomie met tekeningen van naakte mannen en vrouwen, met pijlen op hun verschillende lichaamsdelen gericht. Ik zat in de puberteit. De enige blote vrouw die ik ooit had gezien was mijn stomme moeder. De woorden vulva en vagina bleven in mijn hoofd rondspoken. Ik kwam erachter hoe baby's worden gemaakt. Mijn vader had zijn penis in haar vagina en vulva gestopt en zijn zaad in haar gespoten. Waarom zou hij dat doen als hij haar haatte en haar zo walgelijk vond? Hij moest het minstens twee keer hebben gegaan. 'Een man heeft nu eenmaal bepaalde behoeften,' had hij gezegd. Nu begreep ik dat.

Dat was niet het enige wat dat jaar veranderde. Alles veranderde. Toen ik op een lenteochtend aan mijn bureau in de woonkamer Griekse teksten zat te bestuderen, zag ik door het raam een man tussen de lage begroeiing aan de voet van de hoge muur aan de linkerkant van de tuin kruipen. Ik was stomverbaasd. Ik had nog nooit iemand op ons terrein zien lopen zonder dat er eerst een afspraak was gemaakt. Af en toe kwamen de oliemannen een nieuwe voorraad brengen voor de tank achter in de tuin, en dan raadde mijn vader me aan om in mijn kamer te blijven. Op die dagen moest hij Denise Norton en het kind een doek voor hun mond binden zodat ze geen lawaai konden maken. Hij zei dat hij zich diep schaamde voor zijn krankzinnige vrouw en domme kind. Ze waren 'ons geheimpje'. Dat was raar. Aan wie zou ik dat ooit kunnen vertellen?

De langharige man, die een spijkerbroek en een zwart jack droeg, glipte tussen de hoge bomen aan de rand van ons terrein door en sprintte naar de achterkant van het huis, waarbij hij zo laag mogelijk bij de grond bleef. Een inbreker!

Toen ik voorzichtig de kamer verliet hoorde ik het geluid van brekend glas. Ik rende naar de aanbouw om mezelf in mijn slaapkamer op te sluiten, maar voordat ik daar was hoorde ik haar krijsen, harder dan ooit tevoren. Ze lag vast en zeker op de grond en gilde door de smalle kier onder de deur. 'Ik heet Denise Norton. Ik ben ontvoerd! Ik zit hier opgesloten. Ik ben Denise Norton. Trap alsjeblieft de deur in! Laat me eruit!'

Ik hoorde schuifelende geluiden in de keuken en rende terug naar het raam in de woonkamer. Kennelijk was de man door het raam naar buiten gesprongen. Terwijl hij over het gazon rende, in de struiken dook en over de muur klom zag ik bloed uit zijn hand gutsen. Ik rende terug naar de aanbouw. Ze lag nog steeds haar naam te schreeuwen, telkens opnieuw. Ik wist inmiddels waar mijn vader de sleutel bewaarde, dus ik hief een hand op naar het keukenkastje en haalde de sleutel uit de mok. Toen ik de deur opendeed, strekte ze zich ernaar uit, met het kleine kind aan haar hand, maar haar enkel zat nog steeds aan de ketting.

'O, godzijdank!' zei ze. Toen zweeg ze abrupt. 'Ben jij dat, Peter? Ik dacht dat ik andere voetstappen hoorde. Wat ben je lang geworden.'

Haar gezicht vertrok en er rolden geruisloos tranen over haar wangen. Ik keek naar het meisje naast haar, dat zwijgend vanachter haar moeders heup terug gluurde. Ze was ook mager, had grote ogen en zag er bleker uit dan alle kinderen die ik ooit had gezien. Haar huid had zelfs een blauwige tint. Ze klemde de beer, mijn Toby, tegen zich aan. Denise was schoner dan de laatste keer dat ik haar had gezien. Ze was nog wel mager, maar had geen dikke buik meer. Ze had een oude ochtendjas van mijn vader aan. Haar haren waren weliswaar schoon, maar hingen futloos op haar rug, met een reepje stof bij elkaar gebonden. Ik keek de kamer rond. Ze had nu een helder schijnende lamp, en op de koelkast lagen een paar aardappels en appels. Ze had drie dekens en het matras achter haar zag er frisser uit dan het exemplaar dat ik me herinnerde. Ditmaal had ze voor zover ik kon zien geen blauwe plekken.

'Peter...' Haar borst deinde op en neer en de woorden kwamen moeizaam uit haar mond. 'Is hij thuis? Van wie waren die voetstappen? Ze waren niet van jou of hem. En ik hoorde brekend glas. Wat is er gebeurd?'

Ik deed een stap naar achteren. Ze stak haar armen naar me uit. 'Blijf alsjeblieft. Dit is je zusje, Mary.' Ik bleef staan en keek weer naar het meisje. Haar moeder brabbelde verder. 'Ik beloof dat ik je niets zal vragen. Ik heb me vast vergist over die voetstappen. Het spijt me ontzettend. Ik zal het nooit meer doen. Vertel het alsjeblieft niet aan hem.'

Ik schoot naar voren en griste de beer uit de handen van het meisje. Ze gilde en begon te huilen.

Haar moeder zei met stemverheffing: 'Dat is haar enige speelgoed. Het enige wat ze heeft. Peter!'

Ik schuifelde achteruit naar de deur.

'Zeg het alsjeblieft niet tegen hem! Dan vermoordt hij me. En je zusje ook!' Ze viel op haar knieën.

Ik was nu sterker dan tijdens onze vorige ontmoeting. Ik haalde uit met mijn voet en trapte haar recht in haar gezicht. 'Hou je mond.'

'O, god,' zei ze, happend naar adem. Er stroomde bloed uit haar neus. 'Jij bent net zo als hij. Hij zal me vermoorden en het kan jou helemaal niets schelen.'

Ik schrok van het bloed, van wat ik had gedaan. Ik draaide

me om, verliet de kamer en deed de deur achter me op slot.

Ik liep met de beer over het gebroken glas terug naar mijn kamer, waar ik de beer onder mijn kussen legde en de heg onafgebroken in de gaten hield tot mijn vader thuiskwam.

Toen ik mijn vader vertelde wat er was gebeurd werd hij woest. Ik moest het hele verhaal woord voor woord herhalen.

'Dus ze heeft haar naam geroepen?'

'Ja, steeds opnieuw, en ze schreeuwde heel hard.'

'Denk je dat hij het heeft gehoord?'

'Het kan niet anders.' Ik had hem nog nooit zo kwaad gezien.

'Dan ben ik er gloeiend bij! Fuck! Dat stomme wijf. De inbreker zal het beslist aan iemand vertellen.' Hij rende opeens naar boven en riep naar me dat ik een koffer moest inpakken.

Ik had hem nooit eerder het f-woord horen gebruiken. Ik had geen koffer. Ik liep achter hem aan naar zijn slaapkamer, waar hij gejaagd in de laden zocht. 'Waar gaan we naartoe?' vroeg ik met trillende stem.

'Dat doet er niet toe.'

'Wat moet ik meenemen?'

Hij gooide een reistas naar me. 'Sta niet zo als een meid te jammeren. Pak in wat je nodig hebt... Nee, wacht. Pak alles in wat van jou is. Laat niets achter. Sta daar niet zo dom te staan. Opschieten!'

Ik holde naar mijn kamer. 'Hoe lang blijven we weg?' riep ik.

'Heel lang.'

Ik had geen idee wat dat betekende. Het was een kleine tas. Ik rende door de kamer. Ik had drie sets kleding, vier boeken en drie schriften. Na een korte aarzeling haalde ik Toby onder het kussen vandaan en propte hem onder in de tas. Ik had mijn vader niet verteld dat ik Toby had teruggenomen. Ik wist instinctief dat hij daar niet blij om zou zijn. Er lag niets meer in mijn kamer. Waar we ook naartoe gingen, ik hoopte dat ik er een groter bed zou krijgen, want bij deze staken mijn voeten aan het uiteinde uit.

'Snel een beetje!' zei mijn vader. 'In de auto.'

Ik deed de voordeur open. Toen ik naar de auto liep zag ik mijn vader door de gang naar de aanbouw lopen. Kort daarna hoorde ik haar gillen, hem brullen en het kind huilen.

25

Sally

Toen Conor Geary in 1980 uit Ierland wegvluchtte was hij vijfenveertig. Toen hij in 1966 mijn moeder op elfjarige leeftijd ontvoerde was hij tweeëndertig, en toen ik in 1974 werd geboren was hij een jaar of veertig. Nu zou hij drieëntachtig zijn. Hij had een zus, Margaret, die officieel mijn tante was. De politie vertelde me dat ze in het huis in Killiney woonde waar Denise en ik waren vastgehouden.

Ik wilde met haar praten. In juni 2018 schreef ik een brief aan haar op dat beruchte adres.

Ze reageerde meteen. Ze wilde me graag ontmoeten om alles uit te leggen en haar excuses aan te bieden. Op een dag in augustus kwam Margaret naar Roscommon om daar met tante Christine en mij te lunchen.

We leken sprekend op elkaar. Zij balde haar handen op precies dezelfde manier als ik tot vuisten.

Tijdens de lunch was ze irritant huilerig en snoot om de haverklap haar neus. Ik moest haar steeds vragen om te herhalen wat ze had gezegd. Tante Christine fluisterde dat ik geduld moest hebben.

'Sorry,' zei ik tegen Margaret. 'Ik heb last van emotionele regulatieproblemen en dat komt door hém. Ik kan je trouwens niet tante Margaret noemen. Dat voelt niet goed.'

'Dat snap ik. Je hoeft het heus niet uit te leggen.' Margaret vertelde dat ze zich vreselijk voor haar broer schaamde. Ze bekende dat ze een vreemde jeugd hadden gehad.

'Onze moeder was heel hard voor Conor. Ik wil zijn daden niet goedpraten, maar hij had het niet gemakkelijk. Onze vader overleed toen we heel jong waren, en het leek wel alsof ze van hem verwachtte dat hij papa's plek innam... in álle opzichten. En hij reageerde dat op mij af. Hij was agressief tegen me, zoals zij agressief tegen hem was. Pas toen ik het huis uit was drong het tot me door hoe ziek onze opvoeding was, hoe... pervers. Ik heb nooit begrepen waarom hij niet gewoon wegging. Ik heb een paar jaar als kindermeisje in Canada gewerkt en kwam zelden naar huis. Ik schreef wel, maar ze schreven me geen van beiden ooit terug, totdat Conor me liet weten dat onze moeder was overleden. Ik was pas zevenentwintig.'

Conor had het huis geërfd en Margaret kreeg niets. Conor weigerde het huis te verkopen en de opbrengst met haar te delen. Na haar moeders begrafenis keerde ze met lege handen terug naar Canada. Voordat zijn misdaad werd ontdekt hadden ze elkaar in geen jaren gesproken.

'Na Conors verdwijning heb ik het huis heel lang leeg laten staan. Ik zag er vanwege de media-aandacht tegen op om naar Ierland terug te keren. Uiteindelijk ben ik in 1990 voorgoed teruggekomen en heb dicht bij huis een baan als manager van een verzorgingstehuis gevonden. Ik had in Canada wat geld gespaard. Niet genoeg om het hele huis te renoveren, maar genoeg om de aanbouw waarin je moeder en jij gevangen waren gehouden te laten slopen. Mijn leven was verpest. Hoe kon ik nu vrienden maken, relaties aangaan? Zodra ze erachter kwamen wie mijn broer was zouden ze er als een speer vandoor gaan.'

'Waarom ben je dan terug naar huis gekomen? Waarom ben je niet in Canada gebleven?'

'Dat weet ik niet zo goed. Ik heb altijd heimwee gehad. Pas toen ik mijn boeltje bij elkaar had gepakt en hier terug was realiseerde ik me dat er niets meer voor me was.'

'Het is verschrikkelijk triest hoeveel levens je broer heeft verwoest,' merkte tante Christine op.

'Maar als hij nooit had bestaan zou ik niet zijn geboren,' zei ik.

Tante Christine en Margaret keken elkaar aan en glimlachten.

'Waarom lachen jullie?'

'Dat is een uniek standpunt,' zei tante Christine. Aan dat soort antwoorden ergerde ik me wild.

Margaret vertelde dat ze steun had gevonden in het geloof en dat God haar troost bood. Ze had vrienden in haar gebedsgroep. Ze zei dat het me vrij stond om het huis te bezoeken, maar ik werd misselijk bij alleen al het idee. Ik hoorde dat Conor Geary veel geld had verdiend als tandarts. Hij had zijn hele leven lang geen huur of hypotheek hoeven betalen, en had heel veel geld op zijn rekening staan voordat hij die leeghaalde en op de vlucht sloeg om ergens anders helemaal opnieuw te beginnen. Ik had veel weg van zijn kant van de familie, daar was geen twijfel over mogelijk. Ik was ook antisociaal en had weinig vrienden. Misschien had ik die eigenschappen van hem geërfd.

Tante Christine was bijzonder lief. Ze kwam regelmatig bij me logeren, en nam me twee keer mee naar hun enorme victoriaanse huis in Dublin, waar ik bij oom Donald en haar logeerde. Hij was stil en ziekelijk, en hoewel ze zei dat ze even oud waren, zag hij er veel ouder uit.

Ze hadden thuis een piano. Aan de laag stof die erop lag zag ik dat er heel lang niet op was gespeeld, maar ze vonden het fijn als ik speelde. Donald fleurde op en zei dat het een rustgevende invloed op hem had.

In Carricksheedy deed ik mijn best om sociale vaardigheden te ontwikkelen. Ik ging met mijn oude schoolvriendin

Stella naar de plaatselijke pub, en in de herfst gingen we naar de bioscoop in Roscommon, maar ondanks mijn oordoppen werd ik overweldigd door alle herrie en drukte daar. Ik moest eerder vertrekken, maar Stella vond het niet erg. Het viel bijna niet meer op dat ze stotterde. Ze liet me foto's zien van haar kinderen, haar man en haar hond. Ze stelde voor dat ik ook een hond zou nemen, als gezelschap. Ik wist niet zeker of ik wel gezelschap wilde dat poepte waar het zin had en de viezigheid niet achter zich opruimde. Stella vond me grappig. Ik vond haar juist grappig. Ze stuurde me een paar romannetjes om te lezen. Ze waren goed geschreven, maar ik had er helemaal niets mee. Stella vond ook dat ik moest beginnen met daten. Ik zei het net al: ze was grappig. Voor mijn verjaardag stuurde ze me een wollen sjaal en muts. Ze waren zacht en warm. Ik was vierenveertig geworden.

Martha was ook aardig. Ze wond er geen doekjes om als ik weer eens iets ongepasts zei. Ik had haar gevraagd me erop te wijzen als ik het deed. Dat vond Tina een heel goed idee. Ik ging er niet langer van uit dat mensen wat ze zeiden letterlijk bedoelden. 'Tussen de regels door lezen' was iets wat ik elke dag in de praktijk bracht.

Ik ging een paar keer bij Martha thuis eten en dan leerde Udo me steeds wat Igbo, zijn moedertaal. Hij kon heerlijk Nigeriaans eten koken. Ik paste een paar keer op Maduka en Abebi, en zij waren de vrienden die ik het leukst vond. Ze zeiden altijd wat ze dachten. Dat jaar nodigden ze me uit voor het kerstdiner. Tante Christine nodigde me een paar dagen later ook uit, maar ik antwoordde dat ik het bij de Adebayo's gezelliger vond.

Tina was heel blij met de vooruitgang die ik boekte en moedigde me aan om passende cadeaus voor het gezin te bedenken. Ik vroeg de kinderen wat ze wilden hebben en dat was gemakkelijk. Voor Udo en Martha kocht ik bij de grote supermarkt in Roscommon een mand met kaas. Daarvoor trotseerde ik bewust de enorme drukte. Godzijdank heb ik mijn oordoppen.

26

Peter, 1980

Toen we door het hek aan de voorkant van het huis wegreden zei mijn vader: 'Oké, even rustig nadenken. Denk na!' Hij had het tegen zichzelf. Een kwartier later parkeerde hij de auto vlak voor de Allied Irish Bank. Ik had er op televisie reclames voor gezien.

'Wacht hier,' snauwde hij tegen me.

Ik was helemaal niet van plan om ergens naartoe te gaan.

Mijn vader bleef heel lang weg. Toen hij bij de auto terug was zei hij: 'Bitch! Ik moest de manager erbij halen. Het is míjn geld. Het is mijn goed recht om alles op te nemen als ik dat wil, en ik laat me echt niet door zo'n verwaand rotwijf tegenhouden.'

Daarna reden we een zijstraat in en hielden naast een gebouw stil. Aan de straatkant was een deur met daarnaast een koperen plaatje:

GLENDALE TANDARTSPRAKTIJK
TEL. 809915
CONOR GEARY
TANDHEELKUNDE BSC
KAAKCHIRURG

Dit was de plek waar mijn vader werkte. Ik wilde met hem mee naar binnen, maar hij droeg me op om in de auto te blijven.

Een paar minuten later kwam hij met een paar dossiermappen en een ingelijst certificaat naar buiten. Hij maakte de lijst los en gooide die in de tuin van het aangrenzende huis. Daarna rolde hij het certificaat op, maakte de kofferbak van de auto open en stopte het in de koffer. Ik durfde hem niets te vragen.

We stoven met een grote boog weg van de stoep en namen de route langs de kust. Hij parkeerde de auto op de pier en we stapten uit. Boven onze hoofden vlogen zeemeeuwen zwenkend heen en weer. Hij haalde een pet uit zijn zak en zette een bril op. Ik had ze geen van beide eerder gezien.

'Laten we naar Engeland gaan,' zei hij. 'Dan bedenk ik intussen hoe we aan paspoorten kunnen komen.'

We liepen naast elkaar. Hij glimlachte en knikte naar bijna iedereen die we tegenkwamen, zelfs vrouwen, en trok de pet steeds verder over zijn gezicht. Binnen tien minuten kwamen we aan bij de veerbootterminal en gingen in de rij staan. Ik probeerde afstand te houden, bang dat ik iemand zou aanraken, maar hij trok me met een ruk naar zich toe en pakte mijn hand. Toen we aan de beurt waren kocht hij twee tweedeklaskaartjes naar Holyhead. Uit de atlas wist ik dat Holyhead in Wales lag, maar ik vroeg mijn vader er niet naar. Hij was ontzettend gespannen. Zijn greep knelde pijnlijk en zijn kaken zaten op elkaar geklemd.

Ik had opgetogen moeten zijn. We gingen naar het buitenland, voor de allereerste keer. Maar het voelde helemaal niet als een vakantie. We waren op de vlucht. Maar voor hoe lang? En voor wie waren we op de vlucht? Wilde mijn vader de inbreker niet aangeven bij de politie? Mijn vader snoof altijd spottend als ze op tv waren. We keken elke week naar *Garda Patrol*. Hij lachte ze uit en noemde hen 'suffe luie donders'. Ik deed mijn best om het te begrijpen, maar er tolden allerlei gedachten door mijn hoofd. We gingen aan boord van de veerboot en klommen een eindeloze reeks trappen op tot we buiten op het dek stonden.

'Hoe heet deze plaats, pap?'

'Dún Laoghaire. Kijk nog maar eens goed naar Ierland, jongen, want het zal een hele tijd duren voordat we het terugzien.' Zijn boosheid was geluwd en de ogen achter de heldere glazen van zijn bril glinsterden. Huilde mijn vader nou? Als een méísje?

Het was halverwege maart en stervenskoud op het dek. Alle andere passagiers zaten lekker binnen. Eindelijk klonk de misthoorn en verliet het schip de haven, eerst langzaam, maar zodra we de granieten kaden, die aan weerszijden als uitgestrekte armen naar de zee reikten, gepasseerd waren gingen we steeds sneller.

'We gaan ons eigen grote avontuur tegemoet,' zei mijn vader droevig.

'Pap.' Nu zijn boosheid was opgelost wilde ik het hem toch vragen. 'Ik snap niet wat er allemaal gebeurt. Waarom gaan we zo onverwacht weg?'

Hij sloeg zijn handen voor zijn gezicht. 'Het moet. We hebben geen andere keus. De inbreker. Als hij haar naam aan iemand vertelt komen er mensen om jou mee te nemen. Ze zouden je met hun handen aanraken en dan zou je doodgaan. Ik doe dit voor jou.'

'Waarom zouden ze me meenemen?'

'Dat wijf is gek. Ze denkt dat ik haar heb ontvoerd. Geloof je echt dat die inbreker het aan niemand zal vertellen? Of de politie nu haar gelooft of mij, één ding staat in elk geval vast: ik zou niet kunnen voorkomen dat ze je met hun handen aanraken en dat is een risico dat ik niet wil nemen. We vertrekken zodat ik jouw leven kan redden. Jouw aandoening is zo zeldzaam dat de meeste mensen het niet geloven of begrijpen. Weet je nog dat ik je foto's heb laten zien van de jongen die in een isolatiekamer leefde? Als je geluk hebt en ze je niet eerst de dood in jagen, kom jij daar ook in terecht.' Hij zette zijn bril af en keek me recht aan. 'Begrijp je dat?'

'Ja, ik begrijp het,' antwoordde ik plechtig. Ik dacht terug aan het verhaal van de *boy in the bubble*. Hij was een paar jaar jonger dan ik en zijn ziekte was zo ernstig dat zelfs de lucht hem al kon doden, dus woonde hij zijn hele leven in een kamer in een ziekenhuis. Mijn vader had me verteld dat mijn aandoening daarmee te vergelijken was, maar dat mijn dood vele malen erger zou zijn als ik een infectie opliep. Mijn vader hield zoveel van me dat hij bereid was te vluchten om mij te beschermen.

'Maar als ze er eenmaal achter komen dat ze gek en gevaarlijk is, kunnen we dan weer naar huis?'

'Misschien wordt het tijd dat we onze horizon verbreden. Wil je de wereld niet zien?'

Ik knikte enthousiast.

'Goed zo. Zullen we naar beneden gaan om wat eten te halen? We hebben nog geen avondeten gehad. Blijf dicht bij me.'

Ik weet niet meer hoe lang de oversteek duurde. Drie uur misschien? Toen we aanmeerden was ik doodmoe, maar mijn vader zei dat we met de bus verder moesten, naar Londen. We wachtten op een ijskoud busstation en stampten met onze voeten om warm te worden. Ik was inmiddels te uitgeput om opgetogen te zijn. Ik had nooit eerder in een bus gereden. Toen we het steile trapje op klommen leefde ik even op. We kozen zitplaatsen halverwege de bus. Het was buiten te donker om veel te kunnen zien. Zodra we wegreden viel ik in slaap en toen we voor een plaspauze stopten ving ik amper iets op van mijn omgeving. Tegen zonsopgang reden we Londen binnen, maar de stad was zo groot dat het nog bijna een uur duurde voordat de bus een reusachtig vies uitziend gebouw in reed. Op het bordje bij de ingang stond: EUSTON STATION.

'Is dit het centrum?' vroeg ik, maar hij gaf geen antwoord.

Zijn gezicht verstrakte en hij tuurde ingespannen door het raam.

Tijdens het uitstappen stootte een vrouw tegen me aan. Ik begon te krijsen en mijn vader trok me dicht tegen zich aan.

De vrouw zei strijdlustig: 'Ik heb hem amper aangeraakt, dus waarom doet hij zo hysterisch?'

Ik was inderdaad hysterisch en verwachtte dat ik elk moment pijn kon voelen, maar mijn vader sleurde me mee naar een hoek en zei: 'Niets aan de hand, niets aan de hand. Ze heeft je huid niet aangeraakt, alleen de achterkant van je jas maar. Je houdt er niets aan over.' Maar ik was ervan overtuigd dat ze mijn achterhoofd ook had aangeraakt. Ik wachtte doodsbang tot de pijn zou oplaaien, maar dat gebeurde niet.

'Nu ophouden, Peter. Ik wil niet dat je zo de aandacht trekt.'

Ik vertelde hem snikkend dat ze mijn hoofd had aangeraakt. Hij zei geruststellend dat mijn haar me had beschermd. Een groepje mensen stond naar ons te kijken. Ik sloeg mijn armen om mijn vader heen en kroop weg tegen zijn schouder. Ik hoorde hem tegen andere mensen zeggen: 'Het gaat wel weer. Hij werd opeens wakker en was gedesoriënteerd. Maar nu is alles in orde. Niets om u zorgen over te maken.'

'Is hij niet een beetje te oud voor zulke aanstellerij?' De vrouw keek ons nijdig aan.

De mensen verspreidden zich snel, drukke mensen die ergens naartoe moesten. Ik klemde me aan hem vast tot ik was bedaard.

'Trek je maar niets van die stomme bitch aan,' zei hij.

'Pap,' zei ik. 'Weet je nog dat je hebt gezegd dat ik misschien wel over de ziekte heen zou groeien? Wanneer zal dat zijn?'

'Ik heb nog nergens kunnen vinden of dat echt mogelijk is. Maar wees maar niet bang, ik zal je beschermen.'

'Dus er is niets aan de hand zolang ik maar niet de huid van iemand anders aanraak?'

'Inderdaad, dat is wat mijn research heeft uitgewezen.'

Ik zag honderden mensen om me heen lopen en bleef zenuwachtig. 'Pa, we gaan hier toch niet wonen, hè?'

'Nee. We moeten een plek uitzoeken waar het veel rustiger is. Hopelijk hoeven we hier maar een paar dagen te blijven.'

Hij haalde een boekje met plattegronden tevoorschijn en we gingen op pad. Na een uur lopen begon mijn maag te knorren en ik vroeg: 'Is het nog ver? Kunnen we ergens ontbijten?'

We gingen een klein, bedompt restaurantje in met vieze tafels en modderige voetstappen op de vloer. Mijn vader liet me plaatsnemen aan een tafeltje uit de buurt van de ramen en liep naar de balie om te bestellen. Ik wilde naar huis. Een man keek op en knikte naar me. Ik wendde mijn blik af. Er kwamen twee vrouwen naar binnen, gekleed in een kort rokje, hoge laarzen en een glinsterend mouwloos shirtje. Ze gaven hun bestelling luidkeels door aan de man achter de balie en namen plaats bij het raam. Ik kon de beha van de donkerharige zien; die was rood. Ik had nooit eerder zulke vrouwen gezien. Zouden ze het niet koud hebben in die kleren van hen? Ze hadden glimmende rode lippenstift op en hun ogen waren zwart omrand. Ze bliezen lange pluimen sigarettenrook in de lucht. Precies op het moment dat ik een erectie in mijn broek voelde opkomen pakte mijn vader mijn hoofd beet en draaide het met mijn gezicht naar hem toe. Hij zette een sandwich met gebakken spek en een kop thee voor me neer.

'Niet naar kijken. Sletten,' siste hij. 'Ze hebben seks met mannen in ruil voor geld. Waarschijnlijk hebben ze net de nachtdienst gedraaid.'

'Betalen mannen voor seks? Waarom trouwen ze niet? Zelfs als ze met een gekke vrouw trouwen kunnen ze nog steeds seks met haar hebben. Dat heb jij ook gedaan.'

Hij staarde me doordringend aan en ik schaamde me meteen. ‘Waar heb je het over, jochie?’ Zijn boosheid stak de kop weer op.

‘Dat staat in de biologieboeken die je me hebt gegeven, en in de encyclopedieën. Je moet in elk geval twee keer seks met haar hebben gehad. Hoe kom ik anders hier? Of de baby?’

Hij pakte zijn thee en nam langzaam een slokje. Het bleef een tijdje stil. Toen zei hij: ‘Die baby was niet gepland.’

Ik wist dat ik beter mijn mond kon houden, maar ik snapte niet hoe hij per ongeluk seks kon hebben gehad. Zonder iets te zeggen aten we onze sandwich en dronken onze thee. Ik durfde me niet om te draaien om nog een keer naar de vrouwen te kijken, maar hoorde wel hun kakelende gelach en rook hun sigarettenrook en parfum.

Er was nog iets wat me bezighield. ‘Pap, hoe ga je nu geld verdienen? Stop je voorgoed met je werk?’

Er verscheen een diepe rimpel in zijn voorhoofd. ‘Voorlopig hebben we genoeg geld, maar we zullen wel een tijdje zuinig moeten leven. Geen snoep. Oké? Ik moet eerst een plan bedenken.’

Ik schrok. ‘Heb je dan nog geen plan?’

‘Nog niet, maar vanavond vast wel.’

We verlieten het restaurantje en liepen verder. De straten werden steeds viezer en de huizen sjofeler. Uiteindelijk bleven we voor een huis staan waar achter het raam een bordje stond: KAMERS VRIJ.

Mijn vader klopte op de deur. Die werd opengedaan door een kleine man in een spijkerbroek en T-shirt. Het T-shirt zat vol vlekken en de vloerbedekking achter hem was smerig.

‘Hallo,’ zei mijn vader. ‘Ik zoek een kamer voor mijn zoon en mij voor twee nachten.’

‘Zijn jullie Iers?’ vroeg de man. Voordat mijn vader antwoord kon geven, ging de man al verder: ‘Lazer lekker op naar huis en neem die bommen van jullie mee.’ Hij smeet de deur pal voor mijn vaders gezicht dicht. Mijn vader was ziedend.

'Hij dacht zeker dat ik bij de IRA zit,' zei hij. 'Zie je het al voor je? Ik als terrorist?'

27

Sally

In het nieuwe jaar 2019 verliepen mijn therapiesessies met Tina goed. We waren begonnen met systematische desensitisatie, vanwege mijn angststoornis en PTSS. Als iemand me de hand schudde, een klopje op mijn arm gaf of me omhelsde deed ik mijn best om niet in elkaar te krimpen. Ook kreeg ik geluidstherapie, om me te laten wennen aan 'normale' geluidsniveaus. Dat vond ik nog steeds erg lastig. Tina had het idee dat Martha's yogalessen me hielpen ontspannen. Martha raakte me tijdens de les alleen heel licht aan om me te helpen de juiste yogahouding te vinden. In het begin voelde het rekken en buigen onnatuurlijk aan, maar ik raakte eraan gewend. Ik wist dat balans en de beheersing van geest, gevoel en lichaam me kalmeerden wanneer ik me in een moeilijke situatie bevond.

Tina vond ook dat ik een baan moest zoeken. Ze zei dat ik een doel in mijn leven nodig had. Ik vertelde haar dat ik al was afgewezen als kinderoppas. Tina vroeg me na te denken over wat ik het allerleukste vond om te doen. Ik speelde het liefst zo veel mogelijk piano. Ze vroeg me of ik geduldig was. Ik vermoedde van niet. We besteedden twee sessies aan geduld.

Ik was heel goed met Google en kwam iets op het spoor wat 'regressietherapie' heette, en wat me kon helpen me meer te herinneren. Tina was er fel op tegen, en nadat ze het had uitgelegd begreep ik dat wel. Wat had het voor zin om je iets te herinneren wat vreselijk traumatisch was? En hoe groot was de kans dat de herinneringen die ik terugkreeg zouden helpen om Conor Geary nu nog te pakken te krijgen?

In februari stond ik op een dag in de winkel van de Texaco met Udo te praten. Hij vertelde me dat de kinderen enorm uitkeken naar de voorjaarsvakantie. Ik wees naar mijn paraplu en zei dat ik hoopte dat het weer beter zou worden, omdat Abebi me had toevertrouwd dat ze wilde kamperen. Hij bedankte me voor de informatie en zei dat hij haar helaas teleur zou moeten stellen. In een tent zouden ze beslist aan onderkoeling sterven. Ik vertelde hem over Stella's werk voor een stichting die daklozen hielp.

'Vorige week is in Dublin een jonge man aan onderkoeling overleden. Misschien kun je haar dat vertellen,' opperde ik.

'Sally, dat soort dingen kun je niet tegen kleine kinderen zeggen. Daar krijgen ze nachtmerries van. Eigenlijk horen politici er nachtmerries van te krijgen.'

'Dank je wel dat je me dat vertelt, Udo. Ik zal het op mijn lijst zetten.' Martha had een lijst voor me gemaakt met onderwerpen die ik niet met de kinderen mocht bespreken. Ik stond toe dat hij me vluchtig omhelsde en hij verliet de winkel.

Caroline stond achter de toonbank. We hadden verschillende recepten uitgewisseld en mijn gerechtenrepertoire was aanzienlijk verbeterd.

Toen Udo weg was, zei ze: 'Eerst lesbiennes, nu zwarten.' Haar gezicht straalde afkeuring uit.

'Wat is er?' vroeg ik aan haar.

'Ze nemen alles over,' antwoordde ze. 'Vorige maand zijn er nog drie buitenlandse gezinnen in het dorp komen wonen. Allemaal vanwege dat verdomde vleesverwerkingsbedrijf in Mervyn Park.'

'Dat is juist goed. Meer klanten voor jou,' zei ik.
'Op dat soort klanten zit ik niet te wachten.'
'Hoezo niet?'
'Ik ben geen racist, maar Ierland is voor Ieren.'
'Maar Abebi en Maduka zíjn Iers. Ze zijn hier geboren.'
'Die zullen nooit Iers worden,' zei ze.
'Het is niet goed om een racist te zijn, Caroline,' zei ik.
'Er zijn heel veel dingen die jij niet begrijpt, Sally, en dit is daar een van.'
'Ik weet heus wel wat racisme is.'
'Noem me geen racist.'
'Gedraag je dan ook niet als racist.'
Haar gezicht werd steeds roder.
'Luister eens, achterlijke freak die je bent. In het begin had ik medelijden met je, zelfs na wat je je arme vader had aangedaan. Maar nu heeft iedereen medelijden met je om wat je als klein kind is overkomen. Hoe weten we dat jij niet precies hetzelfde bent als je echte vader? Vuile psychopaat. Lazer op uit deze winkel en waag het niet om terug te komen!'
Ze stond te krijsen, en de twee andere klanten in de zaak staarden naar ons. Ik vertrok zo snel mogelijk, zonder mijn boodschappen mee te nemen of af te rekenen. Buiten deed ik mijn ademhalingsoefeningen om kalm te blijven. Dit kwam heel slecht uit. Van nu af aan zou ik mijn boodschappen bij de Gala-supermarkt moeten halen en moest ik hun indeling in mijn geheugen opslaan.
Tijdens de wandeling naar huis kwam er een auto naast me rijden. De bestuurder draaide zijn raampje open.
'Hé, is alles goed met je? Ik heb gezien wat er in de Texaco is gebeurd. Wat een trut. Toen je weg was heb ik haar stevig uitgefoeterd. Je moet haar gedrag echt aan de manager melden.'
'Ze is de manager.'
'Kan ik je een lift geven? Jij bent toch Sally? Ik ben Mark. Ik

ben hier net komen wonen. Het is maar goed dat ik wit ben, hè?'

'Is dat een grapje?'

'Wat? Ja, natuurlijk is het een grapje!'

Hij had de passagiersdeur opengeduwd. Hij had vriendelijke ogen, een aardig gezicht en een wijkende haargrens. Zijn auto was een ouwetje. Ik zag dat hij een spijkerbroek met een overhemd en stropdas droeg. Zijn schoenen kon ik niet zien. Maar je moet nooit op iemands uiterlijk afgaan, want achter een lachend gezicht kan zomaar een ontvoerder en verkrachter schuilgaan.

'Nee, dank je. Ik neem geen lift aan van onbekenden.'

'Mijn god. Wat stom van me om te denken dat... Hoor eens, het spijt me. Ik ben echt geen... eh... slechterik.'

'Dat is precies wat een slechterik zou zeggen.' Ik ging iets sneller lopen. De auto bleef een hele tijd staan. Ik bereikte de top van het heuveltje en liep verder, mijn laantje in. De auto kwam niet langsrijden. Misschien was hij geen ontvoerder, maar als er íéts was wat mijn vader me als klein kind streng had verboden, dan was het wel bij onbekenden in de auto stappen. Inmiddels wist ik natuurlijk waarom. Dat was wat mijn biologische moeder had gedaan, en zolang Conor Geary op vrije voeten was kon hij voor mij terugkomen. Maar die man, Mark, kon onmogelijk Conor Geary zijn. Hij was waarschijnlijk halverwege de vijftig.

Toen ik thuiskwam was ik ondanks extra ademhalingsoefeningen toch een beetje van slag. Ik wilde aan iemand vertellen wat ik net had meegemaakt. Ik overwoog om Stella te bellen, maar die was op haar werk, en ik toetste Martha's nummer al in, maar toen schoot het me te binnen wat Tina over inlevingsvermogen had gezegd. Misschien was het kwetsend voor Martha om te horen dat Caroline een racist was. Maar ik kon haar wél over de man vertellen. Of niet? Hoe moest ik uitleggen dat hij een gesprek met me had aangeknoopt zonder erbij te vertellen wat Caroline had gezegd? Ik verbrak de verbinding. Ik had meer vrienden nodig.

Dat was de dag dat ik besloot te verhuizen. Ik vond het niet prettig om alleen te zijn wanneer ik ongerust was. Voor het eerst in mijn leven wilde ik mensen om me heen hebben.

Ik belde Geoff Barrington, de advocaat, die zei dat ik een makelaar moest bellen. Hij gaf me het telefoonnummer van een makelaarskantoor en vertelde me over een website waarop ik huizen kon bekijken die te koop stonden. Hij zei ook dat ik beter eerst een huis kon kopen voordat ik het mijne te koop zette. Hij zei dat dit zo'n belangrijke kwestie was en dat ik iemand nodig had om me bij te staan. Ik dacht juist dat híj die iemand was. Maar hij zei dat hij alleen het zakelijke gedeelte zou afhandelen.

Ik bedacht dat hij waarschijnlijk bedoelde dat ik Angela moest bellen. Ik nam me voor om tot het weekend te wachten, want dan had ze vrij. In de tussentijd logde ik in op de website en bekeek een paar uur lang huizen op het platteland. In het dorp stond een appartement te koop, maar dat wilde ik niet. Ik wilde tussen de mensen zijn, maar geen gang met hen delen. De meeste beschikbare huizen hadden drie slaapkamers, maar ik had er maar eentje nodig, hooguit twee.

Op zaterdagmiddag ging ik naar het huis van Angela en Nadine om mijn opties met hen te bespreken. Nadine bracht meteen een verwaarloosde, vervallen cottage in Bracken Lane ter sprake, tegenover Martha's yogastudio. 'Die staat al jaren te koop.'

'Daar kan ik niet in wonen,' zei ik.

'Je moet je fantasie gebruiken,' zei ze. 'Bedenk eens hoe het eruit zou kúnnen zien.'

'Kijk je nooit naar tv-programma's waarin huizen worden opgeknapt?' vroeg Angela.

'Ja, die vind ik geweldig. Maar ik wil net zo'n douche als

jullie en die zou de helft van de cottage in beslag nemen.'

'Je zou een uitbouw kunnen laten neerzetten en het huis twee of drie keer zo groot maken. Ik durf te wedden dat je het huis voor een appel en een ei kunt krijgen. Je hebt wel een bouwkundig ingenieur en een architect nodig. Kijk maar eens naar jouw keuken. Denk je dat die samen met de rest van het huis in 1904 is gebouwd? Denk je dat onze heerlijke douche uit het victoriaanse tijdperk stamt?'

Nadine begon meteen te schetsen op de achterkant van een envelop. Ze tekende de voorkant van de cottage. 'Hoe ver loopt de tuin door naar achteren? Een meter of vijftien? Wil je een tuin? Of liever een terras? Onderhoudsvrij? Ik heb vaak gedacht dat het met dakramen op de juiste plekken een schitterend huis kon worden. Je moet wel de waterafvoer laten nakijken. Er is vast een reden dat het in ruim twintig jaar door niemand is gekocht.' Nadine klonk opgewonden. 'Ik zal maandag de gemeente bellen. Eens kijken wat zij erover kunnen zeggen. Je zou hun er een enorm plezier mee doen. De enige reden dat de cottage niet onbewoonbaar is verklaard is omdat het in een laantje staat en niet te zien is. Maar je zou midden in Carricksheedy zitten. Ik ben benieuwd wie de eigenaar is.'

Angela lachte. 'Oeps,' zei ze. 'Nadine heeft er een nieuwe obsessie bij. Ik heb altijd al gezegd dat meubels ontwerpen veel te kleinschalig voor haar is.'

'Sorry, sorry! Ik laat me helemaal meeslepen. Er zijn waanzinnig veel mogelijkheden. De andere opties zijn kleine rijtjeshuizen met drie slaapkamers aan de doorgaande weg of karakterloze twee-onder-een-kapwoningen met drie slaapkamers in de wijk die aan Mervyn Park grenst. Ik heb gehoord dat er meer gebouwd gaat worden, want het industrieterrein breidt uit. Jouw huis zou weleens veel waard kunnen zijn, Sally. Er zit toch een flinke lap grond bij?'

Ik bedankte hen en vertelde dat ik weg moest, omdat ik naar Martha's feestje zou gaan.

'Een feestje?'

'Ja. De laatste keer dat ik naar een feestje ben geweest was als kind. Ik ben best zenuwachtig.'

'Dat is nergens voor nodig. Het wordt vast leuk.'

'Maar ik ken daar helemaal niemand, behalve Udo, Martha en de kinderen. Het is een feestje voor de nieuwe medewerkers van Mervyn Park.'

'Het komt heus wel goed. Drink een glas wijn of een kop thee met veel suiker voor je vertrekt. Daar ontspan je van. En vergeet niet dat de meeste gasten ook nieuw in de omgeving zijn. Je hoort gewoon bij het ontvangstcomité. Let erop dat je met de nieuwe mensen praat. Ze weten niets over jou. In het dorp kent iedereen jouw verhaal.'

'Het grootste gedeelte. Niemand weet álles. Zelfs ik niet.'

Angela keek naar Nadine, die groenten stond te snijden.

'Wat doe je aan?' vroeg Angela. Ik keek omlaag naar mijn zwarte rok en wees naar de trui die ze me vorig jaar met Kerstmis hadden gegeven.

'Je zou eens aan een van je vriendinnen moeten vragen of ze een keertje met je wil gaan winkelen. Je vader hield altijd de hand op de knip, maar je hoeft echt geen tweedehandswinkeltjes af te lopen. Je bent een welgestelde vrouw. Jean vond het altijd heerlijk om te shoppen en misschien vind jij dat ook wel.'

'Dat denk ik niet.'

'Hoe weet je dat nou? Heb het er anders eens over met Tina. Misschien vind je het juist wel therapeutisch.'

'Misschien vind ik het wel verschrikkelijk.'

'Hoeft helemaal niet. Dat weet je pas als je het probeert.'

Martha en Udo woonden in de nieuwbouwwijk aan de rand van het dorp. Aan het begin van het feestje stond ik in mijn eentje in een hoek van de keuken en deed alsof ik de planten op de vensterbank bewonderde. Een voor een kwamen de mensen zich voorstellen. Ik sprak de mensen over wie Caroline het had gehad. Eén gezin was Braziliaans. Rodriguo en Fernanda. Er was een gescheiden Indiase vrouw bij, Anubha, met haar twee kinderen, en een zwart Engels stel, Sue en Kenneth, en hun drie kinderen. De tuin was groot en ondanks het sombere weer speelden de kinderen met elkaar in de boomhut die Udo achter in de tuin had gebouwd. Ze maakten erg veel herrie. Ik deed één oordop in, bij wijze van compromis.

Met alle tips over sociale omgang die Tina me voorafgaand aan het feest had gegeven in mijn achterhoofd vertelde ik hun een of twee dingen over mezelf: ik woon alleen en ik speel graag piano. Debussy is mijn lievelingscomponist. Ik ben op zoek naar werk.

De andere uitdaging was om hun iets over henzelf te vragen. Ik vroeg Rodriguo en Fernanda of ze van plan waren om kinderen te krijgen. Martha onderbrak me, nam me apart en legde zachtjes uit dat ik geen persoonlijke dingen mocht vragen. Ik vond het jammer dat Tina geen regels had opgeschreven die ik uit mijn hoofd had kunnen leren. Fernanda vertelde me later dat ze probeerden zwanger te raken. Ik wist dat dat betekende dat ze heel vaak seks hadden en begreep opeens waarom de vraag te persoonlijk was. Rodriguo vroeg me naar mijn werkervaring. Ik zei dat ik nog nooit had gewerkt. 'Mijn moeder is gestorven toen ik nog heel jong was en daarna heb ik voor mijn vader gezorgd tot hij vijftien maanden geleden overleed.' Ze reageerden meelevend. Rodriguo's vader was ook vorig jaar gestorven. Ik vroeg hoe zijn begrafenis was geweest en Rodriguo beschreef de Braziliaanse begrafenisrituelen, die veel weghadden van de Ierse, maar het verbaasde hem wel dat mensen hier eten naar de achterblijvers brachten.

'Wie heeft er in die periode nou behoefte aan eten?'

'Ik kan altijd eten,' antwoordde ik.

Er viel een stilte en ik liep naar Anubha, de mooie, kleine Indiase vrouw. Nadat ik me had voorgesteld vertelde ze dat ze dolgraag piano wilde leren spelen, maar dat ze er gewoon geen tijd voor had als alleenstaande ouder met twee kleine kinderen.

'Wat is er met hun vader gebeurd?' vroeg ik. Martha stond achter Anubha, volgens mij om mijn gesprek te controleren. Ze sloeg haar handen voor haar gezicht en ik was bang dat ik misschien weer iets verkeerds had gevraagd.

'Die heeft me laten zitten voor zijn vriendin in Dublin,' zei Anubha.

'Ziet hij de kinderen vaak?'

'Ja, hij is erg leuk met ze, *shukar hai*.'

Het gesprek ging verder over talen. 'Shukar hai' was Hindoestaans voor 'godzijdank'.

'Zei je nou dat je op zoek bent naar een baan? Mervyn Park breidt uit. Er staat nu niet alleen maar een vleesverwerkingsbedrijf. Volgende maand wordt er een farmaceutisch bedrijf geopend. Als je over basiscomputervaardigheden beschikt, kun je misschien op de administratie werken. Maar dat zal waarschijnlijk niet veel betalen.'

'Het gaat niet om geld,' legde ik uit. 'Het lijkt mijn therapeut een goed idee.'

Anubha fronste licht haar wenkbrauwen. Ik kon niet aan haar zien wat ze dacht, maar toen glimlachte ze naar me.

Er was net een nieuwe gast gearriveerd, die nu met een flesje bier in zijn hand het houten terras op slenterde.

'Kent iedereen Mark?' vroeg Udo. 'Hij is net op de afdeling boekhouding begonnen.'

Er klonken verschillende begroetingen. Mark was de man die de vorige dag met zijn auto naast me was komen rijden en mijn gesprek met Caroline had gehoord. Hij was Iers. Hij gaf de meeste andere mensen een hand en kwam toen schuldbewust op me af.

'Ik ben Mark Butler. We hebben elkaar gisteren gesproken.'

'Je wilde dat ik bij je in de auto stapte,' zei ik.

'Ik weet het,' zei hij. 'Ik kan er gewoon niet bij hoe dom dat van me was. Geen wonder dat je dacht dat ik kwade bedoelingen had. Ik, eh... ik ken je verhaal min of meer. Dat heeft iemand hier me verteld. Ik voel me ongelooflijk stom. Ik hoop dat je mijn verontschuldiging accepteert.'

Ik zuchtte. Hij leek nu helemaal niet gevaarlijk.

'Zal ik nog een glas wijn voor je halen?'

'Graag.'

Ik liep verder en werd aangesproken door Sue en Kenneth. Sue was de nieuwe lerares op de lagere school in het dorp. Kenneth was kwaliteitscontroleur voor de slachtruimtes op Mervyn Park en een vegetariër. Ik vond het grappig dat een vegetariër bij een vleesverwerkingsbedrijf werkte. Ik vroeg hun of we recepten konden uitwisselen. Ik had het heel leuk gevonden om recepten te ruilen met Caroline, maar nu ze niet langer een vriendin van me was en me uit de Texaco had verbannen, zocht ik een vervanger. Sue bood aan me een heel boek met recepten te lenen. We spraken af om de week erop een keertje koffie te gaan drinken. Kenneth was heel stil. Volgens mij had ik meer gezegd dan hij. Het was me al opgevallen dat ik veel meer praatte als ik wijn had gedronken.

Ik merkte op dat hun kinderen de luidruchtigste waren van het hele groepje in de tuin. Sue zei dat het leven in een appartement hen erg benauwde en ze vond het heerlijk om hen rumoerig in een tuin te horen spelen. Ik bood mijn verontschuldiging aan voor het geval mijn opmerking onbeleefd was overgekomen. Ik legde uit dat ik vanwege mijn mentale ontwikkeling niet altijd het juiste zei. Sue verzekerde me dat ik haar geen onbehaaglijk gevoel had gegeven.

Toen ze wegliep kwam Mark op haar stoel zitten en gaf me mijn derde glas wijn van de dag. 'Ik wilde je vertellen dat ik het gedrag van de manager van de Texaco bij het hoofdkantoor heb gemeld,' zei hij zacht. 'Met die houding hoort ze die baan niet te hebben. Het zou kunnen dat ze contact met je opnemen om het voorval te bevestigen.'

'Dank je. Dat had ik maandag willen doen.' Ik probeerde iets anders te bedenken om te zeggen. 'Ik ga mijn huis verkopen.'

'Dat is een belangrijke beslissing. Waar ga je naartoe?'

'Dat weet ik nog niet zeker, maar het huis waar ik nu in woon staat een beetje geïsoleerd, en mijn huisarts en therapeut vinden allebei dat ik socialer moet worden en meer mensen om me heen nodig heb, dus waarschijnlijk in het dorp.'

'Je bent vandaag anders heel sociaal.' Hij lachte. Zijn tanden waren wit en recht.

Ik was blij met het compliment, maar bekende dat ik sociale interactie een enorme inspanning vond. 'Ik beledig mensen vaak zonder dat het mijn bedoeling is, omdat ik zeg wat ik denk. Je hebt mooie tanden.'

Hij keek me raar aan.

'Zie je? Dat bedoel ik dus. Ik hoor niets over het uiterlijk van anderen te zeggen.'

'Maar dat is toch niet beledigend? Misschien hoor je alleen niets negatiefs over het uiterlijk van anderen te zeggen.'

'Dat is niet wat Tina zegt. Als ik bijvoorbeeld zeg dat het goed is dat je slank bent, zou het kunnen inhouden dat ik het zou afkeuren als je dik werd. En dat je, als je dik werd, een minder goed gevoel over jezelf zou krijgen.'

Hij lachte. 'Ja, ik heb lang geleden al geleerd dat je iemand pas met haar zwangerschap mag feliciteren als ze je de foto van de echo heeft laten zien.'

Daar moest ik hard om lachen.

'Is het verkeerd van me om te zeggen dat je een leuke lach hebt?' vroeg hij.

'Dit is mijn echte lach. Mijn vader zei altijd dat ik mee

moest lachen als andere mensen lachten, en als ik zeker weet dat ze mij niet uitlachen doe ik dat ook, maar dat is soms moeilijk te bepalen.'

'Je bent enorm eerlijk.'

'Ja, dat komt volgens mij door mijn sociale onervarenheid en isolement. Maar volgens mij is dat juist goed.'

'Denk je nog steeds dat ik kwade bedoelingen heb?'

'Dat kan ik onmogelijk zeker weten, hè?'

'Klopt. Je eerlijkheid is heel verfrissend.'

'Waar woonde je voor je verhuizing naar Carricksheedy?'

'Dublin. Ik heb een jaar naar een excuus gezocht om naar dit deel van het land te verhuizen.'

'Waarom?'

Hij wendde zijn blik af en staarde naar de boomhut. 'Ach, frisse lucht, zal ik maar zeggen. Rust.'

Hij leek de vraag vervelend te vinden, dus stapte ik op iets anders over. 'Heb je kinderen?'

'Nee. Wel een ex-vrouw. Elaine.'

'Ben je vreemdgegaan?'

Hij keek me een tijdje aan en ik dacht dat hij boos was.

'Ja. Ja, dat ben ik inderdaad. Ik heb een goed huwelijk vergooid voor een avontuurtje met een meisje dat half zo oud was als ik.'

'Jij bent ook eerlijk.'

'Jouw… kwetsbaarheid spoort me aan om eerlijk tegen je te zijn.'

'Denk je dat je vrouw het je zal vergeven?'

'Ze is verdergegaan met haar leven. Ze heeft een nieuwe man en een kind.'

'En het meisje waarvoor je haar hebt verlaten?'

'Dat is bij me weggegaan. Ze was er nog niet aan toe om zich te settelen. Over en uit.'

'Je verdiende loon.'

'Misschien wel. En jij? Afgaand op alles wat ik over jou heb gelezen en gehoord heb jij nooit een relatie gehad. Klopt dat?'

'Ja.'

'Wil je dat soms niet? Zou je niet verliefd willen worden?'

'Dat weet ik niet. In theorie ben ik heteroseksueel. Maar ik wil nooit seks hebben.'

Precies op dat moment verstomden de andere gesprekken. Martha greep Marks arm en nam hem mee de tuin in. Sue kwam weer naast me zitten. 'Dat klonk als een heel persoonlijk gesprek, Sally. Weet je zeker dat je dat soort details met anderen wilt delen?'

Ik werd opnieuw neerslachtig. Op een of andere manier had ik iets verkeerds gezegd en ik zag dat mensen naar me gluurden. Ik hoorde Anubha aan Fernanda vragen: 'Wat zei ze?'

Udo zei tegen Kenneth: 'Ik heb zo mijn twijfels over Mark.' Kenneth knikte, met een niet-begrijpende uitdrukking op zijn gezicht.

Ik liep naar Udo. 'Ik moet nu gaan. Dank je wel voor een fijne middag.'

'Ben je overstuur door iets wat Mark heeft gezegd?'

'Vandaag niet. Ik denk dat ik zelf iets heb gezegd wat privé had moeten blijven.' In mijn hoofd klonk gegons. 'Misschien heb ik iets te veel wijn gedronken. Wil je alsjeblieft aan iedereen uitleggen dat ik een probleem heb en Martha namens mij bedanken?' Ik liep op een holletje naar de gang en pakte mijn jas.

Ik was gezakt voor de opdracht om een feestje te bezoeken. Ik nam me voor om dat tijdens de volgende sessie met Tina te bespreken.

28

Peter, 1980

Bij onze derde poging om onderdak te vinden hadden we meer geluk. Het huis was schoon, ook al was de straat smerig, en de verhuurster, die een bruine huid had, was opgewekt en vriendelijk. Ze stelde zich voor als 'Mona'.

'Zijn jullie hier op vakantie? Gaan jullie leuke dingen bekijken?'

'We zoeken een woning in de omgeving.' Mijn vader lachte vriendelijk naar haar.

'Verhuizen jullie naar Londen? Vanuit Ierland? Nu? Dat is een moedige stap.'

Mijn vader zei niets.

'Wat een leuke zoon hebt u. Hoe heet je, knul?'

'Steve,' antwoordde mijn vader voordat ik iets kon zeggen.

Ze stak een hand uit. Ik wist niet of ze die van mij wilde schudden of me een aai over mijn hoofd wilde geven, maar ik deinsde achteruit.

'U moet het hem maar niet kwalijk nemen,' zei mijn vader. 'Hij heeft een moeilijke leeftijd. Steve vindt het niet prettig om aangeraakt te worden.' Hij knipoogde naar haar.

'O. Nou, dat zal snel genoeg veranderen, hè?' Ze lachte.

Ik tuurde omhoog naar mijn vaders gezicht. Steve?

'Ik wil graag contant vooruit betalen als dat mag.'

'Zulke gasten zie ik graag. Geen enkel probleem. Hoeveel nachten?'

'Twee om te beginnen. Daarna zien we wel verder.'

'Kamer met ontbijt, of willen jullie hier 's avonds ook eten?'

'Wat kost dat?' vroeg mijn vader.

'Tien pond per nacht. Twaalf met de avondmaaltijd erbij. Goedkoper zult u het niet vinden.'

'Wat zeg jij, Steve?' zei mijn vader. 'Zullen we hier 's avonds ook eten?'

Ik knikte.

Mijn vader telde de bankbiljetten uit. 'Dan wil ik nu graag voor twee nachten betalen, en ik laat u morgen weten of we langer blijven.'

'Uitstekend. In jullie kamer is een douche en er is een toilet links van u in de gang. Als u iets nodig hebt kunt u op mijn deur kloppen. Het avondeten is om zeven uur.' Ze overhandigde de sleutels en zei dat we konden komen en gaan wanneer we wilden.

In de kamer ontdekten we dat het een stapelbed was en in een hoek stond een plastic douchecabine. Ik had altijd al boven in een stapelbed willen slapen. 'Pap! Mag ik in het bovenste bed? Alsjeblieft, pap?'

'Ja.' Hij hield zijn vinger tegen zijn lippen. We zwegen allebei en hoorden Mona zachtjes in zichzelf neuriën.

Mijn vader ging heel zachtjes verder: 'De muren zijn flinterdun, dus we zullen moeten fluisteren.'

'Waarom?'

'We willen niet dat ze alles van ons te weten komen.'

'Wie?'

'Vrouwen,' antwoordde hij.

'Heb je haar daarom verteld dat ik Steve heet?'

Hij grinnikte. 'Het past bij je. Net Steve Austin. De man van zes miljoen. Zullen we je van nu af aan Steve noemen?'

'Ja!'

'En hoe zal ik me noemen? Ik vind Conor Geary maar saai.'

'James? Naar kapitein James Cook!'

'James. Ja, dat vind ik leuk. En een achternaam?'

'Armstrong. Van Neil Armstrong.'

'James en Steven Armstrong. Klinkt goed.'

Voor het eerst sinds de aanblik van de inbreker voelde ik me rustig.

Mijn vader glimlachte naar me. 'Goed, voor je eigen veiligheid is het beter dat je hier blijft. Ik ga rondkijken om te zien wat ik kan vinden.'

'Waar zijn we, pap?'

'Whitechapel, in de East End in Londen.'

'Zijn we hier veilig?'

'Ik zal er altijd voor zorgen dat jij veilig bent, Steve.'

We keken elkaar lachend aan. Hij zocht in zijn koffer en haalde er een paar enveloppen uit. 'Nu moet ik naar iemand toe om paspoorten te regelen.'

'Wie?'

'Dat weet ik nog niet.'

'Pap?'

'Ja, Steve?'

In het begin moest ik altijd lachen wanneer hij dat zei. 'Is mijn ziekte een geheim?'

'Dat mag je zelf bepalen, maar ik ben bang dat ze je zullen willen testen als je het aan iemand vertelt. Alle andere patiënten met de ziekte verblijven in een ziekenhuis. Ik heb jou daar al die jaren uit weten te houden.'

'De plek waar we straks gaan wonen, kan die ver bij dorpen en steden vandaan zijn?'

Hij glimlachte. 'Dat is precies wat ik ook had bedacht.'

Hij vertrok en waarschuwde dat ik de deur achter hem op slot moest doen.

We sliepen dertien nachten in de B&B. Mijn vader ging er elke dag op uit. Hij schoor zich 's ochtends niet meer. Hij zei dat hij een baard wilde laten staan. Als hij naar buiten ging zette hij altijd de pet en bril op. Toen Mona vroeg waarom ik niet met hem meeging antwoordde ik dat ze zich met haar eigen zaken moest bemoeien. Daarna vroeg ze niets meer. Mijn vader zei iets tegen haar over mijn hormonen. Hij was altijd vrolijk en aardig tegen haar. Ik bleef in mijn eentje in de kamer en soms nam mijn vader sandwiches mee. Het avondeten van Mona was altijd vreemd. Rijst en pittige stoofschotels met vlees. Mijn vader en ik moesten er allebei aan wennen, maar aan het eind van ons verblijf moesten we toegeven dat we curry lekker vonden. Mona vertelde ons hoe ze die maakte en welke kruiden en specerijen ze gebruikte.

'Pap,' vroeg ik op een avond met gefronste wenkbrauwen, hangend over de rand van mijn bed om hem onder me te kunnen zien. 'Vind je Mona aardig?'

'Wie?'

'De verhuurster.'

'Zeg niet van die belachelijke dingen.'

Ik vond haar wél aardig, maar ik vermoedde dat mijn vader dat niet goed zou vinden.

Mijn vader kwam vaak moe en bedrukt terug. Toen hij zich op een avond omkleedde om naar bed te gaan zag ik blauwe plekken op zijn ribbenkast zitten. Hij vertelde dat hij over het deksel van een vuilnisemmer was gestruikeld en wurmde met een pijnlijk vertrokken gezicht een arm in zijn pyjamajasje.

Op een dag moest ik met hem mee. Ik was zenuwachtig en opgewonden tegelijk. Er waren ontzettend veel mensen buiten en ik was bang dat ik tegen hen aan zou komen, dus mijn vader ging achter me lopen, met zijn handen op mijn schouders om me te leiden. Dat vond ik fijn. Het was een soort spelletje. We hoefden niet ver te lopen. Hij nam me mee naar de ingang van het Whitechapel metrostation. Ik wist dat er metro's onder de grond reden, maar wilde er niet in. Ik had ze op tv gezien, mensen die als sardientjes in een blikje op elkaar gepakt stonden, met hun hand aan een lus aan het plafond. Ik kon niet voorkomen dat de tranen in mijn ogen sprongen. Voor het toegangshekje sloegen we links af.

Mijn vader nam me onderzoekend op. 'Wat is er?'

'Ik wil niet met de metro.'

'Ik ook niet, dus gedraag je niet als een meisje en droog je tranen. We zijn hier om foto's te laten maken.'

Ik veegde verward met een mouw over mijn ogen en liep met hem mee naar een fotohokje in een hoek van het station. Er was amper genoeg ruimte voor ons allebei en hij zei dat we er een voor een in moesten. Hij stapte als eerste in het hokje en ik bleef buiten wachten. Onder het korte gele gordijn zag ik blauwe lichtflitsen. Na drie minuten wachten gleed er een strook met vier foto's uit een gleuf in de wand van het hokje.

In het begin stond er niets op, maar opeens verscheen als bij toverslag mijn vaders hoofd, beginnend met zijn nette nieuwe baard en daarna de rest van zijn gezicht. Toen was ik aan de beurt. Hij zette de draaistoel op de goede hoogte en ik keek naar een spiegel die mijn foto zou nemen.

'Niet met je ogen knipperen als er wordt geflitst,' zei mijn vader voordat hij het gordijn achter zich dichttrok.

Tijdens de flits sperde ik mijn ogen zo ver mogelijk open, maar toen mijn gezicht na afloop uit de vage vlek opdook, zaten mijn ogen op twee van de vier foto's toch dicht.

'Geeft niet, we hebben maar één goede nodig.' Hij nam me mee terug naar de B&B, waar ik *De avonturen van Tom Sawyer* ging zitten lezen, verveeld omdat ik het verhaal al veel te vaak had gelezen.

Op 31 maart keerde mijn vader triomfantelijk terug met twee paspoorten op naam van Steven Armstrong en James Armstrong. Het waren donkerblauwe boekjes met onze foto en geboortedatum erin. In die van mijn vader stond een verkeerde geboortedatum, maar hij zei dat het niet belangrijk was. Op de buitenkant stond BRITISH PASSPORT, met daaronder een koninklijk wapen en helemaal onderaan, in kleinere letters: NEW ZEALAND.

'Overmorgen beginnen we aan de gedenkwaardigste reis van ons leven, Steve. Dan varen we om de aarde heen naar Nieuw-Zeeland. Ons nieuwe thuis.'

Ik herinnerde me Nieuw-Zeeland van onze wereldbol. Twee langgerekte eilanden die eruitzagen alsof ze van de onderkant van Australië waren gevallen. Ik wist dat daar een loopvogelsoort leefde die kiwi heette en was bekend met het rugbyteam de All Blacks. Er waren bergen en gletsjers, en het klimaat verschilde niet heel veel van dat in Ierland. Ik wist ook dat er ongeveer net zoveel mensen in Nieuw-Zeeland woonden als in Ierland, maar dat het land zelf drie keer zo groot was. Daar zouden we veel ruimte kunnen vinden.

'Duurt dat niet verschrikkelijk lang?'

'Dat denk ik wel, maar je hebt geen flauw idee hoe duur deze paspoorten waren en hoe moeilijk het was om eraan te komen. Ik moest onderhandelen met heel ruige mannen, maar uiteindelijk is het me gelukt. Vliegen is te riskant en het lijkt me ook niet veilig voor jou, met de gecirculeerde lucht van andere passagiers. Bovendien moeten we daar een huis en een auto kopen.' Zijn enthousiasme was aanstekelijk. 'Kijk, ik heb wat cadeautjes voor je meegebracht.'

Hij had een paar handschoenen voor me gekocht en een pet die bijna mijn hele hoofd bedekte, met flappen die over mijn oren vielen, om me te beschermen tegen ongewenste aanrakingen van andere mensen. Hij gaf me drie gloednieuwe boeken: *De flora en fauna van Nieuw-Zeeland*, *Nieuw-Zeeland: de geschiedenis en cultuur van een groots land* en *De helden van Nieuw-Zeeland*.

'Zijn we nu niet Iers meer?'

'Nee, Steve. We zijn Kiwi's, geboren en getogen, onderdanen van het Britse Gemenebest. Ik heb familie in Ierland en ben daar na mijn eindexamen op vakantie naartoe gegaan.

Daar heb ik je moeder leren kennen en ben ik met haar getrouwd. Ik ben er gebleven en heb er mijn tandartsstudie gevolgd. Op een gegeven moment zijn we naar Nieuw-Zeeland teruggekeerd en een jaar later ben jij geboren. Je moeder is afgelopen Kerstmis aan kanker overleden en we hebben haar lichaam teruggebracht om het in het familiegraf bij te laten zetten. Nu gaan we weer terug naar huis. Dat is ons verhaal. We gaan de geschiedenis veranderen, jongen.' Zijn stem klonk opgetogen.

'En dan nog iets. De politie heeft Denise en dat rotkind van haar gevonden. Er staat een opsporingsbevel uit voor mij. Ze zijn hier in Engeland op zoek naar een Ier die in zijn eentje reist, maar tot nu toe heeft het alleen in de Ierse kranten gestaan. Hier hebben ze het verhaal nog niet opgepikt. Die stomme moeder van je is jou kennelijk helemaal vergeten. Het lijkt erop dat niemand weet dat je bestaat, en tegen de tijd dat ze daarachter komen, zitten wij allang aan de andere kant van de wereld.'

29

Sally

In maart 2019 kreeg ik eindelijk bericht uit Nieuw-Zeeland. Inspecteur Baskin uit Dublin had de leiding over het onderzoek, maar hij stuurde inspecteur Andrea Howard met de informatie naar mijn huis. Ze vertelde me dat de politie uit Nieuw-Zeeland geen aanwijzingen over Conor Geary kon vinden. Ik was benieuwd waarom het zo lang had geduurd. Ruim een jaar.

'In het begin, toen de foto net circuleerde, hadden we heel veel aanwijzingen. Die moesten allemaal worden nagetrokken en afgestreept, en ze bleken allemaal vals te zijn. Er waren ook een paar veelbelovende aanwijzingen. Een bij de politie bekende pedofiele Ierse immigrant, maar die was twintig jaar te jong en werd dus van de verdachtenlijst gestreept. Een tandarts die jarenlang in Ierland was geweest en in de buurt had gewoond van de plek waar in 1983 een jong meisje was ontvoerd. Maar hij was een Kiwi en was tientallen jaren geleden al overleden. Bovendien had hij een zoon, ouder dan jij. Weer een doodlopend spoor. En ten slotte een tandarts die er twintig jaar geleden van was beschuldigd dat hij een jonge patiënt had misbruikt, maar de vrouw in kwestie bleek een bijzonder onbetrouwbare getuige te zijn. Ze had door de jaren heen talloze mannen beschuldigd, van wie sommige niet eens in leven waren ten tijde van de vermeende incidenten. Er zijn nog veel meer namen voorbijgekomen. Mensen denken vaak dat ze helpen, terwijl ze het onderzoek in werkelijkheid juist hinderen.'

'Allemaal nutteloze informatie,' zei ik.

'Tja. Ik wilde je toch op de hoogte houden. Degene die de doos vanuit Nieuw-Zeeland heeft verstuurd kan daar ook op bezoek zijn geweest. Er was maar weinig om op af te gaan.'

'Gaan jullie door met het onderzoek? En de politie in Nieuw-Zeeland ook?'

'Nou, zoals ik net al zei hebben we alles gedaan wat in ons vermogen lag.'

Ik was niet tevreden met het resultaat. Het bewees dat geen nieuws helemaal geen góéd nieuws was, zoals wel werd beweerd. Geen nieuws was gewoon geen nieuws.

'Ik weet niet wie je die beer heeft gestuurd, Sally, maar het is mogelijk dat het een andere beer is, van een of andere idioot die jou in de war wil brengen. Er lopen heel wat gestoorde mensen op de wereld rond. In de periode rond jouw moeders ontvoering werd in de kranten vermeld dat ze een teddybeer bij zich had.'

'Het was mijn beer.' Ik was kwaad.

'Als jij het zegt dan zal dat wel.'

'Ik lieg niet.'

Ik wist het zeker. Heel zeker. Maar ik deed mijn ademhalingsoefeningen en probeerde het vanuit Howards standpunt te bekijken. Ik snapte haar terughoudendheid, maar ik wachtte nu al een jaar en ze had helemaal niets nieuws voor me.

Ze vroeg me opnieuw of ik me nog iets van mijn gevangenschap herinnerde. Ik wist inmiddels waarom ik helemaal geen herinneringen aan die tijd had. In mijn vaders dossiers zaten lijsten met alle medicatie die ik had gekregen, zowel in het psychiatrisch ziekenhuis bij mijn moeder als in de een of twee jaar na mijn adoptie. Angela had gezegd dat de doses hoogst ongebruikelijk waren, dat ik zeker in het eerste jaar als een soort zombie moet hebben rondgelopen en dat ik uiteindelijk ongetwijfeld van de medicijnen had moeten afkicken. Ik kan me niet herinneren dat ik pillen moest slikken. Misschien zaten ze door mijn eten gemengd. Hoe durfde mijn vader dat met me te doen.

Bij mijn volgende afspraak met Tina was ik echt woest. Zoals gewoonlijk hielp ze me om mijn gevoelens te rationaliseren. Het was niet erg dat ik boos was. Het was juist een volkomen normale reactie. Maar ze liet me alles vanuit mijn vaders perspectief bekijken. Als ik een kind was tegengekomen dat zo'n afgrijselijke situatie had meegemaakt, zou ik dan niet proberen haar die herinneringen af te nemen? Ik begreep Tina's standpunt wel, maar ik was bang dat de verdrongen herinneringen op een dag weer zouden bovenkomen en dat ik ze dan niet zou kunnen bedwingen. Op de meeste dagen kon ik alles achter in mijn hoofd wegstoppen, maar de kolkende woede werd steeds heftiger, zeker na het bezoek van inspecteur Howard. Tina vroeg zich af of ik me bedreigd voelde door het nieuws, of dat ik bang was dat Conor Geary achter me aan zou komen, maar dat was niet waar ik me zorgen over maakte. Het ging mij erom wat hij daarna had gedaan. Hielden pedofielen vanzelf op pedofiel te zijn als ze niet werden gepakt? Ik was niet bang voor hem, maar vond het vreselijk dat hij wist waar ik was. 'S' liep ergens op de aarde rond.

'Dat hij me Toby heeft gestuurd is zijn manier om me te laten weten dat hij nog steeds aan me denkt, dat hij nog steeds de touwtjes in handen heeft.'

Ik haatte hem. Ik zei tegen Tina dat ik hem het liefst wilde doden. Hij had een verschrikkelijk misdrijf begaan en was ermee weggekomen. Wat weerhield hem ervan om naar Ierland terug te komen en het nog een keer te doen?

'Nadat inspecteur Howard langs was geweest ben ik naar buiten gegaan en heb ik in de achtertuin een vaas kapot gegooid. Zoiets had ik nog nooit gedaan. Ik schrok van mijn eigen boosheid.'

Tina raadde me aan me op mijn ademhalingsoefeningen te concentreren en vroeg me of ik thuis doorging met yoga.

Ik vertelde haar dat ik had besloten om het huis te verkopen. Dat was nu nóg belangrijker geworden omdat ik me daar in mijn eentje niet meer veilig voelde. Ze vroeg of een uitgebreid alarmsysteem daarbij kon helpen. Ik wist dat ik me in een klein dorpje onmogelijk kon verstoppen, maar was tegelijkertijd bang om naar een grotere, onbekende plaats te verhuizen; zelfs Roscommon was te groot en rumoerig voor me.

'Als hij hier terugkomt heeft hij me zo gevonden.'

'Volgens mij is hij niet echt in volwassen vrouwen geïnteresseerd, Sally. Hoe oud is hij nu? Vierentachtig? Dan is hij vast verzwakt. Ik denk niet dat je lichamelijk iets van hem hebt te vrezen. Bovendien weten we nog steeds niet zeker dat hij jou die beer heeft gestuurd, ook al ligt dat wel voor de hand. Is er misschien nog iets anders waardoor je je zorgen over hem maakt?'

Ik dacht terug aan mijn gesprek met Mark tijdens het feestje van Udo en Martha. 'Mijn angst voor seks en relaties. Misschien is die wel gebaseerd op dingen die ik heb gezien. Ik heb veel aan Google, Tina, en ik weet dat jij er niet achter staat, maar volgens mij heb ik geen socialevaardigheidsprobleem. In emotioneel opzicht ben ik een kind. Wie zegt er nu altijd wat hij denkt? Kinderen. Wie staat helemaal niet stil bij seks of relaties? Kinderen.'

'Sally, het is nooit verstandig om een zelfdiagnose te stellen, maar misschien zit er wel iets in wat je zegt. Maar je hebt inderdaad geen socialevaardigheidsprobleem en je gedraagt je evenmin als een kind.

Ik vertelde haar over het feestje en mijn gesprek met Mark.

Het bleef even stil. 'Zeg, die Mark. Kent hij jouw achtergrond?'

'Net zo goed als iedereen die Google heeft.'

'Denk je dat hij je misschien zat uit te horen omdat hij gevoelens voor je heeft? Romantische gevoelens, bedoel ik.'

'Nee.'

'Waarom niet?'

'Dat spreekt toch voor zich? Ik ben emotioneel beschadigd.'

'Zo vanzelfsprekend is dat anders niet, Sally. Als ik jou in een pub of op een feestje zag zou ik je een mooie vrouw vinden. En sinds je aan yoga doet beweeg je je heel licht en soepel.'

'Ik ben meer in balans. Daar heb ik aan gewerkt.'

'Je hebt een heel mooi gezicht. Je ziet er jaren jonger uit dan je bent. Niet één grijze haar. Geen rimpels.'

Ik vertrok mijn gezicht. 'Ja, net een kind.'

'Nee, een knappe volwassene.'

'Maar ik heb tegen hem gezegd dat ik nooit seks wilde hebben, in het bijzijn van anderen.' En volgens mij was iedereen geschokt.'

Ze zweeg even en vroeg me toen om een minuut lang diep in en uit te ademen.

'Je lijkt geen enkele moeite te hebben met je aseksualiteit. Vind je dat nu iets om je voor te schamen?'

Zo had ik het nog niet bekeken. Aseksualiteit.

'Maar, Tina, ik heb wel gefantaseerd dat ik seks had met Harrison Ford. Heel vaak zelfs.'

Ze glimlachte. 'Ik denk dat we dat allemaal weleens hebben gedaan. Sally, ik ben natuurlijk geen sekstherapeut, maar...'

'Dat geeft niet. Ik heb geen seks nodig, ik wil het niet en mis het niet. Ik masturbeer zelfs niet eens. Volgens mij heb je gelijk. Ik ben aseksueel. Wat een opluchting.'

'Waarom voel je je nu opgelucht?'

'Ik hou van categorieën. Socialevaardigheidsprobleem. Aseksueel.'

'Je hebt echt geen socialevaardigheidsprobleem. Maar misschien kun je beter niet over je seksualiteit praten met mensen die je niet goed kent. Het is iets heel persoonlijks.'

'Heb jij vaak seks?' Ik was nieuwsgierig.

'Daar geef ik geen antwoord op. Het is persoonlijk en privé.'

'Oké, ik snap het.'

Daarna deden we een tijdje aanraaktherapie. Ik stond toe dat Tina mijn haar borstelde. Het werkte verrassend ontspannend. Ze was verbijsterd toen ze hoorde dat ik nog nooit naar de kapper was geweest. Ik knipte mijn haar altijd zelf en bond het op in een knot. Dat was het gemakkelijkste. Daarna masseerde ze mijn schouders even. Daar zag ik het nut niet van in.

Toen ik vertrok herinnerde ze me aan mijn ademhalingsoefeningen en het beteugelen van mijn boosheid.

'Gemakkelijker gezegd dan gedaan,' zei ik.

'Geen dingen stukmaken. Niet naar iemand uithalen, tenzij diegene een gevaar voor jou is. Haal rustig adem tot je over de aandrang heen bent. Speel piano.'

Hoewel we al waren uitgelopen moest ik haar toch nog iets vragen. 'Denk je dat ik zonder diploma pianolerares kan worden?'

'Dat denk ik wel, maar om met kinderen te werken moet je waarschijnlijk wel eerst een verklaring van goed gedrag overleggen. Voor lesgeven heb je veel geduld nodig, maar daar werk je elke keer in deze kamer aan. Het kan zijn dat de politie moeilijk gaat doen vanwege het incident met je vader. Misschien kunnen we beter nog even wachten.'

Die middag ging ik met Sue en Mark koffiedrinken. De serveerster nam onze bestelling op zonder het op te schrijven. Dat kon ik ook, maar ik zou nooit kunnen werken op een plek waar zulke afschuwelijke muziek werd gedraaid. Ze glimlachte naar iedereen met wie ze praatte. Ik schrapte een baan als serveerster in gedachten van de lijst met mogelijke banen.

Mark was er als eerste. Terwijl hij ging zitten kwam Sue ook binnen. Er werd heel veel gekletst over wat 'koetjes en kalfjes' heet, wist ik inmiddels. De serveerster kwam terug met de menukaarten. Sue gaf me een kookboek van Jamie Oliver en ik gaf haar een stapel recepten die ik van de website van BBC Food had geprint, plus kopieën van de recepten die ik van Caroline van de Texaco had gekregen.

'Je kookt dus graag?'

'Nou, het is een tijdverdrijf, maar het was leuker toen mijn vader nog leefde, want dan was er altijd iemand die het waardeerde.'

'Je zou een etentje moeten geven!' zei Mark.

Ik wist niet wat ik daarop moest zeggen en begon over iets anders.

'Hoe gaat het in Mervyn Park?' vroeg ik.

Sues man Kenneth en Mark werkten daar allebei. Mark was het hoofd van de salarisadministratie.

'Ik vraag hem steeds om Kenneth salarisverhoging te geven,' zei Sue.

'Je weet dat ik dat heus zou doen als het kon. Ik verwacht dat het bedrijf met een beetje geluk pas in het vijfde jaar winst gaat maken.'

'Ik plaag je maar, Mark,' zei Sue.

'Hoe gaat het met de banenjacht? Heb je al iets op het oog?' vroeg Mark aan mij.

'Het valt niet mee,' zei ik. 'Ik ben vierenveertig en weet niet wat ik wil worden als ik groot ben.' Het was een grapje, maar ze lachten geen van tweeën.

'Toen ik tien was wilde ik detective worden,' zei Mark.

'Ik wilde de modewereld in,' zei Sue.

'Ik wil eigenlijk alleen maar pianospelen. Daar ben ik goed in.'

'Echt?' zei Mark. 'Speel je alleen maar of componeer je ook?'

'Ik bedenk weleens korte stukken, maar ik speel liever. Debussy, Bach, John Field.'

'Misschien kun je voor ons spelen wanneer je dat etentje geeft,' stelde Mark met een knipoog naar Sue voor.

'O, dat zou echt leuk zijn,' zei ze.

'Ik weet het niet, hoor. Ik heb nog nooit een feestje of zoiets gegeven.'

'Nooit? Ook als kind niet?'

Mark knipperde traag met zijn ogen en Sue sloeg een hand voor haar mond.

'O, het spijt me ontzettend. Zo bedoelde ik het niet. Ik dacht gewoon niet na. Ik heb gehoord over... toen je een kind was.'

'Dat weet ik. Ik heb Martha gevraagd om het uit te leggen voordat ik zaterdag wegging van haar feestje.'

Mark keek me ernstig aan. 'Ik vond het heel jammer dat je zo haastig vertrok. Er was niets om je voor te schamen.'

'Mark, heb je romantische gevoelens voor mij?'

Op Marks bleke wangen verschenen twee rode vlekken.

'Toe maar,' zei Sue. 'Zal ik jullie misschien even alleen laten?'

'Nee. Alsjeblieft, ik wil het graag weten. Ik heb het met mijn therapeut besproken. Ik denk dat je met me flirt, maar ik weet het niet zeker. Ik heb nog nooit zulke aandacht van een man gehad.'

Voordat Mark kans zag om antwoord te geven, bonsde Caroline van de Texaco met een vuist op het raam en schreeuwde iets naar me.

'Allemachtig,' zei Sue toen Caroline kwaad naar binnen beende en recht op ons tafeltje af kwam.

'Smerige bitch!' snauwde ze. 'Ik ben ontslagen omdat die trut die verdomme haar eigen vader heeft verbrand tegen het hoofdkantoor heeft gezegd dat ik een racist ben.'

'Ik ben degene die het hoofdkantoor heeft gebeld,' zei Mark. 'Ik was erbij toen je al die dingen over onze vrienden zei. Sally staat hierbuiten. Je moet mij hebben.'

'Ik heb hen gebeld om het te bevestigen,' zei ik.

Sue keek onbehaaglijk. Caroline staarde haar woedend aan.

'Ik zie dat je een ander slachtoffer hebt gevonden,' beet Caroline me toe.

De glimlachende serveerster glimlachte niet meer. Ze dook achter Caroline op. 'Caroline,' zei ze, 'ik moet je vragen om te vertrekken. Zulk beledigend gedrag accepteren we hier niet.'

'O, maar die daar bedien je wel?' zei ze, wijzend naar Sue.

Mark sprong op, maar de niet langer glimlachende serveerster legde een hand op zijn schouder en zei kalm: 'Ga alsjeblieft weg, Caroline. Je bent hier niet meer welkom.'

'Maak je niet druk,' krijste Caroline. 'Ik ga sowieso weg uit dit dorp. Ik blijf echt niet bij zulke freaks als jullie. Ik ben dit kutdorp spuugzat. Ik ga terug naar Knocktoom. En ik zal je nog iets zeggen, Valerie,' zei ze toen ze al bij de deur stond. 'Die quiche van jou is niet te vreten.'

Ze smeet de deur achter zich dicht. Het bleef even stil. Alle ogen waren op Caroline gericht, die stampvoetend de heuvel af liep, of op ons drietjes. Toen keek iedereen naar Valerie en begon te klappen. Mark en Sue deden mee, en ik uiteindelijk ook. De sfeer werd opeens heel feestelijk. Er werd gelachen. Een paar mensen kwamen naar onze tafel toe en verzekerden Sue dat ze hartelijk welkom was in Carricksheedy. Een oude man merkte op dat we heel hard nieuwe genetische input nodig hadden. Toen hij even later vertrok riep hij: 'De lekkerste quiche van heel Ierland!' De andere klanten juichten en klapten.

Mark vroeg aan Sue: 'Gaat het?

Ze veegde tranen uit haar ogen. 'Ik had zo gehoopt dat het hier niet zou gebeuren.' Ze was overstuur.

De serveerster, die kennelijk Valerie heette, kwam naar ons toe. 'Het spijt me dat dit in mijn restaurant is gebeurd. Jullie hoeven vandaag niet te betalen.'

Mark en Sue sputterden tegen en riepen om het hardst dat Valerie er niets aan kon doen. Ze was enorm aardig. We bedankten haar en betaalden de rekening, ieder een derde (zoals Tina had voorgesteld). Mark en Sue moesten weer naar hun werk en vertrokken haastig.

Op weg naar de deur bedankte ik Valerie.

Mark had geen antwoord gegeven op mijn vraag.

Tante Christine belde om me te vertellen dat oom Donald ernstig ziek was.

'Gaat hij dood?' vroeg ik.

'Ik denk het wel,' antwoordde ze. Ze begon te huilen.

Ik probeerde te bedenken wat ik moest zeggen. 'Wat erg. Ik hoop dat hij geen pijn heeft.' Ik deed mijn best om me verdrietig te voelen om oom Donald. Dat lukte niet. Maar ik was wél verdrietig om tante Christine.

'Ze zorgen ervoor dat hij niet lijdt, maar hij gaat wel heel hard achteruit.'

Ik vermoedde dat dit niet het juiste moment was om haar over mijn probleem met boosheid en agressie te vertellen. 'Ik hoop dat hij rustig in zijn slaap overlijdt, net als papa.'

'Ik denk dat dat het beste is wat we kunnen hopen.'

'Hoe lang zijn jullie getrouwd?'

'Bijna veertig jaar.'

'Dat is erg lang.'

Ik wilde haar vragen hoe vaak ze seks hadden gehad, of ze het fijn had gevonden, of ze hem liet cremeren en of er van me werd verwacht dat ik naar de begrafenis kwam, maar dat deed ik niet.

'Ik kan me geen leven zonder hem voorstellen. Het is maagkanker, met uitzaaiingen in de longen en lever. Er is geen enkele hoop meer. Ik dacht dat we meer tijd met elkaar zouden hebben.'

'Dat is triest.' Eigenlijk vond ik dat veertig jaar wel genoeg tijd was.

'Dank je, lieverd. Dan ga ik nu terug naar zijn kamer. Tijd is kostbaar. Ik bel je als er nieuws is, oké?'

Ik wist dat ze nieuws over zijn dood bedoelde. 'Ik vind het heel erg,' zei ik nog een keer.

'Dank je wel, je bent een lief kind. Dag, hoor.' Haar stem beefde voordat ze ophing.

Ik had het gesprek goed afgehandeld. Maar ik ben een vrouw, geen kind. Ik voelde iets van triomf, iets waar ik Tina volgende maand over kon vertellen. Inlevingsvermogen! Ik had het gevoeld en laten blijken.

30

Peter, 1982

Op 2 april 1980 verlieten mijn vader en ik Engeland. We voeren als voetpassagiers van Dover naar Calais en daarvandaan naar Genua in Italië. Toen volgde een afgrijselijke, maandenlange reis naar Port Said in Egypte, door het Suezkanaal en via Colombo, Singapore en Sydney, tot we uiteindelijk in Auckland arriveerden. Soms zaten we na betaling van een flinke hoeveelheid smeergeld op vrachtschepen of containerschepen verstopt, en soms voeren we als gewone voetpassagiers mee. Mijn vader leek van de expeditie te genieten. 'De wereld zien,' noemde hij het. Maar ik was de hele tijd bang en/of ziek. Ik verstopte me in de hut die we toegewezen hadden gekregen en liet me zelden aan dek zien.

Toen we in Nieuw-Zeeland aankwamen had mijn vader een grote snor en dikke baard. Hij schoor zich nooit meer, maar hield zijn baard wel netjes bij, 'in de stijl van Sigmund Freud,' zei hij zelf. Vanaf dat moment ging hij ook een bril met heldere glazen en een dik montuur dragen. Alleen mensen die hem goed kenden zouden in hem Conor Geary herkennen, en ik was de enige die hem goed kende.

We verbleven twee maanden in een klein huurhuis in Auckland. Mijn vader had de naam op zijn tandartsdiploma's in James Armstrong gewijzigd en zich onder die naam bij de NZDA, de Nieuw-Zeelandse tandartsenvereniging, laten registreren met een vervalste brief van de Irish Dental Board.

Hij moest wel een soort examen afleggen, maar daar slaagde hij met gemak voor.

Daarna verhuisden we naar Wellington en ging mijn vader als invaltandarts aan de slag. Hij nam het plaatselijke accent snel over en spoorde me aan om dat ook te doen. Voor mij was het echter niet zo gemakkelijk, omdat ik zo weinig mensen zag.

De grootste verandering was dat ik niet langer een geheim was. Mijn vader stelde me trots voor aan de mensen die we ontmoetten. Hoewel hij af en toe mijn ziekte moest uitleggen, bagatelliseerde hij die. Later zei hij dan tegen mij dat hij niet wilde dat mensen me zielig zouden vinden. Zelf praatte ik voor het eerst ook met andere mensen. Het viel niet mee. Ik wist nooit wat ik moest zeggen.

Mijn vader bazuinde het verdrietige verhaal over onze arme gestorven moeder en echtgenote rond. Dat leverde medeleven op en bewondering voor mijn vader, omdat hij me in zijn eentje opvoedde.

We werden door een andere tandarts voor de lunch bij hem thuis uitgenodigd. Ik droeg de pet en handschoenen, en mijn vader stak zijn gebruikelijke riedeltje af over mijn zeldzame aandoening. Ik kon mijn ogen niet van de vrouw van mijn vaders collega en hun dochters afhouden. Meisjes die iets ouder waren dan ik en zich volkomen normaal gedroegen. Hun moeder was ook normaal. Ze had een taart gebakken en een kip gebraden, en ze vroeg haar dochters om hun zelfgebreide truien te laten zien. Ik zei niet veel. Mijn vader legde uit dat ik verlegen was omdat ik in Ierland thuisonderwijs had gehad.

Na afloop sprak ik thuis mijn bewondering voor de moeder en dochters uit. Mijn vader keek me vreemd aan en zei toen dat het tijd werd om verder te trekken, om zijn eigen praktijk te beginnen.

We verhuisden naar Rotorua, een plaats waar koophuizen goedkoop waren. Het was 1982 en ik was veertien. Het stonk in huis naar rotte eieren, vanwege het waterstofsulfide dat boven de warmwaterbronnen hing. Ons huis stond aan het eind van een paadje, zo'n vijf kilometer buiten de stad. Een stukje verderop stond nog een huis, een vervallen krot, maar afgezien daarvan zaten de dichtstbijzijnde buren kilometers bij ons vandaan. Er kwamen regelmatig opleggers met boomstammen langs ons huis, maar verder was er bijna geen verkeer.

Er waren twee slaapkamers, een grote keuken en een lange donkere zitkamer, en tien meter achter het huis stond een schuur. Het huis was van hout en lang niet zo chic als ons huis in Ierland met de fraaie aangelegde tuin, brede oprit en stenen pilaren. Mijn vader beweerde dat het een avontuur was om opnieuw te beginnen, maar we geloofden het geen van beiden. Hij reed elke dag van en naar zijn nieuw praktijk. Die had hij gekocht van de weduwe van een onlangs overleden tandarts. Hij had een jonge receptionist die Danny heette, die ik zo nu en dan ontmoette. Volgens mij dacht hij dat ik geestelijk niet helemaal in orde was omdat ik geen kletspraatje met hem kon maken. Ik wilde dolgraag socialiseren, maar omdat ik zo moeilijk uit mijn woorden kwam viel dat niet mee. Toen ik dat tegen mijn vader zei, waarschuwde hij me om niet met andere mensen om te gaan. Ze konden me doden zonder dat ze er erg in hadden, zei hij.

Tijdens de lange dagen dat hij naar zijn werk was verkende ik onze nieuwe omgeving. Ons terrein was aan de achterkant niet afgezet en na drie weken ontdekte ik dat een paar kilometer verderop aan de voet van een ruwe klifwand natuurlijke warmwaterbronnen lagen. Ik vond het eng om mijn huid aan het water bloot te stellen, maar toen ik het aan mijn vader vertelde was hij net zo opgetogen als ik. Op een koude dag in mei gingen we in de warme rotspoel zwemmen en koelden we af in het koude water van het meer ernaast. Dit was vele malen beter dan het strand in Ierland. Het water had geen nadelige gevolgen voor mijn huid. Daarna gingen mijn vader en ik er in de weekenden vaak naartoe, zowel 's zomers als 's winters.

Op het terrein dat aan dat van ons grensde woonde een jongen die zo te zien een paar jaar ouder was dan ik. Hij had zijn eigen pick-uptruck. Ik vond hem fascinerend. Ik kon hem door mijn slaapkamerraam zien en als mijn vader naar zijn werk was, hing ik vaak rond bij de schutting tussen onze tuinen, in de hoop dat ik met hem kon praten. Voor zover ik wist woonde hij daar met zijn moeder. Ze vertrokken altijd 's ochtends vroeg. Hij kwam 's middags thuis en zij werd om een uur of negen 's avonds thuisgebracht, in de weekenden later. Wanneer hij uit school kwam schopte hij een rugbybal rond in de achtertuin en verzorgde hij de kippen, die ik in de ren aan de andere kant van hun tuin kon horen.

Ik sloeg mijn buurjongen gade en kwam tot de conclusie dat hij iets heel zachtaardigs had. Afgaand op zijn kleren en hun huis was hij arm, maar als ik hem met zijn moeder hoorde praten was hij heel respectvol tegen haar. Ze zag er oud uit. Ik vroeg me af of ze misschien zijn oma was.

Nu ik iets ouder was kreeg ik twijfels over mijn vaders mening over vrouwen. Nieuw-Zeeland was het eerste land dat vrouwen kiesrecht had gegeven, iets waarover mijn vader woest werd toen ik hem dat vertelde. Als ik over de oude vrouw in het buurhuis begon kneep hij zijn ogen dicht tot ik ermee stopte. Sommige onderwerpen waren verboden terrein en dat liet hij op die manier merken. Hij sloot zijn ogen om het onderwerp af te sluiten.

Ik dacht terug aan mijn moeder en zusje, die jaren eerder in de kamer naast de mijne hadden gezeten. Ik herinnerde me dat ik tegen haar zwangere buik had getrapt. Dat kon onmogelijk goed zijn, ook al had mijn vader me ertoe aangemoedigd. Als hij gelijk had over alles, waarom leefden we dan onder een andere naam en met een ander achtergrondverhaal aan de andere kant van de wereld?

Toch móést mijn moeder wel het probleem zijn geweest. Hij was mijn vader, hij zorgde voor me en hij sloeg me nooit. Ik had met eigen ogen het krankzinnige gedrag en de agressie van mijn moeder gezien. Toen mijn zusje nog een baby was had ik mijn vader eens gevraagd waarom hij haar niet weg-bracht en bij de deur van een kerk achterliet, en hij had geantwoord dat hij de baby uit de goedheid van zijn hart bij Denise liet. 'De baby is alles wat ze heeft,' zei hij. 'Het zou wreed zijn om hen uit elkaar te halen, en ik ben niet wreed. Het was al erg genoeg toen ik haar jou afnam. Dat kan ik haar niet nog een keer aandoen.' Mijn vader was duidelijk een goed mens.

31

Sally

Een paar dagen na het incident in het restaurant belde Mark me. Ik herinnerde hem eraan dat ik hem iets had gevraagd voordat Caroline ons onderbrak.

'Waarom ben je zo in me geïnteresseerd?'

'Nou, het is een beetje ingewikkeld, maar ik wil graag een vriend voor je zijn en op je letten. Ik heb geen medelijden met je, maar ik wil ook niet dat je de verkeerde indruk krijgt.'

'Wat is daar dan ingewikkeld aan?' vroeg ik, openlijk achterdochtig. 'Ben je soms een journalist?'

'Lieve god, nee. Ik ben accountant en ik woon hier net. Ik vind jou en je verleden fascinerend. Heb ik soms iets verkeerds gezegd of gedaan?'

'Je vroeg me naar mijn relatieverleden. Mijn therapeut dacht dat je misschien een relatie met mij wilde beginnen.'

'Er is inderdaad iemand voor wie ik warme gevoelens koester, maar het is nog erg pril en ik ben bang dat ik het verknal. Herinner je je Anubha nog?'

Ik ademde opgelucht uit. 'Anubha lijkt me een lieve vrouw en jullie zijn allebei gescheiden. Je moet haar mee vragen op een date.'

'Dat zou ik graag willen, maar ik ben officieel haar baas, dus het zou als ongewenst gedrag op de werkvloer kunnen overkomen.'

'Misschien zit ze juist wel te wachten tot je haar mee uit vraagt. Ze heeft twee kinderen, dus waarschijnlijk houdt ze wel van seks.'

Hij lachte.

Ik werd boos. 'Dat is niet als grapje bedoeld. Ze lijkt me heel aardig.'

'Dat is ze ook.'

'Maar waarom wilde je dan koffie met me drinken?'

'Ik wilde je duidelijk maken dat ik me niet ongemakkelijk voelde over ons gesprek op Martha's feestje. Kunnen we geen vrienden zijn?'

Ik stemde ermee in om het te proberen.

'Wees wel voorzichtig, Mark. Het kan zijn dat zij jou wel leuk vindt, maar haar kinderen niet.'

'Je zou best een adviesrubriek in een tijdschrift kunnen schrijven.'

'Betaalt dat goed?'

'Niet echt.'

'Ik zoek nog steeds werk.'

'Er moet toch iets zijn wat je kunt doen. Zal ik eens in Mervyn Park rondvragen?'

'Ja, graag. Mark?'

'Ja?'

'Ik ben kwaad op mijn biologische vader. De politie heeft hem niet in Nieuw-Zeeland gevonden. Niemand weet waar hij nu is.'

Het bleef even stil.

'Mag ik bij je thuis langskomen?' vroeg hij.

'Waarom?'

'Dat praat gemakkelijker, zeker als het over hem gaat.'

'Oké, kom maar eten. Ik maak een pittige ovenschotel. Een uur of zes goed?'

'Prima.'

'Maar het is geen officieel etentje, oké?'

Hij lachte. 'En het is ook geen date, oké?'
Ik lachte.

Mark kwam vanuit zijn werk naar me toe en ik vertelde hem hoe Toby ons naar Nieuw-Zeeland had geleid.
'Toby?' vroeg hij geïnteresseerd.
Ik vertelde hem over de beer.
Hij vroeg of we op mijn vaders computer de krantenartikelen uit Nieuw-Zeeland konden opzoeken. We bogen ons over talloze pagina's, compositiefoto's en 3D-modellen van hoe Conor Geary er tegenwoordig zou kunnen uitzien. In de krantenverslagen stond niets wat inspecteur Howard me niet al had verteld.
Marks gezicht stond somber. 'Ik heb indertijd de hernieuwde oproep wel gezien, maar ik wist niet dat het iets met Toby te maken had. Herinner je je echt niets over hem en de tijd dat je daar gevangen zat?'
'Nee. Denk je niet dat ik zou helpen om hem op te pakken als ik dat kon? Denise heeft het ook zelden over hem gehad.'
'Hoe weet je dat?'
'Dat staat allemaal in de aantekeningen van mijn vader.'
'Welke aantekeningen?'
Ik vertelde hem over mijn vaders dagboeken en medische verslagen.
'Mag ik die zien?'
'Waarom?'
'Ik wil je helpen, Sally.'
'Dat lijkt me niet gepast. Ik heb jouw hulp niet nodig. Ik kan uitstekend lezen. Het zijn privéverslagen over mijn biologische moeder en mij.'
'Maar iemand anders ziet misschien dingen die jij over het hoofd hebt gezien. Ik zou er misschien iets rationeler naar kijken.'
'Er staat bijna niets over Conor Geary in.'

'Maar misschien staan er wel aanwijzingen in.'

'Er staan geen aanwijzingen in.'

'Hoe weet je dat nou? Jij denkt heel letterlijk. Misschien vind ik wel een subtiele verwijzing die jou is ontgaan.'

Zijn volharding maakte me woest.

'De politie heeft kopieën. Ze hebben ze grondig uitgespit. Angela, mijn huisarts en goede vriendin, heeft ze met me doorgenomen. Mark, zou je nu alsjeblieft willen weggaan? Je houding geeft me een ongemakkelijk gevoel.'

Zijn opgewekte blik verdween meteen. Hij deed zijn mond open en wilde iets zeggen, maar bedacht zich kennelijk. Opeens gedroeg hij zich heel berouwvol.

'Lieve god, sorry. Ik heb me laten meeslepen. Deze zaak was in mijn jeugd groot nieuws.'

'Dat zegt iedereen.'

Hij keek me aan en ik kon niet zeggen of hij bedroefd, boos of blij was. Zelf voelde ik me helemaal niet op mijn gemak.

'Mark, zou je willen weggaan?'

'Ja, ik had niet...' Hij maakte zijn zin niet af, maar griste zijn jack van de rugleuning van zijn stoel en vertrok.

Ik kon maar niet besluiten of ik met Mark bevriend wilde zijn of niet. Het had er veel van weg dat hij een duistere kant had.

De volgende dag bood hij zijn excuses aan voor zijn 'fanatieke gedrag'. Tina had gezegd dat ik iemands excuses moest accepteren als ze oprecht waren. Dat deed ik dus.

De cottage vormde een welkome afleiding. Nadine en ik waren drie keer naar het vervallen gebouwtje in Bracken Lane geweest. Het was eigenlijk niet meer dan een geraamte. De muren stonden nog, maar het dak was aan de linkerkant ingevallen. Nadine maakte schetsen van hoe het er volgens haar zou kunnen uitzien. Haar enthousiasme was aanstekelijk.

Het bouwkundig onderzoek leverde een waslijst aan problemen op, waarvan het belangrijkste een ondergronds stroompje betrof dat in de winter vaak aanzwol. Het verklaarde waarom de vloerplanken door en door verrot waren. Nadine zag het als een uitdaging om de binnenkant van het huis te verhogen, het stroompje bloot te leggen en er een opvallend kenmerk van te maken door er in de woonkamer een dik glazen paneel boven aan te brengen, met ondergrondse lampen die het water 's avonds verlichtten.

Nadine beloofde dat ze het hele project voor me zou leiden tegen tien procent van de kosten, als ik besloot het te kopen. Na drie dagen onderhandelen accepteerden de eigenaren op 1 maart 2019 mijn bod. Nadine verwachtte dat ik er aan het eind van de herfst in kon trekken.

Dan was er nog de kwestie van de verkoop van mijn eigen huis en land. Mijn huis was al schoon, dus ik hoefde niet echt op te ruimen. De makelaar zei dat het land waardevoller was dan het huis en dat ik dus geen moeite hoefde te doen om het opnieuw te schilderen. Ik hield niet van veranderingen. Maar Tina zei dat ik vooruitging, want ik stond wel open voor verandering.

Mark en ik spraken een paar keer af met Udo en Martha of met Anubha, Sue en Kenneth om koffie of iets anders te drinken, en eenmaal, op 21 april, paaszondag, voor een barbecue in Marks appartement. De barbecue stond op het balkon. Hij woonde in hetzelfde gebouw als Kenneth en Sue. Tijdens die ontmoetingen gedroeg hij zich als een echte heer, maar tot mijn grote ergernis informeerde hij wel altijd of er vooruitgang was geboekt in de zoektocht naar Conor Geary.

Ik vond dat hij leuk met de kinderen omging en hij deed goocheltrucs om hen te vermaken. Anubha en hij leken elkaar juist te vermijden. Mark vertrouwde me toe dat hij vermoedde dat ze geen interesse in hem had.

Ik haalde mijn boodschappen inmiddels bij de kleine Gala-supermarkt in de hoofdstraat van het dorp. Het duurde even voordat ik me had georiënteerd en was gewend aan wat elk gangpad te bieden had. Het aanbod was verrassend groot en toen ik eens naar verse currybladeren vroeg (voor een van de recepten van Jamie Oliver) beloofde de aardige vrouw dat ze die speciaal voor me zou bestellen.

'Weet je,' zei ze, 'volgens mij moeten we ons aanbod van exotische ingrediënten uitbreiden. We willen niet al onze klanten aan de supermarkt in Roscommon verliezen.'

Ik liet haar een ander recept zien. Ze schreef alle ingrediënten op en verzekerde me dat ze die beslist in het assortiment zou opnemen. Op haar naambordje stond dat ze Laura heette. Ik stelde mezelf voor. 'O, maar we weten al wie je bent, hoor!' zei ze. 'Je bent beroemd in de omgeving.'

'Niet berucht?' vroeg ik. Ik vond het een goede grap en zij blijkbaar ook, want ze lachte.

Ik vertelde haar dat ik aan vaste routines was gehecht.

'Zodra jij hier eenmaal je routine hebt gevonden, zal ik ervoor zorgen dat ik je van alle veranderingen op de hoogte houd. Is dat misschien een idee?' vroeg ze.

Toen ik de winkel uit liep voelde ik me lichter, langer en tevreden. Ik had weer een nieuwe vriend gemaakt.

32

Peter, 1982

De buurjongen heette Rangi. Ik hoorde de oude vrouw hem met die naam roepen. Hij schonk nooit aandacht aan me, tot hij op een dag een rare trap tegen de bal gaf en die aan mijn kant van de schutting viel. Ik rende er van onze veranda naartoe om hem op te rapen, maar in plaats van de bal terug te gooien hield ik hem vast en bleef bij de schutting staan tot de jongen naar me toe kwam. Nadat hij eerst een minuut lang boos naar me had staan kijken deed hij dat uiteindelijk.

'Wat mankeert jou? Waarom schop je de bal niet gewoon terug?'

'Ik ben Steve,' zei ik.

'Rangi.'

'Weet ik.'

'Geef me die bal nou maar terug.'

Ik gooide het ding naar hem toe, en hoewel het een stuntelige worp was ving hij hem behendig met één hand op.

Hij liep weg zonder me te bedanken. Ik moest hem zien tegen te houden.

'Zit je op school? Is dat waar je elke ochtend naartoe gaat?'

'Ja, nou en?' Hij zei het alsof mijn vraag een beschuldiging was.

'Je hebt mazzel,' zei ik. 'Ik heb een medische aandoening waardoor ik niet met andere kinderen mag omgaan. Als ze me aanraken kan ik doodgaan.'

'Echt? Hoe heb je die aandoening gekregen? Ik zou het super vinden als ik niet naar school hoefde.'

'Het is echt heel erg,' zei ik, overspoeld door zelfmedelijden. 'Ik heb helemaal geen vrienden.'

'Heb je een televisie?' vroeg hij.

'Ja. Als je wilt mag je wel komen kijken, totdat mijn vader thuiskomt.'

'Wat is dat voor accent waarmee je praat?' vroeg hij.

Ik wist niet dat ik een accent had. 'Ik ben Iers,' zei ik. Toen verbeterde ik mezelf aan de hand van ons nieuwe verhaal. 'Nou ja, ik ben hier geboren, maar heb vanaf dat ik een baby was in Ierland gewoond. Twee jaar geleden ben ik naar huis gekomen.'

'Echt? Ze hebben daar toch ook een rugbyteam? Het is dat land waar het oorlog is. Heb je weleens een bomaanslag meegemaakt?'

Hij reageerde teleurgesteld toen ik zei dat ik nooit een bom of geweer had gezien, en dat de oorlog beperkt was tot een klein deel van Ierland dat onder Britse heerschappij viel. Ik zag dat zijn belangstelling verflauwde en stapte snel op iets anders over.

'Hoe oud ben je?' vroeg ik.

'Vijftien. Jij?'

'Veertien. Mag je dan wel in de pick-uptruck rijden?'

'Min of meer. De politie vraagt er nooit naar. Hoezo? Zit je vader soms bij de politie?'

Rangi klonk achterdochtig.

'Nee, hij is tandarts. Woon je hier met je moeder?'

'Nee, joh. Dat is mijn tante Georgia. Waar is jouw moeder?'

'Die is dood.' Er viel een stilte. Ik verwachtte dat hij iets meelevends zou zeggen, maar hij zei niets. 'Wil je televisie komen kijken? Je mag me niet aanraken.'

'Nee, gestoorde freak. Waarom zou ik je willen aanraken?'

Dit liep helemaal verkeerd. Hij slenterde weg.

'Tot gauw, oké?' riep ik hem na. Ik moest mijn best doen om niet wanhopig te klinken.

Hij keek niet achterom.

Tijdens het avondeten vertelde ik mijn vader zenuwachtig dat ik met de buurjongen had gepraat.

'Die bruine knul?' vroeg hij, met een afkeurend opgetrokken neus.

'Nou, zijn tante is wit, dus ik denk dat hij gemengd bloed heeft. Hij was onaardig.'

'Je moet je niet met die lui inlaten. Toen ik zag wie onze buren zouden worden had ik dit huis bijna niet gekocht. Ik neem aan dat het daarom zo goedkoop was.'

'Maar ik wil zo graag een vriend hebben, iemand van mijn eigen leeftijd.'

Hij legde zijn mes en vork neer.

'Daar heb ik al over nagedacht,' zei hij. 'Laat het maar aan mij over.'

Ik was dolblij.

In de weken daarna knapte mijn vader de schuur op. Ik hielp hem om via een ondergrondse geul die we hadden uitgegraven vanuit het huis een elektriciteitskabel door te trekken. We verslonden doe-het-zelfboeken om uit te zoeken hoe we van de hoofdwatertoevoer een leiding naar de hoek van de schuur konden aanleggen. Mijn vader installeerde een grote wasbak, toilet en moderne douche. Ook kocht hij een fornuis en een koelkast. En hij timmerde eierdozen tegen de wanden. 'Geluidsisolatie,' zei hij. 'Voor privacy. Ik ga een huurder zoeken, een jong iemand die vanuit huis kan werken en jou gezelschap kan houden.'

Ik vond het een geweldig idee, maar was teleurgesteld toen de bewuste jonge persoon zich maanden later nog steeds niet had aangediend.

'Het valt niet mee om de juiste persoon te vinden,' zei mijn vader. 'Maar maak je geen zorgen, ik zoek gewoon door.'

Een paar weken nadat ik Rangi Parata voor het eerst had gesproken stond hij opeens voor de deur.

'Mag ik televisie komen kijken?'

Mijn vader zou pas over twee uur thuiskomen.

'Tuurlijk,' zei ik. Ik deed de deur verder open en ging zo ver mogelijk bij hem vandaan staan.

Ik zette de tv aan. Er was een soap op.

'Kunnen we niet rugby kijken?' vroeg Rangi.

Ik zapte naar een andere zender. 'Deze goed?'

'Ja.'

'Ierland is niet zo goed als de All Blacks, maar...'

'Joh, dat weet ik. Dat is niemand.'

Tijdens de reclame vroeg hij: 'Heb je een biertje voor me?'

'We hebben Fanta. Wil je daar wat van?'

'Drinkt die pa van je geen bier?'

'Nee.'

Rangi keek naar de wedstrijd en ik keek naar hem.

'Zit niet zo naar me te gluren, freak,' zei hij. 'Ben je soms een homo?'

'Nee!' Mijn vader had me verteld over homoseksuele en lesbische mensen, en uit boeken en van televisie had ik andere woorden voor hen geleerd. 'Ik zie maar heel weinig jongeren van mijn eigen leeftijd.'

'O? Nou, hou ermee op.'

'Sorry.'

'Hebben jullie een plee binnenshuis?'

'Jullie niet?'

'Nee. Alleen een diep gat.'

Ik had al zo'n vermoeden over het hokje achter zijn huis. Ik had gezien dat zijn tante en hij er met potten naartoe liepen en vandaan kwamen. Ik dacht dat het misschien een waterput was.

'Moet je naar de wc?'

'Straks.'

'Hoe is het op school?'
'Shit. Voor mij is het shit. Ze moeten mijn soort mensen daar niet.'
Ik wist dat hij mensen met gemengd bloed bedoelde, maar wist niet wat voor rassen.
'Ben je half Maori?'
'Ja. Mijn vader was volbloed.'
'Cool, zeg.'
'Neem je me nou in de zeik?'
'Nee. Ik vind het exotisch.'
'Wat betekent dat?'
'Anders, maar op een goede manier, geen rare.'
'Buitengewoon?'
'Ja.'
'Da's mooi. Exotisch.' Hij keek me aan, en voor het eerst glimlachte hij.
De keer erop had hij zijn huiswerk bij zich. Het was heel gemakkelijk. De wiskundevraagstukken had ik op mijn tiende al onder de knie gehad. Het leesmateriaal was *De Hobbit*. Die had ik op mijn zevende al gelezen. Ik zag voor het eerst huiswerk met correcties erin, en de kritische opmerkingen die zijn docent er met rode balpen bij had gezet. Rangi kon amper aan elkaar schrijven. Hij vroeg me om zijn huiswerk voor hem te maken en ik kwam even in de verleiding, om zijn vriendschap te winnen, maar in plaats daarvan bood ik aan om hem te helpen. Rangi ging binnenkort van school om in de bouw te werken, maar moest zijn schooldiploma nog halen.
We zaten tegenover elkaar aan onze keukentafel. Ik nam de test voor begrijpend lezen en wiskunde met hem door. Hij was een snelle leerling.
'Waarom heb je dat op school niet geleerd?' vroeg ik.
'Te druk met mezelf beschermen.' Hij vertelde me dat er in andere delen van Rotorua bendeoorlogen woedden en dat hij

probeerde erbuiten te blijven. Hoewel hij maar half Maori was geloofden witte leerlingen dat hij erbij betrokken was. Leerlingen die lid waren van Maoribendes hadden de pest aan hem omdat hij niet meedeed. Hij liet me verse blauwe plekken op zijn arm zien waar hij was geslagen. School klonk helemaal niet zo aanlokkelijk meer.

'Ik ga naar de les, praat met niemand en ga weer weg. Vroeger zat ik vaak in de *dairy* met een meisje dat ik leuk vond' – de dairy was een buurtwinkeltje waar ik vaak tieners had zien rondhangen – 'totdat haar broer op school naar me toe kwam en me in elkaar sloeg.'

'Ik denk niet dat ik ooit een vriendin of vrouw zal kunnen hebben.'

'Nooit neuken? Echt niet? Da's balen, man.'

'Dus jij hebt ook geen vrienden?'

'Eigenlijk niet, nee.'

Ik grijnsde.

Mijn vader was niet op de hoogte van onze nieuwe vriendschap. Ik lette er goed op dat Rangi's bezoekjes geen sporen in huis achterlieten en trok zelfs de wc door als hij was geweest, want dat was iets wat hij altijd vergat. Ik had hem verteld dat mijn vader hem niet in ons huis wilde hebben. Dat verbaasde hem niet, maar hij vond het fijn dat ik wél wilde dat hij langskwam.

Op vrijdag 10 december 1982 kreeg Rangi een halve dag vrij om het eind van zijn schooltijd te vieren. Hij had een paar dagen studieverlof voordat zijn eindexamens begonnen. Kerstmis in de zon was nog steeds een vreemd concept voor me, maar het beviel me wel. Rangi scheurde hun oprit op en sprong over de schutting. Hij liet me een briefje van zijn docent zien. 'Enorme verbetering,' had ze geschreven. 'Rangi heeft dit jaar goed zijn best gedaan. Deze jongen gaat een mooie toekomst tegemoet.'

Hij juichte en brulde als een cowboy, en schopte met zijn blote voeten in het zand. Rangi droeg 's zomers geen schoenen. Ik had in de stad gezien dat heel veel kinderen geen schoenen aanhadden.

'Bedankt, man! Moet je kijken wat je voor me hebt gedaan! Mijn docent zegt dat het eindexamen een makkie voor me zal zijn.'

'Je hebt het zelf gedaan, Rangi. Helemaal zelf.' En dat was ook zo.

Opeens kreeg ik een idee. 'Kom, dan gaan we in het meer zwemmen om het te vieren.'

Hij had ook een idee. 'Zwemmen kan ik niet, maar ik heb wel bier. Kom, dan gaan we pootjebaden.' Hij wilde mijn schouders vastpakken, een vriendschappelijk gebaar, maar ik sprong op het laatste moment achteruit. 'Niet aanraken!'

'Sorry, man. Dat was ik even vergeten.'

Het tochtje naar het meer bleek een vergissing te zijn. Onze hele vriendschap was een vergissing, en het was allemaal mijn schuld, maar toen we die dag op pad gingen was ik vrolijker dan ik ooit in mijn leven was geweest. Ik had een echte vriend, die dankbaar was voor mijn hulp. We gingen lol maken, ons als grote mensen gedragen en bier drinken. Een paar maanden eerder was ik vijftien geworden en ik wist dat het verboden was om alcohol te drinken als je nog geen twintig was. Mijn vader zou door het lint zijn gegaan als hij het had geweten, maar dat kon me op dat moment helemaal niets schelen.

Toen we bij de warmwaterbronnen kwamen trokken we onze zwembroek aan, met onze rug naar elkaar toe om onszelf en elkaar duidelijk te maken dat we geen homo's waren, ook al trok Rangi's bouw zeker mijn aandacht. Hij zag eruit als een man. Bij hem vergeleken was ik schriel en bleek. Hij had niet alleen blauwe plekken op zijn arm, maar ook heel veel ronde littekens op zijn borst. Ik wees er nieuwsgierig naar. 'Wat is dat?'

'Mijn moeder is een bitch,' zei hij. 'Daarom kan ik niet zwemmen. Ik kon op school mijn shirt niet uittrekken, want dan zouden er vragen worden gesteld. Brandwonden van peuken.'

'Heeft ze jou brandwonden bezorgd?'

'Ja, dat gestoorde wijf. Ik was heel klein. Ik weet niet eens waar ze nu is. Waarschijnlijk in de bak. Je mag het aan niemand vertellen. Ik vertrouw jou, *pākehā*.'

Ik denk dat 'pākehā' wit mens betekende. Ik vond het fijn dat hij me vertrouwde.

'Aan wie zou ik het moeten vertellen? Ze klinkt trouwens net als mijn moeder!' zei ik, blij dat we iets met elkaar gemeen hadden. Gestoorde, gevaarlijke moeders.

'O? Ik dacht dat je had gezegd dat ze dood was.'

Ik had in geen maanden aan haar gedacht. Rangi was mijn beste vriend, mijn enige vriend. Hij had me een geheim verteld. Dan kon ik hem het mijne toch ook wel vertellen?

'Wás ze maar dood. We moesten uit Ierland vertrekken omdat ze leugens over mijn vader verspreidde.'

Terwijl ik Rangi het hele verhaal vertelde maakte hij twee blikjes open. Ik nam een flinke teug uit het mijne, in de veronderstelling dat het een beetje naar appelsap zou smaken, maar het was echt goor, zoals oudemannenvoeten volgens mij moesten smaken. Ik spuugde de drank uit op het gras.

Rangi lachte me uit. 'Serieus? Heb je nog nooit bier gedronken?'

Ik schudde mijn hoofd en probeerde nog een slokje.

'*Chur*, man!' zei hij.

Ik hoefde verder geen bier meer en liet de andere vijf blikjes voor hem liggen.

'Dat klinkt niet best,' zei hij toen ik hem vertelde wat er was gebeurd in het weekend dat ik bij mijn moeder moest blijven.

'Je had je moeder niet mogen schoppen, helemaal niet als ze in verwachting was.'

Ik haalde mijn schouders op. 'Van mijn vader mocht het.'

'Dat klinkt echt niet best,' zei hij nog een keer. Ik voelde me slecht op mijn gemak en kreeg er spijt van dat ik het hem had verteld.

'Tante Georgia zegt dat je nooit een vrouw mag slaan.'

Ik dacht aan zijn oude tante, die de hele dag de huizen van anderen schoonmaakte en 's avonds in een bar werkte. Ik vermoedde dat mijn vader niet veel op zou hebben met de mening van tante Georgia. Waarom vond Rangi vrouwen zo geweldig? Zijn tante was een sloofje. Zijn moeder was gewelddadig. Ik veranderde van onderwerp en al snel praatten we opgewonden over de British & Irish Lions die in de winter Nieuw-Zeeland zouden aandoen. Sinds ik Rangi kende hield ik me meer met rugby bezig. Hij had dolgraag voor het schoolteam willen spelen, maar het was het gezanik dat hij met de andere kinderen zou krijgen niet waard.

Ik stapte in de ondiepe warmwaterbron. Op de diepste plek kwam het water tot mijn hals. Rangi kwam ook in het water en we dobberden een tijdje rond.

'Lekker, man,' zei hij.

Toen we uit het water kwamen scheen de zon heet op de omringende rotsen.

'We moeten afkoelen,' zei ik. 'Kom mee, dan gaan we naar het koude meer.'

'Nee, Stevie. Ik blijf hier,' zei Rangi. Hij had het overduidelijk vreselijk warm, want het zweet gutste van zijn lijf.

'Kom nou mee,' zei ik. 'Als je hier blijft verbrand je nog.'

'Ik kan toch niet zwemmen?' Hij brabbelde een beetje onverstaanbaar door al het bier.

Ik voelde me bijzonder omdat Rangi me zijn littekens had laten zien. We waren beste vrienden.

'Luister,' zei ik. 'Jij kunt niet zwemmen en ik kan geen bier drinken. We staan dus quitte, maar ík heb het in elk geval geprobeerd.'

Toen liep hij met me mee naar het koude meer aan de andere kant van de klif. Ik klauterde over de rotsen naar beneden en liet me in het water glijden. Hij kwam achter me aan en ging op de rand zitten, met zijn voeten in het water. 'Man, wat is dat lekker, zeg!' zei hij.

'Spring erin!' moedigde ik hem aan. 'Je kunt je aan het gras op de oever vasthouden.'

'Hoe diep is het?'

'Weet ik niet, ik kan de bodem niet voelen.' Ik dook onder water en zwom een paar tellen rond. Toen zag en hoorde ik een stroom luchtbellen van Rangi, die zich te dicht bij me in het water liet zakken. Ik zwom snel weg.

Wat er toen gebeurde weet ik niet zo goed. Misschien was hij door het bier overmoedig geworden. Hij zwom in elk geval weg van de veilige rots, naar mij toe, maar ik was bang dat hij te dicht bij me in de buurt zou komen en zwom verder bij hem vandaan. Opeens zag ik dat hij in moeilijkheden raakte. Op nog geen drie meter bij me vandaan verloor hij de controle en raakte in paniek. Ik zag hem onder water glippen. Hij strekte zijn nek om met zijn hoofd boven water te komen, maar het lukte niet. Ik schreeuwde naar hem en wees naar de rotsen, die maar twee meter bij hem vandaan waren, maar hij kwam niet meer boven. Als hij zijn lichaam horizontaal had uitgestrekt had hij de rotsen kunnen aanraken en was hij veilig geweest, maar hij had zijn ogen stijf dichtgeknepen. Ik wilde hem helpen. Ik wilde hem in veiligheid brengen. Het zou heel eenvoudig zijn geweest om zijn arm te pakken en hem naar de kust te duwen, maar als ik hem aanraakte zou dat mijn dood betekenen, een gruwelijk pijnlijke verstening, en ik was bang. Er was niemand in de buurt die ons kon helpen. Hij spartelde wild in het rond en kreeg nog meer water binnen, in plaats van de lucht waar hij niet bij kon komen. Ik dook onder water, kwam weer boven en krijste uit alle macht om hulp, terwijl zijn longen volliepen met water. Ik moest machteloos toekijken terwijl mijn vriend verdronk.

Later bedacht ik allerlei manieren waarop ik hem had kunnen redden. Ik had een tak van een boom kunnen breken en deze in zijn handen kunnen duwen. Ik had hem met een van onze handdoeken naar de kant kunnen trekken. Ik weet niet hoe lang de verdrinking duurde. Het voelde als jaren. Het voelde als seconden. Het voelde als de hel.

33

Sally

Oom Donald overleed op 29 juni. Tante Christine vroeg me om de begrafenis in Dublin bij te wonen. Zij en ik hadden regelmatig contact met elkaar. Ik had haar op de hoogte gehouden van al het nieuws, mijn therapie, mijn nieuwe vrienden, Nieuw-Zeeland, de verkoop van het huis, enzovoort. Ze had zoveel weg van mijn moeder dat het bijna leek alsof ze terug was in mijn leven. Maar Donald kende ik amper en ik voelde er niet veel voor om naar de begrafenis te gaan.

Ik had in de eerste jaren van mijn leven natuurlijk in gevangenschap in Dublin gewoond, was er een of twee keer geweest toen mijn moeder nog leefde en had in de afgelopen maanden tante Christine een paar keer bezocht. Toen ik als tiener met mijn moeder meeging werd ik volledig overweldigd door de omvang van de stad, de herrie en de mensenmassa's. Ik had heel veel programma's gezien die zich in allerlei steden over de hele wereld afspeelden, en hoewel Dublin in vergelijking met Londen of New York maar klein was joeg de grootte me toch angst aan. Ik kon me niet voorstellen dat ik er met de auto of per bus doorheen zou rijden.

Tina en Angela zeiden allebei dat ik naar de begrafenis hoorde te gaan, als een vriendelijk gebaar na alles wat tante Christine voor me had gegaan. Angela stelde voor dat ik een vriendin zou vragen om met me mee te gaan. Tina vond het een mooie gelegenheid voor me om alle dingen waaraan ik had gewerkt, aanraking, inlevingsvermogen, geduld, diplomatiek gedrag, zelfbeheersing en noem maar op, in de praktijk te brengen.

Ik vroeg Sue of ze misschien mee wilde. Ze bood aan om te rijden. Haar lange zomervakantie van school was begonnen en twee dagen in Dublin was precies wat ze nodig had. Ze zei dat ze me bij de kerk zou afzetten en daarna naar haar nicht zou gaan. Op de dag na de begrafenis zou ze me bij het huis van tante Christine ophalen en dan konden we daarna gaan shoppen in Dundrum. Ze zei dat we er ook konden lunchen en na afloop daar de snelweg konden pakken om naar huis te gaan. Ik kon oordopjes meenemen voor het lawaai en we zouden 's ochtends al vroeg naar het winkelcentrum gaan, voordat het er druk werd.

Op de maandagochtend van de begrafenis haalde Sue me al vroeg thuis op. Ik had mijn begrafenisoutfit aan, dezelfde die ik ook naar de begrafenis van mijn vader had gedragen.

'Sally, niet beledigd zijn, hoor, maar die glinsterende rode hoed kan echt niet,' zei Sue.

'Wat? Maar papa zei dat ik die naar bijzondere gelegenheden mocht dragen.'

'Misschien bedoelde hij feestelijke aangelegenheden, zoals een trouwerij of een verjaardag. Voor een begrafenis is hij niet stemmig genoeg.'

'Maar verschillende mensen hebben tijdens mijn vaders begrafenis gezegd dat ze hem leuk vonden. Hebben die dan allemaal tegen me gelogen? Waarom zouden ze liegen?'

'Niemand wil de belangrijkste nabestaande van streek maken. Het kan zijn dat iedereen de hoed een welkome afleiding vond na dat gedoe rond de verbranding. Bij mijn weten kenden maar weinig mensen jou goed genoeg om er iets van te zeggen.'

Ik voelde dat ik rood werd. 'Denk je dat mensen me uitlachten?'

‘Nee, maar het is wel een beetje raar.’
‘Ik bén ook een beetje raar.’
‘Morgen zullen we tijdens het shoppen ook gelegenheidskleding voor je uitkiezen.’
‘Gelegenheidskleding.’
‘Ja,’ zei ze.

Sue ging met me mee naar binnen. We waren aan de late kant. De kerk zat al halfvol met mensen. Ze raadde me aan om niemand aan te kijken, maar meteen naar de voorste kerkbank te lopen en naast tante Christine te gaan staan. Ze beloofde dat ze me de volgende ochtend bij het huis van tante Christine zou komen ophalen en vertrok. Ik had een pil genomen om al die onbekenden aan te kunnen. Angela had me gewaarschuwd dat ik in dit geval niets mocht doen wat tante Christine overstuur kon maken. En dat het beter zou zijn dat ik iets kalmerends slikte. Ze gaf me tegenwoordig nog maar zelden een pil.

Tante Christine begroette me met een hartelijke omhelzing, die ik gelukkig kon beantwoorden. Toen stelde ze me voor aan Donalds zus, Lorraine. Tante Christine en Lorraine huilden. De kist stond op een verhoging, met een foto van Donald erop. Hij was een oude man met hangwangen. Ik keek niet om naar de mensen achter me, maar luisterde naar de predikant, die tussen de gemompelde gebeden door over Donalds leven praatte.

Ik fleurde een beetje op toen ze vertelde dat hij graag jazzpiano speelde. Tante Christine had me nooit verteld dat hij pianospeelde, ook al stond er wel een bij hen thuis. Ik had er zelf op gespeeld.

Mijn aandacht verslapte. Lorraine zat kaarsrecht in haar duur uitziende zwarte jas. Tante Christine snoot om de haverklap haar neus in een zakdoek en leek op een gegeven moment bijna in haar tranen te stikken. Ik deed wat ik op televisie had gezien en legde een hand op die van haar. Ze greep hem vast en ik liet haar begaan.

Aan het eind van de ceremonie zei de predikant dat alle aanwezigen waren uitgenodigd om mee te gaan naar het huis van tante Christine. Tante Christine, Lorraine en ik liepen door het gangpad achter de kist aan, die door medewerkers van de begrafenisonderneming in een klaarstaande lijkwagen werd getild. Ik hield mijn ogen de hele tijd op de grond gericht. Veel te veel mensen. Buiten werden tante Christine en Lorraine omringd door andere rouwenden. Ik voelde me ingesloten en liep terug naar de deur van de kerk, waar ik tot mijn verbazing Mark zag staan. Hij droeg een zwart pak met stropdas.

'Hoi Sally.'

'Wat doe jij hier?' vroeg ik.

'Anubha heeft me verteld dat je hier was voor de begrafenis. Ik dacht dat je misschien wel wat steun kon gebruiken.'

'Maar hoe... Heb je vrij genomen van je werk? Sue heeft me met haar auto hiernaartoe gebracht.'

'Je had mij moeten vragen om je te brengen.'

'Waarom?'

'Omdat... Nou ja, ik wilde er gewoon voor je zijn.'

Ik was verward, maar dankbaar voor zijn aanwezigheid in deze zee van vreemden. Tante Christine riep me bij zich om me aan een paar mensen voor te stellen. Mark pakte mijn hand. 'Zal ik met je meegaan?'

'Graag.'

Ik stelde Mark voor aan tante Christine, maar te midden van alle mensen die haar wilden condoleren kreeg ik niet de kans om het goed uit te leggen.

'Wil je dat ik na afloop meega naar je tantes huis?' vroeg Mark toen ik met tante Christine en Lorraine in de auto werd gepropt om naar de begraafplaats te gaan.

Ik gaf hem het adres en hij zei dat hij daar over een uur zou zijn. Hij was helemaal komen rijden.

Er gingen maar een paar mensen mee naar het graf, dus dat was goed te doen voor me. In de volgauto op weg naar huis vroeg tante Christine wie die vriend van me was.

'Dat is Mark. Die is volgens mij een paar maanden geleden in Carricksheedy komen wonen. Ik hoop dat het niet erg is dat ik hem heb uitgenodigd om naar je huis te komen.'

'Dat is prima. Hebben jullie een relatie?'

'Nee, dat niet. Hij is gewoon een vriend van me.'

Lorraine snoof. 'Hij moet wel een heel goede vriend zijn, want hij is helemaal hiernaartoe komen rijden voor de begrafenis van iemand van wie hij waarschijnlijk nog nooit had gehoord.'

Ik kon aan alles merken dat Lorraine me niet mocht. Ik weet niet waarom niet. Ik probeerde mezelf in haar positie voor te stellen. Wie was ik voor haar? Het geadopteerde nichtje van haar schoonzus dat geen bloedverwant was van haar overleden broer. Waarschijnlijk was ze op de hoogte van mijn verleden en wist ze dat ik had geprobeerd zelf mijn vader te cremeren.

'Lorraine, ik snap dat je vindt dat ik hier niet hoor. Ik kende Donald niet goed, maar tante Christine heeft me gevraagd om te komen, en mijn therapeut zegt steeds tegen me dat ik met meer mensen moet socialiseren.'

'O... Het was niet mijn bedoeling om... Sorry. Wat een mooie dienst was het, hè?'

'Ik wist niet dat oom Donald pianospeelde.'

Lorraine werd iets toeschietelijker en vertelde dat Donald in zijn jonge jaren nog in jazzclubs in Soho had gespeeld. Ze was zelf ook weduwe en woonde in een klein dorpje in Sussex. Ze had een dochter die niet bij de begrafenis aanwezig kon zijn, omdat háár dochter net een baby had gekregen.

'Dus je bent overgrootmoeder?'

'Ja. Het is een voorrecht om lang genoeg te mogen leven om je achterkleinkind te zien. Het zou fijn zijn geweest als mijn kleindochter eerst was getrouwd, maar het is niet meer zoals in onze tijd. Hè, Christine?'

Tante Christine zei dat ze het jammer vond dat Donald en zij geen kinderen hadden gekregen, en Lorraine bood haar verontschuldigingen aan voor haar ongevoelige opmerking.

'Ik zeg continu ongevoelige dingen,' merkte ik op. 'Ik kan het niet helpen. Dat komt door mijn opvoeding.'

Lorraine tuurde door het raam naar buiten en tante Christine legde een hand op mijn arm. Ze wilden het zeker niet over mijn opvoeding hebben.

Bij tante Christine thuis hielp ik bladen met de sandwiches, appeltaart en worstenbroodjes klaar te zetten die door buren en vrienden waren gebracht. De mensen die bij het graf waren geweest kwamen binnen, al snel gevolgd door anderen. Ik was blij om Mark te zien.

'Gaat het?' vroeg hij.

'Wel nu jij er bent.'

Ik stelde hem correct voor aan tante Christine en Lorraine.

'Sally zal het beslist fijn vinden om een vriend bij zich te hebben. Hoe hebben jullie elkaar ontmoet?'

'Hij kwam met zijn auto naast me rijden en probeerde me over te halen om in te stappen.'

'Wat?'

'Het was een misverstand,' zei Mark snel. 'Ik woonde net in Carricksheedy en Sally was een van de eerste mensen met wie ik bevriend ben geraakt. Jij bent toch de zus van haar moeder?'

Tante Christine praatte een tijdje over Jean. Mark condoleerde haar met de dood van Donald.

'Hadden Jean en jij een hechte band met elkaar? Je zult wel een enorme steun voor haar zijn geweest toen ze Sally adopteerde,' zei hij.

'Jazeker,' antwoordde ze afwezig. Ze vroeg me om te kijken of iedereen thee of koffie had en om met de sandwiches rond te gaan. Ik slikte mijn zenuwen in. Niemand kende me hier. Ze hadden me geen van allen ooit ontmoet. Ik liep met neergeslagen ogen rond met de thee- en koffiepot, en daarna met bladen met eten. Ik zag dat Mark nog steeds met tante Christine stond te praten.

Later die middag ging ik naar de eetkamer om piano te spelen. Ik koos een paar sonates van Mozart. Niet te droevig en ook niet te vrolijk. Mensen slenterden de kamer in en uit, en gaven me complimentjes over mijn spel.

Een tijdje later kwam Mark een beetje gespannen binnen. 'Ik ga zo weg. Wil je misschien een lift terug naar Carricksheedy?'

'Nee, dank je. Ik slaap vannacht hier en ga morgenochtend met Sue shoppen.'

Hij keek teleurgesteld. 'Oké. Dan zie ik je weer wanneer je terug bent. Ik bel je over een paar dagen wel.'

'Bedankt, Mark.'

'Nog nieuws uit Nieuw-Zeeland?'

'Nee.'

Hij boog zich voorover en kuste me op mijn wang. 'Pas goed op jezelf, Sally.'

Ik voelde me prima. Ik ging terug om de dienbladen aan te vullen en nieuwe thee en koffie in te schenken, of wijn voor degenen die dat dronken.

Na afloop bleven Lorraine, tante Christine en ik alleen over. Terwijl we de borden, glazen, kop-en-schotels en servetten opruimden praatten zij over Donald.

Ik was moe. De dag was niet de beproeving geworden die ik had gevreesd, maar de pil had mijn energievoorraad uitgeput.

'Voordat je morgen weggaat wil ik graag even met je praten, Sally,' zei tante Christine. 'Dank je wel dat je er vandaag was. Je bent een enorme hulp geweest. Vind je ook niet, Lorraine?'

Lorraine knikte.

'Je vindt het toch niet erg om in het kleine logeerkamertje te slapen, Sally? Ik heb Lorraine de grote logeerkamer gegeven.'

Ik vond het wél erg. Van een nieuwe slaapkamer werd ik altijd onrustig.

'Binnenkort krijg je een heel nieuw huis, hè?' merkte Lorraine op, en ze had ergens wel gelijk.

Ik ging naar bed en sliep uitstekend, ondanks het hobbelige matras.

De volgende ochtend werd ik zoals gewoonlijk vroeg wakker en ging naar de keuken, waar tante Christine al aan de keukentafel zat. Terwijl ik de theepot volschonk wenkte ze me om bij haar te komen zitten.

'Zeg, die Mark, hè? Hoe goed ken je hem eigenlijk?'

Ik vertelde haar dat we via Martha bevriend waren geraakt.

'Wat weet je over hem?'

'Hij is gescheiden. Hij had een affaire met een jongere vrouw, maar die is op niets uitgelopen.'

'Hm. Je had me niet verteld dat je hem voor de begrafenis had uitgenodigd.'

'Sorry. Dat heb ik ook niet gedaan. Hij dook opeens op bij de kerk.'

'Heeft hij... Sorry dat ik het vraag, maar wat voor relatie heb je precies met hem?'

'Hij is een vriend van me. Hij werkt als accountant in Mervyn Park, bij het vleesverwerkingsbedrijf.'

'Weet je zeker dat hij niet meer dan een goede vriend wil zijn?'

'Ja, hoor. Ik heb hem verteld dat daar geen sprake van kan zijn. Vanwege de seks en intimiteit en zo. Bovendien zegt hij dat hij verliefd is op mijn vriendin Anubha. Ze werken bij elkaar, maar hij is haar baas, dus dat is een beetje lastig.'

'Sally, hij vroeg me heel veel over jou, over toen je jong was, over wat Jean had gezegd over jouw tijd in gevangenschap.

Het was heel raar en, sorry dat ik het zeg, ook heel ongepast op de begrafenis van mijn man.'

'Dat spijt me. Maar ik vind het juist wel leuk als andere mensen zich ongepast gedragen.' Ik lachte. Tante Christine niet.

'Wat is zijn achternaam?'

'Butler.'

'Vertrouw je hem?'

'Ja. Tina zegt dat ik meer vertrouwen in mensen moet hebben en dat ik er niet van uit mag gaan dat iedereen kwaad in de zin heeft.'

'Vind je het niet vreemd dat hij zomaar, zonder uitnodiging, naar de begrafenis is gekomen?'

'Nou, ik had hem wel uitgenodigd om naar het huis te komen.'

'Maar dus niet naar de kerk?'

'Nee. Dat had hij van Anubha gehoord. Hij zei dat hij de details op internet had opgezocht. Hij wilde niet dat ik hier in mijn eentje zou zijn. Hij weet dat ik moeite heb met onbekenden.'

'Mark Butler.' Ze schreef zijn naam op. 'Accountant. Waar woonde hij voordat hij naar Carricksheedy verhuisde?'

'Dublin, geloof ik.'

'Maar je weet niet in wel deel?'

'Nee. Waarom vraag je dat allemaal?'

Haar gezicht klaarde op en ze glimlachte naar me. 'Waarschijnlijk is er niets aan de hand. Misschien vindt hij jou leuker dan je denkt.'

Dat zette me aan het denken.

'Zeg, Sally,' ging ze verder, 'wat heb je prachtig pianogespeeld. Iedereen was ontroerd. Je speelt fantastisch, en ook nog eens zonder bladmuziek!'

'Ik word er rustig van.'

'Lorraine en ik werden er gisteren ook rustig van. Dat was heel attent van je.'

'Ik deed het eigenlijk vooral voor mezelf.'

'Neem het compliment nu maar gewoon aan,' zei ze. 'Als Donald hier was geweest had hij ragtime gespeeld.'

'Ik neem aan dat je liever had gehad dat hij speelde dan ik.'

Er welden tranen op in haar ogen. Ik omhelsde haar onhandig, zoals Tina had geopperd. Ze drukte me even stevig tegen zich aan voordat ze me losliet. Ik vond het niet erg.

Ik kon bijna niet wachten om Tina te vertellen dat ik met vlag en wimpel voor deze sociale test was geslaagd.

34

Peter, 1982

Nadat Rangi was verdronken zocht ik al mijn spullen bij elkaar en ging terug naar huis om daar op mijn vader te wachten. Waarom hadden we geen telefoon? Ik wist dat Rangi die ook niet had, maar wij waren niet arm. We hoorden een telefoon te hebben. Ik wist dat tante Georgia pas laat thuis zou komen. Ik lag op mijn bed, onophoudelijk rillend.

Kennelijk was ik in slaap gevallen want opeens hoorde ik mijn vaders stem. 'Wie heeft er trek in *fush&chups*?' Dat was ons vaste vrijdagavondmaal en mijn vader vond het leuk om het met een Kiwi-accent uit te spreken.

Ik kwam in mijn dekens gewikkeld uit mijn kamer en barstte onmiddellijk in tranen uit.

'Wat is er gebeurd?'

Ik vertelde hem alles, beginnend met het feit dat Rangi en ik bevriend waren geraakt, dat hij regelmatig bij ons thuis televisie had gekeken en dat ik hem met zijn huiswerk had geholpen, en eindigend met zijn verdrinking.

Mijn vader keek me woedend aan. 'Wat had ik je nou gezegd? Had ik je niet gezegd dat je bij hem uit de buurt moest blijven?' In één adem door vroeg hij: 'Wat hadden jullie bij je toen jullie naar het meer gingen?'

Ik vertelde hem over de handdoeken en de koude emmer met Rangi's bierblikjes.

'Heb je alcohol gedronken?' Hij schreeuwde nu. 'Heb je

iets van jezelf daar laten liggen? Wat dan ook?'

'Pap, je moet de politie laten komen. Een ambulance. Je moet naar de stad om het aan zijn tante Georgia te vertellen. Ze werkt bij de Pig & Whistle.'

'Geef antwoord. Heb je daar iets laten liggen?'

'Nee.'

'Sta niet zo als een meisje te grienen. We gaan helemaal níéts doen. Heb je me begrepen? Wil je er soms van beschuldigd worden dat je die "vriend" van je hebt verdronken?' Hij sprak het woord sarcastisch uit.

'Maar pap...'

'Genoeg. Haal de borden. Onze fish & chips zijn natuurlijk helemaal koud geworden.'

Ik staarde hem roerloos aan.

'Nu!' brulde hij.

Ik liep op de automatische piloot naar de kast om borden, messen en vorken te pakken, en nam zout en azijn mee uit het kastje naast het aanrecht. Ik zette alles op de keukentafel.

Hij sloeg de krant open en bladerde direct door naar de tv-pagina. 'Waar kijk je normaal gesproken op vrijdagmiddag altijd naar?'

Ik wierp een blik op de krant en wees de programma's aan die ik meestal bekeek.

'Oké. Als iemand ernaar vraagt zeg je dat je binnen bent gebleven omdat het te warm was. Je hebt naar deze televisieprogramma's gekeken. Je hebt Rangi rond lunchtijd thuis zien komen, maar daarna heb je hem niet meer gezien. Begrepen? Waar zijn de lege bierblikjes?'

'Die hebben we bij het meer laten liggen. Zijn T-shirt ligt er ook nog.'

'Mooi. Een ongeluk, omdat die stomme knul dronken was.'

'En zijn tante Georgia?'

'Wat is er met haar? Die zal wel verhuizen, want ze kan niet autorijden. Dat komt ons mooi uit. Ik zal haar huis kopen.

Het is gevaarlijk om buren zo dicht bij ons te hebben. Het is een krot. Misschien bied ik haar wel meer dan het waard is, of misschien juist niet, want dat zou verdacht zijn.'

Ik snapte niet waar hij het over had. Ik deed mijn best om tot hem door te dringen.

'Pap, mijn vriend is overleden. Mijn enige vriend. De enige vriend die ik ooit heb gehad.'

Hij stak een hand uit en greep die van mij. 'Ik weet dat het zwaar is, maar je hebt mij. Ik zal er altijd voor je zijn.'

Mijn tranen vermengden zich met de azijn op mijn bord. Hij snapte het niet.

Ik ging zoals altijd om negen uur naar bed. Hoewel het nog licht was verlangde ik naar de vergetelheid van de slaap. Tante Georgia werd altijd door een andere barmedewerker thuis afgezet, meestal rond halftien, maar op zijn laatst om elf uur. Hoewel ik doodop was kon ik niet slapen.

Om kwart over tien werd er zacht op onze voordeur geklopt. Ik hoorde mijn vader de veranda op lopen.

'Het spijt me dat ik u stoor, meneer, maar mijn jongen is niet thuis en ik was benieuwd of Stevie hem heeft gezien.'

'Mijn zoon Steven ligt in bed, zoals dat hoort.'

'O, ik weet dat hij een goede jongen is, maar zou ik even met hem mogen praten?'

'Wilt u nu echt dat ik mijn zoon op dit late tijdstip wakker maak?'

'Ja. Ik maak me namelijk zorgen, want het is niets voor Rangi om er in zijn eentje op uit te gaan.'

'Rangi?'

'Zo heet mijn jongen. Stevie en hij zijn vrienden.'

'Steven en Rangi zijn geen vrienden. Steven beklaagt zich er vaak over dat uw zoon hier onuitgenodigd langskomt. Hij heeft mijn zoon overgehaald om bier te drinken. Steven is een stil kind en gemakkelijk te intimideren. Als Rangi thuiskomt vraag hem dan alstublieft om Steven niet meer lastig te vallen.'

Ik kon mijn oren niet geloven. Hoe kon mijn vader zo wreed zijn? Hij wist dat Rangi dood was, maar hij liet Rangi's tante in de waan dat hij een pestkop was die mij had geïntimideerd.

Tante Georgia sjokte terug naar haar eigen huis.

Ik kwam kwaad mijn kamer uit. 'Pap!'

'Niet zo hard.'

'Waarom heb je dat allemaal tegen haar gezegd?'

'Omdat ik dat geloof. Hij had een slechte invloed op jou. Opgeruimd staat netjes. De komende dagen zal ze niets doen. Dat soort mensen stapt niet naar de politie. Als het lijk wordt gevonden komen ze hier misschien langs om met jou te praten, maar je houdt je aan ons verhaal. Heb je me begrepen? En nu terug naar bed.'

Ik deed wat me werd opgedragen, maar het beviel me helemaal niet. Hij kende Rangi niet. Hij had hem nooit gesproken. Hij had over hem gelogen.

De volgende ochtend werd tante Georgia net als altijd door een minibusje opgehaald. Ze schoof een briefje onder onze deur door met het verzoek om haar baas te bellen als Rangi opdook. Ze ging ervan uit dat we een telefoon hadden.

Die zaterdagavond klopte ze na haar werk in de bar weer bij ons aan. Ze vroeg aan mijn vader of we Rangi hadden gezien en vervolgens of ze bij ons mocht bellen.

Ditmaal gedroeg mijn vader zich iets bezorgder. 'Het spijt me, mevrouw Sisterson, maar ik heb het aan Steven gevraagd en hij heeft Rangi gisteren de hele dag niet gezien. Wel heeft hij rond lunchtijd zijn pick-uptruck op jullie oprit horen aankomen. Hij vindt het heel erg dat uw zoon vermist wordt. We zullen goed opletten of we hem zien. We hebben helaas geen telefoon. Wie wilde u bellen?'

'De politie! Rangi is nu al meer dan een dag weg. Dat is niets voor hem. Hij heeft niet eens een briefje achtergelaten.'

'Is gisteren de zomervakantie niet begonnen? Zou hij misschien met vrienden zijn gaan kamperen?'

'Zonder zijn pick-uptruck? Zonder een tas? Hij heeft geen vrienden. Hij denkt dat Stevie zijn vriend is. Hij heeft het de hele tijd over hem.'

'Nou, het spijt me, maar daar denkt Steven anders over. Goedenavond, mevrouw Sisterson.'

Mijn vader noemde me in het bijzijn van tante Georgia steeds Steven, ook al zei hij tegen mij Steve en soms Stevie. 'Steven' was een manier om afstand tussen Rangi en mij te scheppen, alsof de naam waarmee die me had aangesproken op een of andere manier ongepast was.

Mijn vader kwam naar mijn kamer. 'Het zou kunnen dat ze morgen de politie belt. Denk eraan. Je houdt je aan ons verhaal. Blijf binnen. Op zondag werkt ze niet, hè? Zorg ervoor dat ze je niet ziet.'

De volgende ochtend bonsde ze al vroeg weer op onze deur.

'Sorry dat ik u lastigval, meneer Armstrong, maar zou u zo vriendelijk willen zijn om me naar de stad te brengen? Ik kan zelf niet autorijden, ziet u, en ik moet mijn jongen als vermist opgeven.'

Mijn vader speelde de goede buurman. Hij zei tegen mij dat ik thuis moest blijven en bracht zelf tante Georgia naar het politiebureau. Drie uur later kwamen ze terug. Vanachter mijn raam zag ik dat haar gezicht nat was van de tranen. Ze hield mijn vaders zakdoek tegen haar ogen gedrukt.

Zodra ze bij de politie Rangi's naam hoorden en beseften dat hij deels Maori was, hadden ze tegen haar gezegd dat hij waarschijnlijk met een bende op pad was om rotstreken uit te halen en dat hij waarschijnlijk de aankomende examens wilde ontlopen, zo vertelde mijn vader me. Tante Georgia had hun het briefje van zijn docent laten lezen dat hij op de keukentafel had laten liggen, om te bewijzen dat Rangi geen bendelid was. Hij was een eenzame jongen, had ze gezegd. De politie vroeg haar waar zijn moeder was en waarom zijn tante de jongen als vermist kwam opgeven. Toen ze gedwongen werd de naam van Rangi's moeder te noemen, Celia Parata, wisselden de agenten een blik met elkaar. Mijn vader vermoedde dat ze waarschijnlijk een prostituee was, afgaand op de spottende lachjes van de agenten. Ze zeiden dat Rangi uiteindelijk vanzelf wel zou terugkomen. Mijn vader zei dat ze het niet serieus namen. Ze schreven helemaal niets op en vroegen ook niet hoe hij eruitzag.

Mijn vader vertelde me dit allemaal vol leedvermaak. Ik walgde van hem, van mezelf. Ik wilde tante Georgia vertellen dat Rangi dood was, dat ze geen hoop moest blijven koesteren, dat ze niet hoefde te wachten tot hij thuiskwam. Hij zou nooit meer thuiskomen.

Nog geen week later werd Rangi's opgezwollen lichaam aan de andere kant van het meer gevonden, dichter bij de stad. Mij is nooit iets gevraagd. De *Daily Post* sprak van een tragische verdrinking. Tante Georgia keek me niet aan wanneer ze kwam en ging. Ze werd twee keer door een politieauto thuisgebracht, op 18 december en op de dag daarna. Ik hoorde haar 's nachts vanuit mijn slaapkamer luidkeels jammeren en wilde haar het liefst troosten, alles opbiechten en uitleggen dat het een ongeluk was, dat het mijn leven of het zijne was geweest, en dat ik wel het mijne móést kiezen, en dat hij mijn beste vriend was geweest.

Eerste kerstdag was een vreemde dag bij ons thuis. Mijn vader deed alsof er niets aan de hand was. We aten buiten op de veranda en proostten met cola op de dag. Mijn vader had een platenspeler voor mij gekocht en ik een boek over de Maoricultuur voor hem. Een paar dagen later zag ik het in de afvalemmer liggen.

35

Sally

Het ochtendje shoppen op de dag na oom Donalds begrafenis was geen onverdeeld succes. Sue parkeerde de auto in een gigantische ondergrondse parkeergarage en we stapten een verblindend schel verlicht, duizelingwekkend hoog en groot gebouw in, met overal neonborden, blikkerige muzak en verschrikkelijk veel bezoekers voor een dinsdagochtend.

'Ik vind dit niet prettig, Sue. Mag ik alsjeblieft in de auto wachten?'

'Maar het hele doel hiervan is juist om nieuwe kleren voor jou te kopen!'

'Ik vind het niet prettig.'

'Kom, hou mijn hand maar vast,' zei ze. 'Ik heb een idee. We gaan naar een winkel waar heel veel keus is. Daar kun jij meteen in een kleedhokje gaan zitten en dan breng ik je allerlei dingen om te passen.'

Ik was er kort geleden achter gekomen dat een omhelzing of hand in hand lopen met een vriend iets geruststellends had. Ik liet me door Sue meevoeren naar een winkel die Zara heette. Terwijl zij met een winkelmedewerkster sprak stond ik als verstijfd te wachten en deed mijn best om niet te beven. Om ons heen gristen mensen willekeurige spullen van de kleerhangers, hingen die achteloos over het rek zonder ze netjes terug te hangen, trokken truien uit een keurig opgevouwen stapel en gooiden ze weer neer. Ik had ooit overwogen om in een kledingwinkel te gaan werken, maar nu klemde ik mijn kaken zo hard op elkaar dat het pijn deed. Ik zou hier niet tegen kunnen.

Sue kwam terug met een jonge, mooie medewerkster. Ze namen me mee naar een ruime paskamer met aan beide kanten grote spiegels. Ik ging gehoorzaam zitten en wachtte. Sue was binnen tien minuten terug met haar armen vol kleren. Ik bedankte haar en begon te passen: truien, broekrokken, jasjes, schoenen, sieraden, gilets, bloezen, jassen, T-shirts, lange en korte rokken, sportschoenen, spijkerbroeken en vesten. Om de paar minuten kwam Sue een kijkje nemen. Dingen die ik leuk vond maar me niet pasten haalde ze in een andere maat en dingen die ik niet leuk vond bracht ze terug. Er lagen zes keer zoveel kledingstukken in de paskamer als in mijn kledingkast thuis. De winkeljuffrouw bracht sommige spullen regelrecht naar de kassa. Ik was verbijsterd over de enorme keus, over de zijde, katoen, suède, spijkerstof, lovertjes en het bont. Wat ik in de spiegel zag stond me wel aan. Allemaal verschillende versies van mij.

Ik kocht alles wat ik leuk vond en overhandigde mijn bankpasje. Sue deed opgetogen een dansje.

'Er is nog één plek waar ik je mee naartoe wil nemen,' zei ze.

Ik was ontzettend moe en de tassen waren zwaar.

We namen de lift naar de bovenste verdieping en Sue bracht me naar een schoonheidssalon.

'Haar, nagels, gezichtsbehandeling, wimpers, wenkbrauwen, make-up. Ik vind dat je alles moet laten doen.'

Voor de deur bleven we staan.

'Waarom?'

'Je moet het niet verkeerd opvatten, hoor. Je bent heel mooi, maar wil je niet weten hoe je eruit zou zien met een ander kapsel, een paar blonde plukken of losse krullen? Ik weet niet eens hoe je haar eruitziet als het loshangt. Is het erg lang? En gezichtsbehandelingen zijn heel ontspannend. Het is een manier om jezelf te verwennen.'

'Nee, dank je, Sue. Ik vind het niet erg om van kleren te veranderen, maar ik wil mijn hoofd niet veranderen.'

'Ben je dan niet nieuwsgierig?'

'Nee.'

'Toe, Sally. Alsjeblieft? Laat hen je haar in model brengen. Als je het niet mooi vindt, kun je het altijd weer opsteken. Gun het jezelf nou.'

Ik merkte dat ik onrustig begon te worden. 'Néé, zeg ik.'

Sue werd rood. Ze was boos. 'Ik heb voor ons allebei een behandeling geboekt. Ik neem een gezichtsbehandeling en laat mijn wimpers doen. Wil je in de auto wachten?'

'Ja, graag.'

Ze gooide de autosleutels naar me. 'Niveau 1 in de lift. Parkeerplaats A.' Ze trok met een grote zwaai de deur van de schoonheidssalon open en verdween achter het rookglas.

Ik snapte niet waar ik deze keer de fout in was gegaan. We hadden het tijdens het plannen van dit uitje niet één keer over haar, make-up en geverfde wenkbrauwen gehad. We zouden kleding gaan kopen. Wat bedoelde Sue met 'jezelf verwennen'? Waarom was het verwennerij als ik het niet wilde en het me nooit was gevraagd? Vond ze mijn haar soms lelijk? Hadden mijn wenkbrauwen de verkeerde kleur? Ik vond ze precies goed. Tina zei dat ik knap en elegant was. Sue had alleen maar gezegd dat ik mooi was. Ik wist dat ik mollig was, maar dat vond ik niet erg. Waarom zou ik mijn uiterlijk veranderen?

Toen Sue bij de auto terugkwam had ik mijn uitleg klaar, maar voordat ik kon beginnen viel mijn blik op haar wimpers.

'Wauw,' zei ik. 'Wat mooi!'

'Dat had jij ook...'

'Luister eens, Sue. Het spijt me, maar volgens mij hebben we elkaar verkeerd begrepen. Ik vind je wimpers prachtig en ik ben blij dat jij je er goed door voelt, maar ik ben anders dan jij. Al die kleren zijn al een grote verandering voor mij. Ik vind mijn haar goed zoals het is. Ik wil niets aan mijn gezicht, nagels of haren veranderen. Ik hoop dat je dat begrijpt. Het was lief van je om het aan te bieden, maar ik ben niet zoals jij. Dat zal ik nooit worden ook.'

'Het geeft niet,' zei ze, maar aan haar stem was duidelijk te horen dat het wel degelijk gaf. 'Ik neem aan dat je hier ook niet wilt lunchen?'

Ik knarsetandde en had heel even spijt van mijn besluit om niet langer doof te zijn. Toen mensen dachten dat ik hen niet kon horen waren er nooit misverstanden.

'Liever niet, als je het niet erg vindt. Is er misschien in de buurt iets waar het rustiger en minder schel verlicht is?'

'Ik weet wel een tentje,' zei ze. Ze reed achteruit de parkeerplek af.

Vijf minuten later zaten we in een restaurantje op het terrein van een stadsboerderij, Airfield House. Het was binnen helder verlicht, maar dat was natuurlijk licht, geen flitslichten of neonlampen. De andere bezoekers waren vooral bejaarden en moeders met kinderwagens en kleine kinderen. Ik koos een tafeltje helemaal achterin.

Sues gezicht stond nog altijd strak. Ik wist niet goed hoe ik dat kon herstellen en ik wilde niet nóg een vriendin kwijtraken, hoewel ik Caroline van de Texaco liever kwijt dan rijk was.

We aten een minuut of twee in stilte. Toen slaakte Sue een diepe zucht. 'Je hebt gelijk,' zei ze. 'Ik begrijp het inderdaad niet, en het is niet eerlijk van me dat ik jou daar de schuld van geef. Het is eerder mijn eigen schuld dat ik van je verwacht dat je wilt veranderen en experimenteren. Ik vind het soms erg moeilijk om vat op je te krijgen, om in jouw hoofd te kruipen.'

'Dat kan ik ook van jou zeggen.' Ik knikte enthousiast. We begonnen allebei te lachen, een spontane lach, omdat we wisten dat het dwaas en zinloos was om te proberen de ander te zijn.

We kletsten over de kleren die we allebei hadden gekocht, en voor welke gelegenheden mijn nieuwe outfits het meest geschikt waren.

'Dat minirokje en glinsterende topje zijn om te flirten.'

'Sue, je weet best dat ik daar niet aan doe.'

'Je moet jezelf de kans geven! Mark ziet je overduidelijk wel zitten.'

'Nou, ik heb hem anders ondubbelzinnig laten weten dat ik daar niets van moet hebben.'

'Maar hij is wél helemaal van Carricksheedy naar Dublin en terug gereden, zodat jij je niet onbehaaglijk zou voelen tijdens de begrafenis. Kom op, zeg! Hij vindt je leuk.'

Ik had Sue al toevertrouwd dat ik ervan overtuigd was dat ik aseksueel was en zei niets.

'Hoe gaat het met de aanraaktherapie?'

'Goed. Ik kan nu omhelzingen geven en accepteren. Handen schudden gaat ook meestal goed, maar ik zou het fijn vinden als mensen dat niet doen wanneer ze net hun neus hebben gesnoten.'

'Vorig jaar om deze tijd zou je dat voor onmogelijk hebben gehouden. Heeft je therapeut het al met je over masturberen gehad?'

'Ze heeft het aangekaart. Tina wil dat ik elke avond tien minuten in een grote spiegel naar mezelf kijk, en ik geloof dat ik volgende week moet beginnen met het strelen van verschillende delen van mijn lichaam, zolang ik me daar tenminste prettig bij voel.'

'Wat is het toch jammer dat je aseksueel bent.'

'Nee, hoor. Ik heb op televisie seksscènes gezien. Het gekreun en geschreeuw is ontzettend onaangenaam. Is het je weleens opgevallen dat in comedy's vrouwen altijd gillen en mannen grommen, en in romantische films vrouwen kreunen en mannen heel luid ademhalen? Welke van de twee is de juiste?'

'Lieve god, ik heb niet de juiste kwalificaties voor dit gesprek, maar ik kan je wel zeggen dat er geen juiste of onjuiste manier bestaat. Als het zover is laat je je gewoon gaan.'

'Dat zal bij mij nooit gebeuren, Sue.'

'Arme Mark.'

'Hij heeft een oogje op iemand anders.'

'Jammer.'

'Niet voor mij.'

Sue lachte weer. Ik was benieuwd hoe het met Mark en Anubha ging. Ik had hen nog niet samen gezien en als ik Anubha sprak had ze het zelden over hem.

Ik betaalde de lunch en toen we op de terugweg bij een tankstation stopten, betaalde ik ook de benzine en chocola. Sue zette popmuziek op en leerde me de tekst van een paar liedjes van Adele en Hozier. Ik dacht dat ik de melodieën later waarschijnlijk wel op de piano zou kunnen naspelen. Het was geen Bach, maar ze klonken best leuk.

'Je hebt een mooie zangstem,' merkte Sue op.

'Mijn moeder moedigde me als tiener altijd aan om te zingen, maar mijn stem is een beetje roestig.'

'Waarom neem je geen zangles of word je niet lid van een koor?'

'Met therapie, yoga en mezelf strelen heb ik het al druk genoeg.'

'Er is een fantastisch zangkoor in Roscommon. Zo leer je weer nieuwe mensen kennen. Zou je het eng vinden om voor andere mensen te zingen?'

'Nee, dat denk ik niet. Het is gemakkelijker om te zingen dan om over mezelf te praten.'

'Heb het er eens over met Tina. Ik durf te wedden dat ze het een goed idee vindt.'

'Ik zal erover nadenken.'

Sue stak een hand uit en kneep in die van mij. 'Je gaat een opwindende toekomst tegemoet.'

Ik kneep even terug en we keken elkaar lachend aan. Toen richtte ze haar ogen weer op de weg.

De makelaar belde me. 'Goed nieuws,' zei hij. 'Er zijn heel veel mensen in jouw huis geïnteresseerd of, zoals ik al vermoedde, vooral in de grond eromheen. Op dit moment zijn er drie grote bieders: een projectontwikkelaar, Morgan Homes, wil er vijftig herenhuizen op neerzetten. Het farmaceutische bedrijf dat naar Mervyn Park komt wil er een ruim opgezette woonwijk bouwen voor hun managementteam en medewerkers. En een Duitse supermarkt wil het terrein ook heel graag hebben. Bijkomend voordeel is dat het ook nog eens aan een doorgaande weg grenst. Zoveel belangstellenden heb ik in Carricksheedy in mijn hele leven nog niet gehad!'

'Dat is fijn,' zei ik.

'Fijn? Het is echt fantastisch!' zei hij.

'Oké.'

'Sorry als ik een beetje doordraaf, maar volgens mij heb je niet in de gaten hoeveel geld je kunt krijgen.'

De renovatie van de cottage was begonnen. Het enige wat ik wilde was genoeg geld om er een mooi huis van te maken.

'Maar wat moet ik er dan mee doen?'

'Het geld? Daar kun je mee doen wat je wilt. Een eigen bedrijf beginnen. Investeren in aandelen. Je bedje is gespreid. We hebben zelf een aantal investeringsmogelijkheden die je misschien wel aanspreken.'

'Mag ik zelf kiezen welk bedrijf mijn land krijgt?'

'Sorry?'

'Een Duitse supermarkt lijkt me hier geen goed idee. En een woonwijk? Krijgen alle huizen daar een tuin?'

Aan de andere kant van de lijn bleef het even stil.

'Nou, normaal gesproken verkopen we altijd aan de hoogste bieder. Dat is het meest logische.'

Hij somde een aantal bedragen op die ik eerlijk gezegd verbijsterend vond.

'Ik denk dat ik zelf met de potentiële kopers wil praten.'

'Waarom? Ik ben de makelaar. Samen met de notaris regel ik alles, zodat jij hen niet hoeft te spreken.'

'Maar als ik dat nu wil? Of is het verboden?'

'Mevrouw Diamond, ik weet eerlijk gezegd niet wat ik daarop moet zeggen. Het is niet verboden, maar... waarom denkt u er niet nog even over na? Het is niet verstandig om de verkoop te vertragen. Het zijn serieuze bieders.'

'Ik zal erover nadenken. Kunt u me de gegevens van alle bieders e-mailen? Dan laat ik het u zo snel mogelijk weten.'

Hij slaakte een diepe zucht.

'Je hebt volkomen gelijk,' zei Angela. 'Een Duitse supermarkt zal de Gala kapotmaken.'

Ik dacht aan Laura van de Gala, die tegenwoordig gemberwortel, garam masala, curryblad en fenegriekzaad op voorraad had, en die ontzettend haar best deed om tegemoet te komen aan de wensen van de nieuwe mensen die in het dorp waren komen wonen. Ze had net een vergunning aangevraagd om de winkel uit te breiden.

'Luister,' zei Angela. 'Je zou wel gek zijn om niet het beste bod te accepteren, maar als jij je het kunt veroorloven om een ethische keuze te maken moet je dat absoluut doen. Ik bewonder je erom.'

De geïrriteerde makelaar had de drie geïnteresseerde partijen gevraagd om me hun ontwikkelingsplannen voor te leggen. De laatste ontwikkelaar was de beste. Morgan Homes wilde een mengeling van betaalbare socialehuurwoningen en koopwoningen laten bouwen. Hun ontwerp bevatte ook een centraal gelegen park in de wijk, met daarin een speeltuin voor kinderen. Veel van de medewerkers van Mervyn Park kregen een laag loon, en hetzelfde zou ook kunnen gelden voor het farmaceutische bedrijf waarvan de bouw halverwege was.

De makelaar was niet al te ontzet toen ik hem meedeelde dat ik aan Morgan Homes wilde verkopen. Het bedrag was nog steeds veel hoger dan ik had verwacht. Ik voelde me schuldig tegenover onze buurman, Ger McCarthy, met zijn boerenbedrijf, die in vergelijking met de anderen een heel laag bod had gedaan en die het land wilde gebruiken als graasland voor zijn vee, maar ik trof een regeling voor hem, zodat hij voor een heel klein bedrag de wei achter onze tuin kon overnemen. Hij was me daar dankbaar voor en Morgan Homes was blij dat ze ervanaf waren. Zij hadden er niets aan en Ger McCarthy juist heel veel.

Nadine had het razend druk met de cottage. Ze stuurde me e-mails met kleurenschema's, tegels, keukenkastjes, slaapkamermeubilair, kledingkasten, vloerkleden, driedelige zithoeken, luiken en gordijnen, boekenkasten, deuren en ramen. Ook nu weer werd ik overweldigd door de enorme hoeveelheid keuzes, en uiteindelijk vroeg ik haar om alles voor me te kiezen. Hun huis was erg mooi en ik vertrouwde haar smaak meer dan de mijne. Ik was eindelijk goed op weg.

36

Peter, 1983

Rangi's tante Georgia verhuisde naar Rotorua. Omdat ze niet kon autorijden kon ze niet zo ver buiten de stad blijven wonen. Rangi had altijd alle boodschappen gedaan. Hij had haar ook vaak naar haar verschillende baantjes gebracht en weer opgehaald. Mijn vader kocht hun gammele huis en het lapje grond eromheen voor een schijntje. Weken na de vondst van Rangi's lichaam zag ik haar op haar laatste dag in het huis met een bijl naar de zijkant van het schuurtje lopen. De kippen vielen een voor een stil. Ze liet twee geplukte kippen achter op onze veranda, als bedankje omdat mijn vader haar met de politie had geholpen en omdat hij haar huis had gekocht, schreef ze in een briefje.

Sinds onze komst hiernaartoe was ik pas een handvol keren met mijn vader naar het supermarktje geweest, en iets vaker naar de bibliotheek en boekwinkel. 's Zomers droeg ik een honkbalpetje en lange, wijde shirts met mouwen die tot over mijn handen vielen om te voorkomen dat ik iemand aanraakte. Ik droeg nooit een korte broek. Ik zei tegen mijn vader dat ik nu oud genoeg was om te leren rijden, maar hij antwoordde dat hij niet het geduld had om met me te oefenen. Ik had er spijt van dat ik het niet aan Rangi had gevraagd. Ik wist zeker dat hij het me wel had geleerd.

Een paar weken na het vertrek van tante Georgia stelde mijn vader voor om naar het wildpark bij Lake Rotorua te gaan. Het was januari 1983, de kerstvakantie was nog in volle gang en het was nog steeds warm. Mijn vader vond dat we daar gebruik van moesten maken. Ondanks het tragische voorval keek ik ernaar uit om eropuit te trekken en andere mensen te zien.

We reden naar de noordkant van Lake Rotorua. Aan de rand van het meer waren een paar gezinnen aan het kamperen. Mijn vader leek geen zin te hebben om het bos in te gaan of de wilde dieren te bekijken. Net als ik keek hij liever naar de mensen. Na verloop van tijd liepen we een wandelpad op. Een klein, slank blond meisje was bezig in een boom te klimmen. Mijn vader bleef staan om te kijken. We staarden even naar haar, diep onder de indruk. Ze kwam tot helemaal bovenin en keek toen beduusd naar beneden.

Mijn vader riep naar haar: 'Is alles goed?'

'Ik denk niet dat ik weer naar beneden kan komen. Er zit een opossum vlak naast me. Ik ben bang,' zei ze.

We zagen het dikke dier twee meter bij haar gezicht vandaan op dezelfde tak zitten, diep in slaap.

Ik keek weer omhoog, ontzet omdat ik haar niet kon helpen. Het gemakkelijkste zou zijn om naar boven te klimmen, haar hand vast te pakken en haar van tak tot tak naar beneden te leiden. Opossums waren ongevaarlijk, maar vormden een ware plaag. Als ze werden gestoord konden ze sissen en spugen, en ze hadden scherpe klauwen. Rangi had me verteld dat iedereen er een hekel aan had.

'Kun je springen? Dan vang ik je wel op,' zei mijn vader.

'Ik ben bang,' herhaalde ze met een huilerig stemmetje.

'Oké, dan blijf je daar maar zitten,' zei mijn vader. Hij deed alsof hij wilde weglopen.

Ze begon te snikken.

'Pap, we kunnen haar daar niet achterlaten.'

'Nee, je hebt eigenlijk wel gelijk,' zei hij. 'Waar zijn je ouders?' riep hij omhoog.

'Aan de andere kant van het meer. Mama heeft gezegd dat ik pas om zes uur mag terugkomen.'

'Nou, dat klinkt ook niet aardig. Zal ik naar boven komen om je te halen?'

Mijn vader klom ontzettend behendig in de boom. Hoewel hij af en toe niet goed wist waar hij zijn voeten moest neerzetten bereikte hij haar zonder problemen. Hij pakte haar bij haar hand en leidde haar van tak naar tak, precies zoals ik het zou hebben gedaan als dat had gekund. De opossum werd niet eens wakker.

Het laatste stukje sprong ze en ze landde pal voor me.

'Dat is mijn zoon Steve. Hoe heet jij, liefje?' vroeg mijn vader aan haar.

'Lindy Weston. Hoi Steve.' Ze was verlegen en haar gezicht was vies en betraand. Ze veegde het af aan haar onderarm.

'Ik ben meneer Armstrong, maar je mag wel James zeggen.'

'Hoi Lindy,' zei ik.

'Waar kom je vandaan?' vroeg ze.

'Oorspronkelijk uit Dunedin, maar ik heb jarenlang in Ierland gewoond.' Dat was wat we altijd aan iedereen vertelden.

Mijn vader liep voor ons uit en ik kletste met Lindy. Ik was zenuwachtig, ook al had ik daar geen enkele reden toe. Nog niet.

'Mijn buurvrouw komt uit Ierland, maar vraag me niet uit welk deel. Ze praat net als jij.'

Ik wist niet wat ik moest zeggen.

'Wonen jullie ergens in de buurt of zijn jullie hier op vakantie?'

'Nee, we zijn niet op vakantie. We wonen in Rotorua.'

'Je zit niet bij mij op school, hè?'

'Nee, ik ga niet naar school. Ik krijg thuisonderwijs, maar volgens mij ben ik bijna klaar. Ik heb alle boeken voor alle vakken tot het eerste jaar van de middelbare school gehad, en mijn vader laat me nu studeren wat ik leuk vind.'

'Dus je studeert, terwijl dat eigenlijk niet hoeft?'

'Inderdaad,' zei mijn vader, die langzamer was gaan lopen tot we hem hadden ingehaald. 'Hij studeert nu plantkunde en tuinbouw. Is het niet zo, jongen?'

'Ja, ik wil groenten kweken om ze te verkopen. Ons land is erg vruchtbaar.'

'Waarschijnlijk door de regen hier,' zei ze. 'Het regent de hele tijd.'

'In Ierland regent het ook vaak,' zei mijn vader.

'Heb je broers en zussen? Ik heb twee broers. Ze maken de hele tijd ruzie. Ze zijn zeventien en achttien.'

'Nee, ik ben enig kind. Hoe oud ben jij?' vroeg ik.

'Veertien.'

'Echt?' vroeg mijn vader. Ik zag een schaduw over zijn gezicht trekken. 'Ik dacht dat je jonger was.'

'Nee, ik ben echt veertien. En jij?' vroeg ze aan mij.

'Vijftien,' antwoordde ik.

Ze keek me aan. 'Wat zit je haar leuk. Mijn moeder vindt het niet goed dat mijn broers hun haar lang laten groeien.'

Ik voelde dat ik rood werd.

'Arme Steve heeft een zeldzame medische aandoening,' zei mijn vader snel. 'Hij kan geen andere mensen aanraken, tenzij het bloedverwanten zijn.'

Ik had meteen in de gaten dat mijn vader Lindy waarschuwde dat ze niet moest proberen me aan te raken. Zelf had ik er niet eens aan gedacht.

Ze keek mijn vader met een scheef hoofd aan, alsof hij niet helemaal spoorde. 'Serieus? Daar heb ik nog nooit van gehoord.' Ze draaide zich om naar mij. 'Hoe moet dat dan als je een vriendinnetje wilt?'

'Dat kan dus niet.'

'Echt waar? Nooit?'

'Nooit,' bevestigde mijn vader ferm.

'Wat bizar. Ik heb nog nooit over zo'n aandoening gehoord.'

'Dat geldt voor de meeste mensen. Het is een zeldzame ziekte.'

'Hoe heet die ziekte precies? Dan ga ik het aan mijn vader vragen. Die is dokter.'

'Necrotische-hominoïdebesmetting,' antwoordde mijn vader. 'Daar weet je vader vast het nodige van af, maar ik durf te wedden dat hij nog nooit een patiënt met die aandoening heeft gehad. Maar één op de zes miljoen mensen krijgt het. De enige manier om aan informatie erover te komen was door artikelen in Duitse medische tijdschriften te vertalen.'

'Wauw, wat akelig. Maar je loopt wel gewoon buiten rond en je ziet er hartstikke normaal uit. Hoe zit het met huisdieren? Mag je wel een hond of kat hebben?'

'Dat risico neem ik liever niet. Daar is Steve me te dierbaar voor.'

'Dat is echt het verdrietigste wat ik ooit heb gehoord.'

Toen ik dat uit de mond van een onbekend meisje hoorde komen werd ik er zelf ook verdrietig van. Ik had er nooit bij stilgestaan wat andere mensen over me zouden denken. Zou Rangi ook medelijden met me hebben gehad?

'Jeetje, ik moet nu echt terug naar mijn ouders, anders kom ik te laat.' Ze keek op haar horloge.

'Dit pad loopt recht naar de plek waar we onze auto hebben geparkeerd. Als je wilt kunnen we je wel een lift geven naar de andere kant van het meer. Het is hier heel dichtbij.'

'Dat zou super zijn. Bedankt, meneer Armstrong. James. Mijn moeder vindt het eigenlijk niet goed dat ik volwassenen bij hun voornaam aanspreek. Waarom zou dat zijn?'

'Misschien is ze een beetje ouderwets.'

'Ik ga haar vertellen dat je dat hebt gezegd.'

We lachten allemaal. Lindy zorgde voor een vrolijke noot.

Bij de auto aangekomen zette mijn vader zijn stoel een stukje naar voren, zodat Lindy achterin kon zitten. We reden weg en

Lindy kletste vrolijk met ons allebei. Ze was expres achter mijn vader gaan zitten zodat ze mij niet per ongeluk zou aanraken. Ik waardeerde het attente gebaar enorm.

Toen kwamen we bij de doorgaande weg.

'Volgens mij gaan we de verkeerde kant op, James,' merkte Lindy op. 'Je had zo-even naar links moeten gaan. Zal ik hier uitstappen?'

'Ik denk dat je beter met ons mee kunt gaan om wat te eten. Wat zeg jij ervan, Stevie?' zei mijn vader. Hij trapte het gaspedaal wat dieper in.

'Heel graag, maar dan moet ik het wel eerst aan mijn ouders vertellen. Die worden woest als ik met twee onbekende mannen wegga zonder hun dat eerst te zeggen.'

Mijn vader zei niets. Hij stuurde de auto met een grote bocht van de weg af en we reden via achterafweggetjes naar ons huis.

'James... Meneer Armstrong, waar gaan we naartoe?'

'Maak je geen zorgen, Lindy. We brengen je over een uurtje terug. Oké?'

Lindy zei niets. Ik draaide me naar haar om en glimlachte. 'Het wordt vast leuk,' zei ik, hoewel ik stiekem bedacht dat mijn vader ziedend zou zijn als ik hem ergens een uur op me liet wachten. Niet dat ik ooit ergens naartoe ging zonder hem...

Toen we bij ons huis kwamen liep mijn vader niet naar de veranda, maar legde zijn handen op Lindy's schouders en manoeuvreerde haar naar de schuur toe.

Ze kromp in elkaar onder zijn aanraking. 'Ik vind het niet leuk. Ik wil naar huis. Ik wil naar mijn moeder.' Ze begon te huilen.

'Pap, misschien kunnen we haar beter terugbrengen. Ze is van streek. Dit is niet eerlijk tegenover haar.'

Hij leidde haar naar de schuurdeur, deed die open en duwde haar naar binnen. Daarna trok hij de deur dicht en draaide een sleutel om in een hangslot dat ik nog niet eerder had gezien.

'Je wilde toch vrienden? Dat heb ik voor je geregeld. En nu ophouden met zeiken!'

Ik hoorde haar heel gedempt op de deur bonzen. We hadden als laatste een extra laag gipsplaat tegen de eierdozen bevestigd, ook die op de deur. Als ze al schreeuwde kon ik dat totaal niet horen.

37

Sally

Een week nadat mijn huis was verkocht hoorde ik dat Conor Geary's zus Margaret twee maanden eerder was overleden. Het was Margaret al die jaren gelukt om een onopvallend leven te leiden. Er was geen publiciteit geweest rond haar dood of haar link met Conor Geary. Haar notaris had contact met me opgenomen om me te laten weten dat Margaret Geary haar huis aan mij had nagelaten. Een groot, vrijstaand huis in een fijne wijk in Dublin. Het huis waar ik samen met mijn moeder gevangen was gehouden. Mijn bloedbanderfenis.

Het papierwerk werd snel afgehandeld en ik deed het huis meteen in de verkoop. Niemand wist dat ik de verkoper was. Geoff Barrington regelde de juridische kant. Ik vertelde het aan niemand, behalve Tina. Ditmaal kon het me totaal niet schelen wie het kocht. Ik hoopte dat het met de grond gelijk zou worden gemaakt en accepteerde het eerste het beste bod. Het was een aanzienlijk bedrag. Wat moest ik met al dat geld?

Toen bekend werd dat ik mijn eigen huis in Carricksheedy had verkocht besloot ik alsnog een feestje te geven. Al mijn vrienden moedigden me aan. Wie had een jaar geleden kunnen denken dat ik nu zoveel vrienden zou hebben? Tina overtuigde me er ook van dat het een goed idee was. Ik kon aan alle genodigden vragen om iets te eten mee te brengen, en in ruil daarvoor kon ik hun een van de meubels of huishoudelijke voorwerpen meegeven die ik niet langer nodig zou hebben. De enige dingen die ik wilde houden waren mijn piano, mijn bed en misschien het bureau uit mijn vaders kantoor.

Het feestje stond gepland op zaterdagmiddag 14 september. De gastenlijst was lang: Angela en Nadine, tante Christine (die een nachtje zou blijven logeren), Mark, Stella en haar man Kieran, Kenneth en Sue, Anubha, Martha en Udo, Laura van de Gala-supermarkt, Fernanda en Rodriguo, Valerie van het restaurant en Ger McCarthy, en al hun kinderen. Alles bij elkaar zestien volwassenen en zeven kinderen.

Uit pure beleefdheid had ik Geoff Barrington, de advocaat, ook uitgenodigd, maar die sloeg de uitnodiging gelukkig af, en Tina, die zei dat we onze relatie het beste professioneel konden houden.

Ik huurde een partytent en een springkussen in de vorm van een kasteel voor de kinderen. Ook huurde ik een bewaker in. Een vrouwelijke. Ik had haar aan de telefoon gesproken en haar op internet nagetrokken. Ze was lang, zag er sterk uit en had heel veel tatoeages. Toen ik dat aan Sue en Martha vertelde reageerden ze verbijsterd, tot ik hen eraan herinnerde dat mijn moeder op een zonnige dag uit een tuin was ontvoerd. En ook dat ik, hoewel ik mijn best deed om er niet aan te denken, in mijn achterhoofd altijd bezig was met het feit dat Conor Geary ergens rondliep en dat hij wist waar ik woonde. Ik wilde niet het risico lopen dat hij, of iemand zoals hij, kinderen uit mijn tuin ontvoerde.

Nadine vond het kennelijk niet genoeg om zich alleen over mijn níéuwe huis te ontfermen, want op de dag voor het feest arriveerde ze met slingers met vlaggetjes en lichtjes, die ze tussen de bomen spande. Ze hielp me om alle spullen die ik niet naar de cottage wilde meenemen uit de kasten te halen. Alles wat de gasten mochten meenemen was van een geel memostickertje voorzien. Iedereen mocht meenemen wat hij wilde. Nadine stelde voor om de wijn te proeven, zodat we zeker wisten dat die goed was. Het was heel gezellig en ze vertelde me honderduit over de cottage. Ik kon er halverwege oktober in. 'Dan zullen er nog wel een paar dingetjes moeten worden afgerond,' zei ze, 'maar het is wel thuis.'

Hoewel ik het niet had verwacht sliep ik de nacht voor het feest uitstekend. Ik werd met een droge mond en lichte hoofdpijn wakker. Misschien hadden we beter niet de rode, de witte én de rosé moeten uitproberen. Ik kroop moeizaam uit mijn bed.

Sue kwam al heel vroeg om me te helpen en bracht een paar bakken met bonensalade, kruidige rijst en empanada's mee. Er arriveerde een vrachtwagen met twee mannen erin, die een halfuur nodig hadden om het gigantische springkussen neer te zetten op de plek die Nadine daarvoor had uitgekozen. Ze waren vriendelijk en wensten ons een leuke dag. Op maandag zouden ze het springkussen weer komen ophalen. Terwijl de vrachtwagen over het laantje naar de doorgaande weg reed keek Sue van mij naar het kasteel. Toen schopte ze haar schoenen uit en riep: 'Kom mee!' Ze rende ernaartoe, sprong erop en stuiterde bijna tot aan de bovenste rand. Het zag er inderdaad leuk uit. Ik trok mijn sneakers uit en holde er ook naartoe. Al snel sprongen we hand in hand op en neer, botsten tegen de zachte wanden en elkaar aan, en gierden het uit van het lachen.

Tien minuten later lagen we op onze rug uit te hijgen.

'O, mijn god,' zei ze. 'En dat ding blijft dus tot maandag staan. Mogen mijn kinderen morgen terugkomen? Alsjeblieft?'

'Van mij mogen alle kinderen er gebruik van maken zolang het kan.'

Ze keek me stralend aan.

Ik liet haar de partytent zien, waar de borden, servetten en glazen en het bestek al klaarstonden voor gebruik.

'Dit wordt echt fantastisch!'

'Ik hoop het.'

Sue ging naar huis om Kenneth en de kinderen op te halen en zou om twee uur terugkomen.

Ik koos een vlotte, korte zijden jurk uit die op de rug met een strik vastzat. Hij had een hartvormige halslijn. Toen ik hem in de Zara paste had Sue gezegd dat ik wel een zelfbruiner nodig had voor mijn benen. Ik had geen zelfbruiner en mijn benen hadden de kleur van benen, dus ik was tevreden. De jurk zat fijn. Ik zat lekker in mijn vel. Door de yoga was ik leniger geworden. Ik kon me nu buigen en strekken zonder erbij te kreunen of grommen.

Wat ik die dag in de spiegel zag beviel me wel. De korte rok zwierde ruisend om me heen. Ik borstelde mijn haar en liet het loshangen om te kijken hoe dat eruitzag. Mijn gezicht werd er heel anders door. Ik vond het geen fijn gevoel dat het op mijn schouders hing en draaide het in mijn gebruikelijke knot. Ik was blij met mijn gezicht. Ik was blij met de dunne rimpeltjes bij de hoeken van mijn ogen wanneer ik glimlachte. Ik was mooi.

Om tijdens het wachten rustig te blijven ging ik om kwart voor twee achter de piano zitten om wat te spelen. Ik herinnerde me de nummers van Adele die Sue me had laten horen en zong in mezelf. Eerst zachtjes, maar toen harder, in nabootsing van haar krachtige stem.

Er werd op de voordeur geklopt. Ik deed open voor Lina, de beveiliger. Ik gaf haar de gastenlijst en vroeg haar om ervoor te zorgen dat er niemand anders naar binnen glipte.

'Jij bent toch dat meisje, hè? Mary Norton. Ik had het eerst niet door, maar ik heb je gegoogeld.'

'Ja, maar noem me alsjeblieft Sally. Ik wil het niet over het verleden hebben.'

'Oké. Zeg maar waar je me hebben wilt.'

Ik liet haar zien waar ze moest gaan staan om de auto's naar het eind van het laantje te sturen. De meeste mensen zouden waarschijnlijk te voet vanuit het dorp komen, want het was een prachtige dag.

'Let alsjeblieft vooral op oudere mannen.'

'Ze hebben hem nooit gepakt. Dat heb ik gelezen. Maar je denkt toch niet dat hij nu in Ierland is?'

'Ik weet het echt niet. Als er iets vreemds gebeurt blaas dan heel hard op dit fluitje.' Ik gaf haar het noodfluitje dat tante Christine me maanden geleden had gegeven, nadat Toby per post was bezorgd. Ik had het altijd naast mijn bed liggen. Het was hooguit honderd meter ver te horen, maar hopelijk zou het eventuele indringers afschrikken.

De eersten die arriveerden waren Rodriguo en Fernanda.

'Wauw,' zei Fernanda. 'Wat zie jij er schitterend uit!'

Rodriguo knikte instemmend.

'Dank je! Ik voel me vandaag mooi. Fernanda, jij ziet er...' Ik hield abrupt op met praten.

Rodriguo grinnikte. 'Gelukkig voor jou is Fernanda in verwachting,' zei hij. Ze lachten.

Ik feliciteerde hen en nam een grote schaal met luchtige kaasbroodjes aan. Daarna leidde ik hen rond door het huis en wees alle dingen aan die ze misschien mee naar huis wilden nemen.

De volgende was Valerie, die om het huis heen kwam lopen met een enorme zak broodjes en koekjes die ze die ochtend speciaal in het restaurant had gebakken. 'Ik wist niet eens dat hier een huis stond en ik woon al mijn hele leven in het dorp.'

'Nou, binnenkort staat het er ook niet meer.'

'Dat heb ik gehoord, ja! Spannend, hoor. Je ziet er trouwens hartstikke sexy uit. Gave jurk! Vind je het goed dat ik een biertje pak? Ik heb dorst gekregen van de wandeling uit het dorp.'

'Daar is het voor. In de tent staan glazen, als je er eentje wilt.'

Ik maakte een flesje voor haar open en ze nam er meteen een slok uit. Mijn vader moest niets hebben van mensen die niet uit een glas dronken, maar ik begreep inmiddels dat hij ouderwets was geweest. Ik probeerde me voor te stellen wat hij nu van me zou vinden, in mijn korte jurk, als gastvrouw van een feestje.

Ger McCarthy kwam met een zak appels en aardappels aanzetten. 'Die kun je uitdelen om mee naar huis te nemen,' zei hij.

Daarna volgden de anderen kort na elkaar en de tuin vulde zich al snel met druk geroezemoes.

De kinderen renden meteen naar het springkussen. Misschien zou ik straks mijn spijkerbroek aantrekken en er nog een keertje op springen.

Mark en Anubha arriveerden gescheiden van elkaar. Ik sloeg hen aandachtig gade, maar ze zochten elkaar niet op en toonden totaal geen belangstelling voor elkaar.

Abebi gaf me een knuffel, kroop op mijn schoot en zette een zelfgemaakte papieren kroon op mijn hoofd. Iedereen zei dat ik er prachtig uitzag. Stella vroeg me om een pirouette te maken en alle aanwezigen klapten. Er was veel meer eten dan we met ons allen op konden en ik nam me voor om iedereen te vragen wat mee naar huis te nemen.

Martha had een klein luidsprekertje dat ze aan haar telefoon vastmaakte en opeens klonk er muziek. Het was niet allemaal mijn smaak, maar sommige mensen begonnen te dansen. Iemand vroeg aan Fernanda en Rodriguo of ze de samba wilden dansen, maar ze biechtten op dat ze die dans niet kenden, ook al kwamen ze uit Brazilië. Stella en Kieran kwamen naar hen toe en boden aan het hun te leren. Sue, Kenneth en hun kinderen deden ook mee, en draaiden elkaar schreeuwend en lachend in het rond. Die dag vond ik het lawaai niet erg.

Tante Christine was verbaasd om zoveel mensen om me heen te zien. 'Wie zijn dat allemaal?' vroeg ze.

'Mijn vrienden,' antwoordde ik fier.

'O, lieverd, wat geweldig. Ik ben ontzettend trots op je.' Er welden tranen op in haar ogen en ik wist dat ze aan Donald dacht. Ik gaf haar een servetje. 'Dank je, het is... Ik wilde eigenlijk niet komen. Het voelt verkeerd om plezier te hebben... Het is te snel, en ik ben veel ouder dan alle anderen.'

Mark kwam bij ons staan. 'Christine, wat fijn om je te zien. Kom, ga lekker op een stoel in de schaduw zitten. Zal ik een bordje met eten voor je halen of wil je zelf een kijkje nemen?'

'Dank je, Mark,' zei ik.

Tante Christine liet zich meevoeren naar het cateringgedeelte van de tent. Ik vond het aardig van hem dat hij zich over haar ontfermde. Na de begrafenis had ze haar bedenkingen over hem gehad, maar nu hoorde ik hen in de tent samen lachen. Hij regelde een tafel en stoel voor haar, ging bij haar zitten en schonk haar glas vol. De zon stond hoog aan de hemel. Ik dronk heel rustig en lengde mijn wijn zo veel mogelijk met water aan. Het was een volmaakte dag.

Later daalde er rust neer over de tuin, wat heel goed bij mijn stemming paste. Rodriguo stak citronellakaarsen aan. Het weer was mild, maar rond de schemering kwamen bijtgrage insecten tevoorschijn.

Mark kwam naar me toe en hielp me de glazen naar de keuken te brengen.

'Voordat je het vraagt,' zei ik. 'Er zijn geen nieuwe ontwikkelingen in Nieuw-Zeeland. Volgens mij is Conor Geary daar niet meer. Misschien is hij er wel nooit geweest en heeft hij het pakje daarvandaan laten versturen om me op een dwaalspoor te brengen.'

'Rotzak. Waar hij ook naartoe is gegaan, hij kon daar gemakkelijk een ander kind ontvoeren.'

'Daar probeer ik niet aan te denken. Ik wil niet dat je nog langer over hem praat.'

'Oké. Sorry.'

'Even iets anders. Als je Anubha leuk vindt mag je wel iets beter je best bij haar doen.'

'Wat?'

'Je zei toch dat je haar leuk vond?'

Hij werd knalrood. 'Ja, dat is ook zo, maar... het is lastig als je bij elkaar werkt.'

Ik snapte niets van romantische relaties en liet het gaan.

In de tuin werd luid gelachen en toen ik naar buiten liep, bleken Angela en Nadine op het springkussen te zijn geklommen.

Sue knipoogde naar me. 'Sal! Ik wíst wel dat dit zou gebeuren!'

Angela kwam buiten adem terug. 'Jezus, ik zou toch beter moeten weten. Heb je enig idee hoeveel gewonde volwassenen ik onder ogen krijg als gevolg van dronken springkussensessies?' Ze gaf me een klap op mijn rug. 'Verdomd leuk feestje, Sally. Ik had niet verwacht dat ik dat nog zou meemaken. Dit is precies wat Jean voor jou wilde. Vrienden om plezier mee te maken!'

Zou geluk zó aanvoelen? Die dag lachte en glimlachte ik vaak en spontaan.

Totdat ik het hoge snerpende fluitsignaal hoorde.

38

Peter, 1985

Mijn vader hield Lindy gevangen in de schuur, net zoals hij mijn moeder gevangen had gehouden in de aanbouw. Ze zat met haar enkel aan een muur vastgeketend. Haar verdwijning was na afloop wekenlang op het nieuws geweest, maar er was niemand die meldde haar in onze auto te hebben zien stappen. Mijn vader had de auto natuurlijk expres een eindje bij het officiële parkeerterrein vandaan geparkeerd, en áls iemand ons al had gezien zagen we er als een heel gewoon gezin uit. Lindy was uit zichzelf in de auto gestapt. Er was geen geschreeuw of gejammer aan te pas gekomen. We hadden er allemaal onopvallend uitgezien. Mijn vader had me die dag opgedragen om mijn pet thuis te laten, dus er was helemaal niets opmerkelijks aan ons.

De politie ging ervan uit dat ze in het meer was gevallen, maar de duikers hadden haar lichaam uiteraard niet gevonden. In de weken erna maakte ik me vreselijk veel zorgen over wat we hadden gedaan. Mijn vader hield de sleutel van de schuur altijd bij zich. Hij zei dat we allebei in de gevangenis zouden belanden als we haar lieten gaan. Hij herinnerde me eraan dat ik de arrestatie niet zou overleven omdat de politie me daarbij zou aanraken. Ik zou een gruwelijk pijnlijke dood sterven. Hij deed alsof hij me met de ontvoering van het meisje een enorme gunst had gedaan, me een maatje had bezorgd. Maar waarom een meisje?

Na de eerste weken ging ik, zodra hij thuiskwam, elke dag naar Lindy toe. Hij deed de deur van het slot en sloot me vervolgens een uur of twee bij haar op. In het begin was het vreselijk, want ze was ontzettend hysterisch en overstuur. In dat eerste jaar probeerde ze steeds opnieuw te ontsnappen. Ze gooide kokend water naar ons allebei. Mijn vader hield er akelige brandwonden aan over, maar ik wist op tijd weg te springen. Daarna sloot mijn vader de gasaansluiting van haar fornuis af en moest ze het een maand zonder warm eten doen, ook al was het een koude winter. Maar telkens als mijn vader voorwerpen verder buiten haar bereik zette of het begin van weer een nieuwe tunnel vond en die blokkeerde, probeerde ik het er iets gemakkelijker op te maken voor haar. Ik was aan het sparen om een televisie voor haar te kopen. Ik keek altijd naar haar soaps, zodat ik haar kon vertellen hoe het met alle personages ging. Ik hing nieuwe lampen op zodat het er lichter was. Ik gaf haar vaseline voor de schuurplekken van de boei om haar enkel.

Mijn vader liet haar soms aan de achterkant van het huis even naar buiten, maar ze probeerde steeds weg te rennen, ook al had hij het andere uiteinde van de ketting vast. Ik zou het fijn hebben gevonden als ze leerde accepteren dat haar plek hier bij ons was. Na twee jaar was het te laat om haar vrij te laten. Ze moest bij ons blijven. Ze haatte mij eerst ook, totdat het tot haar doordrong dat ik niet zo'n hekel aan meisjes had als mijn vader. Ze smeekte me om haar los te laten, en ik vroeg het een paar keer aan mijn vader, maar dan werd hij altijd kwaad, en ik besefte dat ik het beter niet meer ter sprake kon brengen.

Hoe ouder ik werd, hoe meer moeite ik kreeg met mijn geïsoleerde bestaan. Wat moest Lindy wel niet hebben gevoeld? Ik verdiende wat geld met de opbrengst van mijn groentetuin. Mijn vader en ik hadden Rangi's huis gesloopt en de grond beplant. Ik kweekte er groenten en wat fruit: aardappels, wortels, snijbiet, sperziebonen, tuinbonen, pastinaak, aardbeien, kool en sla. Die verkocht ik aan Kai, de bedrijfsleider van de kleine Clayburn-supermarkt in de stad. Het was het beste om zo veel mogelijk verschillende gewassen te planten. Als een ervan om wat voor reden dan ook mislukte had ik altijd iets anders om te verkopen. Ik wilde mijn eigen geld verdienen en iets omhanden hebben wanneer mijn vader naar zijn werk was.

Mijn vader zwichtte uiteindelijk en leerde me autorijden. Ik was een snelle leerling en haalde binnen de kortste keren mijn rijbewijs. Ik moest aan de examinator uitleggen waarom ik 's zomers handschoenen droeg. Hij was heel nieuwsgierig naar mijn aandoening, maar reageerde begripvol. Tijdens mijn afrijden zat hij helemaal tegen het portier aan de passagierskant gedrukt, om mij maar niet aan te raken. Ik haalde het rijexamen in één keer. Zodra ik mijn rijbewijs eenmaal had leek mijn vader mijn onafhankelijkheid prima te vinden. Vanaf dat moment gingen we nog maar zelden samen ergens naartoe. In de weekenden verrichtte ik klusjes voor hem en meestal deed ik ook voor ons alle drie boodschappen. Zo nu en dan zette ik hem af bij zijn tandartspraktijk en haalde ik hem na afloop weer op. Ik wilde dingen kopen waar mijn vader niets van af mocht weten. Dingen voor Lindy.

Toen ik besloot mijn slaapkamer opnieuw te schilderen kwam ik de oude teddybeer tegen. Daardoor moest ik aan Denise en het kleine meisje denken. Tijdens de twee nachten die ik jaren geleden bij haar had doorgebracht was ik nog heel jong. Wat moest zij met Toby, een speelgoedbeer? Wat had ze nog meer uit haar oude leven meegebracht toen ze met mijn vader trouwde, behalve die beer? Mijn vader had altijd gezegd dat ze geen familie had.

Ik probeerde me te herinneren hoe oud ze kon zijn geweest.

Toen ik haar leerde kennen was ze een volwassene, een zwangere volwassene, maar hoe oud zou ze zijn geweest toen ik werd geboren? Waren mijn vader en zij wel echt getrouwd? Was het niet beter voor haar geweest om in een psychiatrische inrichting te verblijven? Mijn vader leek haar te verachten. Hij gaf haar nooit nieuwe kleren en maar heel weinig eten, en hij vond haar duidelijk niets waard, maar hij had wél seks met haar. Wilde zij dat wel? Mijn moeder leek hem ook te haten. En als ze geen zin had in seks met hem, dwong hij haar er dan toe? Daar wilde ik liever niet aan denken. Mijn vader was in veel opzichten een goed mens. Maar daar stond Lindy tegenover.

Ik kocht eenvoudige ingrediënten voor Lindy die ze zelf kon klaarmaken, en ik haalde boeken voor haar uit de bibliotheek. Mijn vader stond niet toe dat ze schrijf- of tekenspullen kreeg, geen pennen, potloden of krijtjes. Ik kocht wel cadeautjes voor haar, chocolade, kleren uit tweedehandswinkels, lekkere zeep en shampoo, nieuwe handdoeken. Mijn vader zei dat het geen zin had om verliefd op haar te worden omdat ik haar toch nooit kon aanraken. Dat besefte ik heus wel. Maar hoe kwetsbaarder en banger ze was, hoe leuker ik haar vond. Ik onderdrukte mijn lichamelijke verlangen naar haar en vroeg me af of mijn vader seks met Lindy had. Ik durfde het haar niet te vragen, omdat ik bang was voor het antwoord. Op een ochtend had mijn vader krassen in zijn gezicht. Hij zei dat hij was gestruikeld en in de braamstruiken was gevallen toen hij Lindy haar ontbijt had gebracht. Dat was gelogen, want Lindy maakte zelf haar ontbijt klaar. Een andere keer zag ik geronnen bloed in zijn oor. Waarom duurde het zo lang voordat het tot me doordrong dat mijn vader een pedofiel was?

Toen ik op een avond bij haar kwam was ze enorm neerslachtig. Ik zette de tas met boodschappen binnen haar bereik, trok me in een hoek terug en vertelde haar over mijn dag. Op de voorkant van haar T-shirt zaten bloedvlekken. Terwijl zij zwijgend de spullen opborg zag ik dat een van haar voortanden weg was.

Lindy moest het me uitleggen en de woorden vormden een waarschuwing die me helemaal mee terugnam naar mijn vroege jeugd. Het was maart 1985. Ik zei niets over haar tand of het bloed en probeerde te doen alsof ik het niet had opgemerkt. Ze wachtte tot ik op de enige stoel was gaan zitten, liet zich pal voor me op de vloer zakken en keek me recht aan. 'Steve, hij zei dat hij me zou vermoorden als ik het aan jou vertelde, maar je vader houdt me hier niet gevangen als maatje voor jou. Je bent zeventien; zo naïef kun je verdomme niet zijn. Die klotevader van je is een verkrachter. Hij verkracht me al sinds ik hier ben twee keer per week. En als ik me verzet straft hij me.' Ze schoof haar mouwen omhoog om me de blauwe plekken op haar polsen te laten zien.

Ik zei dat ze haar mond moest houden.

'Dacht je soms dat mijn tand er vanzelf uit is gevallen?' vroeg ze. Ik zag in gedachten de gaten in mijn moeders gebit weer voor me. Lindy sprak hardop uit wat ik zelf al heel lang vermoedde. Ik had het allemaal allang uitgeknobbeld en dat had ze door.

'Je weet het best, Steve. Je hebt het al die tijd geweten. Als je die ziekte niet had zou jij me ook verkrachten.'

Ik reageerde vol afschuw. 'Ik zweer je dat ik je nooit pijn zou doen. Ik wist het echt niet.'

'Daar geloof ik niets van. Maar nu weet je het dus wél. Wat ga je eraan doen?'

Ik durfde haar niet aan te kijken, wist niet wat ik moest zeggen. Ik negeerde haar tranen en frustratie, en deed zoals altijd de deur achter me op slot.

Mijn moeder was een andere Lindy. Ik herinnerde me alles wat ze tegen me had gezegd. Ze was elf geweest toen hij haar ontvoerde. Ik herinnerde me mijn kleine zusje Mary. Wat was er met hen gebeurd? Ik had mijn moeder geschopt toen ze zwanger was. Mijn eigen moeder. Wat Lindy had gezegd was allemaal waar.

Ik had genoeg tv-programma's gezien, niet alleen fictieve series maar ook reality-tv, om te weten dat vrouwen slim en grappig konden zijn, lief en vriendelijk. Ik kwam ze af en toe tegen in de stad. Kais vrouw en zus. Ze waren Polynesisch en mijn vader had neerbuigende opmerkingen over hen gemaakt.

Ik was nog nooit de confrontatie met mijn vader aangegaan. Dat was niet nodig geweest. Ik had alles al die tijd ontkend. Tegen mij stelde hij zich altijd zachtaardig, vriendelijk en beschermend op. Maar we hadden ook weleens ruzie. Bijvoorbeeld toen ik hem smeekte om een telefoon te laten installeren. Hij had het geweigerd en beweerd dat het geldverspilling was. Ik had teruggeroepen dat hij gewoon koppig was.

Lindy's situatie was iets wat ik niet langer kon negeren. Ik piekerde erover en lag er een nacht wakker van. De volgende ochtend ontbeet ik niet samen met mijn vader. In plaats daarvan bleef ik in de moestuin. Die avond was het mijn beurt om te koken. Toen ik zijn auto op de weg hoorde aankomen werd de knoop in mijn maag nog strakker. Ik had de varkenskarbonades laten aanbranden en de aardappelen te lang gekookt. Ik zette het bord voor hem neer, ging aan het andere uiteinde van de tafel zitten en keek toe terwijl hij uit een kan water in zijn glas schonk. Ik was te zenuwachtig en te misselijk om te eten.

'Voel je je niet lekker? Je ziet een beetje pips,' zei hij bezorgd.

'Ik moest aan mijn moeder denken, aan dat je haar hebt verkracht.' Mijn stem klonk verstikt.

Zijn mes viel kletterend op de tafel.

'Ik ben zeventien, pap. Hoe oud was ze toen je haar zwanger maakte? Was ze ouder of jonger dan Lindy?'

Hij sloeg zo hard met zijn vuist op de tafel dat alles opsprong en zijn glas water omviel. 'Ik weiger hiernaar te...'

'Je hebt haar ontvoerd. Je hebt haar van haar ouders gestolen en haar in die kamer naast de mijne opgesloten. Je hebt haar uitgehongerd, geslagen en mishandeld, en je hebt haar verkracht. En nu mishandel en verkracht je Lindy. Je hebt haar tanden getrokken. Heb je dat met een extractietang of een nijptang gedaan?'

Het waterglas rolde zijwaarts over de tafel.

'Dat vuile kreng liegt! Je moet niet geloven wat zij...'

'Ze heeft me helemaal niets verteld. Ik ben er zelf achter gekomen. Volgens mij heb ik het altijd geweten, maar wilde ik niet dat het waar was. Ik kan niets van wat jij zegt geloven, pap. Je bent uit Ierland weggevlucht en hebt mij meegenomen, en nu ben ik medeplichtig aan de ontvoering van Lindy.' Het water uit het glas droop op de vloer.

'En wat wil je nu dat ik eraan doe?' vroeg hij grommend. 'Moet ik haar soms laten gaan? Wat denk je dat er dan met jou gebeurt? Wie moet jou dan beschermen? Je zei het zelf al: je bent medeplichtig.' Hij schoof zijn stoel weg van de tafel, stond op en keek me recht aan. Het omgevallen glas rolde verder en viel op de houten vloer kapot. Ik was doodsbang bij het vooruitzicht dat ik de gevangenis in zou gaan, ik was doodsbang bij de gedachte dat ik helemaal alleen zou achterblijven, ik was doodsbang bij het idee dat ik een vreselijk pijnlijke dood zou sterven. Maar ik dacht dat ik het onderscheid tussen goed en kwaad wel kende.

'Pap, je moet haar met rust laten. Je bent een pedofiel. Geef het gewoon toe.'

'En wat spook jíj dan elke avond met haar uit? Kletsen soms? Lezen?'

'Inderdaad! Wat wil je insinueren? Je weet dat ik haar niet kan aanraken.'

De rode kleur verdween uit zijn gezicht. Hij hield zich met

beide handen aan de tafel vast en schudde zijn hoofd, alsof er water in zijn oren zat.

'Als ik de bak in draai, ga jij mee. Je bent niet te jong om naar een gevangenis voor volwassenen te gaan. Heb je enig idee wat ze daar met jongens zoals jij doen?'

Ik had in de loop der jaren heel wat boeken over gevangenissen gelezen. *Papillon* stond me nog helder voor de geest.

Ik rende de keuken uit en griste de autosleutels van het haakje. Mijn vader kwam achter me aan en schreeuwde: 'Je kunt niets doen zonder dat je er zelf ook aan gaat, stomme sukkel!'

Ik reed die avond urenlang rond, maar waar kon ik naartoe? Aan wie kon ik het vertellen?

39

Sally

Bij het horen van het fluitje kreeg ik het gevoel dat ik moest overgeven. Híj was hier. Ik had Udo en Nadine gevraagd om Lina, de beveiliger, te hulp te schieten als er een fluitsignaal klonk, en ze renden nu pijlsnel om het huis heen. Iedereen zweeg, benieuwd wat er aan de hand was, behalve de kinderen, die nietsvermoedend op het springkussen speelden. Ik telde de kinderen onmiddellijk. Ze waren er allemaal nog en ik ademde diep uit. Alle gesprekken waren stilgevallen. Ik verzocht iedereen om te blijven waar ze waren, liep door het huis naar de voordeur en nam onderweg de pook van de open haard mee. Er laaide een felle woede in me op. Eíndelijk.

Toen ik de voordeur opendeed hoorde ik een krijsende vrouwenstem. 'Die freak heeft haar vader vermoord en het kan jullie helemaal níéts schelen!' Lina had haar vast in een nekklem en ik kon haar gezicht niet zien.

Udo riep naar mij: 'Niets aan de hand. Het is die gestoorde racist die vroeger bij de Texaco werkte. Ze weigert weg te gaan.'

Caroline.

'Jij hoort hier niet thuis. Waarom ga je niet terug naar je eigen land?' gilde ze tegen Udo.

Lina sleepte haar mee over het laantje.

'Mijn vrouw is arts,' zei Nadine. 'We zouden je gedwongen in een psychiatrische kliniek moeten laten opnemen.'

'Lesbo!'

Lina klemde een hand over Carolines mond.

'Moet ik de politie bellen, mevrouw Diamond?'

De pook in mijn hand leek opeens een eigen leven te leiden. Ik was zo opgefokt en razend geworden bij de gedachte dat het Conor Geary kon zijn dat ik niet wist wat ik met mijn woede aan moest. Nu rende ik met opgeheven pook op Caroline af.

Nadine greep me vast bij mijn middel. 'Sally! Hou je in, verdomme!'

Udo wrong de pook uit mijn hand.

Lina sleurde Caroline weg, buiten mijn bereik. Ze haalde haar hand voor Carolines mond vandaan, maar hield haar stevig om haar nek en bij haar schouder vast.

'Jullie hebben het allemaal gezien! Ze wilde me met die pook aanvallen. Dat is een poging tot zware mishandeling. Jullie zijn mijn getuigen. Als íémand naar de politie stapt ben ik dat wel!' brulde Caroline.

'Ik heb niets gezien,' zei Nadine. Ze keek naar Udo en Lina. 'Hebben jullie gezien dat Sally iemand probeerde aan te vallen?'

'Nee, hoor,' antwoordde Udo. Ook Lina schudde fanatiek haar hoofd.

'Je beeldt je dingen in,' zei Nadine. 'Zie je nou wel? Ze zouden je echt in een kliniek moeten opsluiten. Lazer je nou nog op of moeten we echt de politie bellen?'

Iedereen loog nu. In mijn hoofd begon het te gonzen.

Caroline holde weg over het laantje, luidkeels krijsend over leugenaars en freaks. Udo en Lina staarden haar na.

Nadine nam me mee naar mijn vaders werkkamer, waar ik een briefje op de deur had gehangen met PRIVÉ erop.

'Wacht hier maar even,' zei ze. 'Dan ga ik Angela halen.'

Angela had altijd de juiste pillen in haar tas. 'Neem eerst deze maar en vertel me dan wat er precies is gebeurd.' Ze gaf me een glas water.

'Je weet waarom ik Lina heb ingehuurd. Toen ik het fluitje hoorde nam ik aan dat híj het was. Ik werd woest en kon mijn boosheid niet bedwingen. Ik was in staat om hem te vermoorden, en hoewel het Caroline bleek te zijn kon ik me niet...'

'Je zult dit aan Tina moeten vertellen. Je moet echt leren om je woede te beheersen, Sally. Blijf hier tot je gekalmeerd bent en kom dan terug naar het feest. Niemand in de tuin heeft gehoord wat er is voorgevallen. Voor zover zij weten wilde Caroline onuitgenodigd op het feest komen. Ze zijn allemaal blij dat ze is weggestuurd. Niemand vindt haar aardig. Ze is duidelijk niet helemaal goed bij haar hoofd.'

'Net als ik?'

'Totaal niet zoals jij. Neem rustig de tijd en doe je ademhalingsoefeningen. En geen alcohol meer drinken nu je die pil hebt genomen, oké?'

'Ja.' Ik ademde diep in. 'Angela? Stel nu eens dat ik haar had vermoord?'

'Dat heb je niet gedaan. Het is nergens voor nodig om het erger te maken dan het is. Wil je dat ik bij je blijf?'

'Nee, ik red me wel. Dank je.'

Ik wachtte een kwartier en ging toen weer naar buiten. Hoewel het feestje nog in volle gang was, was het fijne gevoel dat ik had gehad helemaal weg. Ik was verdoofd. Ik pakte wat te eten en ging een tijdje bij tante Christine zitten.

'Ik heb het gehoord van die ongenode gast,' zei ze. 'De brutaliteit van dat mens! Zij is toch degene met wie je al eerder problemen hebt gehad?'

'Ja. Door mij is ze haar baan verloren.'

'Zo te horen was het haar verdiende loon.'

Ik voelde me futloos. Levenloos.

'Ben je moe? Lieve hemel, het is ook al halfacht. Hoe laat is het feestje afgelopen?'

'Ik wil de mensen niet wegsturen zolang ze zich vermaken.'

'Het is een fantastisch feestje, Sally. Een groot succes. Ik heb veel van je vrienden gesproken. Zo te horen ben je hier heel geliefd.'

Ik vroeg me af of ik ook zo geliefd zou zijn als iedereen wist dat ik Caroline bijna met de pook had aangevallen. Ik was benieuwd of Udo en Nadine nu anders over me dachten. Udo sloeg me gade. Ik wilde niet dat hij aan Martha vertelde wat ik had gedaan.

Na een tijdje kwam hij naar me toe. 'Gaat het weer een beetje? Dat was best heftig.'

'Het spijt me ontzettend.'

'Je hebt haar flink laten schrikken. Je was heel fel. Zelfs ik werd een beetje bang voor je.'

'Ik had de beveiliger ingehuurd voor het geval mijn biologische vader kwam opdagen. Toen ze het fluitje gebruikte dacht ik dat hij er was.'

'Maar je zag toch wel dat dat niet zo was?'

'Jawel, maar ik was vreselijk kwaad. Ik wist niet hoe ik met die kwaadheid moest omgaan.'

Hij zei niets.

'Godzijdank was jij er, Udo. Anders had ik haar misschien wel iets aangedaan.'

Hij lachte.

'Het is niet grappig, Udo. Je weet toch dat ik in therapie ben? Ik heb nog steeds "problemen" vanwege mijn jeugd.'

'Luister, het is voorbij. Je hebt niemand verwond. En wie kan zeggen waartoe Caroline in staat is? Zij is ook angstaanjagend. En ze zal morgen wel een gigantische kater hebben.'

'Was ze dronken?'

'Stomdronken. Lina had haar niet onder controle. Daarom blies ze op het fluitje. Dat mens zal je niet meer lastigvallen. Ik verwacht dat ze zich diep zal schamen.'

'Ik schaam me ook diep.'

'Je hebt ons flink laten schrikken, maar het is nu voorbij. Maak je maar niet druk.'

De pil die Angela me had gegeven begon te werken. Ik voelde me iets rustiger. Dit was iets wat ik de week erop met Tina moest bespreken.

Ger McCarthy haalde in de tuin een accordeon uit een stokoud uitziende koffer en speelde een aantal oude, traditionele wijsjes. Valerie, Angela, Nadine, Stella en Kieran (die hun kinderen naar zijn broer hadden gebracht) en Laura kwamen dichterbij en we vormden een kring met onze stoelen en kleden.

Precies op dat moment tikte tante Christine me op mijn schouder. 'Sally, ik wil je niet bang maken, maar volgens mij is er iemand in je vaders werkkamer. Ik hoorde daar zo-even iets. Meubels die werden verschoven. Maar er hangt een briefje op de deur met PRIVÉ erop. Mis je misschien een van je gasten?'

Ik keek om me heen en nam in gedachten de gastenlijst door. 'Mark.'

'Laten we even gaan kijken wat hij daar doet.'

Tante Christine en ik excuseerden ons. We slopen door de gang en ik gooide de deur wijd open. Mark zat aan het bureau bij het licht van een zaklamp de oude dossiers van mijn vader te lezen.

'Mark!' zei tante Christine. 'Wat ben je in vredesnaam aan het doen?'

Hij liet de map vallen en de documenten waaierden uit over de vloer. Het waren de dossiers die naar de opslag zouden gaan. De politie had de originelen in handen en dit waren allemaal kopieën.

Hij beende met grote stappen langs ons, waarbij hij mij tegen het bureau duwde, en verdween door de voordeur naar buiten.

'Dit bevalt me niet, Sally. Helemaal niet. Hij is veel te

nieuwsgierig naar jouw verleden. Vandaag heeft hij niets gezegd, maar tijdens Donalds begrafenis viel hij me voortdurend lastig met vragen over wat er was gebeurd.'

'Tegen mij zei hij dat hij het een fascinerende zaak vond.'

'Dat heeft hij tegen mij ook gezegd,' zei tante Christine. 'Ik was er echt van overtuigd dat hij een journalist was en heb hem op Google opgezocht, maar er staat alleen iets over zijn achtergrond als accountant. Maar zijn gesnuffel in Toms oude dossiers is heel vreemd. Waar haalt hij het lef vandaan? Waar is hij naar op zoek?'

Ik pakte mijn telefoon en belde hem, maar kreeg meteen de voicemail. Ik sprak een boos bericht in en eiste dat hij me vertelde waar hij mee bezig was.

Ik kondigde aan dat het feestje was afgelopen. Sommige gasten waren dronken. Stella sloeg haar armen om me heen en riep dat ik haar allerbeste vriendin was. Ik antwoordde dat Sue mijn allerbeste vriendin was, wat ze hilarisch vond. Nadine en Angela waren allebei een beetje onvast ter been. Kieran, die nuchter was, zei dat hij hen wel naar huis zou brengen. De anderen wilden allemaal lopen. Ze bedankten me nogmaals voor een grandioze dag.

Valerie en Laura vertrokken samen.

Tante Christine en ik bleven alleen achter.

'Het lijkt me beter dat je geen contact meer met Mark opneemt. Als hij een bericht inspreekt om zijn excuses aan te bieden is dat prima, maar ga er niet verder op in. Ik zal het morgen aan Angela vertellen,' zei ze.

'Waarom Angela?'

'Zijn gedrag is bizar. Hij slaat je continu gade en heeft het voortdurend over jou. Je hebt me verteld dat hij een oogje heeft op die Aziatische vrouw, Anubha, maar hij heeft vandaag niet één keer met haar gesproken. Hij is door jou geobsedeerd, Sally, en het is geen gezonde obsessie. Angela is je officieuze begeleider. Ze moet dit weten.'

Ik werd emotioneel. Ik bekende aan tante Christine wat er eerder die avond met Caroline was voorgevallen en dat ik had geprobeerd om haar aan te vallen.

'Ik kan me geen voorstelling maken van de woede die zich in jou heeft opgehoopt. Je hebt enorm veel geluk gehad dat er mensen bij waren die je hebben tegengehouden. Wat jij hebt meegemaakt is uniek, Sally, en hoewel je het je niet herinnert weet je wel wat hij heeft gedaan. Het was gruwelijk. Maar de kwestie met Caroline is iets heel anders.'

'Arme Udo en Nadine. En Lina. Ik heb er niet eens bij stilgestaan hoe Carolines opmerkingen bij hen moeten zijn aangekomen. Ik zal hen morgen bellen om te zeggen dat het me spijt.'

'Heel goed van je, kindje.'

'Tante Christine?'

'Ja?'

'Ik ben geen kind, maar een volwassen vrouw.'

'Sorry, het komt doordat ik je al van jongs af aan ken.'

'Hoe was ik toen? De eerste keer dat je me zag.'

'Je was heel stil. Jean en Tom behandelden je alsof er niets was gebeurd. In dat eerste jaar stuurden ze je nog niet naar school. Je sliep heel veel. Daar hadden Jean en Tom pittige discussies over. Zij wilde niet dat je kalmerende middelen kreeg. Ik hoop dat je het niet erg vindt dat ik het zeg, maar Tom was arrogant en beriep zich er voortdurend op dat hij beter gekwalificeerd was dan zij. Je vond het niet fijn als Donald met me mee op bezoek kwam. Dat vond hij echt verschrikkelijk. Hij had zijn hele leven nog geen vlieg kwaad gedaan, maar jij rende altijd voor hem weg. Jean was de enige die jou mocht vasthouden en knuffelen, en zelfs dan verzette je je een beetje. Maar dat is niet ongebruikelijk voor een zesjarige, vermoed ik.'

'Heb ik nooit naar mijn moeder gevraagd? Mijn échte moeder.'

‘Nee. Tom wilde per se dat je haar zou vergeten.’

‘Dat is dan gelukt.’

‘Misschien was dat wel het beste. Maar we zullen het nooit zeker weten.’

Mijn kin zakte op mijn borst.

‘Kom, dan gaan we naar bed. We zijn allebei moe. En de kinderen komen morgen terug.’

De kinderen arriveerden stipt om twaalf uur. Ik had beloofd dat ze van twaalf tot drie mochten blijven. Udo bood aan om aan de voorkant van het huis de wacht te houden en ik nam zijn aanbod graag aan. Ik waarschuwde hem dat hij Mark ook niet bij het huis mocht toelaten. Ik zei dat we ruzie hadden gehad en dat ik hem niet wilde zien. Udo vroeg niet door. Ik bood hem mijn excuses aan voor Carolines racistische beledigingen aan zijn adres, maar hij zei dat dat niet nodig was.

Ik maakte limonade voor de kinderen en zette bordjes met restjes taart klaar. Angela kwam ook en gaf toe dat ze een kater had.

‘Heb je daar geen pillen voor?’

‘Die helpen niet tegen schaamte. Ik heb gezóngen. Waar andere mensen bij waren. Waar patiënten bij waren. Ik heb op het springkussen gespeeld, ondanks mijn eigen waarschuwingen, op míjn leeftijd.’

‘Dat heb ik gezien, ja,’ zei ik lachend.

‘Nadine ligt nog in bed. Ze is er erger aan toe dan ik.’

Tante Christine en ik vertelden haar over het voorval met Mark.

‘O, mijn god, wat bezielt die vent in vredesnaam? Sinds wanneer is hij in Carricksheedy, Sally?’

‘Sinds februari of maart, geloof ik. De eerste keer dat ik hem zag probeerde hij me over te halen om bij hem in de auto te stappen, maar daar heeft hij later zijn excuses voor aangeboden. Sindsdien is hij heel beleefd en bezorgd. Maar hij vraagt wel de hele tijd hoe het onderzoek naar Conor Geary verloopt, en of ik me iets uit mijn jeugd herinner. Ik heb hem meer dan eens moeten vragen om daarmee op te houden. Hij had eerder ook al eens gevraagd of hij de dossiers mocht lezen.'

'Zou hij zo'n true-crimefanaat zijn?'

'Denk je dat hij expres een baan hier in de omgeving heeft gezocht om in de buurt van Sally te zijn?'

'Dat zou best kunnen.'

'Waar woont hij?'

'In hetzelfde appartementencomplex als Sue en Kenneth.'

'Heeft hij een gezin?'

'Een ex-vrouw, Elaine. Over ouders, broers of zussen heeft hij nooit iets gezegd. Hij komt oorspronkelijk uit Dublin.'

'Heb je hem al gegoogeld?'

'Ja,' antwoordde tante Christine. 'Maar ik heb niets verdachts gevonden. Hij heeft bij verschillende accountantskantoren gewerkt en lijkt daar een hogere functie te hebben gehad dan hij hier heeft. Er zijn een paar foto's, waaronder oude van een jaar of vijftien geleden waar zijn ex-vrouw, Elaine Beatty, ook op staat.'

'Opleiding?'

'Ik heb niets gevonden wat verder dan twintig jaar teruggaat.'

'Heeft hij een LinkedIn-account?'

Ik wist wat LinkedIn was. Toen ik op zoek ging naar werk had ik een account aangemaakt. Ze stuurden me steeds irritante aanbevelingen voor banen waar ik totaal niet geschikt voor was of die ik echt niet zag zitten.

'Ja, maar daar staat niet op welke scholen hij heeft gezeten.'

Ik begreep het niet. 'Waarom is het belangrijk om dat te weten?'

'Dat weet ik niet,' antwoordde Angela, 'maar ik ga ook eens wat speurwerk verrichten.'

'Er is nog iets,' zei ik. 'Ik heb hem een hele tijd geleden gevraagd of hij romantische gevoelens voor me had. Hij zei toen dat hij wat voor Anubha voelde, maar zij vertelde me gisteren dat hij haar op het werk vrijwel negeert.'

'Zou hij net doen alsof?'

'Volgens mij vinden ze elkaar niet eens leuk.'

'Het is allemaal erg vreemd.'

Sue kwam de kinderen ophalen en voegde zich bij ons in de woonkamer. Ze vroeg me of ik soms wist of Mark op vakantie ging.

'Hoezo?'

'Ik zag hem koffers en dozen in zijn auto laden. Toen ik vroeg waar hij naartoe ging mompelde hij dat hij haast had en reed snel weg.'

'Ik heb hier een slecht gevoel over,' merkte tante Christine op.

Sue wilde weten wat er aan de hand was.

Angela legde rustig uit dat we allemaal een beetje ongerust waren omdat hij tegenstrijdig gedrag vertoonde.

'Daar is vast een goede verklaring voor,' zei Sue. 'Tegen ons is hij altijd erg aardig, maar vanochtend deed hij raar.' Ze ging naar buiten om de kinderen te roepen.

Angela stelde voor dat we dit voor ons zouden houden. Het was nergens voor nodig om ophef te veroorzaken of Mark in een kwaad daglicht te stellen als hij inderdaad gewoon een true-crimefan was. Dat was niet verboden.

Ze vertrokken allemaal tegelijk. Ik bleef in mijn eentje in het huis achter en voelde me niet op mijn gemak. Ik kon niet wachten tot ik mocht verhuizen. De onprettige aanvaring met Caroline en vervolgens dat gedoe met Mark gaven me een onveilig gevoel.

Maar wat er de volgende ochtend gebeurde maakte me pas echt doodsbang.

Ik sliep die nacht niet goed. 's Ochtends trok ik mijn ochtendjas over mijn pyjama aan en ging naar beneden om in de keuken water op te zetten voor thee. Na het ontbijt liep ik door het hele huis om op te schrijven wiens memostickertje op welk voorwerp zat, zodat ik alles klaar kon zetten om te worden opgehaald. Toen ik de brievenbus bij de voordeur hoorde klepperen ging ik naar buiten om mijn post te halen. Er zat een envelop bij die was geadresseerd aan Mary Norton, de naam die ik bij mijn geboorte had meegekregen. Met bevende handen maakte ik de envelop open.

Er zat een verjaardagskaart in met pluizige jonge katjes erop, bestemd voor een klein kind.

Vandaag is je echte verjaardag, Mary. 17 september. Je bent nu vijfenveertig. Ik weet niet of de kaart op de juiste dag wordt bezorgd, maar ik vind het belangrijk dat je dit weet.
S

Hij was een dag te vroeg. Ik belde Angela, maar kreeg meteen de voicemail. Omdat het een noodgeval was belde ik inspecteur Howard. Ze zei dat ik de kaart niet mocht aanraken en zou iemand naar me toe sturen.

Vijf minuten later werd er aangebeld. Ik verstopte me in de woonkamer en gluurde door het raam om te kijken of het de politie was. Het waren de mannen die het springkussen kwamen ophalen. Ze liepen om het huis heen en pakten het kussen in. Ik ging niet naar hen toe. Ze reden weg in hun vrachtwagen. Ze hoefden me niet te spreken. Ik had het hele bedrag vooruitbetaald.

Een halfuur later werd er weer aangebeld. Ik hoorde Angela's stem: 'Sally, ik ben het!'

Ik liet haar binnen, maar voordat ik haar de kaart kon laten zien, zei ze: 'Sally, Mark Butler is niet wie hij zegt dat hij is.'

40

Peter, 1985

Na de aanvaring met mijn vader had ik 's avonds urenlang doelloos rondgereden, totdat ik tot de conclusie kwam dat ik niets aan Lindy's situatie kon doen zonder mijn eigen leven op het spel te zetten. Uiteindelijk reed ik terug naar huis, waar ik rond het ontbijt aankwam. Mijn vader zei niets. Hij wist dat ik niemand anders had en nergens anders naartoe kon, en dat mijn ziekte zou voorkomen dat ik op wat voor manier dan ook hulp zocht.

Tijdens mijn bezoek aan Lindy de avond erop vertelde ik haar over de ruzie.

'Oké, nu weet je het dus. Waarom ben je dan niet naar de politie gegaan?' Haar stem klonk hoog, hysterisch. 'Je kunt me ook meteen laten gaan. Waar wacht je nog op?'

Ik probeerde uit te leggen dat ik niets kon doen, dat het risico te groot was. Ik zei tegen haar dat mijn vader had geïnsinueerd dat ik óók seks met haar had gehad, wat helemaal nergens op sloeg vanwege mijn aandoening.

Na een korte stilte vroeg ze: 'Die ziekte van jou, necrotische nog wat, die komt wel heel goed uit, hè?'

'Hoezo? Het komt mij helemaal niet goed uit. Ik heb verdorie geen leven.'

'Je vader heeft over al het andere tegen je gelogen. Letterlijk over álles...'

Een paar maanden eerder had ik mijn vader gevraagd om

nieuwe researchgegevens over mijn ziekte te zoeken. Hij bracht printjes mee van foto's van misvormde lijken en mensen in ziekenhuisbedden of gemummificeerd in verbandwindsels in een isolatiekamer. Er werd gerept over onderzoek in een Duitse kliniek, maar dat vorderde traag en werd vanwege de zeldzaamheid van de aandoening niet gefinancierd. Er lag nog geen genezing in het verschiet.

'Ik durf te wedden dat je helemaal geen ziekte hebt. Hij gebruikt het om je bij andere mensen vandaan te houden. Je bent nooit naar school geweest. Je hebt nooit een moeder in je leven gehad, hè? Wat is er met haar gebeurd?'

Ik voelde er niets voor om haar over mijn moeder te vertellen. 'Dat weet ik niet.'

'Je bent dus je hele leven alleen met je vader geweest. Heb je enig idee hoe bizar dat is? Trek die stomme handschoenen uit, kom hier en raak me aan. Gewoon mijn hand of arm.' Ze strekte zich zo ver uit als de ketting toestond, maar ik deinsde achteruit.

'Over zoiets zou hij niet tegen me liegen.'

'Hij heeft je niet eens verteld waar je moeder is. Je weet wat hij mij aandoet. Ik heb nog nooit van die ziekte gehoord. Het is op zijn minst verdacht.'

'Hou je mond!' schreeuwde ik tegen haar.

'Je moet me laten gaan! We moeten allebei ontsnappen,' krijste ze toen ik haar opsloot.

Ik dacht aan alle dingen in het leven die ik onnodig had moeten missen, als wat Lindy zei waar was. En toen dacht ik aan Rangi. Als ik geen necrotische-hominoïdebesmetting had, had ik hem gemakkelijk kunnen redden. Als ik geen necrotische-hominoïdebesmetting had, was ik verantwoordelijk voor zijn dood.

Ik zei er die avond niets over tegen mijn vader. Na onze woordenwisseling van de vorige dag deed hij alsof er helemaal niets was gebeurd. Hij kookte en ik dekte de tafel. Toen we allebei aan tafel zaten nam hij het woord.

'Peter,' zei hij. Het was de eerste keer sinds ons vertrek uit Londen dat hij me zo noemde. 'Jij hebt jouw ziekte en ik heb de mijne.'

'Hoe bedoel je?' vroeg ik nors.

'Laat me alsjeblieft uitpraten. Ik ben niet trots op wat ik ben. Ik weet dat het een ziekte is, mijn verlangen naar jonge meisjes, maar het is een ziekte waar ik geen controle over heb. Net als jouw ziekte. We zijn wat we zijn en...'

'Je hebt er wel degelijk controle over,' onderbrak ik hem. Ik was niet bereid om toe te staan dat hij een slachtofferrol aannam. 'Je hebt er zélf voor gekozen om mijn moeder als kind uit de tuin van haar ouders te ontvoeren. Je hebt er zélf voor gekozen om Lindy bij het meer te ontvoeren. En wat het allemaal nog erger maakt is dat je beweerde dat je het voor mij deed.'

Ik begon expres niet over mijn eigen aandoening. Daar wilde ik eerst zelf onderzoek naar doen.

'Ik ben ziek, Peter. Wat moet ik dan doen?'

'Je moet jezelf bij de politie aangeven. Vertel hun wie je bent en wat je in Ierland hebt gedaan.'

'Hoe moet het dan met jou?'

'Ik red me wel. Hoe zit het met mijn zusje?'

'Wie?'

'De baby die in Ierland is geboren, in de kamer naast de mijne!' Ik ging steeds harder praten.

'Ik had niets aan haar, Peter. Ik wilde een zoon hebben, geen dochter, en ik was geen wreed mens. Ik had Denise dat kind kunnen afnemen, maar dat had ze niet overleefd.'

'Ze had toch al geen leven. Vastgeketend aan een radiator, God mag weten hoe lang. Je hebt tegen mij gezegd dat ik haar mocht schoppen en slaan toen ik nog veel te jong was om beter te weten. En je wist dat ze mij nooit iets zou aandoen omdat ze van me hield.'

'Nee, ík hou van je,' zei hij. Ik zag dat er tranen in zijn ogen stonden. Hij legde een hand op mijn arm en ik stond het toe omdat ik zo enorm naar menselijk contact verlangde. Toen ik jonger was hadden we elkaar vaak aangeraakt, maar zodra ik de tienerjaren bereikte had dat minder gepast geleken. Ik imiteerde wat ik op televisie zag en grote jongens liepen niet hand in hand met hun vader. Ze knuffelden hem niet, drukten hem niet tegen zich aan. Ik trok me in fysiek opzicht terug van mijn vader, ook al miste ik de aanrakingen enorm. Maar op dat moment had ik medelijden met hem. Alleen niet genoeg om niet de hele volgende week in de bibliotheek door te brengen.

Thuis hielden mijn vader en ik ons aan een stilzwijgende afspraak. Hij vroeg me niet wat ik deed nadat ik hem bij zijn werk had afgezet. Hij dacht dat ik op het land bezig was. Over Lindy praatten we niet. Hij liet de sleutel op de keukentafel liggen. Ik kon dus bij haar langsgaan wanneer hij op zijn werk was, maar ik vond het moeilijk om haar onder ogen te komen. Ik bracht haar de boodschappen, maar voor de rest liet ik haar alleen.

In de bibliotheek vroeg ik om alle medische vaktijdschriften die ze hadden, maar ze hadden alleen *The New Zealand Medical Journal*. Ik nam alle nummers van de voorgaande vijf jaar door. Mijn ziekte werd nergens vermeld, maar ik bedacht dat Nieuw-Zeeland misschien te klein was. Mijn vader had gezegd dat het een ongelooflijk zeldzame aandoening was. De bibliotheek stemde toe om oude nummers van *The British Medical Journal*, *The New England Journal of Medicine* en *The Journal of the American Medical Association* te bestellen. Dat waren tijdschriften die allemaal in het Nieuw-Zeelandse werden geciteerd. Ik dacht aan de boy in the bubble. Was hij het enige kind ter wereld met ernstige gecombineerde immuundeficiëntie? In hoeverre verschilde mijn ziekte daarvan? Hoe had mijn vader in een klein land als Ierland die diagnose laten stellen?

Vanaf het moment dat ik in mijn eentje winkels en de bibliotheek bezocht en mijn groenten verkocht had ik bij alle handelingen een pet met oorkleppen, handschoenen en verschillende lagen kleding gedragen om mezelf te beschermen, ook al was dat geen pretje geweest in de zomermaanden, wanneer alle andere jongens een korte broek en een hemdje droegen. Mijn haar was opzettelijk lang, zodat het mijn nek bedekte. Ook was ik van plan om een baard te laten staan, maar ik had nog maar weinig gezichtsbeharing. Ik wist dat de mensen met wie ik te maken had vonden dat ik er raar uitzag, maar mijn vader had me verteld dat het geen zin had om het uit te leggen, omdat ze het toch niet zouden begrijpen. Hoe voorzichtig ik ook was, ik was al verschillende keren tegen anderen aan gebotst, en ik was elke keer verschrikkelijk bang, maar er was nooit huidcontact geweest. Mijn vader behandelde mijn gebit, dus dat was gezond. Ik had wel last van terugkerende ontstoken amandelen, maar mijn vader wist altijd aan antibiotica te komen om die te behandelen. Ik was nog nooit bij een dokter geweest. Misschien werd dat eens tijd.

41

Sally

'Oké, wie is Mark Butler dan wel?' vroeg ik aan Angela, die gebaarde dat ik aan de keukentafel moest gaan zitten.

'Even wachten tot je een kop thee voor je hebt staan,' zei ze. Ze zette de waterkoker aan.

Er werd aangebeld. Ik liep naar de voordeur, op de voet gevolgd door Angela. Toen ik opendeed zag ik een jonge agent staan, in een uniform dat te groot voor hem was.

'Ik ben agent Owen Reilly. Ik kom een bewijsstuk ophalen,' zei hij.

'De kaart en envelop liggen daar,' zei ik, wijzend naar de tafel met Martha's memostickertje erop. Ik vertelde Angela in het kort over de verjaardagskaart. De agent pakte hem met een pincet op en stopte hem in een plastic zakje.

'Moeten we hem over Mark Butler vertellen?' vroeg ik aan Angela.

Agent Reilly keek ons vragend aan.

'Ik denk niet dat dát iets met het politieonderzoek te maken heeft,' antwoordde Angela. 'Laat die man gewoon zijn werk doen.'

'Als er iets bijzonders aan de hand is kunt u het me beter vertellen,' merkte hij op.

'Het is privé. Een familieaangelegenheid,' zei Angela.

Zo te zien vond hij het niet leuk dat hij het niet mocht weten.

Ik was ook boos. Ik deed de deur voor de neus van agent Reilly dicht, draaide me naar haar om en zei: 'Vertel op!'

Ze manoeuvreerde me terug naar de keuken, duwde me op een stoel en schonk kokend water in de theepot.

'Godallemachtig, Angela. Ik ben geen klein kind. Wat heb je ontdekt?'

Ze zette twee mokken op de tafel en nam tegenover me plaats.

'Sorry, het was niet mijn bedoeling om je bang te maken. Als ik dacht dat hij een gevaar vormde had ik het heus wel aan die agent verteld, maar het heeft er waarschijnlijk helemaal niets mee te maken.'

'Wat is het dan?' Ik had Angela nog nooit eerder zo irritant gevonden. Haar ogen dansten bijna in haar hoofd.

'Goed, waar zal ik beginnen?'

'Begin nou gewoon!' Ik deed mijn best om niet te schreeuwen.

'Ik heb Elaine Beatty op Facebook gevonden.'

Ik had bewust geen accounts op social media aangemaakt. Tina had me gewaarschuwd dat ze niet goed voor mijn geestelijke gezondheid zouden zijn. Ik wilde echte vrienden, en mijn naam was inmiddels zo bekend dat er sensatiebeluste types en mogelijk ook mijn biologische vader op af zouden komen.

'Marks ex-vrouw?'

'Ja. Ik heb haar een privéberichtje gestuurd met het verzoek met haar over Mark te mogen praten. Ik had eigenlijk verwacht dat ze er niet op in zou gaan, maar ze reageerde al binnen een uur. We hebben telefoonnummers uitgewisseld en ik heb haar gebeld. Ze maakt zich zorgen over hem.' Angela liet een theatrale stilte vallen. 'Mark Butler is een getroebleerd man. Vóór hun huwelijk heeft hij officieel zijn achternaam laten veranderen, en daar had hij een heel goede reden voor.'

'Hoe heette hij dan oorspronkelijk?'

'Mark Norton.'

'Dat is mijn naam, of eigenlijk die van mijn biologische moeder.'

'Sally, hij is je oom.'

Ik was blij dat ik zat, maar hield me voor alle zekerheid toch vast aan de tafel.

'Ten tijde van Denises ontvoering was hij vier. Hij aanbad haar. Het hele gezin is eraan onderdoor gegaan,' ging Angela verder.

'Wacht even. Ik ben zijn naam nergens in de aantekeningen tegengekomen. En Denise heeft het in de geluidsopnames niet één keer over hem. Of vergis ik me?'

'Misschien kon ze de associatie met haar jeugd vóór Conor Geary niet aan. Ze was op haar elfde ontvoerd en op haar vijfentwintigste bevrijd. Ze had langer in gevangenschap doorgebracht dan in vrijheid. Het is mogelijk dat ze zich hem niet eens herinnerde. En een jaar later is ze in het ziekenhuis overleden.'

'Ze heeft zelfmoord gepleegd.'

'Ja.'

'Zijn ouders zijn volgens Elaine allebei ingestort. Zijn vader raakte aan de drank. Zijn moeder wist zich maar net staande te houden. Hij heeft zijn hele jeugd en tienertijd naar aanwijzingen gespeurd. Denises verdwijning domineerde hun hele leven. Toen hij zestien was gaven zijn ouders de zoektocht naar haar op en dat kon hij hun niet vergeven. En toen hij achttien was werd Denise gevonden, samen met jou, maar hij mocht haar niet zien. Je moet niet vergeten dat Denise in die tijd geen enkele volwassen man bij haar in de buurt duldde, zelfs haar eigen vader niet. Jouw vader – Tom, bedoel ik – was de enige man die ze zag.'

'Heeft zijn vrouw je dit allemaal verteld?'

'Ja. Ze hadden elkaar tijdens hun studietijd in Dublin leren kennen. Als mensen zijn achternaam hoorden vroegen ze altijd of hij familie was van de inmiddels beruchte Denise en Mary Norton. Zijn ouders waren naar Frankrijk verhuisd en zijn zus was dood. Hij was een triest figuur dat te veel dronk, maar Elaine dacht dat ze hem wel kon redden. Het was haar idee om een andere achternaam aan te nemen, zodat hij aan de onophoudelijke vragen kon ontkomen. Ze waren nog jong toen ze trouwden, tweeëntwintig pas, en ze was ervan overtuigd dat ze hem wel kon genezen zodra ze zich ergens hadden gesetteld en een gezin hadden. Dat ze een normaal leven konden leiden. Hij was echter geobsedeerd door het idee dat hij de ontvoerders van zijn zus moest vinden, en woedend op zijn ouders omdat ze jou door anderen hadden laten adopteren. Hij kreeg net als de rest van de wereld te horen dat je na je adoptie naar Engeland was verhuisd.'

'Ik ga hem bellen. Waarom heeft hij me dit niet zelf verteld?' zei ik.

'Nee, wacht daar nog even mee. Laten we er eerst goed over nadenken. Elaine vertelde dat hij geen kinderen wilde omdat hij bang was dat de geschiedenis zich zou herhalen, dat zijn kind net als Denise zou worden ontvoerd en mishandeld. Daardoor kwam er na veertien jaar een eind aan hun huwelijk. Zijn obsessie. Bij haar weten speelde er geen affaire mee.'

'Dan heeft hij dus tegen me gelogen.'

'Elaine en hij hebben nog steeds een goede band met elkaar. Ze heeft hem overgehaald om counseling te zoeken en nieuwe hobby's te nemen. Hij was een tijdje stabiel. Zij is hertrouwd en gelukkig met haar nieuwe man en zoontje, maar toen jij na de dood van je vader de krantenkoppen haalde en werd ontmaskerd als de baby die in gevangenschap was geboren…'

'Zo lijk ik net een dier in een dierentuin.'

'Het spijt me, ik zal mijn woorden voorzichtiger kiezen. Maar Marks obsessie keerde in alle hevigheid terug, Sally. Elaine zei dat hij naar Toms begrafenis is geweest. En daarna ging hij, tegen haar advies in, op zoek naar een baan in Carricksheedy. Hij wilde dolgraag een band met jou opbouwen. Elaine heeft zelfs zijn ouders in Frankrijk gebeld. Zo kwam ze erachter dat zijn moeder was overleden. Zijn vader, jouw grootvader, reageerde geschokt op het nieuws over jou, maar beschouwde het feit dat je hebt geprobeerd jouw vader na zijn dood te verbranden als bewijs dat je net zo gevaarlijk was als Conor Geary. Hij belde Mark en droeg hem op je met rust te laten, maar Mark liet zich door niets of niemand tegenhouden. Zijn vader heeft Elaine gevraagd om in te grijpen.'

'Toch is het nog steeds niet logisch. Waarom heeft hij me niet verteld wie hij is?'

'Dat weet ik niet. Maar Sally, je moet je wel afvragen waar hij op uit is. Wilde hij je alleen maar leren kennen? Of wilde hij meer te weten komen over wat er met zijn zus is gebeurd? Wilde hij de dossiers van je vader lezen? Of is hij op zoek naar aanwijzingen om Conor Geary op te sporen? Hij heeft ons allemaal om de tuin geleid.'

'Stel nu eens dat het hem om ál die dingen te doen is? Als hij Denises broer is, mijn óóm…' Het woord klonk raar uit mijn mond. 'Dan heeft hij volgens mij het recht om de dossiers te lezen.'

'Hij zal gekwetst zijn als hij ontdekt dat hij er niet in voorkomt.'

'Dat kan. Maar hij heeft toch het recht om de waarheid te weten? Ik ga hem bellen en hem hiermee confronteren.'

'Elaine maakt zich zorgen over hem. Hij neemt niet op als zij belt. Ik heb vanochtend naar Mervyn Park gebeld. Hij heeft zich ziek gemeld.'

'Tina heeft me het een en ander over instinct en voorgevoel verteld. Ik denk dat hij oprecht bezorgd om me is, maar hij kan soms heel intens zijn en daar word ik zenuwachtig van. Wat denk jij ervan, als dokter?'

'Als dokter kan ik daar niets over zeggen. Ten eerste omdat

hij nooit mijn patiënt is geweest, en ten tweede omdat ik dat niet zou mogen als hij wél mijn patiënt was geweest. Maar als waarnemer van buitenaf, die de afgelopen vierentwintig uur ook nog eens lange gesprekken met Elaine heeft gevoerd, denk ik dat hij op zijn minst professionele hulp nodig heeft. Hij heeft niets misdaan. Eigenlijk heb ik vooral medelijden met hem.'

'Ik stuur hem een berichtje. Als ik bel neemt hij waarschijnlijk toch niet op.'

Ik typte een berichtje: *Ik weet dat je mijn oom bent. We moeten praten. Bel me alsjeblieft.*

'Angela, ik wil niet meer in dit huis blijven. Ik voel me hier niet veilig. Nadine heeft gezegd dat ik volgende maand naar de cottage kan verhuizen. Denk je dat het ook eerder zou kunnen?'

42

Peter, 1985

Necrotische-hominoïdebesmetting bestond niet. De arts in Auckland bij wie ik een afspraak had gemaakt wilde dat ik me psychisch liet evalueren.

'Weet u echt heel zeker dat die ziekte niet bestaat?'

'Hoe heb je er eigenlijk over gehoord?' vroeg de dokter me. 'Wachten je ouders buiten op je?'

'Het is een zeldzame aandoening. Misschien zegt het u daarom niets.'

'Dus jij gelooft dat je geen andere mensen kunt aanraken? Kom, waar zijn je ouders?'

'Die zoeken een plekje om de auto te parkeren.'

'Hebben ze jou verteld...'

'Hoe zit het dan met de boy in the bubble?' onderbrak ik haar.

'Dat arme jochie in Texas? Als ik me niet vergis heeft hij een auto-immuunziekte. Jouw huid ziet er gezond uit. Zou je je pet willen afzetten, en je handschoenen en misschien ook je jack, trui en T-shirt willen uittrekken? Dan kan ik het beter bekijken.'

'Nee!'

'Ik beloof je dat ik je niet zal aanraken. Ik zal voor alle zekerheid zelfs latex handschoenen aantrekken.'

Hoewel ik verschrikkelijk zenuwachtig was, zette ik toch mijn pet af, zodat mijn lange haar op mijn schouders viel. Ik wurmde mijn zwetende handen uit de handschoenen en trok mijn shirt uit.

Ze liep langzaam om me heen. 'Ik zie nergens abcessen, beschadigingen of wondjes. En ook geen littekens. Vind je het goed dat ik met een stethoscoop naar je hartslag luister?'

Ze drukte een koud metalen schijfje tegen mijn borst en luisterde. 'Een beetje aan de snelle kant, waarschijnlijk omdat je nerveus bent, maar ruim binnen het normale tempo.'

'Maar kan het niet zijn dat u er gewoon nooit over hebt gehoord?' hield ik vol. 'Waarschijnlijk staat het bekend als NHB.'

'Geloof me, hoe bizarder de ziekte, hoe interessanter we het tijdens mijn studie medicijnen vonden. Als die necrotischehuppeldepupbesmetting echt bestond zou iedereen ervan op de hoogte zijn.' Toen ze verderging gebruikte ze mijn oude naam, die ik bij het maken van de afspraak had opgegeven. 'Peter, ben je weleens bij een psychiater geweest?'

'Bedoelt u nu dat ik niet doodga als ik de huid van iemand anders aanraak?'

'Ik bedoel dat er echt helemaal niets zal gebeuren. Wil je het proberen?' Ze trok haar handschoenen uit.

'En als u zich vergist?'

'Zullen we anders even op je ouders wachten?' Ze wees door het raam naar het halflege parkeerterrein.

'Ik heb deze ziekte al sinds mijn geboorte,' zei ik.

'Wat was je adres ook alweer?'

Toen ik me bij de receptionist meldde had ik een vals adres in Auckland opgegeven. Dokter Bergstrom had het formulier voor zich liggen. Ik kleedde me haastig aan en zette mijn pet op. 'Ik ga mijn ouders halen,' zei ik, en ik liep achterwaarts naar de deur. Ze sprong op vanachter haar bureau om me tegen te houden.

'Wacht alsjeblieft even,' zei ze. 'Ik denk echt dat je hulp nodig hebt, maar niet het soort hulp...' Ze strekte haar arm en raakte met een blote hand mijn gezicht aan. Ik slikte mijn angstkreet in en rende door de wachtkamer naar buiten, de straat op. Ik was zo gedesoriënteerd dat het tien minuten duurde voordat ik de auto had teruggevonden.

Ik bekeek mijn gezicht in de achteruitkijkspiegel en verwachtte weggevreten huid te zien. Het brandde, maar in de spiegel zag alles er normaal uit. Ik bleef een halfuur in de auto zitten, doodsbang en in paniek, totdat het uiteindelijk tot me doordrong dat het brandende gevoel iets was wat ik volgens mijn hersens móést verwachten. In werkelijkheid voelde ik op de bewuste plek helemaal niets. Ik kneep in mijn huid om te controleren of die door haar aanraking soms gevoelloos was geworden, maar dat was niet zo. Haar blote hand op mijn gezicht had totaal geen effect gehad. Ik kon het bijna niet geloven.

Ik reed naar het centrum van de stad, zo uit mijn doen dat ik bij aankomst niet meer wist waar ik was, en parkeerde de auto in een zijstraat. Hoewel het buiten koud was liet ik mijn pet en handschoenen in de auto achter.

Ik liep door een drukke straat en ging bij boekwinkel Whitcoulls naar binnen.

De man achter de balie keek op en glimlachte naar me. 'Hallo!' zei hij.

Ik kon niets uitbrengen. Ik liep naar de plank met de boeken van Ngaio Marsh, koos er eentje uit voor Lindy en keerde terug naar de balie.

De man vroeg: 'Is het koud buiten?'

Ik schudde mijn hoofd, nog steeds niet in staat om iets te zeggen, en stak een hand uit met een biljet van twintig dollar erin.

Hij nam het geld aan zonder me aan te raken en draaide zich om naar de kassa. Toen hij me het wisselgeld gaf, legde hij het in mijn uitgestrekte hand, opnieuw zonder mijn huid aan te raken.

Ik borg het wisselgeld op en gaf hem een hand. 'Heel hartelijk dank,' zei ik.

Hij keek verbaasd. Toen er tranen over mijn wangen rolden greep hij mijn schouder vast. 'Gaat het wel, jongen? Is er iets gebeurd?'

Mijn hand tintelde na de aanraking, maar het brandde niet en er was geen verkleuring te zien, alleen de warme afdruk die de hand van de man had achtergelaten. Ik had mijn hoofd graag tegen de schouder van deze onbekende gedrukt, maar in plaats daarvan draaide ik me om en verliet de winkel.

Ik reed terug naar Rotorua en hoe kwader ik werd, hoe harder ik reed. Ik was precies op tijd terug om mijn vader bij zijn tandartspraktijk op te halen.

Hij zwaaide vanachter het raam naar me, kwam naar buiten en sloot de deur achter zich af. Toen ging hij op de passagiersstoel zitten en gooide zijn aktetas op de achterbank. Ik reed weg voordat hij zijn riem had vastgemaakt.

'Heb je haast?' vroeg hij.

'Vertel me nou nog eens over necrotische-hominoïdebesmetting,' zei ik, en ik moest mijn best doen om de ijzige klank uit mijn stem te weren.

'Grappig dat je erover begint. Ik heb vandaag een immunoloog in Melbourne aan de telefoon gehad om te vragen of er updates waren. Ik ben bang dat er nog geen behandeling is gevonden, maar ik neem aan dat je dat inmiddels wel gewend bent, Steve.'

'Echt? Hoe heette die immunoloog? Misschien wil ik zelf wel met hem praten.'

'Het lijkt me het beste dat je de medische zaken aan mij overlaat.'

'Hoe heette hij?'

'Dokter Sean Kelly.'

'Een Ierse naam. Interessant. En in welk ziekenhuis werkt hij?'

'Het St. Charles.'

'Oké. Is dat een algemeen ziekenhuis of eentje dat in immuunziekten is gespecialiseerd?'

Hij streek over zijn baard en toen ik hem een zijwaartse blik toewierp zag ik dat hij me recht aankeek. 'Een specialistisch ziekenhuis. Al het geld gaat momenteel naar onderzoek naar die nieuwe homoziekte, aids.'

Er was geen enkele hapering in zijn stem te bespeuren, maar mijn vader was dan ook een zeer bedreven leugenaar.

'Wanneer is de diagnose eigenlijk bij me gesteld? Ik ben natuurlijk in de aanbouw geboren, dus hoe wist je dat ik het had?'

'Heeft dat kleine kreng...'

Ik wendde mijn ogen van de weg af en staarde hem aan. 'Zo moet je haar niet noemen.'

'Lieve god nog aan toe, Steve. Je moet niet geloven wat Lindy Weston je vertelt. Zij is een van hén.'

'Ik ben helemaal niet ziek, dus daarover heb je óók al tegen me gelogen.'

'Tja, als jij het risico wilt nemen...'

'En Rangi? Ik was maar een meter bij hem vandaan. Ik had hem gemakkelijk naar de kant kunnen trekken, maar ik heb hem laten verdrinken om mezelf te redden.'

'Hij was een halfbloed en had een slechte invloed op jou. Hij liet je bier drinken...'

'Hij was slim en aardig. Hij was mijn vriend!' Ik schreeuwde onbewust.

'Let op de weg!'

We waren van het weggetje geraakt dat via een geleidelijk stijgende heuvel naar ons huis voerde. Ik probeerde bij te sturen, maar draaide het stuur te ver door, waardoor we aan de andere kant van de weg belandden, vlak bij de steil aflopende berm. Ik raakte in paniek en trapte op het gaspedaal in plaats van de rem. De motor gierde minstens een volle minuut en toen waaide er opeens frisse lucht om ons heen. We buitelden naar beneden en ik zal het geluid nooit vergeten. De politie vertelde me later dat we maar vijf meter naar beneden waren gevallen, maar het voelde alsof we over een steile klif rolden en onderweg tegen talloze rotsen botsten. Mijn hoofd stuiterde heen en weer tussen het dak van de auto en de voorruit tot het glas brak. Ik klemde me vast aan het handvat van het portier om te blijven zitten.

Ik had mijn vader nooit eerder horen gillen. Wat een eigenaardige gewaarwording. Ik deed mijn mond open, maar er kwam geen geluid uit, net als in een nachtmerrie. Tijdens de val liep mijn blikveld vol met bloed en hoorde ik het luide gekraak van verwringend metaal en brekende botten, totdat de auto ondersteboven bleef liggen. Ik veegde met trillende handen het bloed uit mijn ogen. Mijn portier was losgerukt. Dat van mijn vader lag tegen de aarde gedrukt en door de verbrijzelde voorruit viel modder boven op ons. Ik maakte mijn autogordel los die om mijn knieën zat gewikkeld, viel omlaag naar het dak van de auto en kroop naar buiten. Toen ik probeerde op te staan om me te oriënteren, sneed er een gloeiende pijn door mijn enkel. Ik keek achterom naar mijn vader.

Hij gilde nog steeds. Zijn overhemd zat onder het bloed. De auto was om hem heen samengeperst en zo te zien zat hij klem. In de houding waarin hij lag kon hij er niet op eigen kracht uit komen. Zijn rechterarm was verdraaid en gebroken. De stank van benzine kroop in mijn neusgaten en ik zag in het kreupelhout aan de achterkant van de auto vlammen oplaaien.

'De auto staat in brand,' zei ik met bevende stem.

Mijn vader maaide met zijn goede arm naar me. 'Haal me eruit!' Zijn hoofd zat met de zijkant tegen het dak van de auto gekneld.

Ik had hem gemakkelijk kunnen bevrijden door zijn gordel los te maken. Ik weet zeker dat daar nog genoeg tijd voor was. Ik had hem eruit kunnen trekken. Maar in plaats daarvan klauwde ik me op mijn ellebogen een weg naar boven, de helling op, kreunend van de pijn, met mijn onbruikbare voet achter me aan slepend.

Mijn vader schreeuwde smekend: 'Laat me hier niet achter! Peter! Alsjeblieft!' en vervolgens ziedend van woede: 'Ik ben je vader. Haal me hieruit!'

Ik hoorde dat het vuur zich uitbreidde en kroop verder omhoog. Ik hoorde mijn vaders gekrijs, maar keek niet om.

Ik werd in het donker op een stretcher aan de zijkant van de weg wakker. Een ambulancebroeder tilde net mijn rechtervoet op en een tweede hield mijn hoofd met zijn blote handen vast. De schok was heftig, maar ik wist niet of dat kwam doordat hij me aanraakte of door de pijn in mijn enkel. Mijn shirt en jack waren aan flarden gereten en lagen op het gras in de berm. Mijn broek was opengeknipt. Ik durfde niet naar mijn voet te kijken. De ambulancebroeders praatten met zachte, bedroefde stemmen tegen me. 'Hoe heet je, knul?'

Hoe ik heette? Ik was doodop, te uitgeput om te praten.

Een van de mannen zei: 'Volgens mij komt het wel goed met hem. Hij hoest geen bloed op en grijpt niet naar zijn buik, dus waarschijnlijk geen inwendige verwondingen. Denk je dat dat zijn vader was?'

Ik hief mijn hoofd net lang genoeg op om te zeggen: 'Ja, dat was mijn vader.'

In het ziekenhuis raakte iedereen me aan: verpleegkundigen, artsen, de politie, de maatschappelijk werker, de kapelaan. De eerste twee dagen was ik zo versuft door de medicijnen dat elke aanraking een feestje was. Ik gaf iedereen een hand, huilde tranen met tuiten en lachte luid om de krankzinnige situatie. Mijn voet werd onmiddellijk geopereerd. Ik had mijn enkel gebroken. Ze zeiden dat het een eenvoudige breuk was. Zes weken in het gips, een tijdje lopen met krukken en ik zou weer zo goed als nieuw zijn.

Telkens wanneer een vrouwelijke verpleegkundige of arts

me onder mijn nek aanraakte kreeg ik een erectie. De meesten hadden dat in de gaten en schonken er geen aandacht aan, maar een paar aardige verpleegkundigen vertelden me dat dit niets was om me voor te schamen en dat het een volkomen normale reactie was, zeker op mijn leeftijd. Ik voelde me elke dag iets minder een freak.

Tegen mijn haargrens, waar mijn hoofd de achteruitkijkspiegel had geraakt, zat een snijwond. Met de negen hechtingen die erin zaten had ik wel iets van het monster van Frankenstein. Op gezette tijden werden maaltijden rondgebracht, die net zo gezond waren als wat mijn vader en ik altijd kookten. Ik lag op een zaal met vier andere mannen, allemaal veel ouder dan ik. Ik had nog nooit een kamer met iemand gedeeld, afgezien van de twee nachten op mijn zesde. De mannen spraken meelevend tegen me. Een verpleegkundige vertelde me dat ze een lokale journalist had weggestuurd die me naar de laatste momenten van mijn vader wilde vragen. Ze waren allemaal van slag toen ik vertelde dat ik geen andere familieleden had en noemden me de wees.

Iedereen in het ziekenhuis had medelijden met me. Ik kreeg alles waar ik om vroeg, zelfs een knipbeurt en nieuwe kleren.

De politie stelde vast dat mijn vaders dood een ongeluk was. Ik zei dat ik was uitgeweken voor een overstekende hond. Overal in Rotorua liepen honden rond, dus het klonk heel geloofwaardig. De mensen van de politie waren erg vriendelijk. Ze gaven me een tas met alles wat ze uit de auto en van mijn vaders verkoolde lichaam hadden weten te redden: zijn kapotte horloge met het gesmolten bandje, zijn neptrouwring, zijn enorme sleutelbos en een aktekoffertje met wat belastingformulieren en de krant van die dag erin, dat uit de auto was geworpen.

De *Rotorua Daily Post* organiseerde een crowdfundingactie voor me en de inwoners van Rotorua waren bijzonder gul. Ik liet me interviewen door een lokale verslaggever, Jill Nicholas.

De maatschappelijk werker zei dat ik officieel weliswaar oud genoeg was om op mezelf te wonen, maar dat ze me toch ten zeerste aanraadde om de eerste tijd bij bekenden te gaan logeren. Ik sloeg haar advies af en vertelde haar dat ik al jarenlang alles zelf deed, dat ik kookte, de boodschappen deed en mijn eigen geld verdiende met de verkoop van mijn groenten. Ze keek ervan op dat ik nooit naar school was geweest en dat ik niet bij een plaatselijke huisarts stond ingeschreven. Ze regelde dat een notaris me in het ziekenhuis zou bellen om de nalatenschap van mijn vader te bespreken. Zodra ik voldoende was hersteld kon ik bij zijn kantoor langsgaan, maar tot die tijd kon ik leven van de gulle donaties van de bewoners van Rotorua. Ik kon een andere auto kopen, die ik heel hard nodig had.

Tien dagen na het ongeluk werd ik uit het ziekenhuis ontslagen. Ik kreeg twee krukken mee, en de aanbeveling om zo veel mogelijk te rusten. Elke ochtend om elf uur zou er een wijkverpleegkundige langskomen. De maatschappelijk werker bracht me naar huis en hield onderweg even stil bij een supermarkt om boodschappen te doen.

Ze bekeek het hele huis, tot ze zeker wist dat er geen trap was. De indeling was heel geschikt. Ze vond het niet nodig om een kijkje te nemen in de schuur, maar maakte wel een wandelingetje door mijn moestuin. Ze vroeg me nog een keer of er iemand was die ik wilde bellen. Ik vroeg om hulp bij het installeren van een telefoon, en ze reageerde verrast en ontzet toen het tot haar doordrong dat we die nog niet hadden. Ze zei dat ze er een 'spoedkwestie' van zou maken en liet me schoorvoetend alleen achter. De volgende dag zou de verpleegkundige komen. De maatschappelijk werker gaf me een klopje op mijn arm en zei dat ik erg dapper was. Ik gloeide onder haar aanraking.

Ik had Lindy gemist, maar wist dat ze over water beschikte. Haar eten was misschien wel op, maar ik was nu weer thuis.

Ze zou het heus wel redden. En ze zou nooit meer met mijn vader te maken krijgen. Híj was de reden dat ze weg wilde. Nu waren we met ons tweetjes over. Bij mij zou ze wel willen blijven.

Zodra de maatschappelijk werker was vertrokken pakte ik de sleutel van het haakje aan de achterdeur en strompelde naar de schuur, met een tas met boodschappen bungelend aan een kruk.

43

Sally

Een week later verhuisde ik naar de cottage. Het was de laatste week van september. Al het constructiewerk was af. Ik had een bruikbare badkamer en keuken, maar geen vloerbedekking en gordijnen. De muren waren gestuct, maar nog niet geverfd. Het terras was niet aangelegd, de gang was niet betegeld en de meeste meubels waren nog niet bezorgd. Ik spande lakens voor de ramen, en nam de oude bank en keukentafel met stoelen mee uit het oude huis. Die had niemand van mijn vrienden willen hebben. Ook kocht ik goedkope vloerkleden en legde die zolang op de vloer.

Nadine stelde me voor aan alle werklui die hun verschillende klussen kwamen afronden. Het was niet prettig dat het op alle uren van de dag een komen en gaan van mensen was. Ik bracht dan ook zo veel mogelijk tijd buiten de cottage door.

Ik miste mijn piano verschrikkelijk, maar kon die niet in de cottage neerzetten zolang de werklui nog bezig waren, vanwege het stof. Daarom ging ik een hele week bij tante Christine in Dublin logeren, zodat ik elke dag op die van haar kon spelen.

Ze schrok ontzettend toen ze het hele verhaal over Mark Butler/Norton hoorde. Wel herinnerde ze zich vaag dat mijn moeder haar ooit had verteld dat Denise een broertje had. 'Jean had veel meer contact met de ouders van Denise dan Tom. Ik weet nog dat ze zei dat het broertje inmiddels te oud was en dat Denise de vierjarige die ze het laatst had gezien niet meer in hem zou herkennen.'

Ik vroeg haar waarom mijn vader mijn moeders dossiers had weggegooid.

Tante Christine zuchtte diep. 'Je vader was niet volmaakt, Sally.'

Dat begon ik ook door te krijgen. Ik was als tiener vreselijk koppig geweest, maar mijn moeder had me vaak gedwongen om dingen te doen waar ik geen zin in had. Na twee jaar therapie begon ik eindelijk waardering te krijgen voor het feit dat mijn moeder had geprobeerd me te laten integreren door me aan te moedigen om lid te worden van verschillende clubjes en naar de disco's en feesten op school te gaan. Mijn vader verwierp al haar ideeën en liet me mijn eigen gang gaan, en maakte daar continu aantekeningen van. Ik herinnerde me dat ik hen eens had horen ruziemaken, en dat mijn moeder tegen mijn vader schreeuwde: 'Ze is geen casestudy, ze is onze dochter.'

In de tussentijd werkten Tina en ik aan woedebeheersing. Toen ik haar vertelde over de overweldigende razernij die ik tegen Caroline had ervaren, hielp ze me om in te zien dat ik de woede had overgenomen die ik van mijn biologische moeder had meegekregen. Via haar dossiers, vooral de geluidsopnames, en wellicht ook via verdrongen herinneringen.

'Sally, je hebt vaak tegen me gezegd dat je haar niet als je moeder ziet, maar je moet ongetwijfeld getuige zijn geweest van bepaalde dingen, of op zijn minst iets hebben meegekregen van de nasleep van de extreme emotionele en lichamelijke mishandeling. Als jijzelf of iemand die je dierbaar is wordt bedreigd' – ze doelde op de keer dat ik Angela had aangevallen toen die Toby van me afpakte – 'wil je uithalen, zoals Denise dat waarschijnlijk ook deed. Boosheid is een secundaire emotie. Woede kan worden aangewakkerd door angst of elke andere emotie waardoor we ons kwetsbaar of machteloos voelen. Maar je bent nu volwassen, je zit niet meer in een kamer opgesloten. Je kunt andere krachten aanwenden. Je kunt je stem gebruiken en je kunt weglopen. Dat zijn twee van de belangrijkste middelen waarover je beschikt. Onthou dat je geen kind bent dat in een kamer gevangen wordt gehouden. Geweld is bijna nooit de juiste reactie.'

Ik had heel veel om over na te denken.

Mark reageerde niet op mijn berichtje. Toen Angela me in contact bracht met Elaine bleek zij ook niets van hem te hebben gehoord.

'Ik maak me zorgen,' zei ze tegen me, 'maar hij heeft dit al eens eerder gedaan. Toen bleef hij in een stressvolle periode wekenlang weg en dook opeens weer op, met de nodige verontschuldigingen en de belofte dat hij het nooit meer zou doen. Het is een patroon bij hem aan het worden. Ik neem aan dat jij mijn ex-nichtje bent?'

Ze was erg vriendelijk en stelde voor om ergens af te spreken.

'Liever niet. We zijn niet echt familie van elkaar.'

'Prima. Je zegt het maar.'

'Het zou toch raar zijn? We hoeven alleen maar informatie uit te wisselen. Dat kan ook via de telefoon. Je bent geen familie van me.'

'Nee, daar zit wat in.'

'Mark is mijn oom en dat had hij me moeten vertellen.'

'Dat ben ik helemaal met je eens.'

Sue vroeg me of er na het feestje iets was voorgevallen. Kenneth had haar verteld dat iedereen in Mervyn Park het over Mark had. Blijkbaar had hij aan stress gerelateerd verlof opgenomen en was hij niet in zijn appartement. Er werd druk gespeculeerd over wat er aan de hand kon zijn. Omdat ze mijn beste vriendin was vertelde ik het aan haar. Sue was net zo diep geschokt als Angela, tante Christine en ik.

'Anubha dacht dat hij tot over zijn oren verliefd op je was. Hij had het heel vaak over je en vroeg steeds van alles. Toen hij op een dag op het werk speculeerde over wat je als kind allemaal moest hebben meegemaakt zei ze tegen hem dat hij er eens over moest ophouden. Ze vond het griezelig, maar de anderen dachten allemaal dat hij een oogje op je had. Alsof hij gefascineerd was door jouw verhaal, alsof je het weesje Annie was. Lieve god, wat bizar, Sally. En nu weet niemand dus waar hij is?'

'Nee.' Ik zweeg even. 'Ik haat die film. De zon schijnt zelden morgen, zeker in Carricksheedy. En al helemaal in de winter.'

Sue lachte.

'Waarom lach je?'

'Je moet de tekst van een musicalliedje niet zo letterlijk nemen.'

Voordat de werklui hun werkzaamheden afrondden liet ik een slotenmaker grendels op alle deuren en ramen plaatsen. Toen ze in de eerste week van oktober voorgoed vertrokken had ik eindelijk mijn eigen mooie woonruimte en de badkamer van mijn dromen. Overal strakke lijnen. Ik kon bijna niet geloven dat dit schitterende huis van mij was.

Het stroompje liep onder de glazen panelen in de vloer door en kwam uit in een rotstuintje in de achtertuin. Iedereen die langskwam sprak er lovend over, alsof ik het zelf had aangelegd. Ik gaf hun Nadines visitekaartje. Toen de piano eenmaal naar de cottage was verhuisd voelde ik me er eindelijk thuis. Ik waande me er veilig, maar was ook verdrietig en een beetje bang.

Hoewel ik over Mark bleef piekeren maakte ik me veel meer zorgen over 'S'. De politie had niet kunnen achterhalen waar de kaart vandaan was verzonden, alleen maar dat die in het hoofdpostkantoor in Auckland was verwerkt, net als elk ander internationaal poststuk vanuit Nieuw-Zeeland. Dat vond ik eng. Conor Geary liep nog ergens rond.

44

Peter, 1989

Het duurde even voordat ik de dood van mijn vader had verwerkt. Ik merkte dat de last van de fantoomziekte van mijn schouders was gevallen. Ik miste hem, ik haatte hem en ik hield van hem, maar vergeven kon ik hem niet. Er was niemand op wie ik mijn boosheid over de verloren jaren kon afreageren. De jaren waarin ik naar school had kunnen gaan, waarin ik me niet zo ontzettend onbehaaglijk had hoeven voelen met mijn pet en handschoenen, waarin ik vrienden had kunnen hebben, had kunnen sporten en naar feestjes had kunnen gaan, en vooral de tientallen jaren van Rangi's leven die hem waren afgenomen, omdat ik zo naïef was geweest om te geloven wat mijn vader me vertelde.

Maar ik miste zijn gezelschap, zijn zorgzaamheid en kalmte.

Jill van de *Daily Post* moedigde me aan om een open brief aan de bewoners van de stad te schrijven om hen voor hun vrijgevigheid te bedanken. Ze wilde ook een foto van me nemen bij mij thuis. Ik stemde toe met de brief, maar weigerde de foto. Ik had me jarenlang verborgen gehouden en dat veranderde niet van de ene dag op de andere; ik raakte het gevoel dat ik moest ontsnappen en me moest verstoppen nooit helemaal kwijt. Ik wilde mijn anonimiteit terug en veranderde van een plaatselijke beroemdheid in een kluizenaar. Nu had ik eindelijk een telefoon, maar niemand om te bellen.

Het werk dat bij het uitzoeken van mijn vaders nalatenschap kwam kijken was overweldigend, maar ik kreeg een maatschappelijk werker en een advocaat toegewezen die alles voor me afhandelden. Ik was niet alleen, ook al dacht iedereen dat wel. Het geld werd voor me op een bankrekening gezet. Ik was niet rijk en zou hard moeten werken om de rekeningen te kunnen betalen, maar het huis was helemaal van mij.

Toen werd gevraagd waarom ik nooit naar school was geweest, antwoordde ik naar waarheid dat mijn vader ervan overtuigd was geweest dat ik aan een ziekte leed en dat omgang met anderen mijn leven in gevaar zou brengen. Ik moest een examen afleggen dat te vergelijken was met het eindexamen van de middelbare school. Ik haalde mijn schooldiploma en kreeg de indruk dat de autoriteiten ontzet waren over het feit dat ik zo hoog scoorde. De maatschappelijk werker zorgde ervoor dat ik bij de belastingdienst geregistreerd werd en legde uit dat ik over mijn inkomsten belasting moest afdragen. Ze slaagde erin de belastingdienst over te halen om me niet te vervolgen voor het geld dat ik tot dan toe had verdiend. De weken op krukken vielen niet mee. Ik was afhankelijk van maatschappelijk werkers en wijkverpleegkundigen om me van en naar fysiotherapie en de supermarkt te brengen. Als ik het boodschappenkarretje volgooide merkten ze steevast op dat ik een flinke eetlust had. Ze hadden niet in de gaten dat ik eten voor twee personen insloeg.

Toen ik tien dagen na het ongeluk voor het eerst de schuurdeur opendeed was Lindy bijna gek van de honger. Ze schreeuwde naar me omdat ik haar zo lang alleen had gelaten. Intussen at ze kaas zo uit het pakje en propte chips in haar mond. Ik wachtte tot ze mijn kortgeknipte haar, de hechtingen in mijn hoofd en de krukken waarop ik leunde opmerkte, en toen dat eindelijk het geval was ging ze op het bed zitten en nam me op. 'Wat is er gebeurd? Waar is híj?'

Ik vertelde haar over het auto-ongeluk, de ruzie die eraan vooraf was gegaan en dat ik mijn vader had laten doodgaan. Er welden tranen op in mijn ogen en ook haar ogen glinsterden. Toen ik klaar was met vertellen legde ze haar hoofd in haar nek, zodat haar haren over haar schouders vielen en haar mooie gezicht naar het plafond was opgeheven. Ondanks de ontbrekende tand was ze nog steeds heel mooi.

'Het is voorbij,' zei ze. 'Ik kan naar huis.' Toen keek ze me achterdochtig aan. 'Waar is de politie? Waarom zijn die niet hier?'

Ik staarde haar aan. Het was niet bij me opgekomen dat ze zou willen vertrekken nu mijn vader weg was. Ze was het enige wat ik had.

'Je bent van mij, Lindy. Ik zal ervoor zorgen dat je veilig bent.' Ik zwoer dat ik haar nooit zou verkrachten of nooit pijn zou doen. Ik vertelde haar dat ik mijn vader had laten doodgaan zodat hij haar geen kwaad meer kon doen, en dat was ook echt zo. Ik wilde dat we vrienden waren en daar zou niets van komen als ik haar liet gaan. Ze draaide haar gezicht naar de muur en gilde en krijste zoals ik haar nooit eerder had horen doen.

'Lindy,' zei ik zacht, 'het is echt het beste. Ik ben nu de baas. Ik zal voor je zorgen.'

'Fuck off, Steve!' brulde ze zo hard ze kon. Ze haatte me. Als ze hier ooit wegkwam zou ze de politie precies vertellen wie ik was en waar ze me konden vinden. Ik was al twee jaar lang medeplichtig aan Lindy's ontvoering, dus er waren twee heel belangrijke redenen om haar bij me te houden: Ik hield van haar en ik wilde niet de gevangenis in. De eerste woog voor mij het zwaarst.

Van een van mijn vaders vroegere patiënten kreeg ik een oude auto. De tandartspraktijk werd verkocht en mijn erfenis werd op een rekening op mijn naam gestort. Nu kon ik verder met mijn leven zonder maatschappelijk werkers, juristen of verpleegkundigen. Ik had mijn onafhankelijkheid terug.

In 1989 was ik eenentwintig en zag ik in de stad soms meisjes naar me kijken. Daarvoor had ik me nooit echt met mijn uiterlijk beziggehouden. Het litteken op mijn voorhoofd was tot een dunne, witte streep vervaagd. Je zag het alleen als je dicht bij me kwam, en dat deed niemand. Ik at gezond en had me ingeschreven bij een sportschool, waar ik regelmatig aan gewichtheffen en bankdrukken deed. Ik had in de stad een winkelpandje gehuurd en was een groentezaak begonnen. Ook leverde ik nog steeds aan de supermarkt en aan een aantal andere verkooppunten in omliggende plaatsen. Ik had uitgezocht hoeveel andere leveranciers berekenden en dook onder hun prijzen. In de sportschool en in de winkels waaraan ik leverde werd ik regelmatig begroet. Maar nu ik eindelijk vrienden kon maken had ik er geen behoefte meer aan. Ik wilde niet dat iemand me beter zou leren kennen vanwege Lindy. Ze was mijn geheim. Ze was niet mijn vriendin, nóg niet, maar ik wist dat ze dat uiteindelijk wel zou worden. Ik was bereid om te wachten.

Ik behandelde haar goed. Ik gaf haar de kranten zodra ik ze uit had, en had een echt bed en een kleurentelevisie voor haar neergezet. Verder kocht ik haar lievelingseten, in plaats van alleen maar basisdingen, zoals mijn vader. Ze was dol op koekjes als Shrewsbury Biscuits en Mallow Puffs, dus daar verwende ik haar in het weekend vaak mee. Ook gaf ik haar een elektrisch kacheltje voor in de winter, omdat ze altijd klaagde dat het er zo koud werd. Als ik de stad uit ging kocht ik nieuwe kleren, slippers, vrouwentijdschriften en lippenstift voor haar. Wat haar kledingmaat betreft was het in het begin een kwestie van vallen en opstaan, maar uiteindelijk kreeg ik het door. Toen ze om maandverband en tampons vroeg kwam ik geschokt tot de ontdekking dat mijn vader haar die nooit had gegeven. Vanaf dat moment sloeg ik twee keer per jaar een enorme voorraad in zodat ze nooit zonder kwam te zitten en er niet meer om hoefde te vragen. Ik gaf haar een klok en een kalender, zodat ze de datum en tijd wist. En ik kocht een platenspeler en een radio voor haar. Alles wat ik maar kon bedenken om haar gelukkig te maken. Maar toch was ze dat nooit.

'Waarom hou je me hier? Als het je niet om seks te doen is, wat wil je dan wél van me? Ik zal jou nooit als "vriend" beschouwen,' zei ze laatdunkend. 'Ik zal je altijd als mijn gevangenbewaarder blijven zien, en als jij daar anders over denkt ben je niet goed wijs.'

45

Sally

Eindelijk stuurde Mark me een berichtje: *Neem alsjeblieft geen contact meer op met mijn ex-vrouw. Dit gaat Elaine niets aan.*

Ik was woest. Ik had Elaine slechts twee keer gesproken en ik had haar nooit ontmoet, ook al had ze aangeboden om iets af te spreken.

Ik antwoordde hem meteen. *Mij best. Wat wil je precies van me, Mark? Ik kom er maar niet achter.* Ik stuurde er meteen een tweede berichtje achteraan. *Ik heb na jouw vertrek trouwens nog een kaart van 'S' gekregen. Ben jij dat soms? Speel je een of ander psychologisch spelletje met me?*

Ik werd meteen gebeld. 'Mark?'

'Wat stond er in de kaart?'

'Hoi. Ik vind het ook leuk om jou weer te spreken.'

'Ik wil weten wat erin stond.'

'En ik wil weten waarom mijn óóm hier in Carricksheedy opduikt, doet alsof hij een vriend van me is en dan zonder iets te zeggen weer verdwijnt.'

'Ik wilde het je wel vertellen, maar ik moest het eerst zeker weten. Ik stond echt op het punt om het te zeggen en was van plan het na afloop van het feestje te doen. Aan je tante Christine en jou samen. Ik had verwacht dat je net zo zou zijn als zij, als Denise.' Zijn stem brak.

'Mark?'

Er klonk een gedempt geluid en toen ging zijn stem bevend verder. 'Ik dacht dat je net zo zou zijn als zij, maar je bent precies zoals hij.'

'Waar heb je het over?'

'Sally, je bent gewelddadig en agressief.'

'Wat? Ja, dat weet ik. Daar werk ik momenteel aan. Mark, ik wil je zien. Ik ben gekwetst, in de war en boos.'

'Ik ben bang voor jouw boosheid.'

'Ik ook. Kom alsjeblieft terug. Dan bespreken we alles.'

Hij voelde er weinig voor om naar het dorp terug te komen en liet zich niet gemakkelijk overhalen, maar uiteindelijk spraken we in het weekend af bij Farnley Manor, een luxehotel net buiten Roscommon.

Farnley Manor was een prachtig verbouwd kasteel op de oever van de Shannon. Het eerste waar mijn oog op viel toen ik de indrukwekkende marmeren lobby binnenging was de ongebruikte vleugel tussen de weelderig beklede, champagnekleurige banken.

Mark stond op van een van die banken en zwaaide naar me. Ik liep voorzichtig naar hem toe, alsof het onze eerste ontmoeting was, maar toen we tegenover elkaar stonden strekte ik mijn armen naar hem uit. Hij beantwoordde de omhelzing en ik voelde een onbekende emotie in me opwellen. Toen ik een stapje achteruit deed zag ik hem een zakdoek pakken om zijn ogen te deppen.

'Je bent mijn oom,' zei ik.

We gingen zitten. Hij had thee met lekkernijen besteld en er werd al snel een etagère op onze tafel neergezet.

Na een tijdje zei hij: 'Ik heb je gezien, vanachter het raam in de woonkamer. Je was agressief. Tijdens je feestje, tegen Caroline... En toen je terugkwam deed je alsof er niets was gebeurd.'

Hij had gezien dat ik Caroline aanviel.

'O, Mark. Je moest eens weten. Dat deed ik puur uit angst. Ik was ontzettend bang dat Conor Geary zou komen opdagen. Tina heeft me verteld dat mijn angst irrationeel is, maar dat mijn hersens niet weten dat ze irrationeel handelen.'

Hij staarde me zwijgend aan.

'Denise was ook zo,' ging ik verder. 'Net zo gewelddadig.'

'Mijn zus was een lieverd. Ze zou nooit iemand hebben geslagen.'

'Dat heeft ze wel gedaan nadat mijn biologische vader klaar met haar was. Het staat allemaal in de aantekeningen van mijn vader.'

'Vertel me alsjeblieft iets over haar. Mijn vader weigert over haar te praten en mijn moeder is met haar naam op haar lippen gestorven... Je herinnert je toch zeker wel íéts?'

Ik legde nog een keer uit dat ik geen herinneringen aan Denise had, maar dat ik wel een goede indruk van haar had gekregen uit de opgenomen gesprekken en mijn vaders geschreven verslagen.

'Ze zouden naar de opslag gaan, maar toen ik eenmaal had ontdekt wie jij was heb ik ze bewaard. Je hebt het recht om alles te lezen en horen, Mark.'

Een van de eerste dingen waarover hij het wilde hebben was Toby. 'Dat was míjn beer. Ten tijde van Denises ontvoering was ik vier jaar oud. Ik liep de hele tijd als een hondje achter haar aan. Ze deed allerlei spelletjes met me. Soms verstopte ze Toby in een heg in de voortuin. Ik dacht dat je deze misschien wel wilde hebben. Ik heb de originelen laten herstellen en gekopieerd.' Hij haalde een envelop tevoorschijn en gaf die aan mij. Er zaten vier foto's in, allemaal zwart-wit. Op een ervan stond een klein meisje in een communiejurk met sluier, de handen gevouwen en de ogen hemelwaarts gericht. Een mooi meisje met grote ogen en sproeten op beide wangen. Op de tweede foto was ze groter en hield ze het handje van een peuter vast. Mark. Hij had een kleine beer in zijn armen, gloednieuw, maar onmiskenbaar Toby. Haar haren waren donkerder geworden. Er zat ook een portretfoto van haar bij, glimlachend met roze wangen. Die had ik eerder gezien, in krantenarchieven op internet. De laatste foto was een gezinsfoto. Mark was een baby, Denise stond er fronsend op. Haar vaders handen lagen op haar schouders en haar moeder lachte naar de pasgeboren baby in haar armen.

Ik dacht aan de foto's in mijn vaders dossiers. Denise als volwassene, uitgemergeld, bijna tandeloos, met dun futloos haar, ziedend van woede. Met mij in haar armen geklemd alsof ze me nooit wilde loslaten. Die moest Mark ook zien.

'Deze foto,' zei ik, wijzend naar de portretfoto. 'Is die vlak voor haar ontvoering gemaakt?'

Mark knikte. Zijn ogen stonden glazig.

Ik dacht aan Abebi en Maduka, aan de kinderen van Sue en Anubha. Hun kleine lijfjes, hun onschuld. Ik voelde opnieuw boosheid oplaaien, maar onderdrukte die en keek naar Mark, Denises broer. Ik had graag een broertje of zusje gehad. Iemand om deze gevoelens mee te delen. Iemand die mij net zo zou missen als hij Denise miste.

'Ik begrijp het niet,' zei ik. 'Je was nog heel jong. Hoe kon je nou iemand missen die je maar zo kort had gekend?'

'Ze domineerde mijn hele leven. Een van mijn vroegste herinneringen is aan mijn moeder die huilde. Buiten voor ons huis flitsten blauwe zwaailichten en de politie kwam naar de voordeur. In supermarkten, in winkelcentra, tijdens vakanties op het platteland: we keken altijd naar haar uit. Tegen de tijd dat ik zestien was, was er geen plek meer waar we níét hadden gezocht. Onze eetkamer was helemaal aan haar gewijd. Er stond zelfs een altaar met die foto in een zilveren lijst erop. Er brandden altijd kaarsen.

'O, Mark.' Ik probeerde me voor te stellen hoe het was om Mark te zijn. Om te voelen wat hij voelde. 'Was je niet kwaad?' vroeg ik. Ik wist zeker dat ik dat wel zou zijn geweest.

'Toen ik op een dag uit school thuiskwam zag ik mijn moeder de kaarsen op het altaar uitblazen. Ze wilde het opgeven.' Hij liet zijn hoofd in zijn handen zakken. 'Ik wilde de kaarsen weer aansteken, maar mijn vader hield me tegen. De volgende dag werd het altaar weggehaald en verdween de foto in een la. Ze praatten nooit meer over Denise. Ze praatten helemaal nergens meer over. Het werd heel stil in huis en ik wist niet wat erger was.'

Ik voelde een diepe droefheid over me komen.

'Toen ik op mijn achttiende het huis uit ging om te studeren had ik het gevoel dat ik voor het eerst in lange tijd weer kon ademen. Ik had een baantje bij een tankstation en huurde een klein, sjofel flatje in Rathmines. Een halfjaar lang leidde ik een normaal leven. Ik kreeg vrienden die geen idee hadden wie ik was, ik had vriendinnetjes, ik speelde heel veel snooker. Ik was eindelijk van alles bevrijd. En toen… toen werd ze gevonden.'

Ik liet een stilte vallen, want de rest van het verhaal kende ik. Of dat dacht ik tenminste. Maar er zat me wel iets dwars.

'Het was toch een anonieme tip?'

'Volgens mij weet ik het antwoord op die vraag. Het stond op zo'n true-crimewebsite. Een kerel in Mountjoy Prison beweerde dat hij degene was die de politie had gebeld om hun te vertellen waar Denise Norton werd vastgehouden. Hij had haar ontdekt toen hij in het huis wilde inbreken.'

'Wat? Wanneer?'

'Het huis in Killiney, waar jij werd vastgehouden. Kennelijk had hij erover opgeschept tegen zijn celgenoten. Hij was te dom om te beseffen dat hij met die informatie had kunnen onderhandelen over strafvermindering voor een van zijn talloze celstraffen. Maar het nieuws ging sowieso rond.'

'Leeft hij nog? Ik wil graag met hem praten.'

'Nee, hij is in 2011 overleden. Ik kan er nog steeds vreselijk kwaad om worden dat de gevangenbewaarders en politie dit al jaren wisten en er nooit bij hebben stilgestaan dat wij misschien wel met hem wilden praten. Ik heb het een paar jaar geleden van zijn zus te horen gekregen.'

'Je zei dat zij was gevonden. Maar we zijn toch samen gevonden?'

'Sorry, ik weet het. Maar het ging mijn ouders alleen om Denise. Het was niet zo dat jouw lot hun koud liet, maar ze beschouwden je gewoon niet als Denises kind. En voor mij was het...' Mark sloeg een hand voor zijn ogen. 'Ik had mijn hele leven in de schaduw van een geest doorgebracht en had net mijn eigen leven opgebouwd. De redding van mijn zus domineerde alle media. Ik stond wéér in de publieke belangstelling. Mijn nieuwe vrienden wilden alles over haar weten, over wat er was gebeurd. Een deel van me wenste stiekem dat we haar nooit hadden teruggevonden, want daarna werd alles alleen maar erger.'

'Hoezo?'

'Ik mocht niet bij haar op bezoek en niemand wilde me vertellen waarom niet. Ik dacht dat Denise een verklaring zou afleggen bij de politie en dat ze daarna naar huis zou komen, maar toen... toen bleek jij er ook nog te zijn.'

'Ik was haar dochter.'

'Ja, maar je was ook zíjn dochter.'

Ik deed mijn ogen dicht.

'Het is niet mijn bedoeling om... Luister, probeer je eens in de positie van mijn ouders te verplaatsen.'

Ik deed mijn best, maar ditmaal lukte het niet. Ik was indertijd een kind. Een slachtoffer. En bovendien hun eigen kleinkind.

'Ik wilde dat mijn ouders je mee naar huis namen om je zelf op te voeden. Ik bood aan om weer thuis te komen wonen en hen te helpen, maar ze zeiden dat er te veel problemen waren met je ontwikkeling. Ik heb er echt enorm veel spijt van.'

'Hoe denkt je vader er nu over? Heb je hem verteld dat je me hebt gevonden?'

Mark schudde zijn hoofd. 'Hij heeft gelezen wat je met Tom Diamond hebt gedaan. Dat was voor hem genoeg. Meer wilde hij niet weten. Ik heb geprobeerd hem duidelijk te maken dat ik contact met je had, dat je een goed en vriendelijk mens bent...'

'Ben ik dat echt?'

'Maar toen zag ik die aanval van je op Caroline buiten bij je huis.'

'Ik ben kwaad, Mark. Meestal weet ik dat verborgen te houden, maar soms, als ik me bedreigd of kwetsbaar voel, krijgt de woede de overhand. Ik werk eraan met Tina, dat zweer ik.'

'Sally, je was alle controle kwijt.'

'Dat weet ik. Ik schrok er zelf ook van. Maar je weet waarom ik die dag een bewaker had ingehuurd, hè? Ik was bang dat hij misschien zou opduiken. Conor Geary. Er liepen kinderen rond in mijn tuin. Hij weet waar ik woon.' Ik dacht even na. 'Mark, heb je er weleens bij stilgestaan dat ik mijn gebrek aan empathie van jouw kant van de familie kan hebben geërfd? Hoe konden je ouders me zomaar in de steek laten?'

Hij keek bedroefd. 'Dat weet ik niet.'

Hij raakte ook overstuur toen ik hem vertelde dat er nergens in mijn vaders dossiers of op Denises bandopnames iets over hem werd vermeld.

'Weet je dat zeker? Komt mijn naam nergens voor? Niet één keer?'

'Ze heeft het niet over je gehad. Het spijt me.'

'Ik wil die opnames zelf afluisteren.'

'Kom terug naar Carricksheedy,' zei ik. 'Ik weet zeker dat ze bij het vleesverwerkingsbedrijf nog geen vervanger voor je hebben aangenomen.'

'Ik heb ziekteverlof opgenomen, maar ik verwachtte niet dat ik ooit zou terugkomen.'

'Mark, je hebt hier een leven opgebouwd. Je hebt vrienden.

Je hebt een... een nicht. Ik wil ook graag meer over mijn biologische moeder horen. Denk je dat je vader het nu zou begrijpen? Misschien mag hij me wel. Hij is tenslotte mijn opa.'

'Dat durf ik niet te zeggen. Hij is al erg oud. Bijna negentig. Ik vermoed dat hij zo'n gigantische omwenteling niet meer aankan.'

Ik ergerde me eraan dat mijn grootvader mijn bestaan als een last beschouwde. 'Ik vind dat we samen naar mijn therapeut moeten gaan. Je behoort tot dezelfde generatie als ik. Je zou me als je zus kunnen beschouwen.'

'Als Denise?'

Deze keer voelde ik wél empathie. 'Nee, niet als Denise. En ook niet als Mary Norton. Als Sally Diamond. Dat is wie ik nu ben. Wil je een sandwich?'

Mark lachte. Ik weet niet waarom, maar het doorbrak wel de spanning die tussen ons hing.

'Ik kom terug naar het dorp. Ik zal aan de administratie doorgeven dat ik maandag weer begin.'

'Ik zal het aan onze vrienden uitleggen. De meesten weten inmiddels dat je mijn oom bent. Ze waren verbaasd, maar heel begaan. Ze zullen je met open armen ontvangen.'

Toen vroeg ik hem naar Anubha. Hij gaf toe dat hij alleen maar had gezegd dat hij iets voor haar voelde om mij op mijn gemak te stellen. Ik uitte mijn afkeuring. Hij zei dat hij nog steeds van zijn ex-vrouw hield.

'Volgens mij geeft Elaine ook nog steeds om jou.'

'Ze heeft medelijden met me, Sally.'

'Maar ze steunt je wel. Jullie zijn toch heel jong getrouwd?'

'Te jong. Ik verlangde wanhopig naar een familieband die niets met Denise te maken had.'

'Je hebt een andere naam aangenomen.'

'Dat was een idee van Elaine. Een van haar beste.'

'Ze is toch hertrouwd? Heeft ze niet een zoontje?'

Hij knikte.

Na een tijdje stonden we op en omhelsden elkaar, een seconde of twee langer dan ik prettig vond. Dat merkte Mark.

'Het spijt me, Sally. Ik vind het heel erg voor je wat er allemaal is gebeurd.'

'Ik vind het heel erg voor jou dat je je zus op zo'n akelige manier bent verloren.'

'Maar ik heb er een nicht en een goede vriendin voor teruggekregen.'

'Inderdaad.' Ik glimlachte.

Hij vertrok, maar ik bleef nog even en tuurde naar de vleugel. In al die tijd dat we daar hadden gezeten had er niemand op gespeeld. Ik wandelde ernaartoe en trok de met fluweel beklede pianokruk eronder vandaan. Ik deed de klep open en legde mijn handen op de toetsen. Toen speelde ik een aantal rustige stukken, melodieën die me rust schonken. Ik deed mijn ogen dicht en liet me door de muziek meevoeren.

Aan het eind van de *Mondscheinsonate* voelde ik een tikje op mijn schouder. Achter me stond een man in een pak met een naamplaatje dat me duidelijk maakte dat hij Lucas de manager was. Ik had hem zeker om toestemming moeten vragen om te spelen.

'Neemt u me niet kwalijk, mevrouw. We hebben genoten van uw spel. U bent duidelijk een professional,' zei hij. Er klonk inderdaad applaus. Toen ik naar de lobby keek zag ik een groot aantal mensen klappen en naar me knikken. 'Ik weet niet of u er tijd voor hebt en ik hoop dat u het niet als een belediging opvat, maar ik vroeg me af of u beschikbaar bent voor en interesse zou hebben in wat parttimewerk.'

46

Peter, 1996

In de vijf jaar na mijn vaders dood volgden talloze hernieuwde ontsnappingspogingen. Lindy had het aanvankelijk opgegeven, maar probeerde nu opnieuw om te vluchten.

Ik had haar schrijfwaren gegeven, iets waar ze mijn vader herhaaldelijk om had gesmeekt. Ze wilde een potlood, waskrijtje, pen of wat dan ook om mee te schrijven.

'Wat ga je dan schrijven?' had hij sarcastisch gevraagd.

'Ik wil verhalen schrijven,' had ze geantwoord.

Tegen mij zei ze dat ze graag haar herinneringen aan haar familie, vrienden en thuis wilde opschrijven, omdat ze bang was dat ze die zou vergeten. Toen ik bij mijn vader een goed woordje voor haar deed zei hij dat ze het verleden beter kon vergeten, omdat ze dan het heden gemakkelijker kon accepteren. Zodra ik na zijn dood helemaal was hersteld, kocht ik een groot pak viltstiften in alle kleuren, een schetsblok, balpennen en schriften voor haar. Ik beloofde haar dat ik ze nooit zou lezen en dat ik haar privacy zou respecteren. Ze kon erin tekenen en schrijven wat ze wilde.

Diezelfde week bracht ik haar bibliotheekboeken terug. Ze las het liefst boeken van vrouwelijke schrijvers. Zelf was ik niet zo'n lezer. Ik was te oud voor de avonturenverhalen uit mijn jeugd. Alle boeken die ik nu had waren informatief: boeken over wisselteelt, doe-het-zelven, marketing, ondernemerschap en af en toe biografieën van belangrijke mannen.

Op weg naar de bibliotheek bladerde ik achterdochtig door de boeken en stuitte op berichtjes van haar, in de marges en op de blanco bladzijden achterin. Ze bevatten haar naam, mijn naam en die van mijn vader, uitgebreide beschrijvingen van wat hij haar had aangedaan, de datum waarop ze was ontvoerd en een ruwe beschrijving van de route van het meer naar ons huis.

Ik moest vervangende exemplaren voor de bibliotheek kopen en vertellen dat ik ze per ongeluk had vernield. Ik vertelde Lindy niet dat ik het had ontdekt en in de dagen erna was ze in een aanzienlijk beter humeur. Ze glimlachte en lachte meer wanneer we samen televisiekeken. Toen er na verloop van tijd niemand kwam om haar te bevrijden, merkte ik dat haar verwarring en boosheid toenamen. Ze was chagrijnig tegen me. Ik reageerde niet en wachtte rustig af tot alles weer normaal werd. Uiteindelijk gebeurde dat ook. Vanaf die tijd kocht ik af en toe boeken voor haar bij de tweedehandswinkel. Tegen haar zei ik dat het goed voor haar was om haar eigen boeken te hebben. Ze staarde me woest aan. Ze wíst het.

Ik had mijn vaders ketting vervangen door een zacht, maar sterk touw. Dat had ze binnen twee dagen met een broodmes doormidden gezaagd. Ik kon mezelf wel voor het hoofd slaan omdat ik daar niet aan had gedacht. Toen ik die avond binnenkwam stond ze niet aan de andere kant van de kamer te wachten, maar had ze zich achter de deur opgesteld. Ze viel me aan met het mes, maar mijn reflexen waren uitstekend en ik draaide me razendsnel opzij, zodat ze me in mijn bovenbeen raakte in plaats van in mijn buik. Ik wist haar met veel moeite terug op het bed te krijgen. Ze dacht dat ik haar zou verkrachten en krijste als een bezetene. Maar ik was mijn vader niet. Wel moest ik de ketting weer in gebruik nemen. Ik wikkelde de boei in schuimrubber en stond toe dat ze de boei elke week van haar ene been naar het andere verplaatste, want ze liep mank omdat ze die jarenlang om hetzelfde been had gedragen.

Op een andere dag gooide ze opnieuw kokend water naar me, maar ik was altijd op mijn hoede en bleef buiten haar bereik. Ze probeerde me ook te vergiftigen door bleek- of wasmiddel door mijn eten te mengen (ze kookte af en toe voor me), maar dat was duidelijk te proeven. Ik legde haar uit hoe dom dat was. Als ik doodging, zou zij ook doodgaan. Niemand zou haar komen zoeken, want iedereen dacht dat ze allang dood was. Ze zou eenzaam en alleen de hongerdood sterven. Ik wilde haar tegen haarzelf in bescherming nemen. Ze dacht niet helder na.

Ik had de afgelopen jaren een paar aanpassingen aan de schuur gedaan. Zo had ik aan de buitenkant een extra laag isolatiemateriaal, gipsplaten en metalen golfplaten aangebracht. Drie jaar eerder had ik ontdekt dat Lindy in de binnenmuur achter de koelkast een gat had gemaakt. Ze had een aantal eierdozen die als geluidsisolatie dienden weggetrokken. Ik betrapte haar op heterdaad, maar strafte haar niet. Ik hield haar in mijn armen tot haar huilbui voorbij was en liet haar toen los. Ik was mijn vader niet.

Buiten zou nooit iets te horen zijn en Lindy zou binnen nooit iets uit de buitenwereld opvangen. Dat was haar laatste ontsnappingspoging. Ze gaf het op. Onze relatie werd minder beladen. Ze vroeg niet meer waarom ik haar gevangenhield of wanneer ik haar zou vrijlaten. Ze verzette zich niet langer tegen me. We aten 's avonds vaak samen in de schuur. Soms zat ze naast me op de bank die ik had gekocht, maar we raakten elkaar niet aan. Ik vertelde haar alles: over mijn jeugd in Ierland, over mijn moeder en zusje, over onze vlucht naar Nieuw-Zeeland.

Ze knikte meelevend en merkte op: 'Misschien komt hier ooit ook iemand om in te breken.'

Ik kreeg er spijt van dat ik haar alles had verteld.

In de zomer liet ik haar vaak naar buiten om in de zon een frisse neus te halen en wat lichaamsbeweging te krijgen. In de winter was dat wat minder vaak. Ik nam haar zelfs mee naar de warmwaterbron en het meer achter het huis. In alle jaren dat we daar woonden had ik er nooit iemand anders gezien. Ik durfde geen badpak voor haar te kopen, maar ze had wel korte broeken, onderhemdjes en T-shirts. Ze klaagde erover dat ze met de ketting om haar enkel niet kon zwemmen, maar ik droeg het meeste gewicht ervan, zodat het haar wél lukte. Ik deed mijn best om niet naar haar lichaam te kijken toen ze uit het water kwam, maar het was onmogelijk om haar slanke gedaante niet op te merken, met de tepels die recht naar voren staken. Na afloop gingen we op de rotsen zitten om te picknicken. Maar ik raakte haar nog steeds niet aan.

In de winter van 1990 zaten we op een avond naast elkaar op de bank naar een of andere horrorfilm op tv te kijken. Toen de moordenaar met een bijl arriveerde drukte ze haar gezicht tegen mijn schouder. Ik sloeg instinctief een arm om haar heen en kneep zacht in haar schouder. Ze hief haar gezicht naar me op en ik tuurde omlaag naar haar prachtige gezicht. Ze boog haar hoofd naar me toe en kuste me voorzichtig op mijn mond. Ik kuste haar terug. Mijn allereerste kus. Ze kwam recht voor me zitten en hield me niet tegen toen ik over haar rug streelde. Ze hield me ook niet tegen toen ik mijn hand in haar nek legde. Ze wreef met haar gezicht langs mijn schouder en kuste me nog een keer op de mond. Haar tong zocht die van mij en ik voelde dat ik verstijfde.

Ze merkte het ook en maakte zich meteen los uit mijn armen. 'We... Dit kan niet...' zei ze. 'Je vader...'

'Ik ben heel anders dan hij.'

'Dat weet ik. Ik heb hem nooit gekust. Hij dwong me ertoe, maar het was nooit zoals nu.'

We kusten elkaar weer, ditmaal intenser. Onze monden pasten perfect op elkaar. Toen trok ík me terug.

'Slaap lekker, Lindy.'

'Maar...'

'Ik hou van je,' zei ik, en ik sloot de deur achter me af.

Het duurde nog zes jaar, maar in 1996 was ik ervan overtuigd dat ze van me hield. Ik wist het negenennegentig procent zeker. Toen we in 1992 voor het eerst met elkaar naar bed gingen was ik vijfentwintig en zij vierentwintig. Ze was vreselijk getraumatiseerd door mijn vader, dus ik liet haar het tempo bepalen. Hoewel het met een slakkengang ging drong het langzaam maar zeker tot haar door dat ik haar geen pijn kon en zou doen, maar dat ik haar evenmin kon laten gaan. Ze legde haar leven in mijn handen. En ik het mijne in die van haar. Als we binnen bleven maakte ik de ketting los. Wel deed ik bij mijn vertrek de deur nog steeds op slot. En als we naar de warmwaterbron gingen gebruikte ik een touw in plaats van de ketting. Ze leek het niet erg meer te vinden. Ergens geloofde ik dat ze niet eens meer zou vluchten als ik haar losliet, maar ik durfde het er toch niet helemaal op te wagen.

Wanneer ik niet hoefde te werken brachten we al onze tijd samen door. Ik woonde min of meer bij haar in de schuur en ging alleen naar het huis om me om te kleden en te douchen. Af en toe kookte ik daar en bracht ik het eten naar Lindy toe. Ik besefte dat het veel handiger zou zijn om haar in huis te halen, maar het risico was te groot. Af en toe kwam er iemand langs, de monteur voor de boiler of een andere vakman en één hardnekkige crediteur.

Zakelijk gezien ging het niet goed. De kleine supermarkt had plaatsgemaakt voor een grote ketensupermarkt, die alle groente en fruit bij een centrale leverancier elders afnam. Ik was gedwongen de huur van de winkel op te zeggen. Het enige verkooppunt dat ik nog had was een weekendmarkt. Ik had een deal gesloten met het plaatselijke ziekenhuis om al hun groente en fruit te leveren, maar het was maar een klein ziekenhuis en ik moest zo hard onderhandelen om het contract in de wacht te slepen dat het amper lonend was. Lindy hielp mee. Ze breide sjaals en mutsen van de wol die ik voor haar bestelde uit een catalogus waarvoor ze in een tijdschrift een advertentie had gezien. Ze bevestigde kwastjes en driehoekjes aan de sjaals en oorkleppen aan de mutsen, net zoals de mutsen die ik vroeger altijd droeg. Ik verkocht ze in dezelfde kraam als mijn groenten. In de winter verdiende ik meer met de verkoop van haar spullen dan met die van mij.

Ik stond erop dat we anticonceptiemiddelen gebruikten. Lindy wilde dolgraag een baby, maar dat zou veel problemen met zich meebrengen en bovendien verdiende ik nu al amper genoeg om de rekeningen te betalen. We konden ons geen kind veroorloven. Wat moest ik er bovendien mee? Bij mij in het huis opvoeden, zoals ik zelf was grootgebracht, of bij Lindy in de schuur laten? Daar was niet genoeg ruimte voor ons alle drie. En stel dat ze meer van dat kind hield dan van mij? Ik eiste dat we condooms gebruikten en ze ging er uiteindelijk mee akkoord. Ik dwong haar nooit ergens toe en zette haar ook niet onder druk. Ik gebruikte geen trucjes om haar de pil te laten slikken. Ik had er wel aan gedacht, maar zou niet weten hoe ik eraan moest komen, en ik wilde dat onze relatie oprecht en eerlijk was.

Toen ze me vier jaar later, aan het begin van 1996, vertelde dat ze in verwachting was, was ik met stomheid geslagen. Ze was al twee maanden over tijd, maar ik had niets in de gaten gehad. Had ze het condoom soms lek geprikt? Had ze gebruikte condooms bewaard en zichzelf op een of andere manier geïnsemineerd? Ze zwoer dat dat niet het geval was.

'Het condoom moet zijn gescheurd. Dat gebeurt weleens. Dat heb ik ergens gelezen.'

'We kunnen geen kind onderhouden, Lindy. Dat weet je.'

'Ik zal op alles bezuinigen. Ik kan ook andere dingen maken. Truien, giletjes. Ik zal twee keer zo snel breien, dat beloof ik. Het lukt ons heus wel, Stevie. Geloof me.' Haar smeekbedes waren nutteloos. Er zou een baby komen en ik kon niets doen om dat tegen te houden zonder haar pijn te doen.

Terwijl Lindy's buik in de maanden erop opzwol en ze steeds enthousiaster werd, piekerde ik me suf hoe we ons moesten redden. Lindy besefte dat ze niet in een ziekenhuis kon bevallen en klampte zich aan het voorbeeld van mijn moeder vast. 'Zij is twee keer in haar eentje bevallen. Als zij het kon, kan ik het ook.'

Ik reed naar Auckland om boeken over zwangerschap en bevallen te kopen. Die lazen we allebei van voor naar achter. Ook bestelde ik medische boeken over verloskunde.

Mijn grootste angst was dat Lindy tijdens de bevalling zou doodgaan. Ik deed alsof ik blij was en volgens mij deed Lindy alsof ze me geloofde. Ze speculeerde eindeloos over het geslacht van de baby, en wist de ene dag zeker dat het een meisje zou worden maar was er de volgende dag van overtuigd dat het toch een jongen was. Ze fantaseerde over de tijd dat we samen met de baby naar de warmwaterbron zouden gaan en de kinderliedjes die we het kind zouden leren. En al die tijd werd de pijn in mijn borst zwaarder en zwaarder.

Aan het eind van augustus 1996 kreeg Lindy weeën. Haar vliezen braken gelukkig toen ze onder de douche stond. Ik bleef zo veel mogelijk in de buurt, omdat ik bang was voor wat er zou kunnen gebeuren als ze zich in haar eentje moest redden. Toen ik de schuur in kwam en haar op haar handen en knieën op het bed zag zitten, begreep ik meteen wat er aan de hand was. Ik probeerde de herinnering aan mijn moeder die tweeëntwintig jaar geleden in dat smerige kamertje weeën had gekregen te verdringen. Toen was ik nog te jong geweest om door te hebben wat er gebeurde.

Maar nu was ik erop voorbereid. Ik had een tas met spullen klaarstaan. Ik spoot een ontsmettingsmiddel op alles en spreidde stukken plastic uit over het bed, terwijl Lindy hijgend en steunend een wee uitzat. Tussen de weeën in ging ze op haar rug op het bed liggen, maar dat bleek juist nog meer pijn te doen. Geen enkele houding voelde prettig aan. Uiteindelijk ging ze op haar zij liggen tot de volgende pijngolf zich aandiende. Haar hele lichaam was bedekt met zweet. 'Dit is toch normaal, hè? Stevie, dit is toch allemaal normaal?'

Ik deed mijn best om haar gerust te stellen en verzekerde haar dat het inderdaad normaal was.

Zeven uur later, in de schemering op die dag aan het eind van de winter, perste Lindy nog een laatste keer, met een kreet zoals ik die nooit eerder had gehoord, en ik had toch echt al heel wat kreten gehoord. Het hoofdje van de baby kwam naar buiten. Ik wurmde mijn handen in haar en wist ze om de smalle schoudertjes te slaan, en toen gleed de rest van de baby uit haar op de plastic doek. Een prachtig meisje. Ze was bedekt met een laagje haast violetkleurig slijm. Hoewel ik dit had verwacht, of dácht dat ik het had verwacht, kon niets je op de werkelijkheid voorbereiden.

Lindy ijlde bijna van pijn, angst en blijdschap, en stak haar handen naar het kind uit. 'Ademt ze? Ademt ze?'

Dat durfde ik niet te zeggen. De baby hing kronkelend en rillend in mijn armen. Ik wilde haar schoonvegen, maar Lindy strekte haar armen gretig naar haar dochter uit. Toen ik het meisje op Lindy's borst legde, ging het piepkleine mondje open en begon ze als een kitten te piepen. Ik werd overspoeld door verwondering en ontzag.

Met een ontsmette schaar knipte ik de navelstreng door. Lindy en ik huilden allebei. Haar lichaam schokte tot na een allerlaatste persbeweging de placenta naar buiten glibberde. Ik zette thee voor haar en ruimde de bloederige rotzooi op. Daarna hielp ik Lindy naar de douche en wasten we onze dochter in een grote teil met water. Ik waste Lindy ook voorzichtig. Ze was bekaf.

Ik wachtte tot Lindy en de baby sliepen. Toen tilde ik het kleine meisje uit haar moeders armen, sloop de schuur uit en deed de deur geruisloos achter me op slot. Het was na middernacht. Ik nam haar mee het huis in, wikkelde haar stevig in de dekens die ik in Auckland bij een tweedehandswinkel had gekocht en legde haar in het houten krat dat ik met een dikke laag oude kranten had bekleed. Ik bracht het krat naar de auto, zette het in de voetruimte van de passagiersstoel waar nooit iemand zat en reed naar Auckland.

Ze verroerde zich niet.

DEEL 3

47

Sally

In het dorp was alles weer bij het oude. En ik had een baan die uitstekend bij me paste. In de weekenden reed ik naar Farnley Manor om piano te spelen. Soms ook op doordeweekse dagen, als er een bruiloft werd gevierd. Ik mocht er onbeperkt thee en koffie drinken, en kreeg tijdens mijn pauzes chique sandwiches en gebakjes. Ik had zelf geen betere baan kunnen bedenken.

Halverwege november stond er meer dan twee miljoen op mijn bankrekening van de verkoop van Conor Geary's huis. Als de belastingdienst er niet was geweest zou het drie miljoen zijn geweest. Geoff Barrington spoorde me aan om financieel advies in te winnen over hoe ik het geld het beste kon investeren, maar voor mij voelde het alsof het niet van mij was. Ik deed anoniem een grote donatie aan Stella's stichting voor daklozen en aan de liefdadigheidsorganisatie voor jongeren met psychische problemen waar tante Christine bij betrokken was geweest, en liet de rest op de bank staan tot ik had bedacht wat ik ermee wilde doen.

Mark vond het moeilijk om weer te wennen in het dorp. Ondanks mijn geruststellingen behandelden Martha en Angela hem met de nodige achterdocht. Tina was ontzet toen ik hem meenam naar onze eerstvolgende therapiesessie, maar nadat ik het haar had uitgelegd zei ze dat ze ons allebei zou helpen. Mark huilde die eerste keer heel veel. Ik werd er onrustig van, en we waren het er allemaal over eens dat Mark en ik de eerste tijd beter afzonderlijk van elkaar naar Tina konden gaan, voordat we weer een familiesessie hielden.

Mark was zichtbaar overstuur, met name toen ik hem alle dossiers overhandigde en hij voor het eerst de foto's van zijn uitgemergelde, tandeloze zus te zien kreeg. Tina zei dat ik eerlijk tegen hem moest zijn, maar dat ik hem wel tijd moest gunnen om in het reine te komen met zijn gevoelens. Ze waarschuwde me dat hij kwaad zou kunnen worden. Maar dat wist ik al, en ik begreep het ook. Hij vond mijn nieuwe huis geweldig en kwam al snel regelmatig op bezoek.

Het leven liep op rolletjes, totdat ik op 28 november, de dag nadat de verkoop van mijn huis was afgerond, door mevrouw Sullivan van het postkantoor werd gebeld.

'Sally,' zei ze schreeuwend. Het was nooit tot haar doorgedrongen dat ik níét slechthorend was. 'Het sorteercentrum in Athlone heeft een brief binnengekregen, geadresseerd aan Mary Norton op je oude adres. Die hebben ze bij mij afgegeven. Zal ik hem even komen brengen?'

Ik trok onmiddellijk mijn jas aan en liep naar het postkantoor, dat om de hoek was. Ik nam de brief met een pincet van mevrouw Sullivan aan. 'Het kan bewijsmateriaal zijn,' zei ik. 'Misschien wil de politie uw vingerafdrukken wel hebben.'

Daar moest ze hard om lachen. 'Ach, Sally, wat ben je toch een grapjas. In welke serie spelen we nu? *CSI: Carricksheedy*?'

Toen ze in de gaten kreeg dat ik niet eens glimlachte legde ze op luide toon uit: 'Dat is een televisieprogramma, Sally. Over een forensisch team.'

'Dank u wel, mevrouw Sullivan. Ik ben bekend met het concept.'

Ik vertrok met een strak gezicht. Het handschrift op de envelop kwam me meteen bekend voor. Het was van 'S'. Er zat een Ierse postzegel op. Toen ik thuiskwam belde ik Mark. Hoewel het vier uur 's middags was beloofde hij dat hij direct zou komen.

Samen bekeken we de envelop. Die was dikker dan de vorige. Ik vroeg me af of we niet eerst de politie moesten bellen, maar we wilden geen van beiden wachten. Mark had latex handschoenen meegebracht uit de fabriek. Hij maakte de envelop behoedzaam open en ik haalde de brief eruit. Er kwamen twee doosjes met de brief mee naar buiten, een kleintje en een grotere met daarop de tekst DNA-ZELFTEST.

Beste Mary,

Mijn naam is Peter Geary. Hoewel mijn geboorte nooit in Ierland of ergens anders is aangegeven, ben ik daar wel geboren. Mijn moeder heette Denise Norton en mijn vader Conor Geary. Ik ben je broer. Ik ben zes jaar voor jou ter wereld gekomen in een huis in Killiney. Zodra ik zindelijk was haalde onze vader me bij Denise weg. Ik mocht haar en jou niet zien, ook al lag mijn slaapkamer naast die van jullie in de aanbouw die onze vader aan het huis had gebouwd.
Toen ik ouder werd mocht ik wel in andere delen van het huis komen. Onze moeder en jij zaten opgesloten. In de eerste jaren van mijn leven zag ik nooit andere mensen, alleen op de pagina's van zijn kranten en later op tv.
De eerste ontmoeting met mijn moeder die ik me herinner was toen ik zes was, en ik een angstaanjagend weekend bij haar in de kamer doorbracht. Inmiddels besef ik dat ze vreselijk werd mishandeld en misbruikt. Ze was hoogzwanger van jou en joeg me met haar gedrag de stuipen op het lijf. Ik zal er niet verder over uitweiden, want ik wil je niet van streek maken. Ik weet dat je bent geboren op de dag nadat ik de kamer had verlaten, en ik heb je daarna maar één keer teruggezien, op de dag dat mijn vader op de vlucht sloeg en mij meenam. Herinner je je dat nog? Je moet toen vijf jaar zijn geweest.

Ik snap niet dat er nooit iemand naar me op zoek is gegaan. Ik weet dat jij en ik uit elkaar zijn gehaald, maar ik weet zeker dat mijn moeder me miste, in elk geval tot jij werd geboren. Is ze me soms vergeten?
Mijn vader regelde in Londen valse paspoorten voor ons en we vertrokken naar Nieuw-Zeeland. Mijn leven daar was niet gemakkelijk. Ik kreeg thuisonderwijs en ook daarna hield hij me nog lange tijd geïsoleerd. Het goede nieuws voor ons allebei is dat hij jaren geleden is overleden. Hij vormt geen bedreiging meer voor ons.
Toch heb ik nog steeds niet het gevoel dat ik van hem ben bevrijd. Mijn leven is ellendig en verwoest. Pas in het internettijdperk is het me gelukt om iets over jou, hem en mijn moeder te weten te komen. Zo kwam ik er eindelijk achter dat mijn moeder is overleden. Toen je twee jaar geleden in het nieuws kwam nadat je de stoffelijke resten van je adoptievader zelf had gecremeerd, begon ik een zoektocht naar wat er met je was gebeurd en waar je al die tijd was geweest. Indertijd werd gesuggereerd dat je door een stel in Engeland was geadopteerd.
Toen de krantenberichten vervolgens bevestigden dat je dr. Diamond niet had vermoord en dat je 'neuro-atypisch' was, realiseerde ik me dat je waarschijnlijk net zo was als ik. Daarom heb ik je Toby gestuurd. Ik hoopte dat hij je troost zou bieden in die zware tijd.
Het is nooit bij me opgekomen dat de beer in Nieuw-Zeeland tot een politiezoektocht naar mijn vader zou leiden. Ik had er helemaal niet over nagedacht, maar jij moet beslist hebben gedacht dat hij *je de beer had gestuurd om je te laten schrikken. De politie spoorde me op en heeft me ondervraagd, maar ik loog en ontkende alles. Ik was laf. Het spijt me ontzettend, maar ik wilde niet in een publiek schandaal verwikkeld raken. Ik liet de politie mijn vaders valse paspoort zien. Ik neem aan dat ze daar niet echt onderzoek*

naar hebben gedaan, want ze zijn niet meer terug geweest. Ze waren trouwens ook niet op zoek naar een man met een zoon. Dat begrijp ik niet. Ze leken er niet van op de hoogte te zijn dat onze vader een zoon had.
Dit jaar realiseerde ik me dat je waarschijnlijk je eigen geboortedatum niet kent. Daarom heb ik je een verjaardagskaart gestuurd. Ik wist echter niet of ik mijn identiteit moest onthullen en hoe ik dat moest doen. Ik hoop dat mijn bestaan als een verrassing komt en niet als een schok. Maar misschien ben je altijd van mijn bestaan op de hoogte geweest.
De belangrijkste reden dat ik nu contact met je zoek is dat ik helemaal niemand meer in mijn leven heb. Ik heb nooit vrienden of collega's gehad, maar nu blijk ik een zus te hebben die me misschien wel begrijpt. Denk je dat dat mogelijk is?
Op dit moment verblijf ik in een hotel in Dublin. Ik heb een prepaid telefoon gekocht en hoewel ik niet gewend ben om telefoongesprekken te voeren, ben ik bereid het te proberen als jij me te woord wilt staan.
Het enige wat ik met klem aan je wil vragen is om niet de media of de politie in te seinen. Ik vind het afschuwelijk als mensen naar me kijken, ben overgevoelig voor geluid en heb een hekel aan drukte en aandacht. Kennelijk weet niemand dat ik besta en dat wil ik graag zo houden. Ik heb een monster van mijn speeksel bijgesloten en een DNA-zelftest waarmee jij kunt controleren of ik inderdaad ben wie ik zeg dat ik ben. Je kunt de test opsturen en de uitslag afwachten voordat je me belt. Ik beloof je dat ik niet naar je dorpje zal komen tenzij ik word uitgenodigd.
Als je me helemaal niet wilt bellen begrijp ik dat. Ik heb drie maanden verlof opgenomen van mijn baan als hoofd cyberbeveiliging bij de Aotearoa National Bank. Ik heb een retourticket naar Nieuw-Zeeland en mag hier maximaal

negentig dagen blijven. Als het niet goed uitpakt of als je me niet wilt zien, kan ik gewoon terug en mijn geïsoleerde leven daar voortzetten. Als je er zo aan gewend bent als ik valt het wel mee.

Steven Armstrong
084 2077684

'Wauw,' zei Mark. Ik begon automatisch aan mijn haren te trekken. Mark kende me goed genoeg om me naar de piano te brengen. Mijn handen vonden als vanzelf Bachs *Partita No.2 in C Minor*.

'Thee of wijn?' vroeg Mark.

'Thee,' antwoordde ik. Tina had me gewaarschuwd dat het drinken van alcohol op stressvolle momenten geen goed idee was.

Toen ik mijn vingers van de toetsen haalde trilden ze, totdat Mark me een warme mok in mijn handen drukte.

'Wauw,' zei hij nog een keer. 'Moeten we de politie bellen?'

'Nee,' zei ik. 'Ik heb een broer.'

'Dat weten we nog niet. Hij kan zomaar iemand zijn die probeert er een slaatje uit te slaan,' merkte Mark op.

'Maar waarom? Waarom zou iemand zoiets doen? Wat heeft hij erbij te winnen?'

'Dat weet ik niet. Misschien is hij wel een journalist.'

Ik pakte het kleine doosje en maakte het open. Er zat een verzegeld plastic zakje in met daarin een plastic buisje gevuld met een dikke vloeistof. Zijn speeksel. In het grote doosje zat een nieuwe zelftest voor mij. Er stonden geen namen op, alleen codes.

Ik hield het foldertje over de zelftest omhoog. 'Daar kunnen we gemakkelijk achter komen. Denk je echt dat er iets niet klopt, Mark? Ik geloof hem namelijk. Hij schrijft dat hij alleen hiernaartoe komt als ik hem uitnodig. Waarom zou hij helemaal uit Nieuw-Zeeland zijn gekomen als hij er niet van overtuigd was dat ik hem zou willen ontmoeten?'

'Hoe weten we dat hij echt in Nieuw-Zeeland is geweest? Die kerel kan wel...'

'Toby. Hij heeft me Toby gestuurd.'

'Maar Denise heeft het nooit over hem gehad. Tenzij...' Marks ogen werden groot.

'Wat?'

'In de gespreksopnames heeft ze het op een gegeven moment over "mijn kleine jochie".'

'Dat herinner ik me niet.'

'Jawel, ik heb ze heel vaak afgeluisterd. Ik hoopte eigenlijk dat het een verwijzing naar mij was, maar dat sloeg nergens op. Ze zei dat ze jou niet wilde loslaten omdat "hij mijn kleine jochie had meegenomen". Je vader heeft haar ernaar gevraagd, maar toen sloeg ze dicht. Er zat heel veel ruis in de opname. Ik dacht dat ze het over Toby had.'

Opeens wist ik het weer. Ik had zelf ook gedacht dat ze het over Toby had. In de geschreven documenten stond niets over deze verwijzing. Mijn vader had het ook niet opgemerkt.

'O, mijn god,' zei ik, nadat ik het pijlsnel had uitgerekend. 'Ze was pas twaalf toen ze hem kreeg.'

'Je hebt gelijk. Godallemachtig.'

'Ik heb een broer...'

'Maar het klinkt alsof hij ernstig getraumatiseerd is en hij zou gevaarlijk kunnen zijn.'

'Dat kon je twee jaar geleden ook over mij zeggen.'

'Oké. Oké. Maar dan doe ik ook een DNA-test, om het echt zeker te weten. Als jij mijn nicht bent is hij mijn neef.'

'Mark!' zei ik.

'Wat?'

'Conor Geary is dood!'

'Laten we niet op de zaken vooruitlopen, Sally. Volgens het foldertje moeten we misschien wel een maand wachten. Je belt die man pas als de uitslag positief is, afgesproken? Niet eerder. Dat moet je me beloven. Ik praat nu als je oom, oké?'

Ik schonk nieuwe thee in. Na de aanvankelijke schrik voelde ik me nu opgetogen. Conor Geary, de boeman die mijn hele leven lang een dreigende aanwezigheid was geweest, was dood. En ik had een broer, iemand die zo te horen net zo was als ik. Iemand die me misschien wel helemaal zou begrijpen.

Het wachten was verschrikkelijk. Nadat Mark zijn eigen zelftest had besteld stuurden we onze monsters op naar Ancestry, een commercieel bedrijf voor genealogisch onderzoek. Mark regelde alles via internet en gebruikte onze initialen in plaats van onze achternamen.

'Wie weet lopen er wel meer familieleden van ons rond, Sally. Conor Geary kan best nog meer kinderen hebben verwekt. We weten niet wat die Peter voor iemand is. We moeten onze privacy beschermen.'

Ik was SD, Mark was MB en Peter was PG.

Twee dagen later vond Mark de opname terug met de verwijzing naar 'mijn kleine jochie'. De gesprekken waren in het predigitale tijdperk opgenomen. Mijn vader vroeg Denise naar haar extreme aanhankelijkheid jegens mij.

Tom: Denise, het valt me op dat je de kleine Mary voortdurend in de gaten houdt. Je beseft toch wel dat je nu veilig bent, hè? Dat niemand je ooit nog iets aan zal doen?
Denise: [onverstaanbaar]
Tom: Sorry, wat zei je, Denise?
Denise: Ik ben nog steeds bang.
Tom: Waar ben je bang voor?
Denise: Dat hij haar van me zal afpakken.
Tom: Denise, hij is hier niet. Je zult hem nooit meer zien.
Denise: Hij heeft mijn kleine jochie meegenomen.
Tom: Wat?

Denise: Het geeft niet. Ik wilde hem toch niet hebben.

Tom: [met lichte irritatie in zijn stem] Denise, begrijp je dat het niet goed voor Mary's ontwikkeling is om jou altijd zo dicht bij zich te hebben? Het kind moet leren om onafhankelijk te worden. Mary?

[Gefluister]

Denise: Niet tegen haar praten.

Tom: Waarom niet? Denk je dat ik haar iets zou kunnen aandoen?

Jean: Tom, misschien…

Tom: Bemoei je er niet mee, Jean. Denise?

[Een sissend geluid, gevolgd door stilte. De opname wordt afgebroken.]

'Ik vraag me af wat ze bedoelde met "ik wilde hem toch niet hebben,"' zei ik. 'Waarom wilde ze hem dan niet hebben?'

'We weten niet zeker dat ze het over Peter had.'

'Over wie kan ze het anders hebben gehad? "Hij heeft mijn kleine jochie meegenomen," zei ze.'

'Het is wel vreemd, hè?' Mark was boos op mijn vader. 'Denk je dat Jean iets vermoedde?'

'Dat durf ik niet te zeggen. Misschien probeerde ze mijn vader voorzichtig duidelijk te maken dat hij meer geduld met haar moest hebben. Zijn opmerking dat hij mij iets zou kunnen aandoen kan Denise als een dreigement hebben opgevat.'

'Hoe gedroeg hij zich tegen jou? Was hij ongeduldig?' vroeg Mark.

'Totaal niet. Tegen mij was hij vriendelijk en toegeeflijk. Maar ik deed dan ook altijd braaf wat hij wilde. De opname dateert van bijna een jaar na onze redding. Ik denk dat hij uitgeput was. Hij was geen stap verder gekomen met Denise. Ze werkte helemaal niet mee, hè?'

'Verbaast dat je dan, na alles wat ze had meegemaakt?' zei Mark luid.

'Sorry. Ik vergeet steeds dat jij haar hebt gekend. Ze was je grote zus. Ik wou maar dat ik me haar herinnerde.'

'Dat is nog iets wat we aan Tom Diamond te danken hebben,' zei Mark verbitterd.

'Hij deed zijn best en probeerde te doen wat volgens hem goed voor me was.' Ik was het spuugzat dat mensen kwaadspraken over mijn vader. Misschien had hij niet alles gedaan wat hij had moeten doen, maar wat hij wél had gedaan deed hij om de juiste redenen. Ik had veel tijd gehad om mezelf in zijn positie te verplaatsen en te bedenken wat ik zou hebben gedaan als ik hem was. Tina had me geholpen om in te zien dat ik hem had vergeven.

'We kunnen het verleden niet veranderen,' zei ik tegen Mark.

'Weet je wat ik niet snap?' zei hij. 'Als Peter al die tijd van Denise en jou afwist, en als hij zich herinnerde wat Conor Geary had gezegd en gedaan, waarom is hij dan nooit naar de politie gestapt? Angst voor publiciteit is een slap excuus om een pedofiel te beschermen, zeker nu hij dood is.'

'Ik snap het wel, Mark. Ik zou precies hetzelfde hebben gedaan. Hij heeft niets verkeerds gedaan. Waarom zou hij geassocieerd moeten worden met zijn... met ónze psychopathische vader?'

Ik negeerde de woedende blik die hij me toewierp.

48

Peter, 2012

Het duurde vijf jaar voordat Lindy me vergaf dat ik de baby had weggegeven. Ze had haar Wanda genoemd. Tijdens de zwangerschap had ik gedaan alsof ik haar volledig steunde. Het leek me gemakkelijker om haar te laten fantaseren. Daar werd ze gelukkig van.

Ik had het krat met de baby erin midden in de nacht bij de deur van de St. Patrick's Cathedral in Auckland neergezet. Het was koud. Ik hoopte dat ze het zou overleven en stopte de dekens zo stevig mogelijk om haar in. Toen ik wegliep hoorde ik haar zachtjes jammeren. Ik liep door de verlaten straten naar de auto en reed terug naar huis.

Lindy was vreselijk hysterisch toen ik thuiskwam. Ze dacht dat ik de baby naar het ziekenhuis had gebracht omdat haar iets mankeerde. Ik vertelde haar niets.

In de daaropvolgende jaren viel Lindy me zo vaak aan dat ik haar weer aan de ketting moest leggen. Ze stak me met breinaalden, messen en scharen, bezorgde me met een mengsel van kokend water en opgeloste suiker akelige littekens op mijn armen, en probeerde me met een zelfgemaakte strop te wurgen. Ik belandde twee keer op de SEH. Het personeel ging ervan uit dat ik met leeftijdgenoten had geknokt en ik liet hen in die waan. Eén oudere verpleegkundige dreigde de politie te bellen, maar toen ze in mijn dossier zag dat ik de Steven Armstrong was die zo jong wees was geworden, kreeg ze medelijden met me en stak ze in plaats daarvan een preek af over omgaan met verkeerde types.

Lindy bleef nog jarenlang kwaad. We vervielen in ons oude patroon. Ik ging weer in het huis wonen en bracht haar eenmaal per week boodschappen. Ik ging nog wel elke dag bij haar langs en bracht haar op de hoogte van de nieuwsberichten. Ze ging er nooit op in. De baby die bij de St. Patrick's Cathedral was achtergelaten haalde het landelijke nieuws, en ik volgde het verhaal via de radio en tv tot ze een halfjaar later werd geadopteerd. Ik slaakte een zucht van opluchting en hoopte dat Lindy onze omstandigheden zou accepteren, maar ze maakte me zonder ook maar één woord te zeggen duidelijk dat onze relatie voorbij was.

Als ik probeerde haar aan te raken wees ze me agressief af. Ze gebruikte zelden volzinnen, en als ze dat al deed dan alleen maar om haar vrijlating te eisen.

'Ik wil jou nooit meer aanraken, Steve. Dat meen ik. Je kunt me net zo goed laten gaan om mijn baby terug te halen, en anders kun je me beter doden.'

Ze breide ook niet meer voor onze kraam en geld werd een steeds nijpender probleem. Ik moest iets anders doen om geld te verdienen. Ik was intelligent. Ik had moeten gaan studeren en iets van mijn leven moeten maken. Ik had op jonge leeftijd zoveel boeken gelezen dat ik gemakkelijk wetenschapper, doctor of ingenieur had kunnen worden. Maar dat had ik niet gedaan, omdat ik Lindy niet kon achterlaten. Dus was ik kweker geworden en daardoor leefden we nu onder de armoedegrens. Ik kon haar nog steeds niet vrijlaten en klampte me vast aan de hoop dat ze me op een dag zou vergeven.

Ik schreef me bij het buurtcentrum in voor computerles en leerde daar de basisvaardigheden. Daarna vond ik een baan als administratief assistent bij een makelaarskantoor. Ze vonden het fijn dat ik zo introvert was en geen vragen stelde. Ik ging op vrijdag na het werk niet met hen mee om een biertje te drinken. Na drie maanden wilden ze me promotie geven. Het hield in dat ik meer geld zou krijgen, maar dan moest ik wel mensen in huizen rondleiden. Van televisie wist ik hoe normale gezinnen functioneerden. Ik had er zelf nooit een gehad en wilde er ook niet in de huiselijke omgeving van anderen mee geconfronteerd worden.

Ik zocht en vond een andere baan bij een organisatie voor kankerbestrijding. Het werk hield in dat ik bedrijven in het gebied rond de Bay of Plenty belde om ze om een maandelijkse donatie te vragen. Dat ging me niet goed af. Ik was niet gewend om met mensen te praten en de manager zei dat het klonk alsof het me totaal niet interesseerde. Het was de bedoeling dat ik hun hart beroerde. Ik werkte op commissiebasis en na de eerste maand had ik minder verdiend dan bij de makelaar. Ik ging terug naar het werving-en-selectiebureau, waar een vacature openstond voor een voltijdsbaan bij een bank in de stad. Het ging om het digitaliseren van bankrekeningen voor hun nieuwe computersysteem. De sollicitatiecommissie was onder de indruk van het feit dat ik autodidact was. Een van hen herinnerde zich mijn vaders dood nog uit de kranten; hij had aan het fonds voor mij gedoneerd. Ze behandelden me als een beroemdheid: 'Ben jij die knul?'

Ik gaf aan dat ik introvert was en het liefst alleen werkte. Dat antwoord viel bij hen in goede aarde. Voor de baan waarop ik solliciteerde werd er na een korte opleiding van me verwacht dat ik het werk in mijn eentje kon verrichten. Een week later kreeg ik te horen dat ik de baan had gekregen en in september 1999 ging ik aan de slag.

Voor de opleiding moest ik op een campus in Wellington verblijven. Het was onmogelijk om elke dag op en neer te rijden. Ik moest Lindy dus alleen achterlaten. Op de dag voor mijn vertrek bracht ik haar de gebruikelijke tas met boodschappen, maar toen ik haar wilde vertellen dat ik een week weg zou blijven zette ze de radio keihard aan om mijn stem niet te horen.

De opleiding had gemakkelijk in één dag kunnen worden afgerond. De meeste andere deelnemers waren jonger dan ik, maar pikten de stof traag op. Het was een ongelooflijk eenvoudig systeem. Aan het eind van de week gaven ze ons een boekje mee waarin het hele proces sowieso werd uitgelegd. Elke avond keerden we terug naar het goedkope hotel. De meisjes gingen samen uit eten. Verschillenden van hen hadden de volgende ochtend een flinke kater. Ik haalde sandwiches die ik in mijn kamer voor de televisie opat. Ik ging niet in op hun uitnodigingen om met hen mee te gaan. Een van de docenten waarschuwde me dat mijn sociale vaardigheden voor verbetering vatbaar waren, maar ze was lovend over de snelheid waarmee ik me de lesstof eigen maakte.

Ik was gefrustreerd omdat ik zo lang weg was. Hoewel ik ervan overtuigd was dat Lindy me haatte, waren mijn gevoelens voor haar niet veranderd. Ik dacht vaak terug aan de verrukte uitdrukking op haar gezicht toen ik de baby op haar borst legde. Zo had ze nooit naar mij gekeken. Maar ze had wel gezegd dat ze van me hield. Tot de komst van de baby had ik daar genoeg aan gehad. Ik overwoog vaak om haar vrij te laten en zelf te verdwijnen, maar waar moest ik naartoe? Ik had er weliswaar voor gezorgd dat ik altijd een geldig paspoort had, maar ik had geen geld voor een vliegticket. In het begin had ik nog geld opzijgelegd om te kunnen vluchten, maar dat had ik inmiddels allemaal gebruikt om de rekeningen te betalen. Lindy kende mijn echte naam en mijn voorgeschiedenis. Ze zou me ongetwijfeld verraden en dan zou ik de rest van mijn leven in de gevangenis moeten slijten. Misschien had ze ooit echt van me gehouden, maar nu niet meer. In de afgelopen jaren had ik de sloten op de schuurdeur regelmatig vervangen. Ik wist dat ze er nooit uit zou kunnen komen.

Toen de cursus op vrijdag was afgelopen reed ik zes uur lang op topsnelheid terug naar Rotorua. Ik kwam om middernacht thuis en liep meteen naar de schuur.

Ze lag op bed, maar ging direct rechtop zitten.

'Waar ben je geweest?' vroeg ze. Haar gezicht was betraand en haar stem klonk somber.

'Dat wilde ik je zondagavond vertellen, maar je wilde niet luisteren.'

Ze barstte in tranen uit. 'Ik dacht dat je dood was. Het was net als de vorige keer, toen je vader doodging. Ik... ik heb je gemist.'

Ik ging naar haar toe en stak mijn armen naar haar uit. Ze liet zich tegen mijn borst zakken.

In de daaropvolgende weken praatten we meer met elkaar dan ooit tevoren, alsof we de stiltes van de afgelopen jaren wilden goedmaken.

'Ik was razend op je. Dat je me mijn vrijheid had afgenomen had ik geaccepteerd. Ik deed geen pogingen meer om te ontsnappen. Ik werd verliefd op je, ook al was ik dat helemaal niet van plan. Je was altijd heel lief en attent. Het tegenovergestelde van je vader. Maar op een gegeven moment was een baby het enige wat ik wilde. Ik heb je er niet ingeluisd, dat zweer ik. Daarom voelde het ook als een wonder toen ik in verwachting raakte. Ik had je nooit iets gevraagd, in al die jaren niet. Met een baby zouden we een echt gezinnetje worden. Iemand om onvoorwaardelijk van te houden.'

Ik was gekwetst en dat zei ik ook. 'Moet je horen,' zei ik. 'Baby's zijn heel vaak ziek. Ik kon niet met haar naar een ziekenhuis of een huisarts. Had je soms gewild dat je baby hier was opgegroeid? In deze omstandigheden?' Ik wees naar de raamloze ruimte.

Ze keek met een niet-begrijpend gezicht om zich heen en het drong tot me door dat ze het grootste deel van haar leven in deze schuur had doorgebracht. Ze woonde er al zestien jaar, en nu mijn vader er niet meer was voelde ze zich er veilig. Ze was dertig jaar. Hoe aangenaam ik de kamer ook probeerde te maken, voor haar was die normaal. Ik had er spijt van dat ik haar eraan had herinnerd hoe abnormaal haar situatie was. Haar ontsnappingspogingen waren niet ingegeven door de wens om terug naar huis te gaan, maar om haar baby te zoeken. Ik wist dat het verkeerd was om haar gevangen te houden, maar zij was zich er niet eens meer van bewust.

Langzaam maar zeker groeiden we weer naar elkaar toe en uiteindelijk liet ze me weer toe in haar bed. Ze vroeg niet langer om een baby, en zodra ik het me kon veroorloven liet ik me steriliseren, een relatief pijnloze poliklinische procedure. Ik haalde de ketting weer weg en ze was enorm dankbaar. Ik voelde me een monster. Dat was het woord dat mijn moeder voor mijn vader gebruikte. Dat wist ik nog.

Op mijn werk verliep het digitaliseren van bankrekeningen vlot. Ik schreef aan het hoofd van de IT-afdeling en stelde verbeteringen aan het door hen ontwikkelde programma voor om het gebruiksvriendelijker te maken. Ik leerde mezelf hoe ik andere softwareprogramma's moest gebruiken. Nadat ik een aanbod om assistent-hoofd van de IT-afdeling op het hoofdkantoor in Wellington te worden had afgeslagen ging ik op zoek naar ander werk. Ik hopte van baan naar baan – een jaar bij een klein beleggingskantoor, twee jaar bij een verzekeringsmaatschappij – maar altijd in de buurt van Rotorua. In 2004 werd ik IT-specialist bij de Rabobank in Rotorua. Ditmaal kreeg ik een eigen kantoor. De toekomst zag er rooskleurig uit.

Tijdens de crash van 2008 werd een deel van het personeel ontslagen. Ik moest salaris inleveren, maar mocht wel blijven, omdat ze me nodig hadden. Na een gigantische creditcardfraude in Amerika in 2009 solliciteerde ik op een baan bij onze afdeling cyberbeveiliging. Ik werd aangenomen en verdiende nu meer dan genoeg om Lindy en mezelf te onderhouden.

Naarmate ik langzaam maar zeker opklom in de hiërarchie en plaatsnam in sollicitatiecommissies deed ik mijn best om zo veel mogelijk sollicitanten met een Maoriachtergrond aan te nemen. Het achteloze racisme in het verleden werd tegenwoordig terecht als beschamend gezien. De Maoricultuur werd door de pākehā-bevolking omarmd. Inmiddels was de Maoritaal opgenomen in onze dagelijkse correspondentie en elke e-mail werd ondertekend met zowel 'Met vriendelijke groet' als '*Ngā mihi*'. Ik dacht vaak aan Rangi en zijn talent voor alle banen die we aanboden. Hij had een reken- en wiskundeknobbel gehad, iets wat hij pas ontdekte toen hij ermee aan de slag ging. Er waren andere tijden aangebroken. Bétere tijden.

Ik had dakramen in het dak van de schuur aangebracht zodat Lindy natuurlijk daglicht kreeg. In het gedeelte waar de tv stond had ik boekenplanken aan de muren gehangen. Ik had haar badkamer gemoderniseerd. Ze vroeg nooit ergens om, maar lachte verheugd bij elk cadeau en elke verbetering. Als we 's zomers naar de warmwaterbron gingen hoefde ik de ketting niet meer te gebruiken. Ze legde haar hand in die van mij en we wandelden er naast elkaar naartoe. Ik smeerde zonnebrandcrème op haar zachte huid zodat ze niet zou verbranden. We bedreven de liefde op het gras. Ze begon weer te breien.

We werkten ergens naartoe, en op een avond in de lente van 2011 deed ik de deur niet op slot. Daarna deed ik de deur een heel weekend niet op slot.

'Waarom doe je de deur niet op slot?' vroeg ze me.

'Ik vertrouw je. Ik hou van je. Je mag in het huis komen wonen.'

'Nee, dat hoeft niet. Ik voel me hier thuis.'

Was ze dan niet eens nieuwsgierig naar het huis? Als we naar het meer liepen kwamen we er niet langs en ze kon het vanaf de schuurdeur niet zien staan. Het weekend erop nodigde ik haar opnieuw uit. Ik trok de stekker van de telefoon die toch nooit ging uit de muur en verstopte het toestel in de auto. Ze stapte voorzichtig door de voordeur naar binnen en liep van kamer naar kamer.

'Wat enorm veel ruimte,' merkte ze op, en in vergelijking met de schuur was dat natuurlijk ook zo. Ik vroeg haar om die nacht te blijven slapen, maar ze lag niet lekker in mijn bed en stootte me uiteindelijk aan om te zeggen dat ze naar de schuur terugging. Ik knikte en deed alsof ik verder sliep. Maar ik sloeg haar door het slaapkamerraam gade toen ze naar buiten kwam en volgde haar met mijn ogen tot ik haar de schuurdeur zag opentrekken, naar binnen zag gaan en de deur achter zich zag dichtdoen. Ik bleef de hele nacht op om de deur in de gaten te houden, in de verwachting dat ze op een gegeven moment naar buiten zou sluipen, maar dat deed ze niet.

De week daarna belde ik naar kantoor om me ziek te melden. Elke ochtend reed ik weg over het zandpad en parkeerde de auto uit het zicht. Daarna sloop ik terug naar het met struiken begroeide terrein tegenover het huis en staarde door een verrekijker naar de schuur om te zien of ze zou vluchten. Wanneer ik 's avonds zogenaamd terugkwam van mijn werk, zat ze tevreden televisie te kijken of te breien, of was ze aan het koken. Ze had hooguit een rondje om het huis gelopen en door de ramen naar binnen gegluurd. Ze voelde niet eens aan de deur, ook al had ik die niet afgesloten. Ze begroette me elke avond opgewekt, met een brede lach om de mond met de ontbrekende tand en met glinsterende ogen.

Soms lukte het me haar over te halen om in het huis te komen eten, maar ze voelde zich daar nooit op haar gemak.

'Dat komt doordat de geest van je vader hier rondwaart,' zei ze. Er lagen inderdaad nog wat van zijn spullen in het huis. Ik weet niet waarom ik zijn bril en tandartstas had bewaard en gooide ze meteen weg. Mijn laptop had ik met een wachtwoord beveiligd, ook al wist ze toch niet hoe die werkte. Ik had een mobiele telefoon voor mijn werk. Lindy kende ze van de tv, maar zou niet weten hoe ze het toestel moest aanzetten. Voor alle zekerheid had ik het ergens verstopt.

Er verstreken een paar maanden. Lindy was vrij om te gaan en staan waar ze wilde. In 2011 gaf ze me als kerstcadeau een handgemaakte quilt. We vierden het voor het eerst samen in het huis. Ik had een kerstboom en versiering gekocht, en zij tuigde de boom op met slingers en lichtjes. Ik had ook een fles wijn gekocht. We waren geen van beiden alcohol gewend en werden al snel dronken. Het was een aangenaam gevoel. We zaten in de schaduw op de veranda aan de voorkant van het huis, die ons beschutte tegen de gloeiend hete zomerse warmte en proostten als een getrouwd echtpaar met elkaar.

Ik vroeg me af of het verstandig zou zijn om Lindy mee naar de stad te nemen, maar verwierp het idee onmiddellijk. Ze had er nooit om gevraagd, en bovendien zouden we dan een nieuwe naam en een achtergrondverhaal voor haar moeten bedenken. Lindy leek te zijn vergeten dat ze was ontvoerd en ik wilde haar er niet aan herinneren. Ook was ik bang dat ze zich in het bijzijn van anderen vreemd zou gedragen. Nee, Lindy was van mij en ik durfde haar niet met de buitenwereld te delen. Ik was nog nooit zo gelukkig geweest. En zij ook niet.

Op een dag in maart kwam ik thuis van mijn werk en liep meteen door naar de schuur, omdat ze daar het liefst was. Al snel besefte ik dat ze toch in het huis moest zijn. Ik riep haar naam en doorzocht alle kamers. Uiteindelijk trof ik haar bewusteloos aan op de vloer in de badkamer. Haar gezicht was klam en voelde warm aan. Op de vloer om haar heen lagen plasjes braaksel.

Ze klaagde al twee avonden over buikpijn en ik had haar gevraagd om de symptomen nauwkeurig te omschrijven. Dat deed ik altijd wanneer ze zich niet lekker voelde. Daarna ging ik naar de apotheek, beschreef daar de symptomen en nam mee naar huis wat ze me daar hadden meegegeven. Ze had gezegd dat het een rommelende pijn in haar onderbuik was. Ik nam aan dat het menstruatiepijn was en ze bevestigde dat het inderdaad binnenkort zover was, maar zei erbij dat deze pijn anders aanvoelde. Die ochtend had ze zich slechter gevoeld en was ook bleek geweest.

Na mijn werk was ik bij de apotheek langsgegaan en had de pijn beschreven. De apotheker had me gevraagd om op een plek rechts op mijn buik te drukken, en toen ik niet aangaf dat het daar nog meer pijn deed, gaf ze me Domerid mee tegen de misselijkheid en paracetamol tegen de pijn.

'Het is geen blindedarmontsteking. Misschien heb je iets verkeerds gegeten,' zei ze. 'Het kan ook buikgriep zijn. Dat heerst op dit moment.'

Ik raakte in paniek en gooide koud water over Lindy heen om haar af te koelen en wakker te maken. Ze gilde het uit van de pijn en drukte haar hand tegen de rechterkant van haar buik.

'Shit! Het is vast je blindedarm. Je moet naar het ziekenhuis.' Ik aarzelde geen seconde. Het was sneller om haar zelf te brengen dan om op een ambulance te wachten. Toen ik haar optilde schreeuwde ze weer en braakte over mijn elleboog.

'Ik ben bang,' bracht ze moeizaam uit.

'Hoeft niet. Ze lappen je zo weer op.'

'Nee,' zei ze. 'Ik ben bang voor hen. Mensen.'

Op weg naar de auto verloor ze weer haar bewustzijn. Het kon me niet meer schelen wat de gevolgen zouden zijn. Ik dacht zelfs niet na over een naam, een achtergrondverhaal of de gevangenisstraf die me te wachten stond. Ik legde haar op haar linkerzij op de achterbank. Ze huiverde, maar leek bewusteloos te zijn. Bij elke bocht stak ik een hand naar haar uit. Toen we bijna bij de grote weg waren maakte ze een vreemd gorgelend geluid. Haar hele lichaam verstijfde en opeens werd ze helemaal slap. Ik zette de auto aan de kant van de weg en klom op de achterbank. Haar ogen waren wijd opengesperd van shock, maar ze bewoog zich niet. Ik legde mijn hand op haar hart, maar voelde geen hartslag. Ik schudde haar door elkaar en hield haar stevig tegen me aan. Hoewel er gal uit haar mond droop kuste ik haar toch.

'Alsjeblieft,' fluisterde ik. 'Kom alsjeblieft terug. Alsjeblieft.'

Ik bracht haar terug naar huis en waste haar in het bad. Haar huid werd vlekkerig. Ik waste en kamde haar haren, en lette er goed op dat haar hoofd niet onder water gleed. Toen ze schoon en droog was, trok ik haar haar lievelingskleren aan: een groene katoenen rok, stevige schoenen met rubberen zolen en een zachte blauwe trui. Daarna wikkelde ik haar zorgvuldig in het kleed van schapenvel uit de schuur. Voordat ik haar weer in de auto kon leggen moest ik die vanbinnen eerst met een ontsmettingsmiddel schoonmaken.

Om een uur of twee reed ik naar Lake Rotorua en parkeerde de auto op het verlaten parkeerterrein. Het was een opvallend kille herfstavond. Ik droeg haar naar het deel van het meer dat het dichtst bij het bospad lag waar ik haar voor het eerst had gezien. Een dapper klein meisje dat in een boom klom. Ik haalde haar stijve lichaam uit het schapenvel en liet haar voorzichtig in het water zakken. Het moest er erg diep zijn geweest, of misschien kwam het wel doordat het donker was, maar ze verdween vrijwel onmiddellijk uit het zicht.

49

Peter, 2019

Na Lindy's dood in 2012 was ik radeloos. Zij was degene voor wie ik leefde. Ik nam bijzonder verlof op van mijn werk. Ik had heel veel collega's, die echter nooit mijn vrienden waren geworden, maar zelfs als ze dat wél waren geweest had ik hun onmogelijk kunnen vertellen dat de liefde van mijn leven, mijn enige liefde, was overleden. Ik kon het niet uitleggen aan een rouwbegeleider; de intensiteit en lengte van onze relatie, de wederzijdse afhankelijkheid. Stel dat ik de waarheid vertelde, wie zou het dan begrijpen? Maar ik kón de waarheid aan niemand vertellen.

Ik had geen enkele reden meer om te douchen of schone kleren aan te trekken. Ik ging twee keer naar het meer, vastbesloten om mezelf te verdrinken, maar toen ik op de bodem van het meer aankwam was Rangi daar, die me weer naar boven duwde.

'Jouw tijd is nog niet gekomen, *e hoa*,' zei hij. Ik denk tenminste dat hij dat zei. Nu had ik drie doden op mijn geweten: mijn vader, Rangi en Lindy, *kēhua*, en ze kwamen allemaal naar me toe, zowel in mijn nachtmerries als wanneer ik wakker was. Ze smeekten me om hen te redden, en ik hád hen alle drie ook kunnen redden.

Ik sloopte de schuur stukje voor stukje. Ik haalde de meubels eruit en liet ze in afgelegen gebieden op het Noordereiland aan de kant van de weg achter. Uiteindelijk bleef ik met een berg gipsplaten en golfplaten zitten, maar ik kon me er niet toe zetten om die weg te laten halen. Het zag er in elk geval niet langer als haar huis uit. Maar in mijn huis bleef ze aanwezig.

Het mysterie van de ongeïdentificeerde vrouw die drie weken na haar dood in Lake Rotorua was gevonden was groot nieuws. De media meldden dat ze niet was verdronken, maar aan een blindedarmontsteking was overleden, dat ze volledig aangekleed was en dat ze minder dan een maand in het water had gelegen. Er werd druk gespeculeerd over de ontbrekende voortand. Volgens de politie vormde die een belangrijk identificatiemiddel. De nieuwsberichten maakten melding van het feit dat het lichaam van deze vrouw was gevonden in hetzelfde meer waar bijna dertig jaar eerder een jong meisje was verdwenen.

Ik moest weg uit Rotorua. Ik had een tijdje daarvoor banen in Wellington en Auckland afgeslagen, maar toen ik na vijf maanden eindelijk weer aan het werk wilde stelde ik me alsnog voor die banen beschikbaar. Er was geen enkele reden meer om in Rotorua te blijven. Misschien waren een nieuwe start en een compleet ander leven juist wel goed voor me. In januari 2013 werd ik aangesteld als hoofd cyberbeveiliging bij de Aotearoa National Bank in Wellington. Het salaris en de werkomstandigheden waren uitstekend.

Ter voorbereiding op de verhuizing verwijderde ik de laatste restanten van de schuur, en schrobde ik het huis van boven tot onder schoon met bleekmiddel. Van mijn vaders spullen bewaarde ik bijna niets, alleen zijn oude valse identiteitspapieren. Ik had heel lang onder een valse naam geleefd en had een back-up nodig voor het geval iemand eraan ging twijfelen.

Ik had Lindy beloofd dat ik haar schriften nooit zou doorlezen. Ik verscheurde ze en gooide de snippers tijdens lange nachtelijke autoritten uit het raam.

Ik verkocht het huis in Rotorua, huurde een appartement aan de haven van Wellington en deed mijn best om me er thuis te voelen. Maar ik kon de mensen in de andere appartementen samen horen praten, lachen en televisiekijken en ik kon hun gezinsmaaltijden ruiken. Ik kwam elke dag zoveel mensen tegen dat ik er ziek van werd. Al na een maand verliet ik het appartement en kocht een klein vrijstaand huis in South Karori Road. Daar kon ik geen andere huizen zien. De reistijd naar mijn werk bedroeg een halfuur.

Mijn werk hield me bezig. Zoals gewoonlijk bewaarde ik afstand tot mijn collega's, en sloeg ik uitnodigingen voor feestjes en kroegbezoekjes na het werk af. Ik deed ook niet aan gezellige gesprekjes bij de waterkoeler.

Ik voelde me afschuwelijk eenzaam en deed een poging tot internetdaten, maar slaagde er niet in om een relatie aan te gaan. Wel ging ik met sommige vrouwen naar bed, als zij dat wilden. De seks was gejaagd, lichamelijk bevredigend maar in emotioneel opzicht nietszeggend. De behoefte aan een emotionele band kon nooit door onbekenden worden vervuld.

In januari 2013, bijna een jaar na Lindy's dood, toonden DNA-tests definitief een bloedband aan tussen haar en haar nog levende broers, Paul en Gary Weston. Haar ouders waren allebei gestorven zonder ooit te hebben geweten wat er met hun dochter was gebeurd. Haar broers bleven achter met de brandende vraag waar ze die negenentwintig jaar was geweest.

Ik dacht aan mijn moeder en zus in Ierland. Ik googelde hen regelmatig. Er was ontzettend veel informatie te vinden. Op true-crimewebsites werd mijn vader met lord Lucan vergeleken, maar mijn vader had niemand vermoord. Niet eigenhandig. Denise Norton was ongeveer een jaar na haar bevrijding uit mijn vaders huis in een psychiatrisch ziekenhuis gestorven. Mijn zus, Mary Norton, was na haar adoptie meegenomen naar Engeland. Conor Geary was op de vlucht geslagen. Ik zocht overal naar informatie over Conor Geary's zoon. Had Denise hun niet over mijn bestaan verteld? Was ze gek? Of alleen maar doodsbang? Ik was vreselijk gehersenspoeld. Mijn vader was een slecht mens geweest. En zelf was ik op zijn minst gedeeltelijk slecht. Daar moest ik mee leven. Het werd een gewoonte van me om minstens eenmaal per maand naar updates over Denise Norton te zoeken.

In december 2017 was er groot nieuws uit Ierland. Mary Norton, mijn zus, had geprobeerd haar dode adoptievader te cremeren. Ik vond een foto van haar. Lang en sterk, in een zwarte jas met een zwierige rode hoed, bij de begrafenis van Thomas Diamond. Ze leek op me: haar neus, de vorm van haar ogen. Thomas was de psychiater die mijn moeder had behandeld. Na Denises dood had hij in het geheim mijn zus geadopteerd. Ik wist nu waar Mary was, in welk dorp ze woonde en onder welke naam.

Er laaide een warm gevoel in me op. Ik kreeg de kans om iets goeds te doen. Om een fout te herstellen. Ik dacht aan de beer die ik uit haar kleine vingertjes had gegrist. Die kon ik nu aan haar teruggeven. Ik pakte hem voorzichtig in een oude schoenendoos in en verstuurde die anoniem, met een kort briefje erbij.

Een halfjaar later dook mijn vaders echte naam op tussen de zoekresultaten op internet, en later ook in *The New Zealand Herald*. Er stond een heel oude foto bij van mijn vader, gladgeschoren en zonder bril, in Ierland gemaakt. Ernaast stond een tekening van hoe hij er rond zijn tachtigste uit zou kunnen zien. Waarom waren ze nu naar hem op zoek? Welk verband hadden ze gevonden tussen de vermiste pedofiel Conor Geary en Nieuw-Zeeland? Wie had hun verteld dat hij hier had gewoond?

Opeens drong het tot me door. Het was mijn eigen schuld. Door Toby op te sturen had ik hun een connectie met Nieuw-Zeeland gegeven. Wat ongelooflijk stom van me. Ik was nota bene een expert op het gebied van cyberbeveiliging. Ik had mijn zoekgeschiedenis op Google altijd verborgen gehouden door privésoftware te installeren, en ik was slim genoeg om social media te vermijden, maar nu had ik de Ierse politie alsnog hiernaartoe geleid. Ze zochten hem. Een gepensioneerde Ierse tandarts. Over een zoon werd niets gezegd.

In augustus 2018 werd ik echter door de Nieuw-Zeelandse politie gebeld. Ze wilden me spreken over mijn vader, James Armstrong, en kwamen bij me thuis langs. Het was niet moeilijk om te doen alsof ik overstuur was door de omstandigheden rond zijn dood in 1985 in een brandende auto. Ze vroegen me waar ik was geboren en waar hij was geboren. Na achtendertig jaar zat het verhaal zo stevig in mijn hoofd dat ze amper doorvroegen. Wel vroegen ze of de naam Denise Norton me iets zei. Had mijn vader weleens een andere naam gebruikt? Waar had hij tandheelkunde gestudeerd? Waar had ik in Ierland gewoond? Had mijn vader bijzondere belangstelling voor andere kinderen gehad? Waarom had mijn vader me thuisonderwijs gegeven?

Ik beschreef hem als een strenge, maar toegeeflijke vader die sinds ons vertrek uit Ierland in diepe rouw was geweest om mijn moeder. Ik vertelde hun over zijn overduidelijke gebrek aan belangstelling voor andere kinderen en zijn overtuiging dat het Nieuw-Zeelandse onderwijssysteem ondermaats was. Ik liet hun zijn Ierse tandartsregistratie zien, waarop de naam Conor Geary vakkundig was vervangen door die van James Armstrong.

Mijn vader was een excentrieke, maar liefhebbende vader geweest, zei ik, en een uitmuntende tandarts. Dat zouden al zijn patiënten beamen. Ik miste hem nog elke dag. De tranen sprongen in mijn ogen bij mijn hypocriete woorden. De agent verontschuldigde zich voor hun vragen en zei dat ze me niet meer zouden lastigvallen. Ze lieten doorschemeren dat ze wisten dat ze met een zinloze zoektocht bezig waren. De man die ze zochten had geen zoon.

Ik bleef het nieuws over mijn zus, Mary Norton, volgen. Ze woonde onder de naam Sally Diamond in Carricksheedy, in het graafschap Roscommon in Ierland. Ik voelde me in zekere zin met haar verbonden. In alle berichten die ik over haar las werd ze omschreven als 'einzelgänger' of 'buitenbeentje' op school en in haar dorp. Ik kon nergens vinden of ze werkte en een carrière had opgebouwd. Ik leefde met haar mee. Was dat verwantschap?

Haar geboortedatum stond vermeld als 13 december 1974, maar ik wist dat ze eerder was geboren, op 17 september van dat jaar. Ik herinnerde me die datum nog heel goed. Aangezien de Nieuw-Zeelandse politie mijn vader van hun verdachtenlijst had geschrapt en geen enkele link kon vinden tussen ons en Denise Norton, waagde ik het erop en stuurde mijn zus in september een verjaardagskaart. Ik vond dat ze hoorde te weten wanneer ze precies jarig was. Ze zou toch nooit raden wie haar die kaart had gestuurd.

Begin november ontving ik op het e-mailadres van mijn werk een bericht van een groep podcastmakers.

Geachte meneer Armstrong,

Wij zijn Hoani Mata Productions, een podcastbedrijf in Christchurch dat documentaires maakt over true-crimezaken in Nieuw-Zeeland.
Ik ben op zoek naar Steven (Steve) Armstrong die tussen 1981 en 2013 in Rotorua woonde. Verbleven uw vader en u in Rotorua in de periode dat daar in 1983 een kind, Linda Weston, werd ontvoerd? Was uw vader James Armstrong?

We weten dat hij recent van de verdachtenlijst met betrekking tot een ontvoeringszaak in Ierland in 1966 is gestreept. We weten dat James Armstrong bij geen van beide zaken betrokken was, maar zijn op zoek naar zijn zoon. We willen hem graag uitnodigen als gast voor onze serie, waarin we de verdwijning van Linda Weston en de vondst van haar lichaam als volwassen vrouw in april 2012 bespreken. Bent u de Steve Armstrong die in de genoemde periode in Rotorua woonde?
We zijn ons ervan bewust dat James Armstrong in 1985 bij een tragisch auto-ongeluk om het leven is gekomen, maar als u zijn zoon bent zijn we heel benieuwd naar uw ideeën over en herinneringen aan de tijd rond Linda's verdwijning, en hoe het was om als kind in Rotorua te wonen toen uw vader als verdachte van de ontvoering van een Iers kind werd aangemerkt. Ik heb begrepen dat de Steve die we zoeken thuisonderwijs kreeg, en ook dat is interessant, aangezien het in die tijd erg ongebruikelijk was. Als u die Steve bent, en het niet te persoonlijk is, zouden we het dan wellicht ook heel kort over de ontvoering in Ierland kunnen hebben? Misschien weet u daar helemaal niets van af, en ik weet niet of we de Ierse invalshoek ook daadwerkelijk in de definitieve versie zullen gebruiken, maar we willen graag zo veel mogelijk informatie verzamelen.
Hoewel het nog niet algemeen bekend is, is onlangs aan het licht gekomen dat Linda Weston een dochter had, die in 1996 als pasgeboren baby bij een kerk is achtergelaten. Linda's dochter, Amanda Heron, heeft ermee ingestemd om onze podcast te presenteren, en ik ben van plan er in een later stadium een televisiedocumentaire van te maken. Ik hoop zo snel mogelijk iets van u te horen, en als we de verkeerde persoon hebben benaderd dan spijt ons dat uiteraard enorm. Mocht u echter wél die Steve Armstrong zijn, dan hebben we er het volste begrip voor als u niet wenst

mee te werken. Op dit moment is de politie niet bij ons onderzoek betrokken, dus onze zoektocht naar informatie verloopt op zijn zachtst gezegd bijzonder frustrerend.

Ngā mihi vanuit Christchurch,
Kate Ngata

Ik ademde diep in en zei mijn afspraken voor de rest van de dag af. Mijn dochter, Amanda Heron, was op zoek naar antwoorden op haar vragen. Ik googelde haar en stuitte op een overdaad aan informatie. Jonge mensen hebben geen flauw benul hoeveel er over hen te vinden is. Binnen een paar minuten had ik haar adres en telefoonnummer te pakken, evenals haar schoolrapporten, haar diploma master of arts in muziek van de universiteit van Auckland en foto's van haar met haar adoptiegezin die helemaal teruggingen tot haar babytijd. Foto's van haar als koorlid. Foto's van haar met twee verschillende vriendjes. Amanda die op een motor de Golden Gate Bridge in San Francisco overstak. Amanda in een camper in Montana. En heel recente foto's van Amanda in avondjurk, afgelopen week tijdens een optreden van het New Zealand Symphony Orchestra.

Amanda was drieëntwintig en adembenemend mooi, net als haar moeder. Ik staarde verbijsterd naar haar prachtige lachende gezicht met het complete gebit. Onze dochter, Wanda. Ik bekeek de foto's en vroeg me af hoe ik een gesprek met haar zou beginnen, maar realiseerde me al snel dat dat onmogelijk was. Ik moest hier weg.

Ik mailde een heel beleefd antwoord naar Kate Ngata en wenste het bedrijf veel succes met de serie, maar meldde dat het mij als 'hoofd cyberbeveiliging bij de grootste bank van Nieuw-Zeeland niet past om persoonlijke kwesties te bespreken. Ik ben ervan overtuigd dat je dat zult begrijpen.'

Ik besefte dat dit haar frustratie alleen maar zou verergeren, maar ik was blij dat de Nieuw-Zeelandse politie geen informatie met amateurs deelde.

Op internet bestond ik niet, behalve als medewerker van de bank. Er waren geen foto's of berichten te vinden, afgezien van de artikelen uit de *Rotorua Daily Post* uit 1985, waarin werd beschreven hoe ik het afschuwelijke auto-ongeluk had overleefd waarbij mijn vader om het leven was gekomen, en de daaropvolgende crowdfundingactie. Vermoedelijk had Hoani Mata Productions de e-mail naar iedere Steve Armstrong in het land gezonden.

Ik stuurde een berichtje naar de operationeel directeur van de bank waarin ik aangaf dat ik vanwege een dringende medische kwestie verlof moest opnemen. Er zouden drie maanden mee gemoeid zijn, schreef ik, maar ik zou al die tijd via e-mail bereikbaar zijn. Ik briefte mijn plaatsvervanger over alle zaken die te maken hadden met de positie van de bank ten opzichte van bitcoins en andere cryptovaluta die een probleem voor ons begonnen te worden. Daarna vertrok ik. Ik ging naar huis en boekte op mijn laptop een vlucht naar Ierland. Ik moest ernaartoe. Ik moest mijn zus zoeken. Zij was de sleutel tot de emotionele band die ik nodig had.

50

Sally

Binnen twaalf dagen kwam de uitslag, die ondubbelzinnig was. Peter/Steve was mijn broer en Mark was onze oom. De resultaten op de website van Ancestry leverden ook een ander nieuwtje op. Ik had een nichtje dat Amanda Heron heette, de dochter van Peter. Hij had helemaal niets over een dochter, echtgenote of vriendin geschreven. Uit zijn brief had ik opgemaakt dat hij een einzelgänger was, wellicht net als ik. Maar hij was kennelijk niet aseksueel, zoals ik.

Het was tijd om hem te bellen. Dit was een gesprek dat ik in mijn eentje wilde voeren. De uitslag van Ancestry was bij mij thuis bezorgd en Mark was er nog niet van op de hoogte.

Peters telefoon ging eenmaal over. Toen nam hij op.

'Mary?' vroeg hij.

'Sally. Zo heet ik al sinds ik werd geadopteerd, dus ik heb liever dat je me zo noemt.'

'Dat is goed.' Zijn stem trilde.

'Ben je nog steeds in Dublin?'

'Ja, ik zit nu in een park bij een kerk in het centrum.'

'Oké. Nou, ik heb de DNA-uitslag binnen.'

'En?'

'Je bent inderdaad mijn broer.'

'Dat wist ik wel. Ik weet al mijn hele leven van jouw bestaan af.'

'Waarom heb je dan niet eerder contact opgenomen?'

'Dat heb ik in mijn brief al uitgelegd. Ik wist niet waar je was. Mijn zoektocht op internet leverde pas na de dood van Thomas Diamond iets over jou op.'

'Sorry. Dat had je inderdaad al uitgelegd. Maar als je wist van mijn moeder en mij, en als je wist wat onze biologische vader had gedaan, waarom ben je dan nooit naar de politie gestapt?'

'Dat is lastig te verklaren. Hij heeft me heel lang gehersenspoeld. Hij maakte me wijs dat ik aan een ziekte leed. Ik kon goed en slecht nauwelijks van elkaar onderscheiden. Maar ik kan het niet allemaal aan de telefoon uitleggen. Zou je naar me toe willen komen?'

Ik had al met Mark overlegd wat er zou gebeuren als de uitslag bevestigde dat we broer en zus waren.

'Peter, we hebben een oom. De broer van Denise.'

'Echt waar?'

'Ja. Hij wil je ook graag ontmoeten. Hij is bereid jou in Dublin op te halen en naar mijn huis te brengen.'

'Wanneer?'

'Morgen?' De volgende dag was een zaterdag. Ik moest mijn pianosessie afzeggen en Lucas zou een invaller moeten regelen.

'Dat zou ik fijn vinden. Dank je wel. Mary... Sally, bedoel ik, kun jij je mij nog herinneren?'

'Ik ben bang van niet.'

'Heeft mijn moeder... heeft Denise het weleens over me gehad?'

'We hebben heel veel te bespreken, Peter. Laten we ermee wachten tot we elkaar in levenden lijve zien.'

Het bleef even stil. 'Ik ben niet zo goed in praten.'

'O, nou, dan zijn we duidelijk familie van elkaar. Het heeft mij bijna twee jaar therapie gekost om daaroverheen te komen.'

'Meen je dat?'

'Jazeker. Heb je vrienden? Een vrouw? Vriendin?'

Zijn stem beefde. 'Nee.'

Het was niet het juiste moment om hem naar zijn dochter te vragen. 'Ik kan bijna niet geloven dat ik met mijn eigen broer praat.'

'Je hebt het toch niet aan de media of de politie verteld, hè?'

'Nee, natuurlijk niet.'

Hij gaf me het adres van zijn hotel en we beëindigden het gesprek. Mark wilde hem eerst keuren, om er zeker van te zijn dat hij niet gewelddadig was of een bedreiging vormde, en we spraken af dat hij Peter de volgende ochtend vroeg zou oppikken. Peter wilde weten hoe hij na afloop terug moest naar Dublin. Mark zei dat hij zich geen zorgen hoefde te maken. We konden hem een paar nachten in het Abbey Hotel in Roscommon onderbrengen. We hadden niet echt een plan voor hoe het verder zou gaan.

Ik was de volgende ochtend op van de zenuwen en liep bij elk geluidje naar het raam om te kijken of het Marks auto was. Ik kreeg één berichtje van Mark.

Gestopt bij een tankstation. Hij komt normaal over, maar is opvallend stil.

Sue en Martha kwamen langs om kijken hoe het met me ging. Ik had die ochtend mijn yogales gemist. Ik vroeg hun niet om binnen te komen voor een kop koffie, zoals je dat met vrienden eigenlijk hoorde te doen, maar ik loog ook niet tegen hen.

'Sorry, ik had moeten doorgeven dat ik niet zou komen. Er speelt een familiekwestie waar ik me nu even helemaal op wil focussen.'

'Is alles oké?' vroeg Sue. 'Je lijkt nogal zenuwachtig.'

Ik tuurde inderdaad om de haverklap over haar schouder naar het weggetje en hupte van mijn ene voet op de andere.

'Ja, hoor. Alles is prima. Dank je. Ik zie jullie van de week wel weer, goed?' Ik deed de deur dicht en liep terug naar de keuken. Ik had de sandwiches veel te vroeg klaargemaakt. Ze waren helemaal uitgedroogd. Ik besloot om nieuwe te maken. Kip, ham, tomaat en koolsalade. Misschien was Peter wel vegetariër. Ik wist helemaal niets over mijn broer.

51

Peter, 2019

De reis naar Ierland nam achtentwintig uur in beslag, heel anders dan de drie maanden durende beproeving die er bijna veertig jaar eerder voor nodig was geweest om Nieuw-Zeeland te bereiken. Ik bestelde DNA-zelftests en liet ze bezorgen bij het hotel in Dublin waar ik een kamer had geboekt. Toen schreef ik een brief aan Mary. Daarna slenterde ik door de stad. Ik had wat winterkleren meegebracht, maar niet veel. Ik was nooit eerder in het centrum geweest, zelfs als kind niet. Dublin was modern, multicultureel en in alle opzichten onbekend.

Het prepaidtelefoontje ging ruim twee weken nadat ik de brief had verstuurd. Mary had de politie niet gewaarschuwd. Er was een oom, Mark, de broer van Denise. Hij haalde me op 14 december in Dublin op en reed in twee uur naar Mary's cottage. In de auto ondervroeg hij me over zijn zus. Wat herinnerde ik me? Had ze het ooit over hem gehad? Wat was ze voor iemand? De vragen voelden als een spervuur aan en ik gaf bewust zo vaag mogelijke antwoorden.

We reden grotendeels over een snelweg door het land. Het was een donkere, grauwe, natte dag. De zon liet zich niet zien. Het land was vlak. We stopten bij een tankstation om te tanken en aten een lekkere hamburger. Ik wist niet wat ik van Mark moest denken. Hij leek veel te jong om mijn oom te zijn en we kwamen erachter dat hij maar vijf jaar ouder was dan ik. Hij merkte grimmig op dat Denise twaalf moest zijn geweest toen ze mij kreeg. De rest van de rit zeiden we geen van beiden veel.

52

Sally

Peter zei dat hij zeven jaar ouder was dan ik, maar hij zag er veel ouder uit. Hij had diepe rimpels en zijn gezicht was verweerd. Zijn haar was kort en grijs, met een wijkende haargrens. Hij was gladgeschoren. Op zijn voorhoofd zat een vage witte streep. Een oud litteken? Toegebracht door Conor Geary? Maar zijn ogen – de vorm, de groenbruine kleur – en zijn neus waren precies die van mij. Mijn broer.

We hadden niet meteen een emotionele band met elkaar. Die ontstond heel geleidelijk. Mark en ik wisten dat het ongemakkelijk zou zijn. Om te beginnen wisten we niet goed hoe we hem moesten noemen. Ik stond erop om Sally Diamond te worden genoemd. Hij had het grootste deel van zijn leven Steven Armstrong geheten, maar nu vroeg hij ons om hem met Peter aan te spreken. Hij was niet echt mededeelzaam en in het begin was ik erg nerveus. Het was de kerstperiode, dus ik werd vaak gevraagd om in het hotel te komen spelen. Ik boekte en betaalde een kamer voor Peter in het Abbey Hotel in Roscommon, en we spraken steeds bij mij thuis af wanneer ik vrij was. Mark probeerde er ook altijd bij te zijn.

Op de eerste dag vielen er lange stiltes en kletsten we tussendoor wat over koetjes en kalfjes. Peter was daar zelfs nog slechter in dan ik. Pas op de tweede dag brachten we onze vader en wie hij was ter sprake. Peter benadrukte dat Conor Geary hem niet lichamelijk had mishandeld, zoals dat bij mijn moeder wel was gebeurd. Peter had het grootste deel van zijn jeugd in eenzame opsluiting doorgebracht, bang dat hij aan een zeldzame ziekte zou overlijden. Een niet-bestaande ziekte die was verzonnen om hem uit de buurt van anderen te houden en hem volledig van Conor Geary afhankelijk te maken. Onze biologische vader was wreed en manipulatief. Mijn broer had net zo geïsoleerd geleefd als ik, maar niet uit eigen wil. Hij had dolgraag naar school gewild en vrienden gemaakt, maar tegen de tijd dat zijn vader dood was, was het te laat en wist hij niet hoe hij zich in de omgang met anderen moest gedragen. Het viel niet mee om deze informatie uit hem los te krijgen, maar het lukte Mark uiteindelijk toch. Nadat Mark Peter later naar het hotel had gebracht kwam hij terug naar mijn huis om te analyseren wat Peter wel en niet had gezegd.

Peter voelde zich nog steeds schuldig over de dood van Conor Geary, omdat hij achter het stuur had gezeten. Het litteken op zijn voorhoofd was daar een overblijfsel van, net als de afgrijselijke brandwonden op zijn armen, die hij had opgelopen toen hij zijn vader uit de brandende auto probeerde te trekken. We zeiden geruststellend tegen hem dat zijn vader, mijn vader, het niet waard was geweest om te worden gered, maar hij staarde uit het raam en weigerde ons aan te kijken.

Daarover verschilden we duidelijk van mening. Ondanks alles wat Conor Geary had gedaan was Peter ervan overtuigd dat zijn vader van hem had gehouden. Alsof dat de gruwelijkheden die hij mijn moeder had aangedaan, die hij míj had aangedaan, en die hij Peter zelf met zijn akelige leugens over een dodelijke ziekte had aangedaan kon goedmaken.

'Waarom neem je het voor hem op? Ik ben heel blij dat hij dood is,' zei Mark.

'Snap je dat dan niet?' vroeg Peter. 'Mensen zijn nooit helemaal het een of het ander. Jij vindt hem een monster, en ja, hij heeft ons allemaal inderdaad afschuwelijke dingen aangedaan.' Hij keek naar Mark. 'Hij heeft jouw zus ontvoerd en haar in alle opzichten kapotgemaakt. Hij heeft Sally gevangengehouden. Hij is op de vlucht geslagen en heeft mij meegezeuld naar de andere kant van de wereld, hij heeft me mijn naam afgenomen en me geïsoleerd, maar toch weet ik dat hij om me gaf. Dat weet ik zeker.'

Marks reactie was volgens mij sarcastisch. 'Nou, dat maakt alles natuurlijk goed. Zolang hij maar om jou gaf.'

Ik merkte dat ik overstuur raakte en liep naar de piano. Toen hielden ze allebei hun mond. Ik speelde een tijdje en vroeg Mark daarna om Peter naar het hotel terug te brengen. Het was een lastige situatie, maar Peter leek in veel opzichten op me en ik voelde een connectie met hem. Ik kon het niet helpen. Na ongeveer een week hadden we een duidelijker beeld van Peters leven in Nieuw-Zeeland.

Mark en ik zochten op internet het archief van de *Rotorua Daily Post* op, waarin de dood van een gerespecteerde plaatselijke tandarts, James Armstrong, werd beschreven, evenals het feit dat zijn arme zoon Steve het ongeluk had overleefd en als wees achterbleef. Conor Geary had bijna vijf jaar in Nieuw-Zeeland gewoond en onder een valse naam als tandarts gewerkt. Peters paspoort stond op naam van Steven Armstrong. Hij zag ertegenop om zijn oude staatsburgerschap op te eisen, ook al vonden Mark en ik allebei dat hij zijn naam en nationaliteit moest terugvragen. Op dat moment verbleef hij met een vakantievisum van drie maanden in Ierland. We stelden voor om via mijn advocaat uit te zoeken hoe hij dat kon regelen, maar Peter sputterde tegen, doodsbang voor de media. Het moest heel voorzichtig worden aangepakt, of anders helemaal niet. We waren het erover eens dat Peter rustig de tijd moest nemen om te beslissen wanneer hij er iets mee wilde doen.

Na die eerste week nodigde ik Peter uit om met Kerstmis bij mij thuis te komen logeren en te blijven zo lang hij wilde.

Voor het eerst die dag glimlachte hij en we gaven elkaar een hand. Dichterbij durfden we in fysiek opzicht niet te komen. Ik stelde een schema op voor het gebruik van de badkamer, het ontbijt en bedtijd. We zouden om beurten voor elkaar koken. Hij wilde niet aan mijn vrienden worden voorgesteld.

'Alsjeblieft,' zei hij. 'Ik ben geen mensen gewend. Een andere keer misschien?'

Dat begreep ik ook.

Mark was niet langer bij al onze gesprekken aanwezig. Hij vond het pijnlijker dan ik.

Op eerste kerstdag lunchten Mark, Peter en ik samen. Er was iets wat ik Peter wilde vragen, maar Mark had gezegd dat we niet te hard van stapel moesten lopen, dus ik wachtte tot Mark de kersttaart aansneed en ik voor iedereen een glas port had ingeschonken.

'Peter, toen we de uitslag van de DNA-test binnenkregen stond er iets in over jouw dochter, maar je hebt het nog nooit over haar gehad.'

'Ik heb geen dochter,' zei hij.

Ik klapte de laptop open en liet hem de website zien. Daar stond duidelijk vermeld:

PG [zijn initialen]

Amanda Heron

Ouder/kind DNA-profielen komen voor 50% overeen

Ik klikte op Amanda's naam. Ze was in 1996 geboren.

'Je hebt echt een dochter van drieëntwintig. Ik dacht dat je zei dat je geen relaties of vriendinnen had gehad.'

Hij dronk zijn glas port in één teug leeg en schonk zijn glas nog een keer vol. Het bleef heel lang stil.

'Peter?' vroeg Mark. 'Wat is er aan de hand? Was je op de hoogte van haar bestaan?'

'Ik heb nooit geweten hoe ze heette,' zei hij. 'Ik had een paar onenightstands gehad en een van de vrouwen vertelde me dat ze zwanger was geraakt, maar ik geloofde haar niet. Dat wil zeggen: ik dacht dat iedereen wel de vader kon zijn.' Hij tuurde tijdens het praten naar de vloer. Alsof hij zich schaamde, dacht ik.

Ik werd onrustig. Hij was dus niet aseksueel, zoals ik. Tina had gezegd dat ik Peter daar niet naar mocht vragen. Iemands seksleven was privé, had ze nadrukkelijk gewaarschuwd.

'Tijdens die... ontmoetingen was ik dronken. Als ik nuchter was geweest had ik nooit met die vrouwen kunnen praten,' zei Peter.

'Nou, je hebt dus meer familieleden dan je dacht,' zei Mark. 'Maar laten we de boel niet overhaasten. Op dit moment is alles vast erg overweldigend voor je.'

Peter knikte. Toen hij opkeek stonden er tranen in zijn ogen. Dat was nog een verschil tussen ons. Hij huilde. Ik niet.

'Ik denk dat ze zonder mij beter af is. Ik ben niet goed met mensen, al helemaal niet met onbekenden.'

'Maar misschien wil ze je wel leren kennen,' drong Mark aan.

'Ik zou geen goede vader zijn. Voor mij is het te laat. Ik weet niet eens meer wie haar moeder was.' Hij was niet in zijn dochter geïnteresseerd. Mark wilde meer antwoorden dan ik, maar ik zei dat hij het moest laten rusten.

In de daaropvolgende weken viel het me op dat Peter net zo antisociaal was als ik vroeger. Ik voelde empathie voor hem. Hij wekte de indruk dat hij verschrikkelijk alleen was, maar hij gedroeg zich nooit agressief of bedreigend.

Ik vroeg hem om met me mee te gaan naar Tina, maar dat wilde hij niet. Als ik bezoek kreeg bedacht hij steeds een smoes om naar zijn kamer te gaan en uitnodigingen van mijn vrienden sloeg hij altijd af. We vertelden aan iedereen dat hij een neef van Mark was, mijn achterneef, en dat hij op bezoek was uit Australië, wat bijna waar was. We wilden het niet over Nieuw-Zeeland hebben, omdat te veel van mijn vrienden op de hoogte waren van de bizarre post die ik uit Nieuw-Zeeland had ontvangen. De inwoners van Carricksheedy konden het verschil tussen een Australisch en een Nieuw-Zeelands accent niet horen. Toch trapte niet iedereen erin. Angela vroeg me of er iets bijzonders tussen ons speelde.

'Tussen wie?'

'Die Australische man en jou. Is hij je vriend?'

'Nee. Je weet toch dat ik nooit een vriend wil?' Het idee vervulde me met afschuw, maar ik had nu eenmaal beloofd dat ik aan niemand zou vertellen dat hij mijn broer was.

'Het is heel ongebruikelijk voor jou om een onbekende man in je huis toe te laten.'

Dat had Sue ook al gezegd. En het was ook vreselijk ongemakkelijk, ook al mochten Peter en ik elkaar graag. Hij stond bij zonsopgang op, maakte urenlange wandelingen en kwam pas tegen het avondeten terug. We hielden ons strikt aan het badkamerschema. En we kwamen nooit in elkaars slaapkamer. Onder geen enkele omstandigheid. Hij douchte om de dag, ook al had ik een prachtige douche. Dat snapte ik niet. Kort na zijn komst stopte hij met scheren, en hij zag er nogal onverzorgd uit. Onze gesprekken verliepen stijfjes. Hij leek het helemaal niets te vinden dat ik pianospeelde. Vrijwel meteen nadat ik begon hoorde ik de voordeur altijd met een klap dichtvallen. Dat was onbeleefd. Maar het was mijn huis en als ik piano wilde spelen, dan deed ik dat.

We praatten nog wel met elkaar. Waarom had mijn biologische vader Peter bij zich gehouden en mij in de steek gelaten? Peter sprak over een liefhebbende, welwillende, toegeeflijke vader, intelligent en een harde werker, maar tegelijkertijd wisten we allebei wat hij mijn moeder had aangedaan en hoe hij Peter had gemanipuleerd.

Wat voor Peter het moeilijkste was om te accepteren was dat mijn moeder het nooit over hem had gehad. We gaven hem de bandjes en dossiers, maar hielden de opname waarop ze zei: 'Het geeft niet. Ik wilde hem toch niet hebben' voor hem achter. Hij las alles aandachtig door en luisterde de opnames af.

'Ze had flinke psychische problemen,' merkte hij op.

'Ja, veroorzaakt door jouw liefhebbende vader.' Mark begon zich steeds meer te ergeren aan het feit dat Peter Conor Geary bleef verdedigen.

'Had hij nog meer "relaties"?' vroeg Mark.

'Hoe bedoel je?'

'Nou, je hebt daar vijf jaar met hem gewoond. Had hij daar toegang tot andere kinderen? Was je niet bang dat hij weer een klein meisje zou ontvoeren?'

'Ik kwam er pas kort voor zijn dood achter wat er werkelijk met mijn moeder was gebeurd. We kregen er knallende ruzie over. Maar mijn vader nam alleen volwassen patiënten aan. In Nieuw-Zeeland worden de tandartskosten voor kinderen door de overheid gesubsidieerd en volwassenen leveren meer op. Zelfs de receptionist die mijn vader voor zijn praktijk had aangenomen was een man, en dat was in die tijd ongebruikelijk. Hij heeft nooit meer een kind misbruikt. Daar ben ik van overtuigd.'

'Ik vind het heel vreemd dat een actieve pedofiel er opeens mee stopte en zijn gedrag verbeterde, zeker omdat hij ermee was weggekomen. Misschien had hij een manier gevonden om het voor jou verborgen te houden.'

Peter wendde zijn blik af. 'Luister, ik weet dat jullie het niet fijn vinden dat ik het voor hem opneem. Volgens mij heeft hij daarna nooit meer andere kinderen misbruikt. Maar hij was wel een vrouwenhater. Hij maakte vrouwen altijd uit voor dom, lelijk of eigengereid. Hij moest niets van hen hebben, dat is één ding dat zeker is.'

'Weet je,' zei ik voorzichtig, 'ik denk dat Conor Geary mogelijk op jonge leeftijd door zijn moeder de vernieling in is geholpen.'

'O?' zei Peter. 'Ik heb hem een of twee keer naar zijn ouders gevraagd. Omdat ik nieuwsgierig was naar mijn grootouders, snap je? Maar hij ging er nooit op in en begon altijd over iets anders.'

'Waarom denk je dat? Over zijn moeder?' vroeg Mark aan mij.

'Door iets wat zijn zus heeft gezegd.'

'Zijn zus?' vroeg Peter. 'Bedoel je nu dat ik ook een tante heb?'

'Sorry, dat had ik je eerder moeten vertellen. Ze is een paar maanden geleden overleden. Ik heb haar één keer ontmoet, samen met tante Christine. Nadat ik in het nieuws was geweest nam ze contact met me op. Ik weet niet waarom. Ze was overstuur. Ik vermoed dat Conor Geary haar leven ook heeft verpest.'

'Wat zei ze over hun moeder?'

'Het was een achteloze opmerking, maar ik heb er veel over nagedacht. Ze zei dat hun vader was gestorven toen ze nog heel jong waren, en dat hun moeder van Conor verwachtte dat hij zijn plek innam, in álle opzichten. Ze noemde het pervers. Het was vooral de manier waarop ze het zei.'

'Jezus,' zei Mark.

Peter zweeg even. 'Was zij wel normaal?'

'Margaret? Ik denk het wel. Misschien voelde ze zich verplicht om contact met me op te nemen.'

'Laat het je koud dat ze dood is? Je hebt het nooit eerder over haar gehad,' zei Mark.

'Waarom zou ik? Ik heb haar eenmaal gesproken. Ze leek me best aardig. Wonderlijk hoeveel een broer en zus van elkaar kunnen verschillen.'

Peter keek me aan. 'Wij verschillen ook van elkaar.'

'Ja, maar niet zoveel. Tot twee jaar geleden deed ik altijd alsof ik doof was, zodat ik niet met anderen hoefde te praten.'

Daar moest hij om lachen. 'Een uitstekend idee.'

Op een andere avond vertelde Peter ons over de twee nachten die hij bij Denise in de kamer had doorgebracht. Mark wilde alles weten, maar Peter was toen pas zeven geweest en zijn herinneringen waren vaag. Het enige wat hem nog helder voor de geest stond was dat ze angstaanjagend en hoogzwanger was geweest. Mark vroeg door, maar het enige wat Peter zich nog herinnerde was dat ze geen voortanden had gehad en dat ze pijn had. In de ogen van de jonge Peter was ze heel oud geweest. Toen internet opkwam en hij onderzoek kon doen kwam hij er tot zijn ontzetting achter dat zijn moeder in die tijd pas negentien was geweest.

Ik belde de politie en vroeg of ik Toby, mijn beer, kon terugkrijgen. Ze gingen ermee akkoord, omdat hij toch niet langer als bewijsmateriaal diende. Nu ik eenmaal wist dat Peter hem aan mij had gestuurd wilde ik hem heel graag terug hebben.

Halverwege januari 2020 werd Peter somber en zwijgzaam. Hij zei bijna niets meer. Toen ik hem vroeg wat er aan de hand was zei hij dat hij de zomer op het zuidelijk halfrond miste. Ik vroeg hem of hij van plan was om in Ierland te blijven en daar een baan te zoeken die aansloot bij zijn ervaring en kwalificaties. Hij bekende schoorvoetend dat hij niet wist wat hij moest doen. Toen ik aanbood om hem pianoles te geven begon hij tegen me te schreeuwen.

'Je kunt niet elk probleem oplossen door op die verdomde piano te spelen, Mary.'

Ik schrok ervan. Hij liep weg en smeet de deur achter zich dicht. Ik bleef ontzet achter en schreeuwde: 'Ik heet Sally!'

Ik wilde het niet aan Mark vertellen omdat ik vermoedde dat hij Peter toch al niet helemaal vertrouwde.

Toen Peter later die dag terugkwam ging hij regelrecht naar zijn kamer. Pas de volgende ochtend mompelde hij een verontschuldiging.

Ik nam in gedachten alle copingstrategieën door die Tina me had geleerd. Daarna zei ik rustig tegen hem dat ik in mijn eigen huis gerespecteerd wilde worden, dat ik ook problemen had met woedebeheersing, en dat hij mijn huis moest verlaten als hij niet in therapie ging.

Toen ik weer was gekalmeerd drong het opeens tot me door wat ik met het geld van de verkoop van Conor Geary's huis op mijn bankrekening moest doen. Het was ook Peters erfenis, al had Margaret dat nooit geweten. Hij had recht op de helft ervan. Toen hij me op een dag om een lening vroeg vertelde ik hem erover.

'Je kunt helemaal opnieuw beginnen, Peter. Hier in Ierland, waar je thuishoort,' zei ik. Ik legde hem uit waar het geld vandaan kwam. 'Je zou een fijn huis in het dorp kunnen kopen en het is ongetwijfeld ook genoeg om je eigen bedrijf te beginnen. En als je dat niet wilt zou je zelfs helemaal niet meer hoeven werken.'

'Ik begrijp het niet,' zei hij.

'Het is jouw deel van de erfenis, van de verkoop van je vaders huis.'

'Hoezo?'

'Margaret heeft me het huis nagelaten.'

'Heb je het huis verkocht?' Hij ging steeds harder praten.

'Ja, maar ik wil jou de helft van de opbrengst ervan geven.'

'Als ik dat had geweten zou ik het huis hebben gehouden. Het is de enige plek die voor mij ooit als thuis heeft aangevoeld. Ik woonde daar met mijn vader en was er gelukkig, totdat jij kwam.'

Tina zou hebben gezegd dat zijn boosheid irrationeel was. Ik wist niet dat hij bestond toen ik het huis verkocht. 'Maar je moeder zat er vastgeketend aan een muur en je zag haar nooit. Je zag mij nooit.'

Hij zei niets.

Hij werd nog zwijgzamer dan eerder, maar benaderde de geldkwestie heel zakelijk. En omdat hij in de bankwereld werkte wist hij vast wel wat hij deed. Hij vroeg me om zijn aandeel in cryptovaluta om te zetten, omdat hij geen Ierse bankrekening kon openen. Ik bood aan om hem het bedrag dat hij nodig had in contanten te geven, in afwachting van de registratie van zijn staatsburgerschap en identiteit. Hij bleef echter bang voor de publiciteit die onherroepelijk zou volgen zodra de media ook maar iets opvingen over het nieuws dat de beruchte Conor Geary een zoon had die in Ierland woonde. Ik snapte het wel. Een verhaal als dit was onmogelijk geheim te houden.

Ik wist helemaal niets over bitcoins, maar Peter had al een rekening. Ik hoefde alleen maar naar mijn bank te gaan om het geld te laten overmaken. De bank deed moeilijk. De manager werd erbij gehaald om me ervan te overtuigen dat mijn transactie bijzonder ongebruikelijk was, maar ik herinnerde haar eraan dat het niet verboden was en dat het míjn geld was.

De dag nadat het hele bedrag was overgemaakt zei Peter dat hij een tijdje door Ierland wilde rondtrekken. Dat leek me een goed plan. We hadden zes weken op elkaars lip gezeten, en hoe fijn ik het ook vond om mijn broer te leren kennen, zijn verzet tegen elke verandering of vooruitgang was frustrerend. Ik was me ervan bewust dat ik er zelf ook slecht aan toe was voordat ik in therapie ging, maar ik deed tenminste wel moeite om met andere mensen om te gaan wanneer Angela dat van me vroeg. Hij deed dat helemaal niet.

Gek genoeg nam hij geen afscheid. Toen ik de volgende ochtend wakker werd was hij al vertrokken. Hij had de avond ervoor gewandeld en toen hij terugkwam zat ik achter de piano.

'Papa speelde ook piano, wist je dat?' zei hij. 'Toen we hier in Ierland woonden. Hij was net zo goed als jij. Sorry, maar ik kan dat geluid echt niet verdragen.'

Ik sloeg de klep met een harde klap dicht.

Hij had zijn kamer smetteloos achtergelaten. Ik vond het wel vreemd dat hij al zijn spullen had meegenomen. Toby was ook weg. Daar was ik erg boos over.

Mark vond zijn onverwachte vertrek verontrustend.

Ik had hem niet over het geld verteld. Zoals altijd nam ik het voor Peter op. 'Hij wilde een rondreis maken. Je kon aan hem merken dat hij overweldigd was door alles. Misschien is hij de boel aan het verkennen. Misschien heeft hij wel besloten om in Ierland te blijven. Ik hoop het echt.'

Ik herkende heel veel van mezelf in hem en koesterde een diepe genegenheid voor hem. Misschien hield ik zelfs wel van mijn grote broer.

Ik belde Peter een paar keer, maar hij nam nooit op. Mark begon zich steeds meer zorgen te maken.

Een week later kreeg ik een appje van Peter.

Mary, ik heb er heel lang over nagedacht. Ik hoor hier niet thuis, en ik heb ook niet het gevoel dat ik jouw broer of Marks neef ben, hoe hard ik het ook heb geprobeerd. Ik sta nu op Dublin Airport en ga terug naar Nieuw-Zeeland. Het is het beste voor iedereen dat we geen contact met elkaar houden. Ik wil je niet kwetsen en ik ben je dankbaar voor het geld. Ik zal het goed gebruiken. Ik wens Mark en jou het allerbeste. Je hebt het geprobeerd. Er is iets mis in mijn hoofd en therapie kan me daar niet bij helpen. Ik ben in mijn eentje beter af.

Ik trok plukken haar uit mijn hoofd en begon keihard te schreeuwen, totdat Martha van de overkant van de weg naar me toe kwam rennen.

53

Peter, 2020

Toen Mark het over de cottage had zag ik in gedachten een klein huisje met een rieten dak voor me, zoals je die in Nieuw-Zeeland op toeristische posters van Ierland zag. Hoewel het huis een leistenen dak had en aan de voorkant klein oogde was aan de binnenkant alles nieuw, modern en strak. Onder de glazen tegels in de vloer stroomde een beekje onder het hele huis door. Ik had nog nooit zoiets gezien. Mary was ook heel anders dan ik had verwacht. Ze staarde me recht aan tot ik mijn hoofd afwendde. We wisten niet wat we tegen elkaar moesten zeggen. Ze gaf me een hand, liep naar een andere kamer en speelde op de piano. Dat riep herinneringen aan mijn vader bij me op uit de tijd dat ik klein was, in mijn kamer opgesloten zat en hem hoorde spelen. Mark zei dat het door de shock kwam en dat ze over een paar minuten wel zou bijdraaien. Hij leek zich er volledig thuis te voelen. Tijdens de rit door het dorp had hij zijn eigen appartement aangewezen, maar Mark en Mary leken een heel hechte band met elkaar te hebben, zoals dat waarschijnlijk hoort bij familie.

We hadden sandwiches met thee, en later een pastamaaltijd met wijn. Ik was het niet gewend om zoveel te praten, maar zij hadden een eindeloze hoeveelheid vragen: over Denise, over hoe Mary als kind was geweest. Ze verbeterde me de hele tijd: 'Ik heet Sally.' Ik zei het steeds verkeerd, maar uiteindelijk bleef het toch hangen. Het was een hele opluchting toen ze eindelijk zeiden dat er een taxi onderweg was die me naar het hotel in de stad zou brengen. Ik was doodop van het vele praten en het achterhouden van informatie. Ik moest enorm goed letten op wat ik wel en wat ik niet zei.

Eenmaal in het hotel sliep ik heel onrustig. In het hostel in Dublin had ik helemaal niet gedroomd. Dat had ik als teken opgevat dat ik eindelijk op de plek was waar ik hoorde te zijn. Maar na de avond met Mark en Sally kwamen ze allemaal terug om me te kwellen: Lindy, Rangi en mijn vader.

De volgende dag kwam Sally me ophalen, en we gingen naar een cafeetje in haar dorp. Ditmaal stelde ik haar de vraag die me dwars had gezeten. Waarom herinnerde ze zich mij niet? Had haar moeder haar niet over me verteld? Ze vertelde dat haar vader, de psychiater, haar met medicijnen had behandeld. Ze had geen enkele herinnering aan onze moeder. Ik was opgelucht en jaloers tegelijk. Opgelucht omdat ze niet wist wat ik onze moeder had aangedaan, maar jaloers omdat zij alles had kunnen vergeten. Er waren heel veel dingen die ik ook graag wilde vergeten. Ze vroeg me naar onze vader, en ik kon merken dat ze het heel erg vond dat hij ons zo verschillend had behandeld. 'Hij haatte vrouwen,' was de enige verklaring die ik haar kon geven. Het klonk ontoereikend, maar was het enige wat ik kon zeggen.

In de dagen erna brachten we veel tijd met elkaar en met onze oom Mark door. Ik mocht haar wel. Ze zei soms de raarste dingen. Ze wilde dat ik een therapeut bezocht, maar ik was bang dat zo iemand in mijn hoofd zou kunnen kijken. Sally was de eerste vrouw sinds Lindy met wie ik een echt gesprek had gevoerd, en toen ze me uitnodigde om bij haar te komen logeren kwam dat als een opluchting. Ik kon merken dat ze blij met me was. Sally bleek heel veel geld te hebben, maar het ging me niet aan hoe ze eraan was gekomen. Ze wilde me aan al haar vrienden voorstellen, maar dan moest ik wel doen alsof ik haar neef was. Dat kon ik niet opbrengen. Ik moest al zoveel leugens onthouden dat ik er niet nóg meer bij kon hebben.

Hoewel ik haar aardig vond was ik ook jaloers op haar. Ze was opgegroeid met een vader en een moeder, was naar school gegaan en had gesport. Allemaal dingen die mij waren ontzegd. En afgaand op wat ze me vertelde had ze al die kansen vergooid om tot een paar jaar geleden een kluizenaarsbestaan te leiden. Tegenwoordig had ze vrienden en een soort baantje waarvoor ze piano moest spelen.

Ik had helemaal niemand in mijn leven behalve haar, en ik kon nooit helemaal eerlijk tegen haar zijn.

De emotionele band waar ik zo sterk naar verlangde zou ik niet in Ierland vinden. Sally en oom Mark konden me geen van beiden het gevoel geven waaraan ik zoveel behoefte had. Sally vond het fijn om me daar te hebben, maar Mark was minder enthousiast. Ik kon me niet ontspannen. De spanning in mijn hoofd nam niet af, zelfs niet voor heel even. Ik had Lindy nodig, of iemand zoals zij.

Ik controleerde mijn werk-e-mail regelmatig op mijn laptop en liet mijn leidinggevende weten dat ik aan mijn medische problemen werkte. Ze kenden me goed genoeg om geen nieuwsgierige vragen te stellen. Sommige werkproblemen kon ik vanaf een afstand oplossen, vaak midden in de nacht. Ik moest in dienst blijven tot ik had besloten wat ik hierna ging doen. Ik zou niet voor onbepaalde tijd bij Sally kunnen blijven, maar misschien wel in Ierland. Of kon ik beter teruggaan naar Nieuw-Zeeland? Waar was mijn thuis?

Tijdens de kerstlunch begon Sally over Amanda Heron. Het was niet bij me opgekomen dat haar naam op de website van Ancestry zou worden vermeld. Aanvankelijk ontkende ik ook maar iets over haar te weten, maar Mark was zo achterdochtig dat ik mijn toevlucht nam tot een leugen en beweerde dat ik een paar kortstondige affaires had gehad. Ze lieten me de website zien. Daar stond ze, de baby die ik mede op de wereld had gezet, DNA-*profielen komen voor 50% overeen*. Ik zei tegen hen dat ik het niet wilde weten. De initialen waarmee ik op de website aan haar was gekoppeld waren PG. Dat gaf in elk geval een zekere rust. In Nieuw-Zeeland stond ik bekend onder de initialen SA, dus als iemand op onderzoek uitging zou die persoon niet bij mij terechtkomen. Mark en Sally hadden geen andere gegevens ingevuld, zelfs hun geboortedatum niet.

Maar ik had de amateurs van de podcast onderschat. Op 12 januari zat er een nieuwe e-mail in mijn POSTVAK IN.

Geachte meneer Armstrong,

Het spijt me dat ik u nogmaals lastigval. Via een eliminatieproces zijn we ervan overtuigd geraakt dat u de zoon bent van Conor Geary, ook bekend als James Armstrong. Onlangs is informatie aan het licht gekomen op basis waarvan we ons vooral op uw vader focussen. Het is onmogelijk gebleken om in dit land een geboorteakte van hem te vinden; evenmin is er enig bewijs dat ene James Armstrong in de periode waarin hij zou kunnen zijn afgestudeerd in Ierland tandheelkunde heeft gestudeerd. We denken dat zijn tandartsregistratie vervalst was.
We hebben contact gehad met een gepensioneerde politieman die James Armstrong heeft ontmoet toen die een vrouw naar het politiebureau begeleidde om de verdwijning aan te geven van haar neef, een tiener die naar de naam Rangi Parata luisterde. Parata bleek te zijn verdronken en werd een aantal kilometer stroomopwaarts van jullie huis in Rotorua gevonden. Ik denk dat u naast Parata woonde. De omstandigheden rond zijn dood werden indertijd als niet-verdacht bestempeld, maar in het licht van recente gebeurtenissen vroegen we ons af of uw vader wellicht niet alleen betrokken was bij de ontvoering van een meisje in Ierland, maar ook bij de verdrinking van Rangi

Parata en tevens bij de verdwijning van Linda Weston.

En er is nog iets. Zoals u weet zou deze podcast oorspronkelijk gaan over de verdwijning van Linda Weston in 1983 en Amanda Herons zoektocht naar wat er met haar moeder is gebeurd. Maar in de afgelopen weken is de naam van Amanda's biologische vader op een DNA*-website opgedoken. We weten niets over hem, alleen zijn initialen,* PG*, en het feit dat zijn* DNA *aantoont dat hij met achtennegentig procent zekerheid van Ierse komaf is.*

We weten dat James Armstrong niet Amanda's vader kan zijn, want hij is elf jaar voor haar geboorte gestorven. Maar hij woonde ten tijde van haar moeders verdwijning wel in de buurt van Rotorua. En hij woonde naast Rangi Parata. Voor zover wij weten heeft hij enige tijd in Ierland gewoond en heeft hij vijf jaar als tandarts in Rotorua gewerkt. De man die in Ierland wordt gezocht was eveneens tandarts, en de vader van één kind, Mary Norton, verwekt bij het meisje dat hij daar had ontvoerd.

Ik besef dat dit nogal wat is om te verwerken, en het spijt me dat ik u met deze mogelijk verontrustende informatie overval.

Is het mogelijk dat u ook bent ontvoerd? We willen graag zo veel mogelijk informatie over uw vader verzamelen. Misschien berust dit alles op een misverstand, maar in dat geval zouden we het graag met uw hulp willen ophelderen.

Ik heb begrepen dat u momenteel verlof hebt van de Aotearoa National Bank, en logischerwijs hebben we niet kunnen achterhalen waar u woont of wat uw mobiele nummer is. Mocht u uw e-mail lezen, neemt u dan alstublieft zo snel mogelijk contact met ons op. Mijn gegevens staan bovenaan deze e-mail.

Ngā mihi,
Kate Ngata

Ik tuurde naar het scherm en las de e-mail een paar keer door. De amateurs zaten veel dichter bij de waarheid dan de politie. Kate Ngata schreef niet dat ze van plan waren om met deze nieuwe informatie naar de politie te stappen, maar zou dat niet slechts een kwestie van tijd zijn?

Een vluchtige blik op de website van Hoani Mata Productions maakte duidelijk dat het om een eenmansbedrijf ging. Maar Kate was duidelijk niet dom. Ze had een gepensioneerde politieagent uit Rotorua opgespoord en wist dat we naast Rangi hadden gewoond.

Mijn keel werd dichtgeknepen. Ik zat in de val en moest pijlsnel besluiten wat ik zou doen. Ik vroeg me af wat Sally zou zeggen als ik haar vertelde dat mijn vader Lindy had ontvoerd. Ik kon natuurlijk liegen en haar wijsmaken dat Lindy was ontsnapt, en dat ik geen flauw idee had wat er met haar was gebeurd. Misschien geloofde Sally me wel. Ze leek dingen als vaststaande feiten te accepteren, maar Mark koesterde nog steeds achterdocht tegen me. Het was overduidelijk dat hij me niet vertrouwde, en hij had ook nooit geloofd dat mijn vader was gestopt met 'pedofiel zijn' vanaf het moment dat hij Ierland verliet. Ze zouden me dwingen om naar de politie te gaan. Dat kon ik niet toestaan.

Ik beantwoordde eerst Kates e-mail. Ik moest haar op een dwaalspoor zetten om tijd te rekken.

Beste Kate,

Bedankt voor je e-mail. Ik ben op dit moment vanwege een persoonlijke medische aangelegenheid niet in Wellington. Ik ben geschokt door de informatie die je bij elkaar hebt verzameld. Maar ik vrees toch dat je de verkeerde voor je hebt. Mijn vader had absoluut niets met de dood of verdwijning van die kinderen te maken. James Armstrong was zijn enige naam; ik heb thuis een kopie van zijn geboor-

teakte liggen. Ik was nog erg jong toen ik in Ierland woonde en heb goede herinneringen aan mijn moeder. Ze waren gelukkig getrouwd. We woonden in Donegal, in het noordwesten van Ierland. Ik was enig kind. Mijn moeder is zes jaar na mijn geboorte in het kraambed overleden, samen met mijn ongeboren broertje.

Toen we na de dood van mijn moeder naar Nieuw-Zeeland terugkeerden kochten we inderdaad het huis naast dat van Rangi Parata. Ik kan me zijn verdwijning nog herinneren en kan bevestigen dat mijn vader zijn tante naar het politiebureau heeft gebracht. Bij ons weten is Rangi verdronken omdat hij dronken was. Zijn er geen lege bierblikjes in de buurt aangetroffen? Ik kende hem niet goed.

Wat Linda Weston betreft: ik weet nog dat haar verdwijning heel lang het nieuws domineerde. Maar in het jaar dat ze in de kerstperiode in de omgeving van Lake Rotorua verdween waren mijn vader en ik op vakantie in Wanaka, op het Zuidereiland. Ik kan me de naam van het motel waarin we verbleven niet herinneren, maar ik weet zeker dat ook dat kan worden nagetrokken. De voormalige patiënten van mijn vader zullen zich waarschijnlijk nog wel herinneren dat hij rond kerstmis altijd twee weken vrij nam. Dan reisden we samen door het land.

Ik ben bereid om met je af te spreken zodra mijn medische situatie is verbeterd, maar dat kan nog wel een maand of twee duren. Ik vind het heel spijtig dat je onderzoek je op het verkeerde spoor heeft gezet en wens je veel succes bij de voortzetting ervan.

Met vriendelijke groet,
Ngā mihi,
Steven Armstrong

Mijn vrijheid stond opnieuw op het spel. Alle feiten die ik haar aanreikte waren vaag en lastig, zo niet onmogelijk, te verifiëren aangezien niemand gegevens uit 1983 had bewaard, zeker niet digitaal. Ik zorgde ervoor dat mijn 'medische situatie' aan kanker gerelateerd klonk, zodat ze niet geneigd was me verder lastig te vallen, vooral niet omdat ik zo nadrukkelijk stelde dat haar verhaal niet klopte. Ik was wel zo slim om mijn IP-adres te blokkeren, zodat niemand zou ontdekken dat ik in Ierland was.

Ze was echter volhardend en ik wist niet of ze me op mijn woord zou geloven. Ze kon natuurlijk vragen of ze mijn vaders geboorteakte mocht zien. Ik wist door mijn werk dat je op het darkweb bijna alles kon krijgen, dus ook een vervalste geboorteakte. Ze wekte niet de indruk dat ze mij ergens van verdacht, maar dat kon een valstrik zijn. Was haar bezorgdheid over het feit dat ik ook was ontvoerd misschien geveinsd? Vermoedde ze dat ik Iers was en dat ik Amanda's vader was? Als ik contact met haar bleef houden zou ze me beslist om een DNA-test vragen, en dat was minder gemakkelijk te omzeilen. Ik overwoog om op het darkweb een nieuw paspoort voor mezelf te zoeken, met een andere naam en nationaliteit. Ik downloadde de Tor-browser en surfte de rest van de dag langs sites, verbijsterd over wat er allemaal te koop was. Sommige gebruikers waarschuwden dat de FBI het darkweb had geïnfiltreerd, maar dat die gefocust was op drugs, wapens en mensenhandel.

Ik ging ervan uit dat ik de volgende dag een verontschuldigend mailtje van Kate zou krijgen, zodra Nieuw-Zeeland was ontwaakt. En ik kreeg inderdaad antwoord, maar niet zo verontschuldigend als ik had gehoopt, en pas een week later. Een week waarin ik amper sliep en mijn eetlust kwijtraakte.

Geachte meneer Armstrong,

Ik vind het heel erg om te horen dat u medische problemen hebt en ik wens u een spoedig herstel toe. Ik hoop dat u het niet erg vindt, maar ik heb nog een paar eenvoudige vragen voor u. Waar en wanneer bent u in Nieuw-Zeeland geboren? Weet u de naam van het ziekenhuis? Die informatie zou me bijzonder goed van pas komen bij mijn onderzoek.

Ngā mihi,
Kate

Aan mijn geruststellende opmerkingen maakte ze geen woord vuil. Het was best mogelijk dat ze nog steeds dacht dat ik zelf was ontvoerd, maar haar korte mailtje overtuigde me eerder van het tegendeel. Ik reageerde niet.

Ik zocht op het darkweb uit hoe ik aan een nieuwe identiteit kon komen. Dat was veel duurder dan ik had verwacht: honderdzeventigduizend Nieuw-Zeelandse dollars of honderdduizend euro. Dat zou ik me met een lening van Sally net kunnen veroorloven, maar dan hield ik niets meer over. Vanuit Ierland kon ik mijn woning in Wellington niet verkopen zonder aandacht te trekken. En hoe moest ik aan Sally uitleggen waar ik dat geld voor nodig had?

Terwijl dit alles speelde ging Sally's leven gewoon door. Mark kwam twee keer per week eten. Ze wilde heel graag dat ik haar vrienden ontmoette, met name de zus van haar adoptiemoeder, Christine. Maar zodra ze erover begon klapte ik dicht.

Mark stelde steeds meer lastige vragen. Hij was er een fel voorstander van dat we naar de politie zouden stappen en dat ik daar alles opbiechtte. Alles wat hij wist dan. Ik besefte dat het slechts een kwestie van tijd was voordat hij hen zelf zou inlichten.

De dag nadat ik Kates laatste e-mail kreeg vroeg ik aan Sally of ze me geld kon lenen. Ik hoefde niet eens te zeggen om hoeveel het ging, want ze begon meteen over mijn vaders huis in Dublin, dat ze had geërfd en verkocht. Ze zei dat de helft van de opbrengst mij toekwam. Ik was kwaad omdat ze dat geld al die tijd had gehad en er niets over had gezegd. Tot mijn verbijstering was mijn aandeel in het huis ruim een miljoen euro waard. Meer dan genoeg om een nieuwe identiteit aan te schaffen en ergens anders een nieuw leven te beginnen.

Ik zorgde ervoor dat ik het geld in cryptovaluta kreeg. Zodra het was overgemaakt verliet ik Carricksheedy. Sally maakte ik wijs dat ik een week of twee door Ierland wilde rondtrekken. Ik wachtte tot ze weg was en vertrok toen voorgoed. Ik logeerde in een goed hotel in Dublin. Mijn nieuwe paspoort, Californische rijbewijs en burgerservicenummer werden vier dagen later per koerier afgeleverd. Ditmaal was ik een Amerikaan en luidde mijn naam Dane Truskowski. Ik vloog probleemloos naar Londen. Op Heathrow bekeek ik op het bord met vertrektijden alle bestemmingen. Ik deed mijn pakje op de post en stuurde een afscheidsberichtje naar Sally. Waar kon ik hiervandaan naartoe? Waar ik maar wilde.

54

Sally

Ik kon Martha niet vertellen wat er was gebeurd. Ze trok mijn handen uit mijn haar en vroeg of ik gewond was. Ik zei nee, maar gaf toe dat ik een flinke schok had gehad. Ze zette thee voor me en wilde een arm om me heen slaan. Ik liep echter naar de piano en probeerde iets van Einaudi te spelen, maar mijn vingers weigerden te gehoorzamen.

'Ik hield van hem,' kon ik alleen maar uitbrengen.

'Van wie?'

'Peter.'

Ik klemde mijn handen bevend om de mok.

'Is dat die rare man die bij jou logeerde?'

'Hij is niet raar. Je weet niet...'

'Was hij je vriend? Ik heb hem al een tijdje niet gezien.'

'Nee!' schreeuwde ik tegen haar. 'Hij was niet mijn vriend. En hij is niet raar.'

'Sally, doe nou even rustig.'

'Waarom vind je hem raar? Waarom beoordeel jij iedereen aan de hand van je eigen zelfvoldane, volmaakte leventje? Je vond mij ook raar tot je me beter leerde kennen. Je ként Peter niet eens. Hoe durf je, Martha?'

'Mijn zelfvoldane, volmaakte leventje? Je moest eens weten. En die vent? Hoewel je hem aan mij en verschillende anderen hebt voorgesteld groette hij ons op straat nooit. Hij gaf niet eens antwoord als we hallo zeiden. Niemand gelooft dat hij een neef van Mark is. Wie is hij echt, Sally?'

Toen ik weigerde haar dat te vertellen of uit te leggen waarom ik had geschreeuwd zei ze dat ze me niet kon helpen.

'Als hij je vriend is en je heeft verlaten zou ik zeggen: opgeruimd staat netjes. Hij is niet goed voor jou. Voordat hij hier kwam had je geen geheimen. Ik hoop dat hij nooit meer terugkomt.'

'Wegwezen, Martha. Ik heb je niet gevraagd om hier te komen!' krijste ik tegen haar.

Op weg naar de deur bleef ze even staan. 'Weet je, ik heb ontzettend veel van je geslikt, Sally. Ik heb je in mijn huis verwelkomd en je in het leven van mijn kinderen toegelaten. Maar je tragische jeugd en bizarre opvoeding geven je niet het recht om je als een bitch te gedragen!' Ze gooide de deur hard achter zich dicht.

Ik wilde Mark niet zien, want ik wist dat hij kwaad zou zijn. Ik besloot naar tante Christine in Dublin te gaan en haar alles te vertellen. Ik moest met het openbaar vervoer reizen. Ik nam de avondtrein naar Dublin en tante Christine wachtte me op het station op. De reis was een beproeving. Er zaten vreemden naast me en voor me, maar ik tuurde door het raam naar de golvende groene velden en deed alsof ik doof was.

In de auto wilde ik tante Christine over Peter vertellen, maar ze reageerde ontzet op het nieuws van zijn vertrek en vroeg me te wachten tot we bij haar thuis waren. Toen we eenmaal achter een pot thee zaten vertelde ik haar wie Peter was.

'O, mijn god,' zei ze. 'Volgens mij wist Jean het.'

'Hoezo?'

'Ze vermoedde dat er nog een kind was. Ze zei altijd dat het niet logisch was dat Denise je niet wilde loslaten als jullie in het huis in Killiney ook gescheiden slaapkamers hadden gehad. Ze zei dat Denise volhield dat ze altijd bij jou sliep, maar we wisten dat er naast haar kamer nog een slaapkamer was.'

'Wat? Waarom is daar dan niets over te vinden in papa's verslagen?'

'Hij geloofde het niet. Denise weigerde vragen te beantwoorden over een ander kind dat ze mogelijk had gehad. Als ze een zoon had gekregen zou ze ook over hem hebben gekrijst, zei Tom.'

'Gekrijst?'

'Luister eens, Sally. Ik heb heel lang mijn mond gehouden, maar je vader kon een echte dictator zijn. En een vrouwenhater. Jeans mening was nooit zoveel waard als de zijne. Ik moet je iets vertellen. Ik heb altijd geprobeerd zo eerlijk mogelijk tegen je te zijn, maar het is niet meer nodig om nog langer dingen voor je geheim te houden. Wat ik je ga vertellen is niet bedoeld om je te kwetsen, maar je hoort de waarheid te weten.'

'Welke waarheid?'

'De waarheid over Tom en Jean, je vader en moeder.'

'Ga verder.'

'Jean was veel intelligenter dan je vader. Ze was het totaal niet eens met de manier waarop hij jou behandelde. Ze zei dat hij je nooit als zijn dochter heeft gezien, maar altijd als patiënt. Hij experimenteerde met je, probeerde verschillende behandelmethodes en medicijnen op je uit, en evalueerde vervolgens alles. Toen je van school kwam wilde Jean per se dat je naar de universiteit zou gaan. Je had een uitstekend stel hersens en had werkelijk alles kunnen studeren wat je wilde. Muziek, uiteraard, maar zij dacht dat je ook een goede ingenieur kon worden. Je hebt een bijzonder wiskundig denkvermogen. Maar jij wilde dat niet.'

'Dat weet ik nog.'

'Toms beslissing om naar een afgelegen dorpje te verhuizen, waar je steeds verder geïsoleerd raakte, pakte voor jou heel slecht uit. Jean vond het belangrijk dat je andere mensen leerde kennen. In die tijd verzette je je daartegen, maar inmiddels moet je toch inzien dat het echt het beste voor je zou zijn geweest.'

'Misschien wel.'

'Tom was het er niet mee eens. Hij wilde je laten doen waar je zin in had, zodat hij je kon bestuderen. Jean stond op het punt om bij hem weg te gaan, maar toen kreeg ze die beroerte.'

'Wat?'

'Ze had een te hoge bloeddruk, en de stress van de strijd tegen Tom en jou over jouw toekomst is haar te veel geworden. Hij was niet lief voor haar, Sally. Godzijdank heb jij die kant van hem nooit meegemaakt. Ze was van plan om bij hem weg te gaan, maar ze wist niet of jij met haar zou willen meegaan. Je was toen ouder dan achttien, dus officieel volwassen. Ik neem aan dat ze dit nooit met jou heeft besproken?'

'Nee, dat zou ik heus nog wel weten. Maar in het weekend voor haar overlijden wilde ze dat ik met haar bij jou op bezoek ging. Betekent dat...'

'Ze wist dat je niet van veranderingen hield, en ze was van plan om de overstap heel rustig te laten verlopen...'

'Maar toen kreeg ze dus die beroerte.'

'Inderdaad.'

'Waarom vertel je me dit allemaal, tante Christine?'

'Omdat ik geen geheimen mee het graf in wil nemen die eerder aan jou toebehoren dan aan mij. Hoe hij met jouw biologische moeder omging, tja...'

'Wat wil je daarmee zeggen?'

'Als Denises gedrag niet overeenkwam met zijn eigen interpretatie wuifde hij het gewoon weg en noemde hij haar hysterisch. Er waren speelgoedsoldaatjes...'

'Speelgoedsoldaatjes?'

'Alle eigendommen van Denise en jou waren naar de speciale afdeling in het St. Mary's gebracht waar jullie woonden. Veel was het niet. Je had helemaal geen speelgoed, alleen die speelgoedsoldaatjes maar. Denise beweerde dat die niet van jou waren. Jean vroeg haar van wie ze dan wel waren, maar daar ging ze niet op in. Toen Jean de politie ernaar vroeg zeiden ze dat de soldaatjes onder het bed in de kleine witte slaapkamer waren gevonden.'

'Waarom heb je me dat niet eerder verteld?'

'Wat had het voor zin om je iets te vertellen wat nergens op sloeg? Ik heb er zelfs niet aan gedacht toen die beer werd bezorgd. Heeft je broer je die gestuurd? Was de kleine witte slaapkamer soms van hem, Sally?'

'Ja.' Peter had Toby weer meegenomen. Ik kon me niet indenken wat hij ermee moest.

'Wat bizar dat die duivelse man moeder en zoon, broer en zus van elkaar scheidde, maar hen wel in kamers naast elkaar liet wonen. Vond je je broer aardig?'

'Peter? Ja, heel aardig. Ik begreep hem. Hij was vaak somber en zwijgzaam, maar er moet heel veel moed voor nodig zijn geweest om in het vliegtuig te stappen en naar de andere kant van de wereld te komen om me de waarheid te vertellen. Ik vond hem erg dapper. Ik vind het heel erg dat hij weg is.'

Ik voelde een huivering in mijn borst, alsof alle lucht naar buiten werd geperst, en begon te huilen. Echte tranen. Bij mijn weten voor het eerst in mijn leven. Tante Christine hield me vast en ik legde mijn hoofd op haar knokige schouder. Het was alsof al het verdriet van de afgelopen tientallen jaren er aan tante Christines keukentafel in één keer uitkwam. Ze streelde mijn hoofd en maakte sussende geluidjes, zoals moeders bij kleine baby's doen.

Ze wilde weten waarom hij nooit naar de politie was gestapt en ik vertelde haar over zijn angst, zijn sociale isolement, zijn vrees voor onbekenden, de jarenlange hersenspoeling door mijn biologische vader. Ze wilde weten of hij een succes van zijn leven had gemaakt, of hij in elk geval carrière had gemaakt.

'Ja,' antwoordde ik. 'Hij was hoofd cyberbeveiliging op het hoofdkantoor van een bank. Ik denk dat hij naar die baan teruggaat.'

'In financieel opzicht gaat het hem dus goed?'

'O, dat zeker.' Ik vertelde tante Christine over Margarets dood en de erfenis, en dat ik die voor Peters vertrek met hem had gedeeld.

'Wacht even,' zei ze. 'Hoe lang zat er tussen het moment dat je hem dat geld gaf en zijn vertrek?'

'Hij is direct daarna weggegaan. Er was heel veel gedoe over dat geld, en ik moest het in cryptovaluta aan hem overmaken...'

'Oké, dus hij is hier twee maanden geweest, maar zodra jij hem een miljoen euro had gegeven verdween hij meteen?'

'Hij is niet verdwenen. Hij is naar huis teruggegaan. Hij zei dat hij het gevoel had dat hij hier niet thuishoorde.'

Het bleef een tijdje stil.

'Sally, heb je iemand om advies gevraagd voordat je hem dat geld gaf?'

'Nee. Ik ben volwassen en het was mijn geld.'

'Dus jij gelooft niet dat het de reden kan zijn geweest dat hij hiernaartoe is gekomen?'

'Absoluut niet. Niemand wist dat ik dat geld had. Ik heb het aan niemand verteld.'

'Maar hij wist dat je niet hoefde te werken om in je onderhoud te voorzien; hij wist dat je in een prachtig nieuw huis woonde.'

Ik begon boos te worden. Dacht ze soms dat ik dom was?

'Hij had recht op dat geld, tante Christine. Vanaf het moment dat ik in therapie ben is me voorgehouden dat ik aan mijn wantrouwen moet werken en dat ik mensen het voordeel van de twijfel moet geven. En nu vertel je me dat papa een vreselijke man was en suggereer je dat het mijn broer alleen maar om mijn geld te doen was. Papa hield van me.'

'Heb je me zo-even niet verteld dat Peter hetzelfde zei over je biologische vader?'

'Vergelijk je Tom Diamond nu met Conor Geary?' Ik voelde een razende woede in me opkomen. Ik sprong op en torende dreigend boven haar uit.

'Nee, natuurlijk niet. Ik...'

'Waag het niet om hen over één kam te scheren. Ze leken totaal niet op elkaar...' Ik zweeg abrupt, vol afschuw omdat mijn opvliegendheid me weer de baas was geworden. Tante Christine was half struikelend van haar stoel opgestaan en stond er nu achter, alsof ze zichzelf tegen mij moest beschermen.

Ik hield mezelf met moeite in bedwang. 'Ik... ik ga naar bed.'

Tante Christine zei niets. Ik had moeten zeggen dat het me speet, maar was nog steeds woest over wat ze had gezegd. Was mijn moeder, Jean, soms ook een slachtoffer van huiselijk geweld, zowel lichamelijk als geestelijk? Het werd me allemaal te veel.

Het was nog niet eens tien uur. De volgende dag was zaterdag. Ik werd op Farnley Manor verwacht om piano te spelen.

De volgende ochtend ontbeet ik in mijn eentje. Tante Christine bleef in haar kamer. Ik was van streek en ging achter de piano zitten, maar kon me er niet toe zetten om de klep open te doen. Uiteindelijk vertrok ik zonder afscheid te nemen en hield een taxi aan om me naar het station te brengen.

In de trein ging mijn telefoon. Het was Angela.

'Sally, je hebt Christine enorm laten schrikken. Ze heeft me net in tranen gebeld.'

Ik zei niets.

'Kun je me horen?'
'Ja,' antwoordde ik.
'Die man die bij jou logeerde is dus je broer? Ik kan bijna niet geloven wat ze me heeft verteld. Waarom ben je niet naar mij toe gekomen? En waarom ben je niet met hem naar de politie gegaan?'
'Het ging jou helemaal niets aan, en tante Christine had het je helemaal niet mogen vertellen.'
'Wie was er nog meer van op de hoogte? Mark?'
'Ja, hij is familie van me. Het is een privékwestie.'
'Je moet het me echt vertellen als... Heb je die man echt een miljoen euro gegeven?'
'Hoe zit het eigenlijk met jou, Angela? Hoe zit het met de waarheid die jij mij nooit hebt verteld?'
'Waar heb je het over?'
'Klopt het dat mama bij papa weg wilde? Was hij gewelddadig tegen haar?'
Ik hoorde een diepe zucht aan de andere kant van de verbinding en hoopte uit alle macht dat ze het zou ontkennen. Maar ze zei niets en ik verbrak de verbinding. Iedereen in de wagon keek naar me.

In de taxi die me van het treinstation naar Farnley Manor bracht stond de radio aan en de taxichauffeur probeerde een gesprek met me aan te knopen over de hoofdonderwerpen. *'Het eerste geval van corona in de republiek Ierland is een feit. De man, afkomstig uit het oostelijke gedeelte van het land, was onlangs in Italië geweest. De minister van Volksgezondheid kan elk moment een verklaring afleggen.'*
Ik was net op tijd op mijn werk. Ik had nog nooit zo'n behoefte gehad aan de piano. Lucas vroeg me of er iets aan de hand was. Ik denk dat mijn ogen dik waren en ik was niet bepaald spraakzaam. Hij liet me een pot koffie en wat cake brengen, en stond erop dat ik eerst iets at voordat ik begon,

maar ik nam het dienblad mee naar de piano en dwong mezelf om iets te spelen. Ik begon met Beethovens *Pianosonate nr. 14*, een snel en pittig stuk. Mijn vingers vlogen gejaagd over de toetsen en probeerden de boosheid via mijn handen uit mijn lichaam te verdrijven. Het was de eerste keer dat ik speelde nadat ik had gehoord dat Conor Geary een begenadigd pianist was geweest.

Lucas onderbrak me en verzocht me om mijn gebruikelijke repertoire te spelen. Kalme, geruststellende muziek. De woede in me nam het over. Ik smeet het dienblad op het hoogpolige, lichtgekleurde tapijt, en de koffie spetterde op de bank en de gasten die het dichtst bij ons zaten. Iedereen staarde naar ons. Lucas ging onmiddellijk naar de gasten toe. Ik liep naar de personeelsgarderobe om mijn jas en tas te halen. Daarna belde ik een andere taxi om me naar huis te brengen. Die was gelukkig snel ter plekke, want als Lucas me een preek had gegeven had ik hem beslist geslagen.

Onderweg naar huis moest ik weer huilen. Ik probeerde mijn ademhalingsoefeningen te doen en deed mijn best om me in tante Christine en Angela te verplaatsen, maar mijn rationele helft vroeg zich af waarom zij zich niet in míj konden verplaatsen. Was woede dan nooit gerechtvaardigd?

Thuis haalde ik een hamer uit mijn gereedschapskist. Terwijl ik bezig was de piano aan diggelen te slaan werd er aangebeld. Ik negeerde het en zwaaide de hamer opnieuw hoog boven mijn hoofd. Opeens hoorde ik luid geklop op het raam pal achter me. Ik draaide me geërgerd om. Het was Mark.

‘Wat is er met jou aan de hand? Ik heb je wel tien berichtjes gestuurd en ingesproken. Is er iets gebeurd? Martha zei…’

‘Ga alsjeblieft weg, Mark. Ik wil niemand zien. Alsjeblieft?’

Ik deed mijn best om mijn stem in bedwang te houden. Mark stond in de deuropening. Achter hem hield een politieauto stil. Inspecteur Howard stapte uit en kwam met een agent in uniform naar ons toe. Ze glimlachte.

'Sally, volgens mij hebben we eindelijk nieuws over Conor Geary. Mogen we even binnenkomen?'

Ze keek naar Mark en verwachtte duidelijk dat hij aan de kant zou gaan.

'Ik ben Mark Butler. Eigenlijk Mark Norton, de broer van Denise Norton en Sally's oom. Ik wil graag horen wat u te vertellen hebt.'

Inspecteur Howard wierp een blik op mij. 'Ik... Vind je dat goed, Sally?'

Ik voelde dat alle emoties uit me wegsijpelden en was doodop. Ik had mijn recept voor valium niet laten vernieuwen omdat dat spul ontzettend verslavend was, maar nu had ik echt iets nodig. Tina kon de pot op. Alcohol.

Ik liet hen allemaal binnen en schonk een glas Jameson voor mezelf in. Mark staarde geschokt naar de gesloopte piano, maar ik zei tegen hem dat ik het er niet over wilde hebben. De politieagenten wisselden een blik met elkaar.

Ik bood de anderen niets aan. Mark deed dat wel, alsof mijn huis van hem was, en ging koffiezetten.

Inspecteur Howard begon me allerlei dingen te vertellen die ik allang wist. Ik wist zelfs meer dan zij. Ze hadden gegronde reden om aan te nemen dat Conor Geary in 1985 was overleden. Hij had onder een andere naam in Nieuw-Zeeland gewoond. Hij had een zoon die Steve Armstrong heette.

Mark onderbrak haar om haar te verbeteren. Hij vertelde haar alles over Peter, ook dat hij bij mij had gelogeerd. Ik zweeg.

Howard reageerde ontzet. 'Hier? Wanneer?'

'Van ongeveer halverwege december tot ruim een week geleden, geloof ik. Is het niet zo, Sally?'

'Wat? Hoe heeft hij contact met jullie gezocht?'

Ik liet Mark het woord doen. Howard en haar collega maakten uitgebreid aantekeningen. Ze stelde de onvermijdelijke vraag waarom we het niet aan de politie hadden laten weten.

Mark antwoordde dat ik per se Peters privacy had willen beschermen.

'Waar is hij nu?'

'Hij maakt een rondreis door Ierland. Sally heeft af en toe contact met hem. Toch, Sally?'

Ze keken allemaal naar mij, en daar waren de tranen weer. Ze rolden over mijn gezicht. Mark kwam naast me zitten en sloeg een arm om mijn schouders.

'Wat is er? Wat heeft hij gedaan?'

Met bevende vingers zocht ik het berichtje dat ik twee dagen eerder had ontvangen.

Ik gaf mijn telefoon eerst aan Mark en daarna aan inspecteur Howard.

Mark zei niets, maar slaakte een diepe zucht, volgens mij van opluchting.

Inspecteur Howard verzocht ons om op maandagochtend naar het politiebureau te komen.

'Hij is geen crimineel. Hij is een slachtoffer, net als Denise en ik,' jammerde ik.

Ze stonden op en maakten aanstalten om te vertrekken.

'Heeft hij het ooit over Linda Weston of Rangi Parata gehad?'

'Nee, niet tegen mij. Sally?'

Ik schudde mijn hoofd.

Bij de deur draaide inspecteur Howard zich nog even om. 'Heeft hij de naam Amanda Heron weleens laten vallen?'

'Ja, dat is zijn dochter. Voordat we met hem afspraken hebben we een DNA-test gedaan. Hij zei dat hij haar nooit had ontmoet. Ze was het gevolg van een onenightstand,' zei Mark.

55

Peter, 2020

Zo vader, zo zoon. Peter Geary en Steve Armstrong zijn van de aardbodem verdwenen. Kennelijk nam de politie de podcastmaker toch serieus.

Ik ben als Dane Truskowski in Chicago geland. Dankzij het darkweb en mijn erfenis heb ik het veel gemakkelijker dan mijn vader. Dergelijke façades zijn een zegen. In de vs ben ik van stad naar stad gevlogen, maar ik denk dat ik hier blijf, in Nutt, New Mexico. Ik heb een baard laten staan. En ik heb een huis gekocht aan een zandpad dat uitkomt op een weg waar bijna niemand het bestaan van afweet. Het heeft heel lang leeggestaan, maar ik ben het mooi aan het opknappen.

Zodra ik klaar ben met het huis bouw ik er een schuur achter. Via Amazon kan ik geluiddempende materialen kopen, evenals een heleboel andere dingen, zelfs boeien. Ik besef nu dat ik de emotionele band waarnaar ik zo hevig verlang alleen zal kunnen verkrijgen door een vrouw te ontvoeren en haar gevangen te houden tot ze zich aan me onderwerpt. Ik ben bereid om te wachten. Ik zal haar niet dwingen om van me te houden. Ik heb haar nog niet gevonden, maar het zal geen kind zijn. Ik ben mijn vader niet.

56

Sally

Het hele land is in lockdown. Ondanks de reisbeperking van maximaal twee kilometer zijn Mark en ik twee keer op het hoofdbureau van politie in Dublin ontboden.

Het coronavirus overschaduwt de meeste andere nieuwsitems, dus er is weinig ophef geweest over de onthulling dat Denise Norton en Conor Geary een tweede kind hadden, of over de dood van mijn biologische vader in 1985 in Nieuw-Zeeland, zijn connectie met de verdrinkingsdood van een jongen die Rangi Parata heette en de ontvoering van Linda Weston. Het is evenmin algemeen bekend dat Peter de vader is van Linda Westons dochter, Amanda Heron, maar er is wel een internationaal opsporingsbevel naar hem uitgevaardigd. De Nieuw-Zeelandse grens zit potdicht. Peter wilde niet dat we foto's van hem maakten, maar we hebben urenlang op Dublin Airport gezeten om de opnames van beveiligingscamera's tussen 25 en 28 februari te bekijken. We hebben hem in terminal 2 gevonden, in de vertrekhal, maar konden niet zien naar welke gate hij is gegaan. Hij verdween spoorloos in de mensenmassa. Op die dag is niemand met de naam Steve, Stephen of Steven Armstrong vanaf het vliegveld vertrokken. Hij moet dus een ander paspoort hebben gehad.

Kate Ngata, een podcastmaker, heeft via e-mail contact met me gezocht. Ze maakt samen met mijn nichtje Amanda een podcastserie en ze zeurt me voortdurend aan het hoofd om een bijdrage. Sue, mijn voormalige beste vriendin, heeft kennelijk via Zoom met haar gesproken en haar verteld dat Peter zich in het dorp ontzettend verdacht heeft gedragen. Ik wil Amanda Heron niet leren kennen. Mijn oom en mijn broer hebben me enorm teleurgesteld. Zonder familie ben ik beter af.

Sinds mijn 'agressieve gedrag' bij haar thuis belt tante Christine me niet meer. En Stella is boos omdat ik haar niets over Peter heb verteld.

'Waarom heb je me niet verteld wie hij was?' vroeg ze klaaglijk.

Het antwoord? Ik had eindelijk iemand die van mij was. Ik hield van hem, ik wilde hem beschermen en hem voor mezelf houden.

Ik kon onmogelijk weten waartoe hij in staat was. Als ik bedenk dat een man zo'n ziekte van zijn vader, van míjn vader, heeft kunnen erven en dat ik hem in mijn huis heb verwelkomd, kan ik wel gillen.

Linda Weston was zevenentwintig toen Amanda werd geboren. Tegenover de politie houd ik vol dat er geen enkel bewijs is dat ze is verkracht, geen enkel bewijs dat Peter en zij niet vrijwillig een relatie zijn aangegaan. Ze is niet vermoord, ze is aan een blindedarmontsteking gestorven. Mark heeft tegen me gezegd dat ik beter moet nadenken. Waarom is Peter verdwenen? Waarom wilde hij niet dat we iemand iets vertelden toen hij hier was? Waarom reisde hij met een vals paspoort? Maar ik klamp me vast aan de overtuiging dat hij eigenlijk onschuldig is. Ik klamp me vast aan mijn gezonde verstand.

Angela belt en appt me regelmatig, maar ik neem bijna nooit op, behalve als ik een nieuw recept voor valium nodig heb. Dat slik ik veel om te voorkomen dat ik ga schreeuwen. Ik drink ook heel veel.

Ik moest de politie wel vertellen over het geld dat ik Peter heb gegeven. Daar is Mark razend over geworden. Hij zei dat ik met hem had moeten overleggen wat ik met het geld zou doen. Hij vindt dat hij recht heeft op een deel ervan, omdat hij het meest van iedereen heeft geleden. We hebben er enorme ruzie over gekregen, maar Margaret heeft dat geld aan mij nagelaten. Ik heb hem al in geen weken gesproken. Angela heeft op mijn voicemail ingesproken dat hij het virus heeft en in het ziekenhuis ligt. Hij is heel ziek. Er mogen geen bezoekers bij hem. Het kan me niet schelen. Ik wil hem niet zien.

Tina zat er helemaal naast. Het was verstandig van me om niemand te vertrouwen. Uiteindelijk hebben ze me allemaal teleurgesteld. Ze hebben dingen voor me geheimgehouden of achter mijn rug om aan anderen doorverteld. Nu ben ik weer doof. Ik praat met niemand en doe alsof ik hun gefluister niet hoor. De lockdown bevalt me prima. De pub en het restaurant in het dorp zijn gesloten. Martha's yogastudio ook. In de Gala-supermarkt kom ik niet meer, want als ik daar ben probeert Laura steeds een gesprek met me aan te knopen. Tegenwoordig haal ik mijn boodschappen weer bij de Texaco. Iedereen houdt twee meter afstand van elkaar en mensen geven elkaar geen hand meer, laat staan dat ze elkaar omhelzen. Iedereen draagt een mondkapje en ik vermijd oogcontact waar en wanneer dat kan. De brokstukken van de piano liggen nog steeds in de woonkamer, om me aan mijn afkomst te herinneren. Ik kan niemand vinden die ze weg wil halen.

Gisteren zag ik Abebi op straat. Ze wordt groot. Ze moet nu elf jaar zijn. Ik heb naar haar gezwaaid, maar toen ze me zag boog ze haar hoofd en liep ze snel weg. Ze is net zo oud als mijn moeder was toen mijn vader haar ontvoerde. Ik trek weer aan mijn haren en ruk er een vuistvol uit.

Epiloog

Amanda, mei 2022, het stadhuis van Auckland

Ik ben gelukkig. Nieuw-Zeeland komt eindelijk uit de lockdown en ik mag voor het eerst voor publiek optreden. Ik heb de afgelopen tweeënhalf jaar keihard gerepeteerd, mijn antigeen-sneltest was negatief, de zaal zit stampvol, en papa en mama zijn uit Christchurch overgekomen.

Mijn twee nieuwe ooms zijn uit Rotorua hiernaartoe gereisd. Ik ben zenuwachtig over mijn ontmoeting met hen, maar we hebben elkaar al via Zoom gesproken en ze lijken me heel aardig. Papa en mama zien er ook naar uit om kennis met hen te maken. Kate komt niet. Ze is kwaad omdat ik me uit haar podcastserie heb teruggetrokken, na al het werk dat zij ervoor heeft verricht, maar mijn achtergrond is zo gruwelijk dat ik die liever privé houd. Ik heb de afgrijselijke details nooit willen horen. Als ik iets van mijn leven wil maken wil ik dat doen als componist, niet als de dochter van een ontvoerde vrouw en haar ontvoerder. Dat ligt allemaal achter me.

De politie heeft de informatie uit Kates onderzoek geverifieerd. Ik weet niet waar mijn vader is en ga ook zeker niet naar hem op zoek. Ik ben niet zijn slachtoffer en ben dat ook nooit geweest. Als Kate het wil mag ze het verhaal vertellen, maar dan wel zonder mijn naam te gebruiken. Ik heb geen behoefte aan ellende. Als componist heb ik rust en een piano nodig. En de oude teddybeer die een paar jaar geleden zomaar per post werd bezorgd. Hij is mijn mascotte geworden.

De lampen in de zaal gaan uit. Ik hoor een verwachtingsvolle stilte over de zaal neerdalen. De theaterspot schijnt op de piano. Ik loop het podium op. Geen last van zenuwen. Ik zet de beer op de klep van de piano. Hij kijkt me lachend met zijn ene oog aan. Ik knik glimlachend naar hem, en er stijgt applaus en gelach op uit het publiek. Ik neem plaats op de met fluweel beklede kruk en hef mijn handen op. Het is zover.

Dankwoord

Een dankjewel is bij lange na niet voldoende, maar ik ben ervan overtuigd dat deze mensen wel weten hoeveel ze voor me betekenen.

De fantastische Marianne Gunn O'Connor, agent, mentor en vriend; Vicki Satlow, die heel hard heeft gewerkt om ervoor te zorgen dat ik word uitgegeven in gebieden die ik niet eens op een plattegrond kan aanwijzen; en Pat Lynch, die er bedreven voor zorgt dat alle transacties vlot verlopen.

Bij Penguin Sandycove in Dublin gaat alle lof uit naar mijn redacteur, Patricia Deevy, de beste in het wereldje, omdat ze altijd het grote plaatje voor ogen houdt en me, met name voor dit boek, genoeg tijd heeft gegeven om het helemaal goed te krijgen; Cliona Lewis, superieure publiciteitsmedewerker; Michael McLoughlin, die de touwtjes strak in handen heeft; en verder Brian Walker, Carrie Anderson, Issy Hanrahan en Laura Dermody.

Bij PRH London gaat mijn grote dank uit naar Amelia Fairney en Ellie Hudson van marketing, Jane Gentle van PR, Sam Franken en Rachel Myers van de afdeling verkoop, copywriter Zoe Coxon, en artdirector Richard Bravery voor het ontwerp van het schitterende omslag.

Karen Whitlock heeft opnieuw bewezen dat mijn taalvaardigheid flink te wensen overlaat. Haar uitmuntende redactionele expertise zorgt ervoor dat ik geen flaters sla. Dank je.

Voor alle hulp bij mijn research op talloze gebieden wil ik graag de volgende mensen bedanken: gepensioneerd patholoog van het ministerie van Justitie, professor Marie Cassidy; CEO van het Tallaght ziekenhuis, Lucy Nugent; vaatchirurg Bridget Egan; psycholoog Aisling White; jurist Peter Nugent; onderwijspsycholoog dr. Mary Nugent; collega-schrijvers Kate Harrison, Adrian McKinty, Alex Barclay, Christine Pride en Lynn Miller-Lachmann.

Voor alle kennis over Nieuw-Zeeland ben ik enorm veel dank verschuldigd aan Vanda Symon, Liam McIlvanny, Sonja Hall-Tiernan, Craig Sisterson, Jill Nicholas, Steve Duncan, Fergus Barrowman en Faran Foley van de Ierse ambassade.

Voor hun professionele steun bedank ik AJ Finn, Jane Fallon, Shari Lapena, Sebastian Barry, Graham Norton, Dani Gill, Myles Dungan, Eimear O'Herlihy, Siobhan Hough, Ryan Tubridy, Ashling Fallon, Lisa Jewell, Sarah Pinborough, Erin Kelly, Jo Spain, Patricia Gibney, Dame Fiona Kidman, Sarah Hilary, Sarah Vaughan, Dinah Jefferies, Will Dean, Lucy Foley, Paul Burston, Catherine Ryan Howard, Louise O'Neill, Joe Duffy, Val McDermid, Liz Dunn, Catherine Moylan, Roland Gulliver, Vivienne Guinness en Hugo Jellett.

Een absoluut welverdiende aparte alinea met mijn hartelijke dank voor alle fantastische boekverkopers, boekbloggers, bibliotheekmedewerkers, audioboekvertellers en producenten. Als ik jullie allemaal bij naam zou noemen, was er geen ruimte voor het boek overgebleven.

Ook wil ik iedereen bedanken die me de afgelopen twee zware jaren in emotioneel opzicht heeft bijgestaan: Sinéad Crowley, Jane Casey, Marian Keyes, Kate Beaufoy, Sinéad Moriarty, Claudia Carroll, Anna McPartlin, Monica McInerney, Tania Banotti, Maria O'Connell, Robyn Harding, Bríd Ó Gallchóir, William Ryan en Ed James, Mike Seibert, Ger Holland, Elizabeth Rose Murray, Grainne Killeen, Clelia Murphy, John O'Donnell, Lise-Ann McLaughlin, Anne McManus, Zita Rehill, Moira Shipsey, Val Reid, Sharon Fitter, Fiona O'Doherty, en in het bijzonder Colin Scott.

Ik heb ook heel veel gehad aan mijn emotionele steunlocatie, het Tyrone Guthrie Centre, en alle fantastische vrouwen daar die me hebben vertroeteld op een manier waaraan ik best zou kunnen wennen.

En natuurlijk wil ik mijn grote, steeds verder uitdijende familie en schoonfamilie bedanken, met name mijn moeder: het is allemaal jullie eigen schuld. Verder een speciale vermelding voor mijn lieve vader, die waarschijnlijk in een astrale bibliotheek zit en daar de afdeling biografieën napluist.

Lezers, jullie hebben geen idee hoeveel jullie loyaliteit voor me betekent. Ik hoop jullie in de toekomst bij festivals over de hele wereld tegen te komen. Dank jullie wel dat jullie een heel extra jaar op dit boek wilden wachten. Het leven zat het schrijfproces een tijdje in de weg, maar ik ga mijn best doen om dat niet nog een keer te laten gebeuren.